Is It Love?

CARTER CORP.

Adam

Collection « New Romance® » créée par Hugues de Saint Vincent
et dirigée par Arthur de Saint Vincent
Ouvrage dirigé par Lea Mariani
Image de couverture : © Shutterstock
Conception graphique : Emmanuel Pinchon

Département de Hugo Publishing
34-36, rue La Pérouse
75116 Paris
www.hugoetcie.fr

ISBN : 9782755647464
Dépôt légal : avril 2020
Imprimé en France par CPI Brodard et Taupin - N° d'impression : 3037563

NEW ROMANCE®

SUR UNE IDÉE ORIGINALE DE

CLAIRE ZAMORA

Is It Love?

CARTER CORP.

Adam

TAMARA BALLIANA

Hugo Roman

1

Ruby

Une fois de plus, je n'ai pas su dire non à Matt.

Lorsque ce matin il m'a parlé du concert donné par ses potes d'enfance, il a omis de me préciser deux choses : la première, qu'il avait lieu ce soir alors que j'ai une journée hyper chargée au boulot demain. Par conséquent, pour survivre je vais devoir ingurgiter des litres de café en priant pour que Gabriel ne s'aperçoive pas que je tourne au radar. La deuxième, que le groupe dont il est question joue du metal, un genre musical que je n'affectionne pas particulièrement, voire *pas du tout*.

Matt m'a certifié que j'allais adorer mais je ne suis pas sûre qu'il soit très objectif. Et puis, le connaissant, lui et ses goûts étranges… Je ne sais vraiment pas dans quoi je me suis embarquée ! Mais, comme aime le faire remarquer mon binôme, « dans la vie, le plus fun, c'est l'imprévu ». C'est pourquoi ce n'est certainement ni la première ni la dernière fois que je le suis dans un de ses plans foireux.

Depuis les quelques mois que nous travaillons ensemble chez Carter Corp., une véritable complicité s'est installée entre nous. Il me fait rire quand je suis tendue à cause d'un projet, il m'encourage pour que je donne le meilleur de moi-même et il sait aussi être flatteur lorsqu'il a besoin de quelque chose. En bref, c'est le collègue de travail parfait, et également un ami fidèle sur lequel je peux compter. Et dans une ville comme New York, cela n'a pas de prix !

Alors que nous pénétrons dans le bar, je suis surprise de voir la foule si nombreuse. Au moins un point sur lequel il ne s'est pas trompé, pour avoir autant de monde, les Nightmareden doivent être appréciés ! J'hésite à plonger dans cette marée humaine. Matt s'en rend compte, il saisit ma main et passe le premier pour me servir de bouclier.

— On a besoin d'aller si près de la scène ?

— Fais-moi confiance, princesse, je sais ce que je fais. Tu vas adorer !

Il ponctue sa phrase d'un clin d'œil.

— Tu as intérêt. Sinon tu verras, ma vengeance sera terrible !

Malgré le bruit de la foule, j'entends qu'il s'esclaffe.

— J'aimerais bien voir ça.

— Tu n'as pas idée de ce dont je suis capable.

— En effet, je suis presque curieux de le découvrir.

— Je pourrais très bien t'organiser un rencard surprise avec Cassidy.

Au moment où je prononce le prénom de la garce de la boîte, *alias* la responsable des ressources humaines, son sourire disparaît et il prend un air effrayé.

— N'en dis pas plus, je promets de veiller à ne plus te contrarier.

Sur scène, les instruments attendent leurs propriétaires dans la pénombre. Je me demande bien à quoi ils peuvent ressembler… Je ne dispose que de quelques informations données par Matt, donc rien de très fiable. La seule chose dont je suis certaine, c'est que Colin, qui travaille lui aussi chez Carter Corp. en tant que développeur, est le chanteur du groupe. Je le connais peu, c'est un ami de Matt, mais il y a quelque chose chez lui qui m'intimide. Lorsqu'il pose sur vous ses yeux couleur de glace, vous avez l'impression qu'il peut transpercer votre âme.

Je perçois du mouvement sur scène, des ombres s'installent, je distingue trois personnes.

— Ça va commencer, dit Matt à côté de moi.

Il a l'air excité comme une puce.

J'entends quatre coups brefs, deux baguettes qui s'entrechoquent, puis c'est l'explosion. Ma vue, mon ouïe sont assaillies en une seconde. Les musiciens sont éclairés de toutes parts et les instruments se déchaînent : basse, batterie, guitare entament une mélodie qui pourrait réveiller un mort. Ça décoiffe !

Colin commence à chanter, tous les yeux sont braqués sur lui. Je ne sais pas comment s'est opérée la transformation, mais le discret informaticien a fait place à une bête de scène. Sous la lumière des projecteurs, ses yeux paraissent encore plus hypnotiques. Ses longs cheveux de jais ondulent au rythme de sa guitare, sa voix est chaude et rocailleuse à la fois. Il dégage un sex-appeal incroyable et le public ne s'y trompe pas, il l'acclame comme s'il était son nouveau gourou. Plusieurs filles hurlent son nom.

Je me prends au jeu et fais de même. Matt se tourne vers moi et me regarde comme si j'avais perdu la tête. Je m'en fiche, je m'éclate !

Mais Colin n'est pas seul sur scène. À ses côtés, une femme au look plus rock'n'roll encore se déchaîne à la basse. Avec ses cheveux aux pointes vertes et les tatouages colorés qui courent sur toutes les parties visibles de son corps, elle ressemble à la *bad girl* par excellence. Et si j'en crois ce que Matt m'a raconté, elle n'en a pas que l'allure.

Enfin, je m'attarde sur le troisième membre du groupe : le batteur. Au moment où mon regard se pose sur lui, je ressens comme un électrochoc. Dans le halo de lumière formé par la poursuite, son visage totalement abandonné à la musique est une révélation. Ses yeux sont fermés, de la sueur plaque quelques mèches de ses cheveux blonds sur son front. Avec ses pommettes hautes, sa mâchoire carrée, il incarne une forme de virilité qui ne me laisse pas insensible. Ses bras s'agitent sur les fûts de sa batterie. Chaque coup résonne dans ma poitrine et au fur et à mesure que le rythme accélère, mon cœur fait de même. Je suis transportée par sa musique, les autres membres du groupe s'effacent peu à peu, et pour moi, il ne reste plus que lui sur scène. Il m'hypnotise, moi la mélomane de pacotille.

— Ça va, princesse ? hurle Matt à mon oreille à cause du bruit.

Sa question me sort brutalement de ma transe. Je hoche la tête.

— Tu aimes ?

Je prends conscience qu'il ne me parle pas du physique du batteur, mais bien de la performance du groupe tout entier.

— Oui, c'est sympa. C'est quoi déjà le nom du pote de Colin sur scène ?

Un sourire carnassier s'affiche sur le visage de Matt. Il comprend que je joue les indifférentes, mais que ma question n'est pas si innocente.

— Le batteur s'appelle *Adam*, articule-t-il avec exagération.

Adam, comme le premier homme sur terre.

Le premier homme à m'intéresser depuis longtemps, à vrai dire. Depuis que je suis à New York, je n'ai rencontré personne, à part mes collègues de boulot. Matt a beau être adorable, je le vois plus comme un frère que comme un amoureux potentiel. Mais ce qui m'étonne le plus dans ma réaction face à Adam, c'est que je ne sais rien de lui. Je ne suis pas du genre à m'amouracher d'un mec pour son physique, mais je trouve qu'il dégage une sorte d'aura magnétique qui m'attire comme un aimant. Au moment où il rouvre les yeux, je suis finie.

Son regard scanne la foule, il croise le mien. L'espace de quelques secondes, j'ai l'impression que nous communiquons, que lui aussi sent cette connexion invisible qui nous lie. Mais l'instant est fugace et déjà le voilà reparti dans un enchaînement rythmique compliqué, sa concentration focalisée sur sa batterie.

J'ai chaud, et pas seulement à cause du monde, ça, j'en suis certaine.

Les dernières notes de la chanson finale retentissent. S'ensuit un tonnerre d'applaudissements. Les trois membres du groupe se postent au bord de la scène et saluent leur public. Je ne suis pas en reste, je les acclame, à m'en faire mal aux paumes. Adam, entre un Colin au sourire énigmatique et une Doris qui tire carrément la tronche, semble solaire. Il passe une main dans ses cheveux, fléchissant au passage son biceps sur lequel je distingue un tatouage. Je suis trop éloignée pour en discerner exactement les contours. Matt, pour la deuxième fois ce soir, me fait redescendre sur terre en me parlant :

— Viens ! On va aller les attendre dans les coulisses avant qu'il y ait trop monde pour qu'on puisse y accéder.

Nous allons discuter avec eux ?

Je ne suis qu'à moitié étonnée par cette annonce. Après tout, Matt les connaît bien. Alors que celui-ci attrape ma main pour que nous nous frayions un passage à travers la foule, je ne peux m'empêcher de regarder en direction de la scène. Les fans du groupe se pressent contre les barrières, nous sommes à deux doigts de l'émeute.

Un vigile qui dépasse Matt d'au moins une bonne tête garde l'entrée des coulisses. Je ne sais pas ce que mon collègue lui raconte, mais il acquiesce d'un signe de tête et s'écarte pour nous laisser passer. Nous nous engageons dans un couloir rempli de flight cases, puis débouchons sur une arrière-salle dont je ne soupçonnais pas l'existence. Des banquettes à l'allure confortable et des poufs sont organisés autour de tables basses sur lesquelles sont disposées des bougies. Au fond, il y a un bar en bois recouvert de zinc, derrière lequel est aligné un nombre impressionnant de bouteilles d'alcool. Sur les murs, s'étalent de vieilles affiches de groupes de rock : les Stones, les Beatles, les Doors, et d'autres que je ne connais pas. Il y a également des photos de concerts qui ont eu lieu ici. Cet endroit est différent de tout ce que j'ai pu voir à New York depuis mon arrivée.

Matt se dirige vers le bar et commande deux bières. Lorsqu'elles nous sont servies, il lève sa pinte :

— À cette fantastique soirée en ta compagnie !

— Elle est loin d'être finie ! répliqué-je en levant moi aussi mon verre.

Les lèvres de mon ami se courbent.

— Tu as raison, j'ai repéré deux ou trois groupies avec lesquelles ça me dirait bien de faire plus ample connaissance.

— Elles ne sont pas là pour toi.

— Effectivement, mais lorsqu'elles auront découvert mon physique de rêve et ma personnalité hors du commun, elles n'en auront plus rien à faire des deux metalleux sur scène.

— La modestie ne t'étouffe pas.

Au lieu de me répondre, il prend un air charmeur et m'adresse un clin d'œil. C'est tellement surjoué que ça me fait éclater de rire. C'est vrai que Matt est beau gosse, en plus d'être drôle et adorable. Mais jamais je ne ferais l'erreur de lui succomber. C'est un bourreau des cœurs, incapable de se poser. En plus, c'est mon collègue et mon ami, je n'ai pas envie de tout gâcher entre nous.

Ce qui me laisse penser qu'avoir un coup de foudre pour un de ses potes, qui plus est un musicien, est certainement une très mauvaise idée.

Je vois que les gens autour de nous s'agitent. Je me retourne, le groupe vient d'entrer dans la salle. Colin en tête, suivi de près par Doris. Adam est le dernier. Il s'arrête en chemin pour saluer plusieurs personnes. Cela me donne tout le temps de l'observer. Quand deux groupies blondes lui sautent au cou, je ressens comme un malaise. Je tourne la tête, pour éviter d'assister à la scène plus longtemps. Mais j'ai à peine l'occasion de plonger les lèvres dans mon verre que j'entends :

— Eh ! Salut mon pote ! Content que tu aies pu venir !

Je lève les yeux et vois Matt et Adam échanger une accolade à base de tapes dans le dos. Ils ont l'air sincèrement heureux de se voir. Pour autant, mon collègue ne m'oublie pas :

— Adam, laisse-moi te présenter Ruby. On bosse ensemble.

L'attention du batteur se tourne sur moi. Sans la lumière aveuglante des projecteurs, et à cette distance, je peux détailler plus facilement son visage. Ses yeux ont une teinte émeraude tout à fait surprenante. Ils pétillent lorsqu'il m'adresse un sourire.

— Salut Ruby. Tu supportes cet énergumène toute la journée, dit-il en désignant Matt du pouce. Jolie et courageuse, on dirait !

Je ne sais pas si je dois me trouver flattée par son compliment. Ça ressemble quand même à une phrase bateau qu'il pourrait sortir à n'importe quelle fille de cette pièce. J'aimerais lui répondre quelque chose de spirituel, qui lui montre que je ne suis pas une greluche sans cervelle, mais le poids de son regard m'en empêche. Heureusement, Matt est là pour combler le silence.

— Faut pas croire ! Elle n'est pas évidente à supporter tous les jours non plus !

Je lui lance un regard mauvais.

— Tu vois ! s'exclame Matt. C'est exactement de ça que je parle !

Adam rit et propose :

— Allez, venez boire un verre à notre table, c'est ma tournée !

2

Ruby

Quelques instants plus tard, nous nous installons sur une banquette. Adam ne peut pas faire un mètre sans qu'un fan l'arrête pour lui parler. Il a l'air tellement à l'aise avec tous ces gens ! Il y en a une, en revanche, qui semble aussi heureuse qu'un fossoyeur : il s'agit de Doris. Et malheureusement pour moi, je me retrouve assise juste à côté d'elle. Ses mèches vertes lui tombent à moitié sur le nez et contrairement aux autres, elle ne desserre pas les dents. Enfin, jusqu'au moment où elle aboie dans ma direction :

— Quoi ? Qu'est-ce que t'as à me fixer comme ça, toi ?

Je fais un bond sur mon siège et je vois du coin de l'œil qu'Adam nous observe.

— Désolée, je ne voulais pas…

— Ouais, ben tu me déranges ! crache la bassiste.

Adam m'adresse un regard d'excuse et dit :

— Ne fais pas attention au mauvais caractère de Doris, ce n'est pas contre toi.

Celle-ci réplique d'un ton cinglant :

— J'ai pas mauvais caractère, j'aime juste pas jouer les potiches de service après les concerts.

Voulant essayer de me rattraper, je lui réponds :

— Je n'ai pas trouvé que tu étais une potiche sur scène, ta prestation était top.

Elle roule les yeux dans une grimace exagérée. Je comprends alors que quoi que je puisse dire, je ne ferai qu'aggraver mon cas.

— Et pour ma part, je n'ai pas l'impression de jouer les potiches, ajoute Adam.

Doris lâche un ricanement sinistre.

— C'est beau de se voiler la face. Mais regarde autour de toi, toutes ces nénettes ont l'air de s'être échappées d'un clip de Taylor Swift. On est un groupe de metal. C'est clairement pas pour la musique qu'elles sont là, mais plutôt pour ton petit cul et celui de Colin.

Au lieu de se vexer, Adam plaisante :

— Et alors, s'il est sexy, elles ont raison. Tu en penses quoi, Ruby ?

Qu'est-ce que je suis censée répondre à cette question ? Mais Doris le fait à ma place :

— Elle est là pour la même chose que les autres. N'est-ce pas ?

Son regard perçant me défie d'affirmer le contraire.

— Je suis là parce que Matt m'a invitée. Et quand il m'a parlé du concert, il n'a pas mentionné les fessiers des musiciens, si tu veux tout savoir. Mais si tu te sens laissée pour compte Doris, il suffit de me le dire, je materai tes fesses toute la soirée s'il le faut.

Je soutiens son regard alors qu'Adam éclate de rire. Doris grommelle :

— Putain ! Vous me faites chier avec vos conneries !

Elle se lève pour quitter la table, Adam tente de la retenir.

— Eh ! T'en vas pas. C'était une blague.

Mais la bassiste fait la sourde oreille et sort de la salle sans un remords, on dirait. La bonne nouvelle, c'est que j'ai Adam rien que pour moi, les autres personnes de la table parlent entre elles et ne font pas attention à nous.

— Désolé pour Doris, elle a dû se lever du pied gauche ce matin.

Il ajoute ensuite avec un petit sourire d'excuse :

— Enfin, comme tous les matins.

— Ce n'est pas grave. Je comprends, ça doit pas être évident d'être la seule femme du groupe et de devoir gérer vos groupies, à Colin et toi.

Il y avait beaucoup d'hommes au concert également mais ils ont mystérieusement disparu pendant cette deuxième partie de soirée. Je saisis ce que veut dire Doris, je ne suis pas persuadée que les filles présentes ici soient toutes des férues de metal.

— Et toi Ruby ? Quel est ton style de musique ? Tu n'as pas eu mal aux oreilles en nous écoutant tout à l'heure ?

— Quand même pas ! Pour être honnête, je m'attendais un peu à voir une bande de gars aux cheveux longs et gras hurlant des paroles inaudibles, en faisant le plus de vacarme possible. Alors, disons que j'ai été agréablement surprise.

Il rit et la chaleur de son rire se répercute jusque dans mon ventre.

— Je ne sais pas comment je dois le prendre, avoue-t-il.

— Plutôt bien, c'était une belle découverte.

— Je dois en conclure que ce n'est pas ton style de prédilection ?

Je repense aux vinyles que mon père me faisait écouter dans mon enfance : Led Zeppelin, Hendrix, Deep Purple. La musique des Nightmareden n'est pas exactement dans le même registre mais j'ai retrouvé des sonorités qui me sont familières.

— J'écoute un peu de tout. J'ai aimé vos chansons, elles dégagent de l'énergie. Et le solo de batterie dans la dernière était remarquable.

— Toi, tu sais parler aux batteurs, s'amuse-t-il.

— Il faut bien que je te flatte un peu, Colin a l'air d'attirer toute l'attention.

Je désigne le chanteur d'un mouvement de la tête, il est entouré de plusieurs groupies qui semblent prêtes à l'escalader pour être le plus proche possible de lui.

— Il te dira le contraire, mais c'est moi l'élément le plus important du groupe, rétorque Adam comme si c'était une confidence

— Ah oui ? Rien que ça ?

Je hausse un sourcil devant ce manque criant de modestie.

— Quand il part dans tous les sens avec sa guitare, il faut bien que quelqu'un garde le cap et donne le bon rythme.

— Je vois.

En vérité, je ne vois rien du tout. Mais Adam explique tout ça le sourire aux lèvres ce qui me laisse penser qu'une fois de plus, il plaisante. Je change de sujet :

— Matt m'a dit que vous vous connaissiez tous depuis longtemps ? Comment avez-vous monté le groupe ?

Il se laisse retomber contre le dossier de la banquette, étalant son bras sur le dessus de celle-ci. Je ne peux m'empêcher de noter que sa posture désinvolte lui confère une allure sexy. La manche de son tee-shirt remonte et dévoile un peu plus son tatouage. On dirait un ange noir, je serais curieuse de savoir ce qu'il signifie.

— On a tous des personnalités très différentes. C'est la musique qui nous a rapprochés. Comme elle a sauvé nos vies, pour chacun à sa façon.

Son aveu me trouble d'autant plus qu'il a l'air très sérieux. Avant que j'aie pu dire quoi que ce soit, il me demande :

— Et toi, tu as eu besoin d'être sauvée ?

Je suis surprise par sa question mais je lui réponds sans détour :

— Oui, mais je me suis débrouillée seule pour ça.

Adam me scrute et je vois la lueur d'intérêt qui brille au fond de ses yeux. C'est le moment que Matt choisit pour nous rejoindre en s'affalant à côté de moi. Il passe son bras autour de mes épaules.

— Ça va princesse, je t'ai manqué ?

Si je suis honnête, subjuguée par Adam, j'en avais presque oublié son existence ces dernières minutes.

— Je pensais que tu t'étais perdu.

— Dans le regard d'une très jolie brune, effectivement, dit-il en agitant un morceau de papier sur lequel est inscrit ce qui ressemble à un numéro de téléphone. Pas besoin de faire partie d'un groupe de metal pour plaire aux femmes.

— Dit le gars qui vient à nos concerts pour recruter parmi nos fans, fait remarquer Adam.

— Faux ! s'exclame Matt avant de lancer avec une voix de fausset : j'adore ce que vous faites !

Son imitation des groupies est ridicule mais nous fait éclater de rire. Sans rien me demander, il s'empare de ma bière et en boit une gorgée.

— Eh ! C'est ma bière, protesté-je.

— Je suis assoiffé, rétorque-t-il.

— Prends la mienne, propose Adam en me tendant la sienne. Je ne l'ai pas encore touchée.

Mon premier réflexe est de refuser, mais l'idée d'affronter la foule pour me rendre au bar ne m'emballe pas vraiment. Et je peux toujours courir pour que Matt y aille à ma place. Alors j'accepte avec un sourire. Quand je me saisis du goulot, nos doigts se frôlent et je suis parcourue par un frisson. Je ne sais pas si Adam l'a ressenti lui aussi, mais son regard est rivé au mien, le temps est suspendu entre nous. Comme tout à l'heure, lors du concert, mon cœur bat la chamade. Mais Colin vient parler à Adam. Décidément, il y a toujours quelqu'un pour rompre le charme !

Je porte la bouteille à mes lèvres et je ne peux ignorer Matt à mes côtés qui semble agacé. Pas par moi, mais par son téléphone. Est-ce que la brune lui aurait filé un faux numéro ? Il fronce les sourcils, passe une main dans ses cheveux, ce qui n'est pas bon signe. Il se tourne brusquement vers moi.

— Je suis désolé Ruby, on va devoir y aller.

— Rien de grave j'espère ?

Ce n'est pas le genre de Matt de surréagir, alors il y a forcément quelque chose.

— Problème de famille. Prends tes affaires, je te dépose chez toi.

— Je peux prendre un taxi, tu sais.

— C'est sur ma route.

Je me redresse, lisse les plis de ma jupe et lance un coup d'œil en direction d'Adam. Il est trop occupé à discuter avec Colin pour s'apercevoir que nous nous levons. Je fais un petit signe aux personnes de la table qui nous regardent partir.

La mort dans l'âme, je suis Matt en direction de la sortie. Je sais qu'il y a peu de chances que je revoie un jour Adam. Une partie de moi trouve ridicule que je sois si triste à cette idée. Avec seulement quelques mots échangés, on ne peut pas dire que nous ayons réellement fait connaissance. Ce n'est qu'un coup de cœur stupide pour un musicien. Je suis comme toutes ces filles superficielles qui sont attirées par le beau gosse un brin connu, alors que s'il avait été dans le public ce soir, je ne l'aurais probablement pas remarqué.

Tout de même, je lance un dernier coup d'œil au-dessus de mon épaule. Il ne me voit pas, trop absorbé dans sa discussion avec Colin.

Nous remontons le couloir envahi de matériel lorsque j'entends qu'on crie mon prénom :

— Ruby !

Je me retourne et découvre avec stupeur qu'Adam m'a suivie.

— Eh ! Tu as oublié quelque chose !

C'est pour ça qu'il me court après. Je réfléchis à ce mystérieux objet que j'ai pu égarer, je n'avais pas de veste...

Adam se poste devant moi, à quelques centimètres seulement, m'obligeant à lever la tête pour pouvoir croiser son regard. Dans la pénombre du couloir, ses pupilles brillent comme deux gemmes. Il ne me touche pas, mais à cette distance et avec le mur dans mon dos, j'ai l'impression qu'il m'enveloppe tout entière. Mon cœur accélère, je suis troublée par cette proximité. J'essaye tant bien que mal de ne rien laisser paraître, mais je ne suis pas certaine d'y réussir. J'aimerais tant qu'il m'enlace, je pourrais faire glisser mes paumes sur ce torse que je devine musclé sous l'étoffe de son tee-shirt. Perdue dans mon imagination, je sursaute lorsqu'il me dévoile la raison pour laquelle il vient de me suivre :

— Tu as oublié de me laisser ton numéro de téléphone.

Sous l'effet de la surprise, j'ouvre la bouche dans ma plus belle imitation de la carpe koï, mais cela n'a pas l'air de le freiner.

— J'aurais pu demander à Matt mais je préfère que ce soit toi qui me le donnes.

J'ai bien compris ce qu'il vient de me dire ? Il veut mon numéro de téléphone ?

— Oui... oui, certainement, balbutié-je.

— Cool.

Il sort son smartphone de la poche arrière de son jean et lève son regard dans ma direction, dans l'expectative d'une réponse de ma part. Je reprends mes esprits et lui dicte mon numéro.

— Je vais t'envoyer un message, comme ça, tu auras le mien également. N'hésite pas à t'en servir.

Il me décoche un clin d'œil et repart le sourire aux lèvres en direction de la salle. Je reste quelques secondes hébétée, puis me rappelle que Matt m'attend devant. Le retour chez moi se fait dans une sorte de brouillard, habité d'un batteur blond au sourire mystérieux.

3

Ruby

Je suis en retard ! Et je ne peux même pas prétexter une panne de réveil, il a très bien fonctionné. Son bip strident m'a tirée d'un rêve fort agréable. J'étais à un concert des Nightmareden, Adam était sur scène et je n'avais d'yeux que pour lui. Sauf que cette fois-ci, je finissais la soirée au creux de ses bras, mon regard perdu dans le sien, avec personne dans les parages pour venir nous importuner. Cela semblait si réel que je pouvais presque sentir le touché velouté de ses lèvres sur les miennes.

J'ai mis du temps à trouver la motivation pour sortir de mon lit. Puis, je l'avoue, j'ai passé un long moment à rêvasser bêtement devant mes céréales et sous la douche. Lorsque j'ai quitté mon appartement, c'était bien plus tard qu'à l'accoutumée. J'ai raté de peu la rame de métro, mais je me suis résignée à attendre la suivante le sourire aux lèvres.

Lorsque j'arrive à Manhattan, je me retrouve, comme chaque matin, mêlée à la foule de travailleurs qui courent dans tous les sens. J'aime cette énergie ! C'est si différent de l'endroit d'où je viens. Ma petite ville de Pennsylvanie semble littéralement endormie quand on la compare à la frénétique New York. Sur la Cinquième Avenue, je lève les yeux vers la tour qui se dresse devant moi, celle qui abrite les bureaux de Carter Corp. où je travaille. Avec sa façade élégante de verre et d'acier sur laquelle jouent les rayons du soleil matinal, elle se distingue parmi les autres de Manhattan. Elle est le symbole de la puissance de notre P.-D.G., Ryan Carter, un self-made-man qui, d'après mon amie Lisa, jouit d'un charisme exceptionnel et d'un physique avantageux. Bien que je ne l'aie jamais rencontré, j'ai pu voir quelques photos en ligne et dans la presse, qui m'ont confirmé que Lisa n'exagérait pas.

Alors que je passe les portes de Carter Corp., c'est d'ailleurs elle qui m'accueille. Installée derrière l'immense comptoir du hall d'entrée, avec son chignon blond et son tailleur impeccable, elle quitte des yeux son ordinateur et me sourit.

— Tu es en retard, chantonne-t-elle.

— Je sais, mais c'était trop dur de se lever ce matin !

— Il va falloir trouver une excuse un peu mieux que celle-là pour Gabriel, me conseille-t-elle.

Gabriel Simons est le responsable de la communication chez Carter Corp. et notre supérieur direct à Matt et à moi. J'ai un peu de mal à le cerner, il peut se montrer charmant un instant et d'humeur glaciale la suivante.

Je propose à Lisa :

— On déjeune ensemble à midi ? J'ai des choses à te raconter.

Je vois une lueur d'intérêt s'allumer dans le regard de mon amie.

— Oh ! Tu as rencontré un mec ? s'enthousiasme-t-elle.

Je suis un peu vexée qu'elle ait deviné si vite, mais il faut dire que j'ai une vie tellement plan-plan que ce n'est pas difficile de me percer à jour. Je décide cependant de garder un brin de mystère pour la tenir en haleine toute la matinée.

— Peut-être, peut-être…

Je disparais ensuite vers l'ascenseur avant qu'elle ait pu me poser d'autres questions.

Arrivée au quarante-deuxième étage, je presse le pas. Il n'y a plus que quelques dizaines de mètres qui me séparent de mon bureau, si je l'atteins avant que…

— Ruby ! me hèle Gabriel.

Grillée !

Et avec ma veste encore sur le dos et mon sac à main, je ne peux même pas faire croire que j'étais partie faire des photocopies.

J'entre dans le bureau de mon responsable. Avec son costume trois-pièces bleu nuit, ses cheveux blonds coiffés impeccablement en arrière et son regard céruléen, il en impose. Il fronce les sourcils et l'image de la biche face à une voiture en pleins phares se projette dans mon esprit. *Je suis fichue*. Il dégage son poignet pour jeter un coup d'œil à sa montre.

— Quarante-cinq minutes de retard, Ruby. Tu as une explication ?

S'il y a une chose que j'ai apprise en travaillant avec Gabriel, c'est que lui mentir est inutile.

— J'ai… j'ai eu une panne de réveil.

Demi-mensonge, mais de toute manière on ne va pas s'embarrasser des détails techniques, il s'en moque. Il désigne une pile de dossiers du menton.

— Pour la peine, tu t'occuperas de ça.

Je les attrape et manque de tomber à la renverse sous leur poids. Je ne suis pas près de rentrer chez moi ! Lorsque je quitte le bureau de Gabriel, il me lance :

— Au fait, je suis au courant pour le concert d'hier.

Il n'ajoute rien mais je sais ce que ça veut dire : *Arrête de sortir, si tu n'es pas capable d'assumer le lendemain.* Comment est-il au courant ? Aucune idée ! Ce mec a des yeux partout !

Je me laisse tomber lourdement sur ma chaise face à un Matt au sourire en coin.

— Tu t'es fait griller !

Je lui lance un regard noir.

— Combien de fois tu es arrivé en retard ? Et pourtant tu te débrouilles toujours pour l'embobiner ! Moi, je me fais avoir direct ! C'est pas juste !

Je fais semblant de bouder.

— Eh ! On a la classe ou ne l'a pas ! se vante-t-il.

— Je te déteste.

— Non tu m'adores, car je suis passé prendre ton café.

Il me tend un gobelet qui vient de la boutique du coin de la rue. Un cappuccino aux éclats de caramel. Un délice ! J'en avale une gorgée et pousse un gémissement de plaisir :

— Hum ! Je retire ce que j'ai dit, je t'adore !

— C'est ce qu'elles disent toutes, plaisante-t-il.

Je lève les yeux au ciel devant son manque habituel de modestie, mais je n'ajoute rien, il ne ferait que surenchérir. Je pose mon téléphone sur le bureau, vérifiant si j'ai reçu un message. Malheureusement, ce n'est pas le cas. J'essaye de me consoler en me convainquant qu'à dix heures du matin, une rock star, ça dort toujours. Et même si c'est difficile, je me mets au boulot.

En fin de matinée, je travaille sur un projet avec Matt, mais j'ai bien du mal à empêcher mon esprit de dériver. Des flashs de la soirée d'hier m'assaillent : Adam sur scène, tellement à l'aise derrière sa batterie. Mais aussi les quelques instants ensemble : sa façon de me sourire, celle de passer sa main dans ses cheveux, son rire face aux pitreries de Matt.

— Eh princesse ! Je t'ai perdue, là.

Mon collègue me dévisage par-dessus son écran d'ordinateur. Je crois qu'il vient de me poser une question.

— Euh ouais… avoué-je, un peu penaude.

J'espère qu'il mettra ça sur le compte de la fatigue. Mais c'est ce moment précis que mon téléphone choisit pour vibrer sur mon bureau. Surprise, je fais un bond et Matt éclate de rire.

— Tu devrais voir ta tête, s'esclaffe-t-il. Au moins, cette fois-ci, tu dois être bien réveillée !

Je l'ignore et regarde le message qui vient d'arriver, tout en priant pour que Gabriel ne soit pas dans les parages. Un numéro inconnu s'affiche sur l'écran et mon cœur se met à battre la chamade.

Salut, c'est Adam, le batteur de Nightmareden.

Comme si j'avais besoin qu'il précise qui il est !

J'espère que tu es bien rentrée ?

Il me faut quelques secondes pour reprendre mes esprits et je me rends compte qu'il attend certainement une réponse. Mais avant que j'aie pu la lui donner, il envoie un autre message :

Ça te dit de boire un verre vendredi soir ? Je bosse dans un resto, on pourrait se voir après le service ?

On dirait bien que mon week-end s'annonce bien plus sympathique que prévu.

***

Lisa et moi déjeunons chez Felipe. C'est un peu notre cantine quand nous sortons entre filles le midi. Nos plats sont tout juste arrivés que ma copine décide de me passer sur le gril.

— Vas-y, raconte-moi. Je veux tout savoir sur ce mystérieux inconnu qui t'a mise en retard ce matin.

— Ce n'est pas à cause de lui que j'étais en retard, rectifié-je.

Même si ce n'est pas tout à fait faux non plus. Lisa fronce les sourcils.

— Tu ne m'as pas dit que tu avais rencontré quelqu'un ?

— Si… non… peut-être.

Ma réponse la fait sourire. Moi, je soupire.

— Tu as déjà eu un coup de foudre ?

— Pas plus tard que la semaine dernière, admet-elle avec malice.

Et c'est bien ça le problème. Je ne peux pas poser ce genre de question à Lisa, c'est un véritable cœur d'artichaut. J'ai des légumes dans mon frigo qui sont plus vieux que la plupart de ses histoires d'amour.

— Laisse tomber. De toute façon, c'est stupide, je n'ai pas envie de m'amouracher d'un mec qui n'a que l'embarras du choix parmi ses groupies...

— Ses groupies ? Oh ! Mais je me souviens ! Tu étais au concert hier soir avec Matt ! Tu craques pour Colin ?

— Non, ce n'est pas Colin. Attends, tu connais Colin ?

Elle lève les yeux au ciel comme si je venais de lui demander une chose ridicule.

— Bien entendu. Il est développeur chez Carter Corp., son bureau est au quarantième étage.

C'est vrai qu'avec son job de réceptionniste, elle croise tout le monde.

— Mais, si ce n'est pas Colin ? C'est donc d'Adam qu'il s'agit ?

Je sens mon visage prendre une belle teinte que l'on rencontre en général sur les tomates bien mûres, ou les camions de pompiers.

Lisa bat des mains, enthousiaste :

— Dis donc, tu n'as pas choisi le plus laid !

— C'est vrai qu'il a du charme, concédé-je.

— Du charme ! Il est carrément craquant ! Ce petit look de surfeur tout juste sorti de l'océan, miam ! D'ailleurs, il a beaucoup de succès auprès des fans du groupe. Et pas seulement à cause de ses talents de batteur, s'amuse-t-elle.

Je suis irritée par ce détail. J'en suis la première étonnée. D'abord, car je n'ai jamais été du genre jalouse auparavant avec mes petits amis, mais également, car je n'ai aucune raison de ressentir ça. Adam et moi ne sommes pas ensemble. Il m'a juste proposé d'aller boire un verre.

— Oui, il a beaucoup de succès. C'est ce qui me fait hésiter d'ailleurs. Tu sais ce qu'on dit sur ce genre de gars : il fait chaud dans leur lit, mais froid dans leur cœur, dis-je en triturant ma salade du bout de ma fourchette.

— Arrête de te mettre la rate au court-bouillon. Raconte-moi plutôt ce qui s'est passé hier. Vous avez fini la nuit ensemble ?

— Ça va pas ? On venait de se rencontrer ! Je n'ai pas envie de passer pour une fille facile !

Lisa hausse les épaules.

— Il n'y a pas de mal à se faire du bien.

Mon amie est beaucoup plus libre que moi dans ses relations avec les hommes. Et j'ai conscience que ma réaction aurait pu la vexer. Je ne la juge pas, mais je sais que moi, je serais incapable de m'abandonner dans les bras de l'un d'entre eux pour une histoire sans lendemain. Même si je dois avouer qu'une nuit avec Adam est plus qu'agréable à envisager.

— Nous avons un peu discuté, puis j'ai dû partir. Je ne suis même pas certaine que je le reverrai un jour.

Lisa a l'air déçue, je comprends, mon histoire tombe à plat. Mais pour l'instant, j'ai envie de garder pour moi la suite de celle-ci : ses messages, ma réponse positive et surtout le fait que nous avons rendez-vous vendredi.

4

Ruby

À chaque fois que je repense à la perspective de revoir Adam vendredi, un sourire s'imprime sur mes lèvres. Malheureusement celui-ci disparaît lorsque je passe la porte de mon appartement. Dans la cuisine, Benji, mon perroquet ara, s'est offert un festin. Mais Benji ne cuisinant pas, c'est dans la poubelle qu'il est allé picorer et comme il ne fait jamais les choses à moitié, il l'a renversée.

Il me fixe de ses petits yeux noirs et comme il sait qu'il a fait une bêtise, il s'échappe à l'autre bout de la pièce. Je peste de devoir nettoyer son bazar alors que je rentre à peine. Parfois, j'ai l'impression qu'à la maison, c'est lui qui fait la loi. Je vis chez lui plus que lui ne vit chez moi.

— Tu abuses Benji, râlé-je en ramassant les détritus.

— Désolééééé ! répond-il alors que je suis certaine qu'il n'en pense pas un mot.

Surtout, il sait que je vais très vite lui pardonner. Lui et moi, ça a été un coup de foudre. Il faut dire qu'il n'y est pas allé de main morte pour me séduire. Le jour où je suis entrée dans le magasin où il était en vente, il m'a draguée ouvertement en criant : *Jooolie jeune fiiiille !*

Et quand on est célibataire, l'idée de se faire accueillir à la maison quotidiennement par de telles flatteries, c'est plutôt emballant. Alors, à défaut d'avoir un homme qui laisse traîner ses chaussettes, j'ai un ara qui pourrit mon appartement en mon absence ! Il lui arrive même de sauter sur la télécommande de la télévision jusqu'à l'allumer. Je ne sais pas ce qu'il regarde exactement en mon absence, mais vu les nouveaux mots qu'il a appris, je doute que ce soient des programmes pour enfants.

J'attrape de quoi grignoter dans mon frigo et pendant que cela chauffe dans mon micro-ondes, je vais me changer pour enfiler un pyjama. Je m'affale ensuite dans mon canapé, un verre de vin à la main. Celui-ci, je ne l'ai pas volé. J'ai cru que je ne verrais jamais le bout des dossiers confiés ce matin par Gabriel ! Rappelez-moi de ne plus jamais arriver en retard ! Je sirote mon merlot et mes pensées dérivent une fois de plus vers Adam. Décidément ! C'est la première fois qu'un homme hante autant mon esprit ! J'ai hâte de le revoir. J'ai adoré le concert hier et pas seulement parce que j'ai craqué sur lui. Il y avait une telle énergie !

Je songe soudainement à un détail. Il existe peut-être des vidéos du groupe en ligne ? Je pourrais comme cela en voir un peu plus sur Adam… Est-ce une bonne idée ? On dirait une toxico en attente de son prochain fix. Mais je suis faible et je succombe. J'attrape mon ordinateur et lance la recherche, rapidement couronnée de succès. Quelques vidéos, amateurs pour la plupart, montrent le groupe. La qualité n'est pas terrible – ça bouge, le son est mauvais – mais il est là. Aussi beau que dans mes souvenirs, si ce n'est plus. Je trépigne d'impatience à l'idée de le revoir. D'ailleurs, il y a un détail qui me chagrine. Je n'ai pas reçu de réponse à mon texto acceptant son rendez-vous. Je n'ai aucune idée de l'endroit ou de l'heure. Ni même si cette soirée tient toujours après tout. Je sais que c'est idiot de s'arrêter à ce détail, nous ne sommes pas encore vendredi, mais une petite part de moi ne peut s'empêcher de formuler mille hypothèses à l'heure. Et s'il avait changé d'avis ? Et s'il préférait finalement passer sa soirée avec quelqu'un d'autre ? Je déteste être dans l'expectative d'une réponse et de sursauter dès que mon téléphone émet le moindre son.

Tu n'as qu'a tout simplement lui poser la question, me dit une voix dans ma tête. Ça semble si facile comme ça ! Pourquoi faut-il que je me torture autant l'esprit ? J'hésite encore pendant un moment. J'allume même la télévision pour essayer de penser à autre chose. Puis, il faut croire que le vin m'aide à enfiler mon costume de grande fille. Après tout, je suis une femme indépendante, adulte et mature. Si j'ai une question à poser à un homme, je peux très bien le faire. Je suis certaine d'avoir lu un article là-dessus. Je me saisis de mon téléphone et pianote :

Toujours OK pour vendredi soir ? Je te rejoins où ?

Malheureusement ma confiance en moi s'effrite à chaque seconde qui défile sans réponse de sa part. Et me revoilà à gamberger. Mais il faut croire qu'un dieu quelque part a pitié de moi, car quelques minutes plus tard, je reçois enfin un message.

Bien sûr ! Au Luna, le resto se trouve dans Brooklyn, on peut dire minuit, le temps que je finisse. Je sais que c'est un peu tard.

J'oublie tous les conseils des magazines féminins qui voudraient que je joue la fille inaccessible et trop occupée pour lui répondre immédiatement :

Pas de souci, je ne travaille pas le lendemain, je pourrai dormir.

Et sous-entendu je n'ai rien à faire non plus. Bravo Ruby ! Pour jouer les filles désespérées, tu es la meilleure !

Génial. Et c'est un resto, alors si tu as un petit creux, il y aura de quoi faire.

Je tape l'adresse qu'il m'a envoyée sur Google : il s'agit d'un restaurant indien, j'adore la nourriture indienne !

Tu veux dire que tu vas cuisiner pour moi ?

Crois-moi sur parole quand je te dis qu'il vaut mieux que non !

Sa dernière réplique me fait rire. Donc le mystérieux Adam n'est pas un cordon-bleu ? Je ne peux pas lui en vouloir sachant que je suis loin d'en être un moi-même. Nous échangeons encore pendant quelques minutes et je vais me coucher le sourire aux lèvres à l'idée de la soirée qui m'attend vendredi.

***

Autant dire que lorsque le vendredi arrive, je n'ai aucun problème de réveil cette fois-ci. Je pousse même le vice jusqu'à me lever plus tôt et à commencer la journée par un petit jogging à Central Park, la musique de Nightmareden dans les oreilles. J'affiche un air heureux et légèrement supérieur. Celui de la fille qu'on aime détester. Celui qui proclame : je suis une New-Yorkaise, j'ai un boulot que j'adore, dans une entreprise où des centaines de jeunes diplômés rêvent de bosser un jour. Et comble du bonheur, j'ai ce que chaque célibataire de cette ville attend encore plus fébrilement qu'une semaine de soldes chez Macy's : un rendez-vous. Avec un mec canon et batteur dans un groupe. Qui peut rivaliser avec ça ?

Après une bonne douche, mon sourire suffisant et moi faisons notre entrée chez Carter Corp. Je fais un petit signe de la main à Lisa, à la manière de Mariah Carey – le mouvement de cheveux en moins – et je pénètre dans l'ascenseur. Ce n'est qu'une fois que les portes se referment que je me rends compte que j'ai de la compagnie.

Mes yeux se posent sur une paire de chaussures élégantes et cirées avec soin, remontent sur un costume gris de qualité, probablement du sur-mesure. Une seconde, je pourrais penser qu'il s'agit de Gabriel, mais cet homme est plus grand, plus large d'épaules. Et surtout, lorsque j'arrive à son visage, je découvre qu'il est brun et qu'il m'est inconnu. Le nez dans son téléphone, il ne voit pas tout de suite que je l'observe. Mais quand il relève la tête et que nos regards se croisent, je suis démasquée. Alors, je lui adresse un sourire poli, auquel il répond. Il y a quelque chose en lui qui m'intrigue. Comme une impression de déjà-vu, pourtant je suis certaine de ne jamais l'avoir rencontré.

Il jette un coup d'œil au panneau de contrôle de l'ascenseur. Il n'y a que deux niveaux allumés. Le quarante-deuxième, c'est-à-dire mon étage, et le dernier. J'en conclus qu'il fait donc partie de la direction ou qu'il a rendez-vous là-bas.

— Marketing ? me demande-t-il.

En vérité, je mets une seconde à me rendre compte que c'est à moi qu'il s'adresse. Il y a toujours la possibilité qu'il parle seul, mais quand même…

— Euh… oui, je travaille là-bas.

— Vous vous y plaisez ?

— Absolument. Mon travail est très intéressant.

Je plaque sur mes lèvres mon plus beau sourire d'employée épanouie. S'il me pose cette question, c'est qu'il doit certainement avoir sa place dans l'organigramme entre le big boss et Gabriel, alors autant faire bonne impression. Pour la peine, je glisse un message, sait-on jamais…

— J'espère avoir l'occasion de découvrir d'autres secteurs de la société, dans le futur.

Il me fixe avec un air énigmatique. Impossible de déceler quelle émotion provoque mon commentaire.

— Notre entreprise offre de belles perspectives d'avenir pour ceux qui s'investissent dans leur travail.

Je réponds d'un sourire poli alors que la cabine s'immobilise à mon étage. Les portes s'ouvrent.

— Bonne journée, lancé-je avant de sortir.

— À vous aussi.

Je pensais vraiment ce que j'ai dit à cet inconnu. Malgré les quelques fois où Gabriel me punit avec des dossiers insipides, j'aime mon boulot. Je suis d'autant plus heureuse de travailler ici que Carter Corp. est une entreprise avec des valeurs auxquelles j'adhère. Ryan Carter fait beaucoup parler de lui ces derniers temps grâce à son engagement pour l'environnement. Je trouve cela remarquable et c'est l'une des raisons qui m'ont poussée à postuler ici.

Toute la journée, je suis une pile électrique. Mais plus l'heure de la fin approche, plus je suis intenable.

— Qu'est-ce qui t'arrive, princesse ? Tu me donnes le mal de mer à force de gigoter comme ça sur ta chaise.

— Euh… rien de spécial, bafouillé-je.

Mais mon binôme me connaît trop bien pour se faire duper. Il étrécit ses yeux et me fixe pendant quelques secondes.

— Toi, tu as un rencard ! conclut-il avec un air victorieux.

Je décide que c'est un peu trop facile pour lui, alors j'invente :

— Avec mon coiffeur, c'est ça, tu as deviné !

— Il est sexy au moins ?

— Terriblement. Et surtout, beaucoup plus que toi !

— Impossible ! J'en conclus que tu mens. Même si je dois reconnaître qu'une petite coupe ne te ferait pas de mal.

— Eh ! protesté-je.

Il lève les mains devant lui comme pour se protéger.

— C'est toi qui as commencé.

— Aide-moi plutôt en me disant ce qu'il faudrait que je porte.

— Pour aller chez le coiffeur ? me taquine-t-il.

— Pour un premier rendez-vous, avoué-je.

Matt me détaille des pieds à la tête.

— Tu as vraiment besoin de mon aide pour te décider ?

— Tu es un expert, tu as tout le temps des rencards !

— C'est pas pour autant que je fais attention à ce qu'elles ont comme fringues. C'est plutôt ce qu'il y a en dessous qui m'intéresse, ricane-t-il.

Je lui fais les gros yeux et il devient plus sérieux.

— C'est quoi le message que tu veux faire passer ? J'ai envie de te séduire, mais pas de finir dans ton lit dès ce soir ?

— Oui, quelque chose comme ça.

Il réfléchit une seconde et déclare :

— Alors, pars sur un jean et un haut moulant avec un décolleté qui laisse apparaître les arguments que tu as dans cette zone.

Il pointe du doigt ma poitrine. Je baisse mon regard dans cette direction. Mes seins ne sont pas ce que j'appellerais un atout, ils sont petits. Devant mon air sceptique, Matt me rassure :

— Ce sera très bien. Et puis tu es canon quoi que tu portes. Si ce mec ne succombe pas directement, c'est un abruti.

— T'es trop choupinou, toi.

Il écarquille les yeux.

— *Choupinou ?* C'est l'adjectif qui te vient à l'esprit pour parler de moi ? J'ai l'impression que tu m'as émasculé là, princesse !

Je ris, un peu trop fort pour passer inaperçue dans l'open space. Alors j'essaye de me ressaisir et déclare à voix basse :

— T'inquiète pas. Tu as beau être tout choupinou, tu restes mon collègue le plus sexy et le plus drôle.

Il affiche un rictus victorieux. Mais notre moment tourne court lorsqu'une pile de documents atterrit sur mon bureau en un bruit sourd. Je tourne la tête et Gabriel me fixe l'air contrit.

— Dois-je vous rappeler que nous ne sommes pas au café ?

Je vois que Matt essaye de contenir son sourire et dès que notre responsable a le dos tourné, nous ricanons ensemble comme des adolescents.

***

Après tout le travail que Gabriel m'a confié, je rentre chez moi à une heure déjà avancée. Je nourris Benji et file sous la douche. Vient ensuite le moment de m'habiller. Je décide de suivre le conseil de Matt. J'enfile un jean slim, un haut rose poudré avec un col bénitier et je complète ma tenue par un perfecto et des boucles d'oreilles pendantes. Décontractée, mais légèrement sexy.

Il n'est que vingt et une heures et nous n'avons pas rendez-vous avant plusieurs heures, il va donc falloir que je tue le temps. J'allume la télévision et choisis une rediffusion d'une vieille série que j'adorais, adolescente.

Lorsque mon téléphone sonne avec l'arrivée d'un SMS, une heure et demie plus tard, il me sort d'un état précomateux. Je l'empoigne et découvre qu'il s'agit d'un message d'Adam. En moins d'une seconde, je suis à nouveau fébrile.

J'espère que tu ne m'as pas oublié ?

Je réponds du tac au tac, sans prendre le temps de réfléchir :

Comment pourrais-je oublier le batteur sexy de mon groupe de metal préféré ?

Ce n'était qu'une plaisanterie mais je me rends compte en relisant mon message à haute voix que je viens quand même de lui avouer que je le trouve sexy. Pour empirer le tout, c'est le moment que Benji choisit pour jouer au perroquet parlant :

— Sexyyy ! répète-t-il de sa voix stridente.

La réponse d'Adam ne se fait pas attendre :

Tu me trouves sexy ?

Il ponctue son SMS d'une émoticône faisant un clin d'œil, et moi j'ai envie de disparaître sous mon canapé. Alors, je décide de continuer sur le ton de la plaisanterie.

J'ai aussi dit que j'aimais le metal…

Et j'ajoute :

Je suis certaine que toutes les filles te disent ça.

Ça me touche plus venant de certaines…

Les battements de mon cœur, déjà rapides depuis le début de cette conversation, deviennent erratiques.

Je te vois dans une heure.

Ce n'est pas une question. Et cette échéance me paraît à la fois si lointaine et si proche… Je me demande s'il est lui aussi si impatient de me voir. J'ai l'impression d'être une gamine qui se rend à son premier rendez-vous. Sauf que cette fois-ci, ce n'est pas un lycéen boutonneux qui vient me chercher chez mes parents. Et je ne suis plus la fille naïve de l'époque. Alors que je récupère mon sac et mes clés, je jette un dernier regard dans le miroir de mon entrée. À mon reflet, j'adresse un petit discours muet d'encouragement : *Ruby, tu es une jeune femme intelligente, indépendante et sexy. Adam n'a qu'à bien se tenir !*

5

Ruby

Le taxi stoppe dans une rue comme il en existe tant dans le quartier. Je paye ma course et me dirige vers la façade du Luna, le restaurant où Adam m'a indiqué travailler. L'enseigne est éteinte, pourtant à travers les tentures filtre une lumière orangée. Je m'approche et tente de pousser la porte. Celle-ci résiste. C'est logique, le restaurant est censé être fermé. Alors je tape au carreau, histoire de signaler ma présence. Je ne peux pas voir si quelqu'un est là mais il me semble entendre du bruit.

Quelques secondes plus tard, on ouvre et face à moi se trouve Adam. En me découvrant sur le pas de la porte, il sourit. Et je ne peux faire que de même. Avec ses cheveux en bataille et ses yeux verts pétillants, il est tout simplement craquant :

— Entre, je t'en prie, dit-il en s'effaçant pour me laisser passer.

Il porte un jean déchiré aux genoux et un tee-shirt blanc. Sur son biceps j'aperçois à nouveau son tatouage. Je ne peux m'empêcher de le fixer. Il s'agit d'un ange noir dont les ailes déployées lui courent jusqu'au milieu de l'avant-bras. Je ne suis pas spécialement fan de tatouages, mais celui-ci m'intrigue. Et je dois avouer que ça lui va plutôt bien.

— Il te plaît ? demande-t-il.

On dirait que je n'ai pas été vraiment discrète !

— Oui. Il a une connotation particulière ?

Il semble réfléchir une seconde à la question puis répond :

— Oui.

Je comprends que je n'en saurai pas plus pour l'instant. Et c'est confirmé lorsqu'il change de sujet :

— Tu as faim ?

— Je meurs de faim ! Je n'ai rien mangé avant de venir puisque quelqu'un m'avait promis un bon repas.

Il se saisit de mon poignet et sous le coup de la surprise, je sursaute.

— Désolé, je ne voulais pas te faire peur.

— C'est moi qui ai été surprise. Ne t'inquiète pas.

Heureusement, il ne retire pas sa main. Pour être honnête, son contact me procure une sensation très agréable et je ne m'y attendais tout simplement pas. Depuis que je suis là, voire depuis que je l'ai rencontré, je suis une boule de nerfs. Je n'ai pas le souvenir que cela me soit déjà arrivé en présence d'un homme. Je ne vais pas dire non plus que j'ai une assurance folle dans ma vie de tous les jours, mais être fébrile à ce point-là, c'est tout à fait inédit.

Je me laisse guider par Adam vers la salle, mais au moment où nous atteignons celle-ci, je découvre quelque chose qui fait retomber toute l'euphorie que j'ai pu ressentir jusqu'à présent. Il y a un homme accoudé au bar, dos à nous. Nous ne sommes donc pas seuls.

— Ruby, je te présente mon pote et colocataire, Owen.

Il a invité un ami à lui ? Ce n'est pas un rencard alors !

Owen se retourne sur son tabouret et me dévisage de ses yeux sombres. Il a des cheveux bruns, plus longs que ceux d'Adam, qui retombent sur son visage ombré d'une barbe de quelques jours. Son nez est légèrement de travers, comme s'il avait été cassé, et une cicatrice barre sa pommette. Je ne peux nier qu'il est attirant, mais dans un style totalement différent de son ami. Adam est solaire alors que lui, il dégage quelque chose de mystérieux, voire de dangereux. D'ailleurs, le regard ennuyé qu'il me lance n'arrange rien.

Adam me souffle à l'oreille :

— Ne fais pas attention à lui, il est de mauvaise humeur.

Alors je prends sur moi et me présente :

— Salut, moi c'est Ruby. Enchantée de faire ta connaissance.

C'est un mensonge et j'ai l'impression qu'il en est conscient. J'aurais aimé avoir Adam rien que pour moi, et faire la rencontre de son coloc qui a l'air aussi sympathique qu'un gardien de goulag n'était pas au programme.

Il ne répond pas. Adam, légèrement gêné, me fait signe de m'asseoir sur le tabouret à côté de son ami.

— Tu veux boire quelque chose ?

— Je veux bien une bière, s'il te plaît.

À ma grande surprise, c'est Owen qui s'empare d'une pinte et qui actionne la tireuse sans même bouger de sa place. Il la fait glisser dans ma direction.

— Désolé Ruby, je ne suis pas d'excellente compagnie ce soir, se justifie-t-il.

Je suis étonnée d'entendre sa voix, surtout pour s'excuser.

— C'est pas grave. On a tous nos moments, réponds-je.

Adam se poste à côté de son ami et lui assène une tape dans le dos.

— Il sera de nouveau sur pied demain. Il ne reste jamais de mauvaise humeur bien longtemps.

Le principal intéressé n'a pas l'air convaincu par cette déclaration. Adam approche sa pinte de la mienne et me fait signe qu'il veut trinquer. Nos verres s'entrechoquent.

— Alors, comment tu trouves le restaurant ?

Je détaille les environs. Différents styles s'opposent. Du mobilier moderne cohabite avec des tissus colorés et des tableaux kitsch. Comme si la décoration avait été faite par plusieurs personnes aux goûts différents.

— C'est un mélange étonnant, admets-je.

— En gros, elle te dit qu'elle trouve ça dégueu, ricane Owen.

Adam fronce les sourcils. J'espère que je ne l'ai pas vexé ! Je proteste :

— Non… je n'ai pas dit que…

Mais Adam me coupe :

— Il te fait marcher, Ruby. Ne l'écoute pas. Et tu as le droit de penser ce que tu veux. Ce n'est pas mon restaurant, je ne fais qu'y bosser.

Il me rassure d'un sourire.

— Et qu'est-ce que tu fais ici, puisque tu m'as déjà dit que tu n'étais pas le chef ?

Il grimace.

— Je suis plongeur. Pas très reluisant, hein ?

Il a honte de son boulot ?

— Du moment que ça paye tes factures, tu n'as pas à en rougir. Et puis on sait que tu as d'autres cordes à ton arc. Regarde, moi je bosse bien avec Matt, ce n'est pas super reluisant non plus ! plaisanté-je.

— Ça ne doit pas être évident tous les jours, je te l'accorde. Bon, vous avez faim ?

Owen hoche la tête et je fais de même.

— Je pars en cuisine alors.

Il s'éloigne vers une porte à double battant. Pendant sa retraite, j'en profite pour admirer son côté pile. J'ai soudainement envie d'envoyer un e-mail de félicitations à la personne qui a conçu son jean qui lui va comme un gant, et qui disons met en valeur *ses atouts à lui*.

— Tu es d'une discrétion folle, Ruby, fait remarquer Owen.

Je feins l'ignorance :

— Quoi ?

— Une vraie groupie, dit-il en portant son verre à ses lèvres.

J'ai l'impression que dans sa bouche, ce n'est pas un compliment.

— Tout dépend de ce que tu entends par *groupie*.

Il tourne la tête, ses iris noisette me dévisagent. Tout à coup mon haut sexy, mon maquillage me semblent de trop dans cette atmosphère.

— Tu vois en lui le batteur d'un groupe qui a le vent en poupe, et certainement la promesse d'une nuit enfiévrée. Peut-être que tu ne serais pas contre renouveler l'expérience quelques fois, mais dès que tu te seras lassée, tu le laisseras tomber pour un nouveau jouet.

— Et tu as déduit tout ça grâce à la longue conversation que nous venons d'avoir, je suppose ? ironisé-je.

— Je connais les nanas dans ton genre.

— Et Adam ? Il n'est pas assez grand pour se faire son opinion tout seul ?

Ce type commence sérieusement à m'agacer. Pour qui se prend-il ? Copain d'Adam ou pas, je n'apprécie pas qu'il me juge de cette façon sans me connaître.

— Adam est plus sensible qu'il ne le laisse paraître. Comme ça, il est le gars sympa et tout le temps souriant, c'est compliqué de savoir ce qu'il pense. Mais moi je le connais bien. Alors si tu es juste là pour t'amuser, sois honnête avec lui.

Je m'apprête à lui sortir une réplique bien sentie, mais Adam fait irruption dans la salle avec deux assiettes fumantes. Il en dépose une devant moi, une devant Owen.

— Tu ne manges pas, toi ?

Il mime l'effroi.

— Surtout pas ! Je sais comment c'est fait !

Je reste une seconde interdite, puis il éclate de rire.

— Je plaisante, Ruby. Je vais aller chercher la mienne plus tard. Tu peux manger sans crainte, tu me diras ce que tu en penses, mais en général les gens adorent.

J'entame mon assiette, effectivement c'est délicieux. Owen et moi ne pipons pas un mot et je suppose que la tension est palpable car Adam nous questionne :

— Y'a un problème ?

— Aucun, dis-je certainement un peu trop vite, car ma réponse, au lieu de rassurer Adam, le fait froncer les sourcils.

— Qu'est-ce que tu lui as dit ? demande-t-il à son pote, avant d'ajouter à mon intention : quoi qu'il t'ait raconté, c'est sûrement des mensonges.

— Comme si c'était mon genre, râle Owen.

— C'est tout à fait ton genre, renchérit Adam.

Cet échange est loin d'être tendu. En vérité, il démontre plutôt une certaine complicité entre eux. Je comprends alors qu'Owen ne pensait pas forcément à mal avec sa mise en garde, tout à l'heure. Il essaye juste de veiller sur son ami. Je ne le connais pas bien après tout, il y a peut-être des femmes qui l'ont effectivement fait souffrir par le passé. Mais une chose est certaine, je ne veux pas être l'une d'entre elles.

Un peu confuse, je demande où sont les toilettes. Adam m'indique le chemin et lorsque je me lève, Owen me dévisage une nouvelle fois d'une façon qui augmente mon sentiment de ne pas être à ma place.

Je suis perdue. Je ne sais pas pourquoi Adam m'a invitée ce soir. Après tout, ce n'est pas un véritable rendez-vous, son pote est là. Mais pourquoi m'aurait-il dit de venir s'il ne s'intéressait pas un tout petit peu à moi ? Owen me demande de ne pas le faire souffrir mais je ne sais même pas si je lui plais !

Je me lave les mains et me rends compte que si cette discussion avec Owen m'a autant contrariée, c'est qu'elle ravive de mauvais souvenirs. Lors de ma dernière relation, c'est moi qui ai été blessée, trahie. Et je ne souhaite pas revivre une telle chose. Alors, avouons-le, sur le papier, entamer quelque chose avec un musicien qui a des hordes de filles à ses pieds n'est peut-être pas une très bonne idée. Adam semble gentil, mais là aussi, j'ai appris que les apparences pouvaient être trompeuses.

Je me sèche les mains sans avoir les pensées beaucoup plus claires. Je pousse la porte des toilettes, fais quelques pas et me heurte à quelque chose. Ou plutôt à quelqu'un. Je manque de m'étaler de tout mon long, mais heureusement, on me rattrape à temps. Lorsque deux larges paumes se posent sur mes hanches, je n'ai aucun doute sur l'identité de mon sauveur. C'est lui.

Adam.

Je lève les yeux, mais au lieu de croiser son expression d'ordinaire enjouée, il a l'air tendu. Cette version sérieuse du batteur m'inquiète.

— Qu'est-ce que t'a dit Owen ? demande-t-il.

Je tourne la tête pour éviter son regard.

— Ruby…

— Rien de spécial… Owen est juste un bon ami. Il ne pensait pas à mal.

Au lieu de le détendre, mon aveu semble le rendre encore plus soucieux.

— Est-ce qu'il t'a gênée ? Il ne t'a pas insultée, j'espère ? Owen manque parfois de tact…

— Non, rien de tout ça, je te le promets.

Je suis consciente de ses mains toujours posées sur ma taille. Son pouce se décale légèrement et frôle un morceau de peau dénudée entre mon tee-shirt et le haut de mon pantalon. Ce contact fugace m'électrise. Mon regard croise à nouveau le sien. Je comprends qu'il attend que je lui dise la vérité.

— Owen m'a demandé quelles étaient mes intentions à ton égard.

Un sourire étire ses lèvres.

— Dit comme ça, on dirait que je suis une demoiselle en détresse d'il y a deux siècles. Mais ça ne m'étonne même pas de lui. Il se prend constamment pour ma nounou.

Il se penche un peu plus vers moi, les pointes de ses cheveux blonds frôlent mon visage. Il est si proche. Son parfum, quelque chose de boisé qui pourtant m'évoque le soleil et le grand air, m'enivre.

— Après tout, tu ne sais même pas pourquoi je t'ai invitée, dit-il.

— C'est vrai.

Et s'il pouvait éclaircir ce point, là maintenant tout de suite, ça m'aiderait énormément. Je pourrais décider s'il est judicieux que je laisse mon cœur s'emballer, ou si au contraire, je ferais mieux de lui ordonner de ralentir la cadence.

— Et pour sa défense, Owen a croisé plus d'une de mes fans qui n'étaient pas là pour les bonnes raisons.

— Je ne suis pas une groupie sans cervelle en recherche d'une pseudo-célébrité ou un truc du genre, me défends-je.

Il m'observe, repousse une mèche de mes cheveux derrière mon oreille, avant de confirmer d'une voix basse :

— Je sais, ma belle. Si c'était le cas, tu ne serais pas là.

Je suis sans voix face à cette déclaration. Adam saisit mon poignet et dit :

— Viens, le dîner va être froid.

La dernière chose dont j'ai envie, c'est d'aller manger. J'aurais préféré rester dans ce couloir avec lui. Lorsque nous débarquons dans la salle, je vois qu'Owen fixe la main de son pote sur mon bras.

— Tu as peur qu'elle se perde ? raille-t-il.

— J'ai surtout peur qu'à cause de toi, elle s'enfuie, rétorque Adam.

— Je suis plus coriace que tu ne le penses. Il m'en faut plus pour prendre mes jambes à mon cou.

— J'espère bien. J'aime les femmes déterminées.

Il ponctue sa déclaration d'un regard qui pourrait faire fondre la banquise, et qui a exactement cet effet sur moi. Owen, quant à lui, semble amusé.

Adam tire une bouteille de sous le bar et s'empare d'un limonadier pour l'ouvrir. Il se saisit d'un verre qu'il remplit et le pousse ensuite dans ma direction.

— Réserve spéciale du patron, tu me diras ce que tu en penses.

— Quel privilège !

Owen secoue la tête.

— N'importe quoi celui-là. Ne te laisse pas baratiner Ruby.

— Tais-toi et mange, lui répond le batteur.

Mon regard va de l'un à l'autre.

— Vous êtes certains d'être amis tous les deux ?

— Non, on fait semblant, dit Adam. Qui voudrait d'un pote comme lui ?

— Plein de gens, figure-toi.

— En tout cas, personne ne serait assez fou pour vivre avec toi à part moi.

Puis il ajoute à mon intention :

— C'est le mec le plus bordélique de la terre. Une fois j'ai retrouvé de la vaisselle dans le lave-linge !

— Ah oui ! Quand même !

Alors qu'Owen se bidonne, la porte de la cuisine s'ouvre soudainement.

— Vous auriez pu m'attendre au moins ! s'exclame une voix féminine.

Je me retourne et découvre une fille longiligne qui avance dans notre direction avec l'assurance de celle qui a le monde à ses pieds. Elle est magnifique avec ses longs cheveux bruns qui ondulent jusqu'au creux de son dos et ses yeux bleus. Elle porte une robe de la même couleur, et une petite veste noire. Elle dépose une bise sur la joue d'Owen, semble tout de même s'apercevoir de ma présence puisqu'elle marmonne un « salut ». Puis elle contourne le bar pour se poster contre Adam. Elle lui adresse un sourire alors que sa paume glisse sur l'ange noir de son biceps. Subitement, toute la légèreté des derniers moments passés avec les garçons disparaît. Je n'ai plus qu'une question en tête :

Mais qui est cette fille ?

6

Ruby

— Ruby, je te présente Fiona. Fiona, voici Ruby.

Elle m'inspecte des pieds à la tête comme si j'étais une sorte d'insecte qu'elle s'apprêtait à écraser sous le talon de sa botte. Pour la forme, elle m'adresse un petit signe de tête, mais elle n'a pas l'air ravie de me voir ici.

— Vous travaillez ensemble ? tenté-je puisque la demoiselle a déboulé de la cuisine.

— Oui, Fiona est serveuse ici.

Cette explication devrait me rassurer, cela justifierait sa présence. Mais vu qu'elle est toujours collée à Adam comme une moule à son rocher, je ne me détends pas pour autant. Est-ce qu'ils sont ensemble ?

Owen détourne quelques instants notre attention en faisant toute une histoire, car un cheveu se serait glissé dans son assiette. Il part en cuisine et je me retrouve seule avec Adam et Fiona. Une sensation de malaise m'envahit. J'ai clairement l'impression d'être de trop. Du moins, c'est ce que me fait ressentir Fiona. C'est surtout la façon dont elle m'observe qui me met mal à l'aise.

— Mmh ! C'est vraiment bon ! déclare Adam, apparemment inconscient du duel de regard qui est en train de se jouer entre *sa copine* et moi.

Fiona attrape une fourchette sur le bar et prend une bouchée dans l'assiette d'Adam. Celui-ci n'a pas l'air gêné par son geste et je me dis qu'il n'y a pas de doute, ils sont plus que de simples collègues de travail.

Je la connais depuis moins de cinq minutes et je la hais déjà. Et honnêtement, je suis perdue. Qu'est-ce que je fais là, s'il a quelqu'un dans sa vie ? Pourtant, tout à l'heure dans le couloir, j'ai cru qu'il y avait quelque chose qui s'était passé entre nous. Une sorte de petite étincelle, un début de complicité. Je me serais donc monté la tête toute seule ? Mais dans ce cas, pourquoi Owen a-t-il essayé de m'écarter d'Adam ? Il n'avait qu'à dire tout simplement qu'il n'était pas libre.

— Alors comment vous vous êtes rencontrés tous les deux ? questionne Fiona avec un air condescendant.

— Matt l'a emmené à notre dernier concert.

— Ah ! Je vois, une *groupie.*

Ce mot dans sa bouche a tout de l'insulte. Je me défends :

— Oui, j'apprécie ce que fait le groupe. Mais je ne crois pas que ce soit pour ça qu'Adam m'ait demandé d'être là ce soir.

L'intéressé lève le nez de son assiette et hoche la tête. Mais avant qu'il ait fini sa bouchée et ait donc pu dire quelque chose, Fiona renchérit :

— Nightmareden invite souvent une fan. Ça permet de faire parler d'eux et les demoiselles sont ravies.

Cette fois-ci, Adam ne laisse pas passer :

— Fiona !

Puis il ajoute à mon intention :

— Ce n'est pas le cas ce soir. C'est un dîner improvisé entre potes, c'est tout. À mes yeux, tu n'es pas une fan. Même si j'apprécie que tu aimes ce qu'on fait.

Sa déclaration me rassure mais me chagrine à la fois. *C'est un dîner entre potes.* Donc clairement, il ne s'agissait pas d'un rendez-vous dès le départ. Il faut croire que je me suis emballée un peu trop vite. Je suis déçue, mais je n'ai pas le loisir de m'appesantir sur ce sentiment, car déjà Fiona reprend :

— Avoue que c'est déjà arrivé. Colin et toi passez du bon temps tout en faisant penser à des pauvres filles que vous allez les épouser.

Cette fois-ci, Adam éclate de rire.

— *Les épouser* ? Non, mais écoute-toi, Fiona ! Tu imagines Colin la bague au doigt ? C'est la meilleure celle-là !

Le léger sourire qui s'imprime sur les lèvres de Fiona me laisse comprendre qu'elle aussi trouve ça ridicule.

— C'est vrai, Colin marié, c'est hautement improbable. Mais, avoue que la plupart des filles qui traînent autour du groupe espèrent décrocher l'attention des musiciens.

Elle se rapproche un peu plus de lui. À ce rythme-là, elle sera bientôt sur ses genoux. Ses doigts se posent sur le poignet d'Adam, elle fait mine de jouer distraitement avec son bracelet de force mais je sais très bien qu'elle est en train de me faire une petite démonstration. Et le moins que l'on puisse dire, c'est qu'Adam ne fait rien qui pourrait me laisser douter du fait qu'il n'apprécie pas son attitude. Lui est toujours focalisé sur notre conversation :

— Si je pouvais me contenter d'être derrière ma batterie et de jouer, je serais très heureux. Mais un groupe n'est rien sans public. Alors, ça fait partie du boulot de satisfaire les fans.

— Tu parles d'un boulot ! Faire de la musique les samedis soir et avoir des filles qui se jettent à tes pieds ! Quel carcan ! ironise Fiona.

Adam tourne la tête vers elle et lui décoche un clin d'œil. Cette complicité entre eux me désespère. Je me concentre sur mon assiette, mais avale avec difficulté.

— Et toi, qu'est-ce que tu fais comme boulot ? demande Fiona.

— Je travaille chez Carter Corp., au service communication.

Elle fronce les sourcils, on dirait que je viens de lui avouer que je suis tueuse à gages.

— Elle bosse avec Matt, précise Adam.

— Fantastique, raille-t-elle.

Je ne sais pas quel est vraiment son problème : Carter Corp. ou Matt ? Je décide de m'en moquer.

— Et toi Adam ? Tu aimes bosser ici ?

— L'ambiance est sympa, mais c'est juste pour mettre du beurre dans les épinards. D'ici quelques mois, j'espère pouvoir m'en passer. On aimerait ouvrir une boutique de matériel et vêtements de surf, Owen et moi.

— Ah oui ? J'en conclus que tu surfes alors ?

Il hoche la tête. Il n'a donc pas que le look du surfeur, c'en est un également. Je l'imagine sur une planche au milieu des rouleaux, et tout à coup j'ai envie d'une virée en bord de mer. Avec lui de préférence. Batteur et surfeur, a-t-il d'autres cordes à son arc ?

— Et tu n'aimerais pas vivre de votre musique ?

— Non, ça, c'est le rêve de Colin. Attention, j'adore jouer, j'aime faire des concerts et avoir un public enthousiaste, mais la notoriété que nous avons actuellement me suffit amplement. Je veux prendre du plaisir en jouant, je ne cherche pas à tout prix à répondre aux exigences d'une maison de disques ou d'un agent.

— Je comprends.

Il me sourit et me demande :

— Tu as déjà surfé, Ruby ?

Je secoue la tête.

— Je ne suis presque jamais allée au bord de l'océan dans mon enfance. Et je t'avoue que l'idée d'aller plonger dans une mer en furie me terrifie un peu.

— Peut-être un jour, je pourrais te donner un cours ?

Je n'ai pas le temps de répondre, un vacarme assourdissant nous coupe. On dirait que ça vient de la cuisine.

— Je vais voir ce qu'Owen fabrique avant qu'il ne mette le feu au restaurant.

Il s'éclipse, me laissant seule avec Fiona. Il ne lui faut pas plus de cinq secondes pour me sauter de nouveau à la gorge.

— Alors, quel genre de filles es-tu ?

— Pour la leçon de morale, tu en es dispensée, Owen me l'a déjà servie tout à l'heure.

— Je vois, ricane-t-elle. Tu n'es pas la première à tourner autour d'Adam et certainement pas la dernière. Du moment que tu as bien compris que c'était chasse gardée, toi et moi, on n'aura pas de problèmes.

Sa déclaration finit de tuer la petite lueur d'espoir que j'avais. Je ressens soudainement le besoin de me justifier.

— C'est Adam qui m'a invitée.

— Oui, et c'est avec moi qu'il repartira. Il y a des dizaines de filles qui lui tournent autour, j'ai l'habitude. Je n'ai rien contre toi, mais je préfère que les choses soient claires. Adam est à moi.

— Je comprends.

J'ai du mal à prononcer ces mots. Mais je ne suis pas le genre de fille qui accepte de voler le mec d'une autre. Je suis bien placée pour savoir le mal que cela peut faire. Mais il y a quelque chose que je ne comprends toujours pas. Pourquoi Adam m'a-t-il proposé de venir ce soir ? Si c'est une amie qu'il veut, son comportement est pour le moins ambigu. Et si c'était pour autre chose, sachant maintenant qu'il est avec Fiona, il n'est alors pas l'homme que je pensais. Je ressens une énorme déception, envers lui, mais également envers moi. Car je me suis laissée aveugler par un physique avantageux, de beaux sourires, et je n'ai pas su voir sa véritable nature.

J'ai subitement envie de disparaître. Je me lève de mon tabouret, prête à décamper aussi rapidement que possible.

Malheureusement, c'est le moment qu'Adam choisit pour sortir de la cuisine, hilare.

Son attitude tranche nettement avec mon état d'esprit. Je détourne le regard, il serait facile d'oublier en quelques secondes qu'il n'a pas été honnête envers moi.

— Non, mais vous le croyez ! Cet abruti a tout fait cramer !

Je me saisis de mon sac à main, mais lorsque je lui fais face, toute trace d'euphorie a disparu du visage d'Adam. Plutôt que de me confronter à lui, je préfère inventer une excuse :

— Je… une amie m'a appelée, je suis désolée, je dois partir.

Il a l'air franchement déçu mais ne l'est pas autant que moi je suppose.

— Je vais te raccompagner à la porte.

Je lève une main devant moi, comme pour me protéger de lui.

— Ça ira, merci. Je vais me débrouiller. Merci pour le repas.

Je tourne les talons et m'enfuis presque. Par chance, un taxi en service passe dans la rue juste à ce moment-là. Je le hèle et m'affale ensuite sur sa banquette arrière. C'est les larmes aux yeux que je lui demande de prendre la direction de Manhattan.

7

Ruby

Il est déjà tard dans la nuit, voire tôt le matin, et pourtant je ne dors pas. Je fixe bêtement l'écran éteint de ma télévision. Benji déambule autour de moi, mais même les pitreries de mon ara ne m'arracheront pas un sourire.

Je m'en veux de m'être trompée au sujet d'Adam. Et je lui en veux, à lui aussi, de ne pas avoir été plus clair. Mon téléphone bipe. C'est un SMS.

Tu es bien rentrée ?

Qu'il joue les mecs gentils m'exaspère d'autant plus. Je décide de ne pas lui répondre. Mais quelques minutes plus tard, un autre message arrive.

Ruby, je m'inquiète. Tout va bien ?

Je sens que si je ne fais rien, il ne va pas me lâcher. Alors je me contente d'une réponse laconique :

Bien rentrée. Merci.

Je n'ai pas envie de le remercier pour la soirée, ou même de sa prévenance. Il faut maintenant que je l'oublie, le plus tôt sera le mieux.

Tu es partie un peu précipitamment,
j'ai fait quelque chose qui n'allait pas ?

Je soupire. Sa question est limite ironique. Lisa me dirait que c'est bien un mec, qu'ils ne savent pas lire entre les lignes. S'il n'a aucune idée de ce qui a pu me blesser, est-ce qu'il mérite vraiment que je prenne la peine de lui expliquer ?

Je me lève et me dirige vers la cuisine. J'abandonne mon téléphone sur le comptoir pour ouvrir le frigo et en sortir une bouteille d'eau. Je n'ai pas fini de me servir un verre qu'il se met à sonner. Cette fois-ci, il s'agit d'un appel. Sans surprise, le nom d'Adam s'affiche sur l'écran. Mon premier réflexe est de l'ignorer, mais est-ce qu'il va renoncer pour autant ? Pas certain. Il serait peut-être bien de mettre les choses au clair tout de suite. Je décroche.

— Je me suis dit que ce serait plus simple de t'appeler, annonce-t-il.

Je me contente de rester silencieuse.

— Ruby ? Tu es là ?

— Je ne sais même pas pourquoi tu m'appelles, Adam.

— Tu es partie à toute vitesse tout à l'heure, et… ton histoire de copine… je ne sais pas. Ça ne tenait pas la route. J'ai eu le sentiment que tu m'en voulais pour quelque chose. Je me trompe ?

— Adam… soupiré-je.

— Si j'ai dit quelque chose de déplacé, ou… je ne sais pas. Je me repasse en boucle la soirée dans ma tête et je ne comprends pas ce qui a pu déraper. Tu veux bien m'éclairer ?

Il a l'air sincèrement perdu. Je décide de jouer franc jeu.

— Ce n'est pas tant ce que tu as dit, mais ce que tu as oublié de me dire, le problème. À quel moment tu pensais m'avouer que tu as une copine ?

Le silence se fait au bout du fil et chaque seconde sans justification de sa part blesse un peu plus mon cœur. J'aurais aimé un démenti, qu'il me dise que je me trompe, mais au lieu de ça il m'annonce :

— Bouge pas, j'arrive.

Et sans un mot de plus, il raccroche. Je fixe avec stupeur l'écran de mon téléphone comme s'il allait pouvoir m'expliquer ce qui vient de se passer. Puis je prends conscience de la déclaration d'Adam. Il vient ? Mais c'est impossible ! Je ne lui ai jamais dit où j'habite ! Et s'il savait ? Est-ce qu'il débarquerait vraiment chez moi aux petites heures du matin ?

— Tu y crois, toi ? demandé-je à Benji qui préfère m'ignorer et avaler une graine de son écuelle.

Je ne sais pas combien de temps je reste à paniquer, mais quand la sonnette retentit, je dois me rendre à l'évidence : il a tenu sa parole. Je suis pétrifiée, je ne sais pas quoi faire.

— Ruby, ouvre-moi, je sais que tu es là ! lance-t-il contre la porte.

— Tu n'en sais rien du tout !

— Dans ce cas, qui me répond ?

— Une intelligence artificielle !

Je l'entends rire à travers le battant.

— Ruby !

Dans une minute mes voisins vont sortir et menacer d'appeler les flics, alors je décide d'obtempérer. J'ouvre brusquement et lui fais signe d'entrer. Je m'efforce de garder une expression neutre, même si le voir ici, dans mon salon, ne me laisse pas insensible.

— Comment tu as su où j'habitais ?

— J'ai demandé à Matt.

Note pour plus tard : penser à me venger de mon binôme, et si possible d'une façon fourbe. Je ne sais pas encore comment, mais quelque chose qui pourrait inclure Cassidy me semble approprié.

— Qu'est-ce que tu fais ici ? demandé-je. Il est tard et j'ai des tas de trucs à faire demain.

Comme m'apitoyer sur le fait que je me suis fait berner par un mec, une fois de plus.

— Je crois que cette soirée a été une série de malentendus et je suis venu les dissiper.

— Tu n'avais pas besoin de te donner ce mal. Un texto aurait suffi, craché-je, les bras croisés sur ma poitrine en me focalisant sur mon canapé.

— Ruby, s'il te plaît, regarde-moi.

Malgré moi, j'obtempère et je sais que je fais une grossière erreur. Ses iris émeraude me supplient de lui laisser une chance de s'expliquer.

— Au départ, il ne devait y avoir que toi et moi ce soir.

Je suis surprise par sa déclaration. C'est lui-même qui a parlé d'une soirée entre potes tout à l'heure non ?

— Et puis Owen s'est pointé car il n'avait pas le moral. Fiona est revenue après son service pour le retrouver. Ils sont amis, ils ont même été ensemble un temps.

Fiona et Owen ensemble ? En tout cas, ça n'avait pas l'air de le gêner de la voir collée à son coloc. Mais c'est la suite de son explication qui me surprend le plus :

— Et il n'y a rien entre Fiona et moi. Nous ne sommes pas ensemble. On est potes, rien de plus.

Je l'observe en essayant de deviner s'il est vraiment sincère. Les paroles de Fiona me semblaient pourtant claires.

— Pourquoi tu m'as invitée ce soir ?

Il passe une main dans ses cheveux. Il a l'air nerveux, il mordille sa lèvre inférieure et avoue :

— Parce que tu me plais. Je voulais qu'on fasse plus ample connaissance. Je crois qu'on peut dire que c'est raté.

Il lâche un petit rire tendu. Je finis par lui répondre :

— Rien n'est raté. Tout ne s'est juste pas passé comme prévu.

Il s'avance d'un pas, réduisant l'espace entre nous.

— Pour être tout à fait honnête, j'ai eu envie de t'inviter à la minute ou Matt nous a présentés. Mais je suis loin d'avoir son assurance, contrairement à ce que beaucoup de monde pourrait penser. Et puis, je me suis dit que si je te proposais de venir au resto, tu verrais une autre facette de moi, pas que celle du batteur d'un groupe de metal.

— Tu m'as prise pour une groupie seulement intéressée par ta notoriété ?

— Non pas du tout, se défend-il. Mais j'avais envie d'être honnête sur celui que je suis.

Il a l'air vraiment sincère. Je choisis donc de me détendre et de lui accorder le bénéfice du doute.

— Je suis heureuse que tu m'aies fait découvrir cet autre aspect de ta vie.

— Pas trop déçue ?

— Que tu ne sois pas que le batteur adulé par les fans ? Pas du tout. Je trouve admirable que tu travailles pour pouvoir vivre ta passion à côté.

Benji, qui s'était fait discret jusqu'à présent, décide qu'il est temps de se manifester.

— Batteuuurrrr ! caquète-t-il.

— Oh un perroquet ! s'amuse Adam.

Mon ara le dévisage, penche la tête sur le côté et déclare :

— Sexxxxyyy !

Adam éclate de rire et moi, je ne sais plus où me mettre.

— Sexxxxyyy ! répète Benji.

— On dirait qu'il me trouve à son goût.

— Ne l'écoute pas. Il raconte des bêtises à longueur de journée.

— Batteuuur ! Sexxxyyy ! ajoute le volatile.

Il ne perd rien pour attendre, celui-là !

— Comment ça, Ruby ? Tu ne penses pas que je suis un batteur sexy ? plaisante Adam.

Oh mon Dieu ! Ils ont décidé de s'allier pour mieux me torturer ou quoi ? Je sens l'embarras colorer mes joues. Adam se rapproche un peu plus.

— Tu t'es sauvée à cause de Fiona tout à l'heure ?

Je hoche la tête.

— C'est avec toi que j'avais envie de passer la soirée.

Nous nous dévisageons de longues secondes. Adam caresse de son pouce le bas de mon visage. Je frissonne, j'aime ce contact. Son regard se pose sur mes lèvres. Je me demande un instant s'il va m'embrasser. Suis-je prête à ce qu'il le fasse ? Après toutes les émotions de la soirée, je ne suis pas certaine que ce soit une excellente idée.

Tout à coup, il recule. Je suis un peu déçue, je l'avoue.

— Je crois qu'il faudrait qu'on redémarre sur de bonnes bases.

Je l'interroge du regard. Il me tend la main.

— Salut, je suis Adam Peterson. Je travaille dans un restaurant comme plongeur, j'adore le surf et je suis passionné de musique. Et toi ?

Je me prête au jeu et secoue sa main.

— Moi, c'est Ruby Williams. Je bosse chez Carter Corp. au service communication. Je n'y connais rien en surf, je ne suis pas certaine d'apprécier le metal, mais j'aime la musique.

— Sexxxyyy ! me coupe Benji.

— Ah oui ! Et je suis l'heureuse propriétaire d'un ara infernal prénommé Benji.

Adam lâche ma main pour s'approcher du perturbateur et le caresser. À mon grand étonnement, celui-ci se laisse faire. Il a même l'air d'aimer ça.

— Tu savais qu'il existe une race de perroquets qui utilise des instruments pour faire de la musique ? m'interroge Adam.

— Euh non.

— Les cacatoès noirs sont les seuls animaux à le faire. Et devine de quel instrument ils jouent ?

— De la batterie ?

— Exactement, dit-il fier comme si c'était lui qui le leur avait appris. Ils prennent des morceaux de bois pour taper et faire des sons.

— Tu t'y connais en perroquets, dis-moi !

— Je m'intéresse beaucoup aux animaux. Alors, si en plus eux s'intéressent à mon instrument…

Quelque chose me dit que je n'ai pas fini d'être étonnée par les multiples facettes de sa personnalité.

Nous discutons encore quelques heures, installés sur mon canapé. Peu à peu je découvre des pièces du puzzle géant qu'est Adam. Il me parle aussi du groupe, de Doris, de Colin, sans oublier de me raconter les aventures rocambolesques de celui-ci. La plupart impliquent sa conquête féminine du moment. Adam est un fabuleux conteur et je ne parle même pas de sa voix grave qui est un délice de masculinité, provoquant chez moi des sensations jusque dans mon bas-ventre. Je suis suspendue à ses lèvres pleines, son rire me donne la chair de poule. À chaque fois que nos corps se frôlent, mon cœur palpite. Quand les premières lueurs de l'aube apparaissent, j'en suis la première surprise. Je n'ai pas vu le temps passer. Adam m'annonce qu'il s'en va et j'ai un pincement au cœur. Sur le pas de ma porte, il me prend dans ses bras pour un câlin d'au revoir. L'espace d'un instant, je profite de la chaleur de son corps, de la fermeté de son torse, de son parfum que je serais déjà capable de reconnaître entre mille. Le moment est bref, mais j'espère qu'il est la promesse de beaucoup d'autres dans le futur. C'est avec cette idée en tête que je vais rejoindre d'autres bras, ceux de Morphée.

8

Ruby

Le lundi matin, je suis de retour chez Carter Corp. Lisa est à son poste, comme à l'accoutumée.

— Salut Ruby ! Tu as passé un bon week-end ?

— Surprenant, oui, dis-je, un brin mystérieuse.

Il n'en faut pas plus pour piquer la curiosité de la réceptionniste.

— Toi, tu as des choses à me raconter !

— C'est fort probable.

Elle écarquille les yeux.

— Tu t'es envoyée en l'air tout le week-end ! s'exclame-t-elle.

Super, pour la discrétion on repassera ! Je jette un coup d'œil nerveux autour de moi – heureusement, il n'y a pas grand monde dans le hall – et réponds :

— Pas exactement, non. Mais j'ai quand même des choses à te raconter.

Loin de sembler déçue, elle propose :

— OK, il faudra que tu me fasses un débriefing. Je veux connaître tous les détails de ton week-end.

— Seulement si tu me parles du tien.

Ses yeux pétillent. Je ne me suis pas trompée, Lisa n'est pas du genre à rester tout un week-end enfermée chez elle à mater des séries.

— Marché conclu ! Maintenant, dépêche-toi de monter si tu ne souhaites pas que Gabriel te punisse une fois de plus avec des tonnes de dossiers.

Je lui adresse une sorte de salut militaire pour signifier que j'obéis à son ordre. Je vois que Lisa se redresse derrière son comptoir et je crois un instant qu'elle entre dans mon jeu. Mais je m'aperçois rapidement que je n'ai rien à voir là-dedans lorsqu'elle affiche son sourire le plus professionnel et déclare à la personne qui doit être arrivée dans mon dos :

— Bonjour monsieur Carter.

Mon sang se glace. *Je suis en train de faire l'imbécile devant le grand patron !* Je pivote et bats en retraite vers les ascenseurs. Manque de chance, aucun n'est là, je suis obligée de patienter. Un homme se poste à mes côtés. Du coin de l'œil, je l'observe. Costume trois-pièces, larges épaules… mais attendez ! J'ai déjà vu cet homme ! C'est alors que je me rends compte que je suis la reine des idiotes. L'inconnu avec qui j'ai discuté la semaine dernière, au même endroit, n'était autre que Ryan Carter, notre P.-D.G. ! Comment ai-je fait pour ne pas le reconnaître ?

— Bonjour, dit-il tout en me faisant signe de passer devant lui pour entrer dans la cage de métal.

— Bonjour, réponds-je par automatisme.

Il s'approche du panneau de contrôle et demande :

— Quarante-deuxième, c'est exact ?

Je hoche la tête nerveusement. Mes paumes sont moites. Je suis enfermée avec le directeur de notre entreprise, que je n'avais pas reconnu lors de notre dernière rencontre. Et lui se souvient de mon étage !

— Vous travaillez avec Gabriel Simons, c'est ça ?

— Oui, affirmé-je d'une voix enrouée.

Je me racle la gorge et ajoute :

— Vous avez bonne mémoire.

Un petit sourire énigmatique se peint sur ses lèvres.

— Je ne prétends pas me rappeler tout le monde, mais j'essaye de faire au mieux. Et puis, nous nous sommes croisés il y a peu de temps.

Mais oui Ruby, rappelle-toi la semaine dernière, quand tu n'avais aucune idée que tu étais en train de discuter avec ton big boss !

Je lui confirme que nous nous sommes effectivement vus la semaine passée. J'avoue qu'à présent que je sais qui il est, je le regarde différemment. Ses yeux bleus acérés me rappellent que cet homme, avec son physique d'adonis, est un des patrons les plus importants du CAC 40. Le chef d'entreprise pour lequel chaque étudiant à l'université rêve de travailler un jour, voire rêve de devenir. Maintenant que je l'ai rencontré (et que je l'ai reconnu), je comprends mieux pourquoi Lisa ne cesse de parler de lui. Il dégage, même sans rien dire, une sorte de charisme envoûtant, une sensation de puissance maîtrisée tout à fait fascinante. Personnellement, bien que je les admire, les hommes de pouvoir ne m'ont jamais attirée. Et en ce moment, j'ai plutôt un petit faible pour les rock stars, on dirait…

Les portes s'ouvrent au quarante-deuxième.

— Bonne journée monsieur Carter.

— Bonne journée.

Je n'ai pas encore atteint mon bureau que ma bonne humeur en prend un coup. Car là, dans le couloir, se trouve Cassidy Sparke, la responsable des ressources humaines, et elle arrive droit sur moi. Mon premier réflexe est de vouloir l'esquiver. Mais il n'y a aucune échappatoire et le maigre ficus en pot n'est pas une cachette envisageable. Je vais devoir l'affronter.

Je plaque sur mon visage un sourire aussi faux qu'une poitrine de playmate et lui adresse un signe de tête. Sa proximité me file de l'urticaire. Mais il faut croire que certaines personnes sont foncièrement méchantes, le parfait exemple étant Cassidy Sparke.

— Mademoiselle Williams, vous avez l'air fatigué. Rappelez-moi de vous conseiller une bonne marque d'anticernes.

— C'est un souvenir de mon week-end. Je préfère les garder, réponds-je avec un ton narquois.

Je ne prends pas la peine de me retourner pour voir sa réaction. C'est sûr qu'avec son chignon dont pas un cheveu ne dépasse et son maquillage parfait, elle a fière allure. Mais son air hautain et ses remarques désobligeantes la rendent impopulaire auprès d'une grande partie du personnel. Il n'y a guère que Gabriel qui semble l'apprécier. D'ailleurs je soupçonne qu'elle en pince pour lui.

J'entre dans l'open space et je vois que Matt est là, mais avec son air des mauvais jours.

— Salut beau brun, quelque chose ne va pas ?

— Salut. Rien de grave, juste quelques histoires de famille et ma moto qui est au garage. Ça a tendance à me mettre de mauvais poil. Mais te voir me met déjà de meilleure humeur.

Quel charmeur, celui-là !

— Et toi, tu as passé un bon week-end ? demande-t-il.

Je n'ai pas oublié que c'est lui qui a filé mon adresse à Adam. Pour la peine, je le fais un peu mariner.

— Oh, rien de spécial. Les courses, le ménage, j'ai traîné à la maison…

— Toute seule ?

— Non.

Je vois son sourire s'élargir avant que j'ajoute.

— Il y avait Benji bien entendu.

Il plisse les yeux, l'air de dire : *C'est ça, prends-moi pour un idiot.*

— Aucune rencontre nocturne ?

— Je ne sais pas si je dois te remercier ou te pourrir pour filer mon adresse à tout le monde.

— Eh princesse ! Déjà, Adam n'est pas *tout le monde*. Ensuite, vu la façon dont tu le matais l'autre soir au concert, ose me dire que sa petite visite t'a déplu.

Je fais mine de le fusiller du regard.

— Ça ne prend pas. Tu as le sourire béat de la fille qui a passé un excellent week-end, se moque-t-il. Alors, il assure mon pote ?

— On a juste fait connaissance.

— Habillés ou déshabillés ?

Je lui lance ma gomme à la figure.

— Eh ! Il m'a appelé à trois heures du mat' pour avoir ton adresse. Personnellement, je ne me donne pas tant de mal pour aller discuter autour d'un thé avec une fille.

— Figure-toi que certaines personnes aiment parler avant de se glisser sous les draps.

Il a l'air sceptique.

— Ouais sûrement. N'empêche que ça ne m'est jamais arrivé. Peut-être que si tu avais succombé à mon charme en revanche…

Du charme, ce n'est pas ce qui manque à Matt. Il est beau gosse, drôle, attachant, dans d'autres circonstances, j'aurais pu craquer pour lui. Mais soyons honnête ce serait une très mauvaise idée. Premièrement, nous bossons tous les jours ensemble, deuxièmement, il est trop instable émotionnellement. Alors, envisager une histoire avec lui le temps d'une ou deux nuits, ce n'est pas ce que je veux. Je préfère le garder comme ami.

— Si je succombais à ton charme, et toi au mien, je serais haïe par la moitié des célibataires de cette ville. Je ne peux pas leur faire ça.

Il fait mine d'être déçu.

— La moitié seulement ?

— Matt Ortega, je me demande parfois si ton ego n'est pas plus gros que la tour Carter.

Il affiche son sourire canaille annonciateur d'une belle bêtise.

— Et encore, tu n'as pas vu la taille de…

— Tais-toi et bosse ! le coupé-je avant que cette discussion ne dérape totalement.

***

Ce week-end, je t'emmène faire du surf.

C'est le message qui s'affiche sur mon téléphone alors que je bois mon café en salle de pause. *Du surf ?* Ma première réaction est de paniquer. *Moi sur une planche de surf ?* Puis, je m'imagine avec Adam à la plage et soudain cette perspective est beaucoup plus agréable. Du soleil, la mer… et Adam en maillot de bain ? Ça mérite réflexion. Je plaisante :

Tu cherches déjà à me noyer ?

Sa réponse ne se fait pas attendre :

Non, seulement à partager un bon moment avec toi.

Mon cœur fait une embardée. Tout à coup, j'ai vraiment envie d'y aller. Cela me permettrait de découvrir encore une nouvelle facette de sa personnalité. Alors je me lance :

C'est ta façon de me convaincre
de chevaucher ta planche ?

Au moment où j'appuie sur Envoyer, je me rends compte que mes mots ne sont pas forcément bien choisis. Je me maudis, moi et ma tendance à écrire sans réfléchir. D'ailleurs, vu la série d'émoticônes qu'il met dans sa réponse, je comprends qu'il n'est pas passé à côté du double sens.

Ça veut dire que tu es partante ?

On dirait bien que oui.

Super, on se donne rendez-vous au ferry à 8 h.
Je t'emmène sur la presqu'île de Sandy Hook.
Prends de quoi te couvrir, ça risque de cailler.

Je connais vaguement ce coin du New Jersey de nom comme étant un paradis pour surfeurs. Mais depuis mon arrivée dans la région, je n'ai jamais eu l'occasion d'y aller. Adam envoie ensuite un autre message qui me fait rougir jusqu'à la pointe de mes oreilles. Heureusement, je suis seule en salle de pause.

On verra après ce week-end si tu as toujours envie de chevaucher ma planche !

Lors de notre discussion à la maison, Adam n'a pas caché qu'il avait l'air intéressé. Cependant, une petite partie de moi a encore l'impression que je pourrais mal interpréter ses signaux. D'autre part, après la déconvenue de l'autre soir au restaurant, je n'ai pas envie de revivre la même chose. Je ne me vois pas lui demander, de but en blanc, si cette sortie surf est un rendez-vous. Alors j'essaye de le faire par un moyen détourné.

Il n'y aura que toi et moi ?

Toi, moi et l'océan. C'est tout.

Si quelqu'un entrait maintenant dans la pièce, il me verrait danser de joie.

9

Ruby

Se lever aux aurores un samedi matin n'est pas dans mes habitudes, mais la perspective de ma journée avec Adam m'aide à abandonner mon lit sans aucun problème. Depuis lundi, j'ai compté les jours avec impatience, comme une gamine qui attendrait Noël.

Je saute dans un taxi avec pour instruction de m'emmener à l'embarcadère du ferry pour Sandy Hook, au bout de la Trente-Cinquième Rue. Même un samedi, le trafic est dense à Manhattan. Je regarde par la fenêtre les rues qui défilent en faisant abstraction des insultes que mon chauffeur crache aux autres conducteurs. Dans cette ville, à l'inverse des cailloux, plus ils ont roulé, moins ils sont polis.

Mon téléphone vibre dans ma main.

Salut ma belle, arrête-toi au Baby Bo's cantina.

Je ne vois pas bien ce qu'on va faire dans un restaurant mexicain si tôt le matin.

Il y a une raison en particulier ?

S'il te plaît, suis le guide. Et demande à ton chauffeur de taxi de t'attendre.

C'est bien mystérieux, tout ça. Et pourquoi me dire de garder mon taxi ? Je décide de lui faire confiance, mais arrivée devant l'établissement de Murray Hill, je suis sceptique. Il semble fermé. J'essaye de pousser la porte, mais malgré une faible lumière provenant de l'intérieur, il n'y a personne. Je m'apprête à envoyer un message à Adam lorsque mes yeux voient au sol un mug de café fumant. Surprise, je découvre qu'il y a un mot qui l'accompagne sur lequel mon nom est inscrit.

Remonte dans ton taxi, direction St Vartan Park.

Un jeu de piste ?

Je rentre dans la voiture pour parcourir les quelques centaines de mètres qui me séparent du prochain rendez-vous. Arrivée là-bas, je paye ma course. Je ne suis plus qu'à un pâté de maisons du débarcadère et je doute qu'Adam m'envoie subitement à l'autre bout de la ville. Je finirai à pied.

Les allées du parc n'ont pas encore été prises d'assaut par les promeneurs. L'aire de jeux est déserte, tout comme le terrain de basket. C'est pourquoi je trouve sans mal le prochain objet. Sur un banc, un délicieux muffin aux pépites de chocolat m'attend avec encore une fois mon nom inscrit dessus.

Ne jamais naviguer l'estomac vide ! Rendez-vous au ferry.

Je marche à toute vitesse en direction de l'embarcadère. J'ai hâte de le retrouver. Cette chasse au trésor m'a rendue encore plus impatiente. Dès que j'arrive sur le ponton, je n'ai pas de mal à le repérer. Il est accoudé à une rambarde, son regard rivé à l'océan. La brise matinale joue avec ses cheveux blonds. Je me délecte de son profil au fur et à mesure de mon avancée, alors que lui ne m'a pas encore vue. Soudain, il tourne la tête, m'aperçoit et sourit. Il se redresse et vient dans ma direction.

— Salut, le muffin était bon ?

— Délicieux, le café aussi.

Nous restons comme deux idiots à nous dévisager pendant quelques secondes, puis Adam demande :

— Prête à braver les vagues ?

— Je ne crois pas qu'on puisse être prête à être ridicule et à boire la tasse.

— Tu mets en doute mes qualités de professeur ?

— Plutôt les miennes en tant qu'élève.

— Je suis certain que tu te débrouilleras très bien.

Si seulement il pouvait avoir raison.

Il me tend la main et je n'hésite pas à l'attraper. Sur le ferry, lorsque je lui avoue que je n'ai encore jamais eu l'occasion de faire la traversée, Adam se transforme en guide touristique. Il vit à New York depuis bien plus longtemps que moi. Alors que le bateau descend l'East River et l'Upper Bay, il pointe ci et là les endroits dignes d'intérêt. Voir Manhattan et la tour Carter depuis la mer a quelque chose d'inédit.

Alors que le ferry s'engage dans la Lower Bay, le vent forcit et je frissonne.

— Tu n'as pas froid avec le vent ?

— Un peu, avoué-je.

Adam enroule un bras sur mes épaules et m'attire contre son flanc. Cette soudaine proximité n'est pas pour me déplaire. J'hésite un instant, puis décide d'enlacer sa taille. Je ferme les yeux. Le bruit des vagues, celui du vent, les battements de mon cœur forment une symphonie que je pourrais écouter pendant des heures.

— On est bientôt arrivés, murmure Adam contre ma tempe.

— Tu n'as pas apporté de planche de surf. On peut en louer là-bas ?

— Oui, mais j'ai des potes qui sont venus en voiture. Ils ont pris mon matos.

Je ressens une pointe de regret à cette annonce. Il m'avait dit qu'il n'y aurait que nous… Apparemment, je ne suis pas douée pour cacher ma déception car il me fait pivoter face à lui et il m'explique :

— Il y a tout le temps du monde qui va à Sandy Hook le week-end. Les vagues sont cool là-bas. J'ai juste profité de leur laisser mon matériel. Je t'ai promis qu'on serait seuls toi et moi, et je compte bien honorer cette promesse.

Mon sourire revient.

— Et si j'avais mon matos avec moi, je ne pourrais pas te tenir dans mes bras comme ça.

Pour la peine, je me blottis un peu plus contre lui. Sa main caresse mon dos, c'est peut-être la raison pour laquelle je me sens prête à lui demander :

— Est-ce que… aujourd'hui… est-ce que c'est un rencard ? Je veux dire un rendez-vous officiel ?

Ses yeux verts me scrutent, il fait mine de réfléchir. Je déteste être dans l'expectative.

— Tu en as envie ? demande-t-il.

— Je crois que si je n'en avais pas envie, je ne serais pas là dans tes bras.

— Tu pourrais avoir juste froid.

— Je n'ai pas vraiment froid.

— Alors, ça tombe bien que ce soit un rencard et que tu n'aies pas froid, s'amuse-t-il avant d'ajouter : pour moi, c'est le genre de rendez-vous où on apprend à se connaître, de façon détendue et sans pression. Les restos aux chandelles où personne ne sait quoi dire, ce n'est pas vraiment mon truc.

— Je n'ai rien contre les repas romantiques, mais on va dire que cette version correspond mieux à ton image de batteur rebelle, le taquiné-je.

— De batteur sexy, me corrige-t-il.

— Rien que ça ?

— Ce n'est pas moi, c'est Benji qui l'a dit !

***

Alors que nous descendons à terre et prenons la navette pour la plage, je découvre Sandy Hook. Cette petite langue de terre, encore en grande partie à l'état sauvage, contraste avec les buildings de Manhattan que l'on aperçoit au loin. Sur sa façade orientale se trouve la plage de The Cove où Adam a décidé de m'emmener. Je retire mes baskets pour fouler le sable fin. Celui-ci est froid. On a beau être presque en été, les températures ne sont pas celles de Miami. Les rouleaux s'écrasent en un rythme régulier. Ci et là, des surfeurs tentent de les apprivoiser. Mon estomac se noue, qu'est-ce qu'Adam a prévu pour moi ?

Il discute un peu plus loin avec ses amis qui ont apporté son matériel. En l'attendant, je plonge un orteil dans l'eau. *Elle est glacée !* Une raison de plus pour laquelle je n'ai pas hâte de m'élancer dans les vagues.

Adam se poste à côté de moi.

— Alors tu en penses quoi ?

— J'en pense que je vais sois mourir noyée, soit d'hypothermie. Je ne sais pas ce que je préfère.

— Dans le premier cas, je ne vais pas te lâcher d'une semelle. Pour le second, j'ai prévu des combinaisons. Viens, suis-moi.

Il m'attrape par la main et m'amène près de la voiture de ses amis. Deux planches sont adossées contre la carrosserie. Sur l'une d'entre elles, un dessin tribal représente une sorte d'ange. Mes yeux courent sur celui qui orne le biceps d'Adam.

— C'est la tienne, je suppose ?

— Bien vu, ma puce.

Il me tend un truc caoutchouteux qui empeste le néoprène.

— Qu'est-ce que c'est ? demandé-je avec dégoût.

— Ta combinaison. Je te conseille de l'enfiler. Tu seras plus à l'aise sur la planche et dans l'eau.

Je m'en saisis avec appréhension. Je vais avoir l'air empotée là-dedans, je le sens. Mais alors que je suis perdue dans mes considérations esthétiques, Adam, lui, ne perd pas de temps. Il enfile le bas de sa combi par-dessus son maillot de bain, puis attrape son tee-shirt et le fait disparaître en un clin d'œil. Ce spectacle attire mon attention et me laisse bouche bée. Face à moi, sous les rayons du soleil matinal, s'affiche un torse comme on n'en voit pas d'habitude chez les gens normaux. Une série de muscles qui roulent au gré de ses mouvements sous une peau dorée. De ses pectoraux bien dessinés à ses tablettes de chocolat, je ne sais plus où donner de la tête.

— Le spectacle te plaît ?

Je me racle la gorge et détourne le regard, un brin honteuse de m'être fait prendre la main dans le sac.

— Je me demandais juste comment tu faisais pour faire rentrer tous ces muscles dans ta combinaison.

— En général, je demande à une jolie fille de m'aider. Ça te dérange de me donner un coup de main ?

Il désigne la fermeture éclair, qu'il est tout à fait en mesure de fermer tout seul. Cependant, je me prends au jeu. Je m'approche, me saisis de l'accroche et la remonte tout doucement, sans jamais quitter Adam des yeux. Dans les siens apparaissent des flammes qui me montrent que mon petit numéro ne le laisse pas insensible.

— On dirait que tu es prêt, murmuré-je.

Il avance d'un pas et je suis forcée de reculer. Mon dos se retrouve plaqué contre la voiture. Le metal froid contraste avec ma peau brûlante.

— Je dois t'avouer un truc, ma pucc, commencc-t-il.

J'ai du mal à déglutir. Il est si proche.

— J'ai hâte que toi aussi, tu enlèves tes fringues.

Je suis surprise par cette déclaration. Jusqu'à présent, même s'il m'a clairement fait comprendre que je l'intéressais, il n'a jamais été si équivoque. Un frisson parcourt mon échine. Je tressaille et Adam interprète de travers ma réaction. Il recule et passe une main dans ses cheveux.

— Je suis désolé, Ruby. C'était maladroit de ma part, je ne voulais pas…

Je saisis son poignet, histoire de le faire taire.

— Non, ne t'excuse pas.

— Je ne voulais pas dire ça comme ça. C'est juste que tu sembles me trouver à ton goût et… j'avais envie de te dire que la réciproque est vraie.

J'essaye d'avoir l'air le plus sincère possible quand je lui réponds :

— Je suis ravie de l'entendre. C'est très agréable, même.

Je réduis la distance entre nous. Adam m'enlace et dépose un baiser dans mes cheveux.

— Je ne suis pas très doué pour exprimer ce que je ressens. Je suis plus à l'aise quand il faut le faire avec des baguettes dans les mains, et une batterie sur laquelle taper.

Je pose ma joue sur son torse.

— Si tu devais jouer de la batterie maintenant, à quoi ressemblerait la mélodie ?

Il ne répond pas, mais ses doigts s'agitent dans mon dos. Ils battent un tempo lent, mais qui n'a rien de hasardeux, j'ai l'impression.

— Je suis censée la connaître ? questionné-je d'une voix douce.

— *Unintended* de Muse.

J'écoute parfois cette chanson, la batterie y suit une rythmique très simple. Mais je sais que ses paroles sont pleines de promesses. Celle d'une rencontre involontaire qui vous bouleverse et pourrait bien se transformer en amour. Mon cœur se gonfle à cette idée.

— J'aimerais bien t'entendre la jouer un jour.

— Pourquoi pas ? En attendant, l'océan nous appelle ! Enfile ta combinaison.

Je m'exécute, et Adam en profite pour me reluquer à son tour. Je n'ai pas honte de mon corps, mais après avoir vu le sien, j'ai quelques complexes. Pourtant, quand je vois la façon dont il me dévore des yeux, je reprends confiance.

Il se saisit de sa planche et me fait signe de m'emparer de celle d'à côté. Il avance vers le rivage, mais alors que je crois qu'il va fendre l'eau, il la pose sur le sable.

— On n'est pas censés être dans l'eau pour surfer ?

— Quelle impatience ! Mais avant la pratique, il faut faire un peu de théorie. Et c'est sur la terre ferme que ça se passe.

Décidément, cette journée est pleine de surprises…

10

Adam

Ruby suit mes instructions comme une élève appliquée. Mais je constate qu'elle en a rapidement marre de faire semblant de surfer sur le sable. Je décide qu'il est donc temps de l'emmener à l'eau. Elle accueille cette nouvelle avec enthousiasme, on verra si ce sera toujours le cas d'ici quelques minutes, lorsqu'elle aura bu la tasse. Car malgré le fait que je ne doute pas qu'elle fera de son mieux, je n'ai jamais vu un débutant se dresser du premier coup sur sa planche.

La première étape est de nager jusqu'aux vagues. Je lui ai expliqué comment les lire. L'importance de les observer depuis la plage en premier lieu, pour comprendre comment elles se comportent. Pour le surfeur aguerri que je suis, ce n'est pas difficile de savoir si elle va déferler en droite ou en gauche, mais pour une première session, ce n'est pas évident.

Je l'emmène à un endroit où la mer n'est pas trop agitée. À quelques centaines de mètres, il y a des lames qui sont énormes. Certains de mes potes s'en donnent d'ailleurs à cœur joie. En temps normal, je serais avec eux. Mais pour aujourd'hui, je vais profiter de la jolie brune qui m'accompagne.

Je jette un coup d'œil par-dessus mon épaule, elle me suit de près, allongée sur sa planche et nageant dans mon sillage avec ses bras, comme je le lui ai appris.

Arrivé au spot que je convoite, je lui lance :

— Bon, ma puce, c'est maintenant qu'il va falloir m'impressionner !

Elle n'a pas l'air rassurée. Elle se positionne et je lui donne des instructions. Elle essaye de prendre une première vague, mais elle tarde trop. Elle tente la suivante, sa planche glisse sur la lame, mais au moment où elle essaye de se redresser, elle bascule et tombe à l'eau. Par réflexe, je me rapproche. J'ai beau savoir que je lui ai enfilé moi-même son *leash* autour de la cheville et qu'elle a pied à cet endroit de la plage, je ne suis pas totalement rassuré.

Rapidement, elle sort la tête de l'eau. Elle a le sourire aux lèvres, c'est déjà ça.

— Bravo ! C'était presque ça ! crié-je pour l'encourager.

— C'est ça, moque-toi ! Je suis nulle !

— Pas du tout ! Tu manques juste de pratique.

— Et tu estimes qu'au bout de combien de temps, je serai capable de me redresser sans me retrouver instantanément à l'eau ?

— Oh, c'est l'histoire de deux ou trois ans.

Elle plonge sa main dans l'eau pour m'éclabousser.

— Après tout, tu fais le malin, mais pour l'instant, je ne t'ai pas vu surfer.

— C'est un défi ?

— Peut-être bien.

— OK, attends-moi ici et regarde l'expert.

Je m'allonge sur le surf et rame un peu plus vers le large. J'ai repéré un spot qui m'a l'air prometteur.

La vague arrive, je me positionne sur son sommet et d'un geste souple, je me redresse sur ma planche. Elle file sur l'eau et je ressens cette sensation unique qui m'enivre, celle qui me fait me sentir libre, insouciant. La lame se meurt, j'amorce un virage et tombe à l'eau. J'ai envie de plus, d'encore. Mais mon regard croise celui de Ruby. Elle m'applaudit et pousse des cris enthousiastes. Alors, je vais dans sa direction et reprends ma casquette de moniteur, faisant taire la petite partie de moi qui voudrait rester jouer seul avec l'océan.

Ruby fait preuve d'une volonté de fer. Elle enchaîne une série de cascades plus comiques les unes que les autres. Malheureusement, si la note artistique pourrait lui valoir quelques points pour originalité, la note technique reste bien faible. Quand je pense qu'elle va laisser tomber, elle me surprend en arrivant à surfer sur quelques mètres. Mais, prise dans l'euphorie du moment, elle lâche un cri de victoire et… tombe à l'eau, une fois de plus.

— C'était génial ! s'exclame t elle en sortant de l'eau.

Je m'approche et l'aide à s'asseoir sur sa planche.

— Je crois qu'on va arrêter la leçon pour aujourd'hui. Sinon, je vais t'épuiser.

Elle a l'air déçue.

— Mais je n'ai pas dit qu'on avait fini de s'amuser. Viens sur ma planche.

Elle fronce les sourcils, ne comprenant certainement pas ce que j'ai en tête. Pourtant, elle obtempère. Je décroche son *leash* et hèle un surfeur qui passe à proximité et qui se dirige vers le rivage. Je lui confie la planche pour qu'il la ramène sur la terre ferme.

Je plaque Ruby un peu plus contre moi. Elle semble minuscule dans mes bras. Malgré la combinaison, j'apprécie la douceur de ses courbes sous ma main.

— Je suis ravi de t'avoir sur mon surf.

— Très honorée que tu m'y aies invitée.

Je me penche pour murmurer contre son oreille :

— Ce que je voulais dire, c'est que tu me plais, Ruby.

Elle tourne la tête et son regard noisette me scrute, comme si elle cherchait à savoir si je suis sincère.

— Tu es très belle, soufflé-je contre sa peau.

Elle rougit légèrement et ricane :

— Le sel, la mer et le néoprène, rien de mieux pour sublimer une femme !

— À choisir, je te préfère sans la combinaison, mais pour le reste j'approuve. N'oublie pas que l'océan est ma passion alors à mes yeux, ce côté naturel, tout juste sorti de l'eau, c'est loin d'être un défaut.

— Tu sers ça à toutes les filles que tu emmènes surfer ?

Sa question me vexe un peu. Je ne veux pas qu'elle croie que c'est une sorte de numéro que je sors à toutes les filles.

— Je n'emmène surfer personne. Seulement toi, ma puce. Je ne suis pas le coureur de jupons que tu imagines.

Elle hoche la tête, son regard se perd vers l'horizon. Je pourrais rester comme ça un moment avec elle à me repaître de l'océan. Mais j'ai une meilleure idée.

— Allonge-toi sur la planche, je vais tenter quelque chose.

Elle m'adresse une œillade incertaine mais obéit. Je me pousse pour lui faire de la place, la manœuvre est périlleuse.

— Il faut que tu m'aides à aller dans cette direction, dis-je en pointant un spot qui me semble prometteur.

Nous nous dirigeons dans cette direction, elle ramant avec ses bras et moi nageant à l'arrière du surf. La vague se forme, je nous oriente pour la surfer vers la droite, puis je me hisse au-dessus de Ruby, prenant soin de ne pas l'écraser tout en la recouvrant de mon corps. Le surf se faufile sur le paquet de mer qui roule, nous prenons de la vitesse. Je sens l'excitation de la glisse me saisir et contaminer Ruby. Je n'ai pas besoin qu'elle me le dise pour savoir qu'elle apprécie ce moment.

Nous surfons plusieurs vagues de cette manière, au fur et à mesure notre technique bien à nous s'améliore. Ruby est comme une enfant dans une fête foraine. Son enthousiasme ne semble pas se tarir.

Pourtant, au bout d'un moment, nous décidons de regagner le rivage.

— Alors, tu as aimé ?

— C'était magique, j'ai eu l'impression de décoller, de ne faire plus qu'un avec l'océan. C'est très excitant !

Je saisis sa main et la tire vers moi.

— Tu as donc compris pourquoi j'aime ça ?

— Je crois bien, sourit-elle.

Mon regard tombe sur ses lèvres. Malgré des heures passées dans l'eau, elles restent toujours aussi attrayantes.

— J'ai aimé t'avoir sur ma planche.

C'est la vérité. J'ai apprécié ces moments partagés à deux.

— Tu reviendras surfer avec moi ?

— Je ne m'imagine pas le faire avec quelqu'un d'autre.

— J'espère bien, je suis le meilleur !

Elle rit.

— Tu traînes trop avec Matt, on dirait, la modestie, ce n'est pas ton fort.

— Non, je te dis juste la vérité.

— Je demande à voir. Je n'ai eu qu'une petite démonstration tout à l'heure.

— C'est noté. La prochaine fois, je te montre de quoi je suis capable. En attendant, on va aller se sécher avant que tu ne te transformes en esquimau.

Je lui fais signe de retirer le haut de sa combinaison. J'aurais bien envie de le faire moi-même, mais je préfère avancer pas à pas avec Ruby. Lorsque ses épaules sont dénudées, je l'enveloppe dans une serviette et lui frictionne doucement la peau. Je repousse une mèche de cheveux détrempée qui lui colle au visage, et c'est alors que j'entends quelqu'un héler mon nom. Je relève la tête et découvre avec surprise Owen adossé à son pick-up. À ses côtés se tient Fiona. Ça, ce n'était pas prévu au programme…

11

Ruby

Les flammes du feu de camp projettent une lumière rougeâtre sur les visages des gens assis tout autour. Adam est installé près de moi, tandis que Fiona, de l'autre côté du foyer, tire une tête de six pieds de long.

J'ai gardé mes distances avec elle toute la journée. Je crois que c'était mieux ainsi, sinon j'aurais pu l'étriper accidentellement. J'angoisse déjà à l'idée du trajet retour. Le dernier ferry est parti, mais Adam m'a annoncé que nous rentrerions en voiture, Owen, elle et nous. Le fait de passer plus d'une heure en lieu clos avec cette vipère ne m'enchante pas. Mais je ne voulais pas gâcher la soirée d'Adam en exigeant de rentrer avant.

Un de ses amis surfeurs joue de la guitare, l'ambiance est bon enfant, tout le monde semble détendu après une journée dans les vagues. Tout le monde, sauf Fiona et moi.

— Tu n'as pas froid ma puce ? demande Adam.

Toute la journée, il a fait preuve de beaucoup de prévenance envers moi.

— Ça va, mens-je alors qu'honnêtement, les assauts de la brise nocturne sont de plus en plus durs à supporter.

Il approche son visage, m'observe dans la semi-obscurité.

— Tu mens très mal. Tes lèvres sont presque bleues.

Il hèle Owen :

— Hey ! File-moi ton pull. Sinon elle va se transformer en glaçon dans pas longtemps.

Owen obtempère sans broncher et lance son sweat-shirt noir en notre direction. Adam m'aide à l'enfiler. Il est doux à l'intérieur, j'en suis surprise. Comme si tout ce qui pouvait être en contact avec le taciturne Owen se devait d'être rugueux. Il sent son parfum, quelque chose d'agréable, de musqué. Mais une odeur très différente de celle d'Adam. Comme dans beaucoup de choses, les personnalités des deux amis sont en constante opposition, j'ai l'impression.

— Alors, cette journée ? Tu es prête à remettre ça prochainement avec moi ? demande le surfeur blond à mon oreille.

Je vois que Fiona nous observe du coin de l'œil. J'en profite pour me rapprocher un peu plus de lui, histoire, cette fois-ci, de marquer *mon* territoire.

— Bien entendu, si tu acceptes d'être mon professeur particulier.

— Je connais pire contrainte qu'être obligé d'enseigner à une jolie femme.

— Alors c'est entendu. Mais en échange, il faudra que tu fasses quelque chose que j'aime avec moi.

— Est-ce le moment où je découvre que tu as une passion pour la danse classique ou la mosaïque ? s'inquiète-t-il.

— Non, rien de tout ça, rassure-toi. Même si ça pourrait être comique de te voir en tutu.

— Je suis prêt à relever le défi s'il le faut.

***

Plus tard dans la soirée, alors qu'Adam discute avec ses amis, je me suis un peu éloignée pour parcourir les dunes. À mon retour, Fiona me barre le passage.

— Je peux passer, s'il te plaît ?

Je n'ai pas l'énergie pour jouer à son petit jeu, quel qu'il soit.

— Tu te trompes sur Adam. Tu n'as aucune importance pour lui, crache-t-elle.

— Comment peux-tu savoir ce que je pense ou pas d'Adam ? Tu es dans ma tête ?

— J'ai vu comment tu le dévores des yeux. Je connais Adam depuis longtemps. Tu n'es rien pour lui. Il s'amusera avec toi un temps et il passera à autre chose, comme toujours.

— Pour quelqu'un qui cherche juste à s'amuser, il se donne beaucoup de mal. Quel intérêt de m'emmener ici ?

Je ne sais pas si je lui pose cette question pour avoir franchement une réponse ou pour me rassurer.

— Viens pas pleurer quand tu t'apercevras qu'il t'a utilisée. Bon courage Ruby !

— Merci de me prévenir, mais je crois que je n'ai aucun conseil à recevoir de la personne qui veut simplement ma place.

Je tourne les talons et me rapproche du feu. Cependant, quand j'y arrive, je découvre qu'Adam n'est plus là. Je pars à sa recherche. Il est peut-être allé prendre quelque chose à la voiture. En longeant un van, j'entends des éclats de voix, je reconnais celle d'Adam :

— Je sais ce que tu veux me dire. Ce n'est pas la peine !

Je tends l'oreille et me penche légèrement pour le découvrir dos à moi, Owen lui faisant face.

— J'espère bien que tu le sais, intervient ce dernier. Ça risque de faire mal. Tu en es conscient ?

Je ne devrais pas être là à les espionner.

— Tu étais favorable à cette idée, je te rappelle. Tu voudrais faire machine arrière ?

— Pas du tout. Mais je tenais à te rappeler les conséquences.

Il y a un silence puis Adam déclare :

— Je les connais. Si je pouvais faire autrement, je le ferais. Mais je n'ai plus le choix.

— OK, si les choses sont claires…

Je n'ai pas la moindre idée du sujet de leur conversation, mais ça a l'air important. Je sens qu'Adam et Owen sont tendus. Une partie de moi serait tentée de lui poser directement la question, mais comment va-t-il réagir quand il va apprendre que je l'espionnais ? D'autre part, on se connaît depuis quelques jours seulement. Il n'est peut-être pas prêt à me dévoiler toute sa vie. Mes interrogations vont donc devoir attendre. Je m'éloigne un peu, histoire de ne pas me faire prendre en flagrant délit d'espionnage, et fais mine d'observer l'océan. Quelques secondes plus tard, Adam me rejoint.

— Ça va ? demande-t-il.

— Oui et toi ?

— Ouais.

Il n'a plus l'air aussi insouciant que ce matin lorsque nous jouions dans les vagues.

— On va rentrer. Il se fait tard, annonce-t-il.

— Ça ne me dérange pas de rester plus, je passe une bonne soirée.

C'est vrai, si on fait abstraction de mon altercation avec Fiona.

— Je bosse demain et je suis fatigué.

Son ton est sec. Je ne le prends pas pour moi, mais du coup je m'interroge d'autant plus sur sa conversation avec Owen. Je vois celui-ci quelques mètres plus loin s'approcher de Fiona, certainement pour la prévenir de notre départ imminent.

Nous saluons le reste du groupe et grimpons dans la voiture. À mon grand soulagement, Adam monte avec moi à l'arrière. Pendant le trajet, même s'il ne lâche pas ma main, il est ailleurs. Son regard est perdu sur la route qui défile. Il répond de temps à autre à une question que lui pose Owen. Fiona et moi ne prononçons pas un mot de tout le voyage. L'ambiance est étrange et dénote avec le reste de cette journée.

Lorsque Owen stoppe la voiture en bas de chez moi, Adam sort pour me raccompagner jusqu'à l'entrée de mon immeuble. Les mains dans les poches, il se poste face à moi.

— J'espère que tu as passé une bonne journée, Ruby.

— Géniale.

Un faible sourire éclaire son visage, alors j'ajoute :

— J'espère qu'on remettra ça très vite.

Il ne confirme pas, mais s'avance un peu plus tout en restant tout de même à une distance raisonnable. Il lance un coup d'œil en direction de la voiture.

— On a un public, fait-il remarquer.

C'est certain que le regard de Fiona et d'Owen, même s'ils sont distants d'une bonne dizaine de mètres, se fait ressentir. Mais j'ai l'impression qu'Adam se cache également derrière cette excuse. Son comportement à mon égard a clairement changé après sa discussion avec Owen.

— Ah, au fait j'allais oublier, dis-je en commençant à retirer le pull d'Owen.

Adam me fait signe de ne plus bouger.

— Tu peux le garder. Tu me le rendras une prochaine fois.

Une minuscule flamme d'espoir s'allume dans ma poitrine. Il y aura donc une prochaine fois ?

— Je… je te dis à bientôt ?

— Ouais si tu es d'accord pour me revoir, ma puce.

— Bien entendu !

— Tant mieux, moi aussi, confie-t-il.

Son visage s'approche du mien. Je sens son souffle sur ma peau. Mes mains me démangent, j'aimerais tant les faire glisser sur son torse, les nouer autour de son cou. Mais l'atmosphère tendue de ces dernières minutes refrène mon audace.

— Bonne nuit, Ruby.

Il dépose un baiser aussi léger qu'une plume, juste à la commissure de mes lèvres. J'ai presque le sentiment que je l'ai rêvé. Il enfonce un peu plus ses mains dans ses poches et recule en direction de la voiture.

— J'attends avec impatience la prochaine aventure, dis-je pour essayer d'alléger le moment.

J'espère surtout qu'il ajoutera quelque chose, mais il se contente de m'adresser un sourire qui n'atteint même pas ses yeux et de lâcher un laconique :

— À plus.

C'est la tête emplie de questions que je le vois grimper dans la voiture d'Owen et disparaître dans la nuit new-yorkaise.

***

Au bureau le lundi, le regard de Matt sur moi est un peu trop insistant. Je lève le nez de mon ordinateur et demande d'un ton sec :

— Tu as besoin de quelque chose ?

Il affiche un rictus victorieux.

— Toi, tu es de mauvaise humeur car tu n'as pas fini nue ce week-end.

— Qu'est-ce que tu en sais d'abord ?

— Le fait que tu es loin d'être un rayon de soleil ce matin est un assez bon indicateur, je crois.

— J'ai passé un bon week-end, me défends-je.

— Mais tu n'as pas fini nue, contre-t-il tout en se balançant dans son siège.

— Le summum d'un week-end réussi n'est pas forcément de finir à poil sous la couette…

— Ça dépend pour qui, dit-il en faisant un mouvement des sourcils qui m'arrache un sourire. Est-ce qu'Adam a fait quelque chose qui mériterait que j'aille lui régler son compte ?

Il fait mine de s'échauffer comme pour monter sur un ring de boxe. Je secoue la tête.

— Non, c'était très sympa samedi.

— Alors qu'est-ce qui cloche ?

— Ça… ça t'est déjà arrivé de douter de quelqu'un ?

Son expression devient sérieuse.

— Ça dépend, qu'est-ce que tu entends par là ?

— Je ne sais pas, ça vient peut-être de moi. Peut-être que je ne lui plais plus autant.

Matt prend une expression dubitative. Je poursuis :

— On a passé une excellente journée, on s'est beaucoup rapprochés, mais le soir quand il m'a raccompagnée… Il était soudain distant. Je n'ai pas compris.

— Il a fait quelque chose en particulier ?

Je ne réponds pas tout de suite, me remémorant notre dernier échange sur le pas de ma porte. Devant mon silence, le visage de Matt s'éclaire et bientôt il pouffe de rire.

— Tu fais la tête parce qu'il ne t'a pas embrassée ? Je me trompe ?

Dans la bouche de Matt, ça paraît si ridicule.

— Non, ça n'a rien à voir… enfin, non !

Il éclate de rire.

— C'est mignon ! Tu voulais qu'il t'embrasse et ce petit con ne l'a pas fait !

Je me rembrunis.

— Mets-toi deux secondes à ma place ! Tu le prendrais comment si une femme t'invitait et qu'elle te plantait là, sans t'embrasser ?

— C'est impossible. Déjà, si elle me plaît, c'est moi qui l'aurais invitée, et ensuite, je l'aurais embrassée.

— Merci, tu me rassures énormément, là, bougonné-je.

Matt mordille son stylet et m'observe, songeur.

— Tu sais, je connais Adam depuis pas mal de temps et je l'ai vu sortir avec pas mal de filles.

— Tu as le chic pour me remonter le moral !

— Ce que je veux dire, c'est qu'il n'est pas du genre timide quand il a envie d'embrasser une nana.

— De mieux en mieux…

— La question est : pourquoi il t'a invitée mais n'a pas agi avec toi comme avec toutes les autres ?

— Parce que je ne lui plais pas vraiment, soupiré-je.

Si c'est possible, j'ai le moral encore plus dans les chaussettes qu'avant cette discussion.

— Mais non, bourrique ! Tout simplement, tu lui plais davantage ! Il n'a pas envie de se comporter avec toi comme avec toutes les autres !

J'observe mon binôme, dubitative.

— Crois-moi, princesse, le jour où je rencontre une fille qui vaille la peine que je tombe amoureux, je prendrai tout mon temps.

Il tape du plat de sa main sur son bureau comme pour renforcer ses propos et me regarde avec l'air fier de celui qui a trouvé la clé de l'énigme. Pour ma part, je souhaite qu'il ait raison mais j'ai bien peur qu'il se trompe.

12

Ruby

Me réveiller au milieu de la nuit après un rêve brûlant dont Adam et moi sommes les protagonistes devient une habitude. Cette fois-ci, mon inconscient a rejoué une version totalement différente de notre fin de soirée de samedi dernier. Dans celle-ci, Adam acceptait de monter chez moi, sous prétexte de la plus vieille excuse du monde : prendre un dernier verre ensemble. Mais à peine la porte de l'appartement franchie, toute velléité de passer un moment à discuter ensemble s'était envolée. Nos bouches se trouvaient une occupation bien plus sensuelle et nos corps se découvraient peu à peu à force de caresses et de baisers. Notre exploration se clôturait bien évidemment en apothéose, nous laissant pantelants et satisfaits. C'est à ce moment que les brumes de mon sommeil se sont dissipées, et je peine maintenant à me rendormir. Je décide donc d'aller me servir une tasse de chocolat chaud. Pendant que le mug tourne dans le micro-ondes, mes yeux se posent sur mon téléphone portable sur le comptoir. Quatre jours sans nouvelles… Je n'ai pas eu le courage jusqu'à présent d'en prendre l'initiative, mais ce silence qui s'étire entre nous ne fait que m'angoisser un peu plus à chaque instant. Je n'ai que deux solutions : attendre gentiment qu'il veuille bien faire le premier pas, si tant est qu'il le fasse, et être consumée un peu plus par le stress au fur et à mesure du temps qui s'écoule. Ou alors, enfiler mon costume de grande fille et lui écrire.

Parfois, il faut savoir provoquer sa chance.

Salut c'est Ruby, je pensais à toi...

C'est, à mon avis, assez équivoque sans rien dévoiler des rêves classés X qui m'assaillent chaque nuit. Vu l'heure, je ne m'attends pas à ce qu'il me réponde tout de suite, mais à ma grande surprise, mon téléphone émet un bip.

Salut ma puce, moi aussi je pense à toi.

C'est concis mais le fait qu'il me réponde si vite, ou qu'il utilise *ma puce*, me donne le courage nécessaire pour tenter :

Vu que tu m'as déjà invitée deux fois, ça te dirait que cette fois-ci, ce soit moi qui te propose une sortie ?

Avec plaisir ! Dis-moi quand et où ?

Je panique une minute, j'ai lancé cette invitation sans idée précise en tête : je me creuse la cervelle en pensant à mon bel adonis. Puis la réponse s'impose d'elle-même.

Retrouve-moi samedi à 15 h sur la 34e à l'angle de la 8e.

OK. Pressé de te voir.

Sa dernière phrase fait disparaître toutes mes incertitudes.

***

Je piétine depuis un bon quart d'heure déjà. Ce n'est pas Adam qui est en retard, mais moi qui étais tellement enthousiaste que je suis partie beaucoup trop tôt de chez moi.

Lorsqu'enfin je distingue sa silhouette parmi la foule, je ressens cette sensation maintenant familière : une sorte d'explosion dans ma poitrine, suivie d'une accélération de mon rythme cardiaque. Mes mains deviennent moites, mes jambes flageolantes et mon sourire, niais.

— Salut ma puce.

Il s'approche et m'enveloppe dans ses bras. Je pose avec délice ma joue contre son torse, hume son odeur unique qui m'a tant manqué cette semaine. Lorsqu'il s'écarte, je me saisis de sa main.

— Prêt à me suivre ?

— On dirait bien que oui, sourit-il.

Nous ne sommes qu'à quelques dizaines de mètres de l'endroit où j'ai prévu de l'emmener. D'ailleurs, dès que nous sommes en vue du fameux magasin de musique Sam Ash, ses yeux se rivent immédiatement sur la vitrine. Quand je m'arrête devant celle-ci, il s'étonne :

— C'est ici que tu m'emmènes ?

Je hoche la tête.

— Tu es consciente que si on passe la porte, je peux me perdre pendant des heures dans les allées ?

— C'est un peu l'idée.

Il me dévisage avec une pointe d'émotion dans le regard.

— Merci Ruby. Mais promets-moi que la prochaine fois, nous irons dans un endroit où je pourrai découvrir une part de toi.

— OK.

Il ne se fait pas prier pour m'entraîner dans le magasin.

Je n'ai jamais vraiment mis les pieds dans un lieu comme celui-ci, mais même pour une novice comme moi, l'ambiance est fascinante. Des pans de murs entiers sont recouverts de guitares en tout genre. Je reconnais quelques différences entre les électriques, acoustiques, les basses, les folks… mais je serais bien incapable d'expliquer pourquoi il existe autant de modèles ! Après les guitares, nous traversons une section dédiée aux cuivres, puis une autre aux instruments à cordes. Enfin, dans le fond du magasin, se trouve l'espace des percussions.

Je jette un coup d'œil en direction d'Adam. On dirait un gosse devant une vitrine de Noël. Ses yeux pétillent, il ne sait pas où donner de la tête. Il touche du bout des doigts le tom d'une batterie bleu électrique, d'une façon révérencieuse, comme s'il était sous son charme.

— Viens, il faut absolument qu'on aille là-dedans, dit-il en désignant du doigt une pièce à la porte fermée.

Je comprends rapidement qu'il s'agit d'une sorte de salle spécialement conçue pour essayer les modèles en vente. Adam m'entraîne à l'intérieur et s'installe derrière une batterie Tama aux fûts blancs.

— C'est la même que celle de Lars Ulrich, déclare-t-il avec enthousiasme avant d'ajouter devant mon air perdu : le batteur de Metallica.

Je suppose que pour un fan de metal, c'est une référence.

Adam s'empare d'une paire de baguettes, tape quelques coups sur chacune des caisses et des cymbales. Puis il commence une rythmique simple mais entraînante. Je n'ai pas souvent eu l'occasion d'entendre une batterie seule, voire jamais.

— J'ai le droit à une petite démonstration ?

— Tu n'as encore rien vu, ma puce.

Il sort son téléphone de sa poche et lance une application de musique. La seconde qui suit, je reconnais les notes de *Highway to Hell* de AC/DC. Adam agite ses baguettes et joue la partition de la batterie avec une facilité surprenante.

— Tu la connais par cœur ?

Il hausse les épaules sans cesser de jouer.

— C'est un morceau pour débutants, je savais déjà le jouer à l'âge de huit ans.

— Oh ! Excuse-moi ! ironisé-je.

Il me sourit et de mon côté, j'essaye d'imaginer un Adam gamin devant une batterie miniature. Quel genre de petit garçon était-il ? Comment a-t-il choisi cet instrument ? Des dizaines de questions me trottent dans la tête, mais je n'ose pas les poser pour l'instant. Peut-être parce qu'il semble perdu dans sa musique. Il enchaîne les morceaux, certains que je connais, d'autres non. Peu importe, on voit qu'il prend du plaisir. À un moment, il ferme les yeux et je me fais la réflexion qu'il est vraiment beau. Ce n'est pas tant son physique de surfeur musclé, ou les lignes viriles de son visage qui le rendent ainsi, mais plutôt la passion qui l'anime et qui transforme tout son être. Je comprends pourquoi il a autant de succès auprès des fans. Le Adam de tous les jours est déjà craquant, le Adam qui s'abandonne à la musique est tout simplement sublime. Je repense à cette première fois, quand je l'ai découvert sur scène et à la façon dont il a hypnotisé mes sens. Je me rends compte que je n'avais aucune chance de lui résister.

Je n'ai aucune idée de combien de temps je l'écoute jouer. À la fin d'un morceau, son regard croise le mien et il semble se souvenir de mon existence.

— Désolé ma puce, parfois, quand je joue, je peux partir vraiment loin.

— Ça ne m'a pas dérangée, j'ai trouvé ça plutôt sympa.

Il se lève et me rejoint de l'autre côté de la batterie.

— Je râle souvent en disant que si je n'étais pas là à contrôler la rythmique de nos chansons, Colin partirait n'importe où. Mais je dois avouer que parfois, c'est moi qui me laisse emporter.

— Ça t'est déjà arrivé en concert ?

Il sourit mais pas à moi, plutôt à un souvenir qui lui traverse l'esprit.

— Oui, j'étais comme en transe, je ne sais pas l'expliquer. C'était génial ! Enfin, jusqu'au moment où je me suis fait pourrir par Colin en coulisses.

Je n'ose imaginer ce que ça a dû donner. Colin m'impressionne juste par un regard, alors ça doit être quelque chose quand il est en colère !

Nous revenons vers l'avant du magasin. Adam s'attarde un instant au rayon des vinyles. Il me pose des questions sur mes groupes ou chanteurs préférés, grimace lorsque je lui avoue écouter essentiellement de la pop et du RnB, mais semble rassuré quand je lui cite quelques références rock que j'apprécie.

Puis il me surprend en s'asseyant derrière un clavier et en exécutant quelques notes d'un morceau classique. J'apprends donc qu'en plus de maîtriser la batterie, il est capable également de jouer de plusieurs autres instruments, dont la guitare et le piano ! Moi qui suis juste en mesure de tirer un son d'une bouteille de bière en soufflant dans le goulot, j'ai l'impression d'avoir à mes côtés un génie !

Après notre virée chez Sam Ash, nous prenons un café en tête à tête. Adam me parle de son prochain concert avec les Nightmareden et des spots de surf qu'il aimerait tester un jour. J'apprends qu'il n'a pas grandi dans l'État de New York, mais beaucoup plus au sud, au Texas. Quand je lui demande ce qui l'a poussé à venir ici, sa réponse n'est pas vraiment claire. Mais je n'insiste pas. Lorsque l'après-midi touche à sa fin, il propose de me ramener jusque chez moi à pied, j'accepte immédiatement. L'idée de grappiller encore quelques minutes de sa présence n'est pas pour me déplaire. Soudain, il constate :

— Tu sais beaucoup de choses sur ma vie, mais moi je ne sais pas grand-chose sur toi.

— Il n'y a pas grand-chose à savoir, je suis une fille assez ordinaire.

Il s'arrête de marcher et je fais de même. Il m'observe avec intérêt.

— S'il y a bien une chose que tu n'es pas, j'en suis sûr, c'est ordinaire.

Cette déclaration me fait rougir, je trouve soudainement un grand intérêt à mes chaussures, que je me mets à inspecter. Adam en profite pour se rapprocher de moi. Il pose son index sous mon menton et me force à relever la tête et à le regarder.

— Pour commencer, tu es incroyablement belle, dit-il d'une voix rauque.

Et voici le moment où je me liquéfie, là, sur un trottoir de Manhattan.

— Et tu es mystérieuse. Je sais que tu travailles chez Carter Corp., que tu es amie avec Matt, que tu possèdes un perroquet qui a un faible pour moi…

— Benji a très bon goût, murmuré-je.

— Je sais également que tes goûts musicaux sont discutables, mais qu'il y a de l'espoir, ajoute-t-il sur une note un peu plus légère.

Je lui assène une petite tape sur la main, pour la forme.

— Mais j'aimerais en savoir plus. Qui est la vraie Ruby Williams ?

Je réfléchis à des choses que je pourrais lui dire sur moi.

— Je déteste la glace à la pistache. Au collège un garçon m'a coupé les cheveux pour se venger parce que je l'avais traité d'abruti. Je suis plus ou moins en froid avec mes parents.

Je ne sais pas pourquoi j'ai abordé ce dernier sujet. Alors j'ajoute rapidement pour qu'il ne s'arrête pas là-dessus :

— J'adore mon boulot. J'adore vivre à New York, même si parfois j'ai l'impression d'y être perdue.

Adam entremêle ses doigts aux miens et nous reprenons notre marche.

— Note pour moi-même, ne jamais t'offrir de glace à la pistache.

Il ajoute un clin d'œil.

— Et si tu veux mon avis, tu plaisais au type qui t'a coupé les cheveux.

— Il paraît. Enfin, il avait une drôle de façon de le montrer !

— Je suis bien placé pour savoir que nous autres, les hommes, ne sommes pas toujours brillants quand il s'agit de communiquer nos sentiments.

— Dois-je en conclure qu'une fille t'en a déjà fait voir de toutes les couleurs ?

Il hausse les épaules.

— Pas vraiment. Il faut être attaché pour que cela ait un impact.

Cette déclaration fait retomber mon euphorie. Je ne sais pas trop quoi en penser.

Nous sommes maintenant en bas de mon immeuble. Adam lâche ma main et je me demande si la scène de l'autre soir ne va pas se reproduire.

— C'était sympa aujourd'hui. Je te remercie pour cette idée de sortie, dit-il.

— Je suis contente que ça t'ait plu.

Son sourire a disparu, il ne me quitte pas du regard mais je ne peux m'empêcher de repenser à la semaine dernière. Alors, je décide que le mieux est certainement que j'essaye de comprendre ce qui a bien pu se passer.

— Je peux te poser une question ?

— Bien entendu.

— Samedi dernier, quand on est revenus de Sandy Hook, tu semblais distant et confus... Est-ce que je suis responsable de quelque chose en particulier ?

Il soupire et attrape mes deux mains. Son contact me rassure.

— Non, pas du tout, ma puce. Je suis désolé si je t'ai fait penser une telle chose. J'ai seulement eu une discussion désagréable avec Owen et, je le reconnais, ça m'a mis de mauvaise humeur.

— J'espère que tout est rentré dans l'ordre, dans ce cas. Vous semblez très amis.

— Tout va bien avec Owen, confirme-t-il en caressant le dos de ma main de son pouce.

Rassurée par ces explications, je change de sujet :

— J'ai aimé t'entendre jouer tout à l'heure.

— J'ai aimé jouer pour toi, ma puce.

Il recule et enfonce à nouveau ses mains dans ses poches. Je suis déçue de cette perte de contact.

— La prochaine fois, on va dans un endroit à toi. Je veux te connaître moi aussi.

J'acquiesce d'un signe de tête. Je comprends qu'il va partir d'un moment à l'autre et une seule question hante ma tête : va-t-il m'embrasser ? J'en crève d'envie ! Mais au lieu de ça il m'adresse un sourire et dit :

— À bientôt Ruby. J'ai hâte de découvrir quelle sera notre prochaine aventure.

Il tourne les talons et s'éloigne. Moi, je reste interdite un instant. *Il ne peut pas s'en aller comme ça!*

Alors, telle une héroïne de comédie romantique, je m'élance dans la rue. Et il faut croire que quelque part, nos étoiles sont alignées comme il faut, car Adam se retourne, ouvre ses bras dans lesquels je viens me blottir. Mes mains se nouent autour de son cou, je le tire vers moi et je plaque ma bouche sur la sienne. Si des gens assistent à cette scène, il est certain qu'ils témoigneront qu'elle est parfaite. La large paume d'Adam se plaque dans le milieu de mon dos pour m'attirer un peu plus vers lui. Nos lèvres se découvrent, s'apprivoisent. Ma langue se faufile contre la sienne, entame une danse sensuelle. J'oublie que nous sommes en pleine rue, qu'autour de nous l'agitation de New York ne cesse pas pour autant. Nous sommes dans une bulle, notre bulle, et c'est tellement bon. Lorsqu'enfin notre baiser prend fin, je suis pantelante. Heureusement, les bras d'Adam me soutiennent, car je pense que je serais incapable de tenir par moi-même.

— Je ne m'attendais pas à ça, murmure-t-il en posant ses mains en coupe autour de mon visage.

— Je ne pouvais pas te laisser partir comme ça.

— Crois-moi ma puce, ce n'était pas l'envie de t'embrasser qui me manquait.

— Alors, pourquoi tu ne l'as pas fait?

Il repousse une mèche de mes cheveux bruns. J'ai l'impression qu'une ombre traverse son visage. Mais c'est furtif, si bien que je ne suis pas certaine de l'avoir vraiment vue.

— Je ne voulais pas te brusquer.

— Une chance alors que je me sois montrée entreprenante, fais-je remarquer.

Il me sourit.

— Oui, une chance. Je suis très chanceux, ajoute-t-il avant de m'embrasser à nouveau.

13

Ruby

Un samedi soir au Starlite en compagnie de Lisa et Matt, c'est la promesse d'une soirée réussie. En plus, j'ai l'impression de flotter sur un petit nuage depuis quelques heures. Je me suis préparée en repensant à l'étreinte partagée avec Adam cet après-midi et une chose est certaine : j'ai hâte de remettre ça !

Quelque chose dans mon attitude doit être différent et Lisa l'a remarqué. Elle profite du fait que Matt se déhanche sur la piste pour me questionner :

— Alors, raconte-moi. C'est Adam, c'est ça ?

— Comment tu sais ça toi d'abord ?

Elle fait mine de réfléchir en posant son index sur ses lèvres.

— Humm. Disons que ton sourire niais, tes yeux qui brillent, le besoin que tu as de regarder ton téléphone toutes les deux minutes sont de bons indicateurs. Sinon, il se peut que ton binôme n'ait pas gardé la langue dans sa poche.

Je grogne pour le principe mais je n'en veux pas vraiment à Matt. J'en aurais parlé à Lisa tôt ou tard, de toute manière.

— J'ai revu Adam cet après-midi.

Elle pose les coudes sur la table et son visage sur ses mains jointes comme si elle s'apprêtait à écouter une histoire passionnante.

— Et ?

— Et, rien de spécial. On a discuté.

Elle semble déçue.

— Vous n'avez pas concrétisé la chose ?

— Vous êtes vraiment des obsédés, Matt et toi ! Vous passez votre temps à me demander quand je vais finir dans son lit !

Loin de se vexer, Lisa rit et balance ses cheveux en arrière.

— Pardonne-moi, depuis que je te connais, c'est la première fois que je te vois passer du temps avec un homme autre que Matt. Je me laisse un peu déborder par mon enthousiasme.

— Merci, on dirait que je suis un cas désespéré, râlé-je.

— Loin de là, mais tu n'es pas connue non plus pour enchaîner les conquêtes.

— C'est comme les vêtements. Je ne vois pas l'intérêt de les essayer si je suis certaine que je ne vais pas les acheter. J'ai envie d'une relation sérieuse. Seulement m'amuser ne m'intéresse pas.

Lisa touille son cocktail d'un air songeur :

— Je comprends, moi aussi j'en ai marre des relations d'un soir, mais c'est compliqué de trouver chaussure à son pied. Donc, Adam te plaît assez pour te donner envie de voir ce que ça peut donner ?

— Oui, il me plaît vraiment. Et pour le coup, j'apprécie qu'il ne m'ait pas sauté dessus dès le départ. J'ai compris qu'il a connu beaucoup de femmes et qu'il est plutôt habitué des relations sans lendemain, alors, le fait qu'il prenne son temps, ça me donne de l'espoir. Pour être totalement honnête, c'est moi qui lui ai sauté dessus tout à l'heure.

Lisa arque un sourcil interrogatif.

— Je lui ai couru après dans la rue pour l'embrasser !

— Waouh ! C'est super romantique !

— Ou super stupide, dis-je en cachant mon visage dans mes mains.

— Eh ! N'ai pas peur d'être entreprenante ! On est au XXIe siècle, une femme a le droit de faire ce qu'elle veut. Et puis les mecs adorent ça, non ?

— Tu crois ?

— Peut-être pas tous, mais je suis certaine qu'Adam a dû apprécier. Il t'a rendu ton baiser, non ?

Je rougis en repensant à notre étreinte passionnée. Lisa émet un petit rire qui me laisse comprendre qu'elle a bien saisi mon trouble.

La banquette s'affaisse à côté de moi, c'est Matt qui se laisse tomber lourdement. Sa chemise blanche est ouverte jusqu'au milieu de son torse, dévoilant un triangle de peau hâlée. De nombreux regards féminins sont braqués sur lui et lorsqu'il passe sa main dans mon dos sur la banquette, certains pourraient me fusiller sur place. Si seulement elles savaient que mon cœur bat pour un beau surfeur blond…

— De quoi vous parlez les filles ?

— De mecs, répond Lisa.

— Oh punaise ! Je retourne danser, dit-il sans pour autant bouger de là où il se trouve.

— Vous ne parlez jamais de nanas quand vous êtes entre mecs ?

Il émet un petit reniflement dédaigneux.

— Nan, on parle de motos. C'est bien moins prise de tête.

Lisa et moi levons les yeux au ciel de concert.

— Alors, demande mon binôme, Adam a-t-il réussi à apprivoiser la sauvage Ruby ?

— Je croyais que tu ne voulais pas parler de ça, raillé-je. Et puis je ne suis pas si sauvage que ça.

— Dit la fille qui n'a pas laissé un mec s'approcher d'elle depuis son arrivée à New York.

Je ne relève pas, mais réponds :

— Il a commencé à m'apprivoiser.

— Bien. Alors viens danser, tant que je t'ai encore un peu pour moi.

Il attrape ma main et m'attire sur la piste. Lisa se joint à nous et nous nous déhanchons sur des rythmes électros. Je ressens la musique différemment, la rythmique me paraît soudain plus importante. Je ferme les yeux et imagine que c'est Adam qui joue pour moi. Je me laisse emporter, sachant que Matt veille sur Lisa et moi comme un chaperon, repoussant tous les hommes qui pourraient nous approcher.

Pourtant, je sens soudainement un bras m'enlacer par l'arrière. Mon regard se pose sur Matt qui me sourit, et à cet instant je percute. Mes yeux glissent sur ma taille, je reconnais aussitôt ces doigts longs et fins qui s'enroulaient autour de baguettes il y a quelques heures à peine. Je bascule ma tête en arrière et le contact de son torse d'acier confirme mes suspicions. *Adam est là.*

— Salut ma puce, susurre-t-il à mon oreille.

— Salut beau gosse. Qu'est-ce que tu fais là ?

— Colin m'a proposé d'aller boire un verre, je ne savais pas que tu serais là.

— Une bonne surprise j'espère ?

— La meilleure.

Son souffle dans mon cou déclenche un long frisson qui parcourt ma colonne vertébrale. Grisée par la danse, l'odeur boisée de son eau de Cologne et certainement un peu l'alcool, je réponds :

— Je suis très contente de te voir.

— Moi aussi, tu n'as pas idée.

Je me tourne dans ses bras pour lui faire face. Malgré la pénombre, ses yeux verts brillent. Il porte un tee-shirt noir moulant qui ne cache rien du corps d'apollon qui se trouve en dessous. Je fais glisser mes paumes sur son torse, remontant en direction de ses épaules, sans cesser pour autant de danser. Ses mains se posent sur mes hanches.

— Je ne savais pas que tu aimais autant danser, dit-il.

— Tu as encore beaucoup de choses à découvrir sur moi. Depuis combien de temps tu es là ?

— Depuis assez longtemps pour avoir eu le droit à un show dont je vais me souvenir longtemps.

— Pourquoi tu n'es pas venu me rejoindre avant ?

— J'avais envie de profiter du spectacle.

— Et qu'est-ce qui t'a décidé ?

— Je n'étais pas le seul à t'observer ici. La moitié des hommes de ce bar te dévorent des yeux. Il était temps que je leur montre qu'ils devaient se trouver une autre source d'attention.

Ce petit élan de machisme primaire me fait sourire autant qu'il me flatte. Je plaque mes hanches contre les siennes, pose ma joue contre son torse et je continue d'onduler sur la musique.

— Tu joues à un jeu dangereux ma puce, souffle-t-il contre ma joue.

— Je suis prête à prendre le risque.

Il ne répond pas tout de suite mais quand il le fait, je sens un changement dans sa voix. Comme s'il était tiraillé par des sentiments contradictoires.

— Peut-être que tu devrais te méfier de moi. Peut-être que je ne suis pas celui que tu imagines.

— Alors tu es un excellent menteur.

— Ça m'arrive.

Je recule mon visage pour croiser son regard. Son expression est sérieuse, mais au fond de ses prunelles, je distingue une lueur. Celle du désir, celle qui me consume également.

— Il y a des choses qui ne trompent pas, affirmé-je avant de l'embrasser.

La façon dont il répond à mon baiser est la seule confirmation qu'il me faut.

14

Ruby

Au bureau le lundi, j'ai beau essayer de me concentrer sur mon travail, des flashs de la soirée de samedi apparaissent sans cesse dans mon esprit. J'ai passé un merveilleux moment dans les bras d'Adam. Mais nous sommes restés très sages et c'est avec Lisa que j'ai partagé mon taxi de retour, alors que lui est resté tenir compagnie à Colin. Je n'étais pas vraiment sereine de le laisser au Starlite alors que les tentations étaient nombreuses, mais le regard brûlant qu'il m'a adressé avant que je parte m'a convaincue que je me faisais certainement du mouron pour rien.

Une gomme atterrit sur mon front.

— Ruby, arrête de rêvasser ! À mon avis, ce n'est pas à la prochaine campagne marketing que tu penses.

— Tout à fait, je songeais à la façon la plus discrète de se débarrasser d'un collègue insupportable, contré-je.

Il s'esclaffe.

— Impossible. Je te manquerais trop.

— Dans tes rêves, Ortega !

— Mouais. Vu la teinte de tes joues, je dirais que tu pensais surtout à ta danse collée-serrée avec un certain batteur blond, samedi soir. Vas-y, raconte tout à tonton Matt.

— Je croyais que les discussions sur les relations amoureuses t'ennuyaient. En vérité, tu es une véritable commère. Tu es certain que tu n'es pas une nana ?

— Je note qu'une fois de plus, tu t'attaques à ma virilité. Il va falloir que je mette les choses au clair une bonne fois pour toutes. Je n'ai pas de seins !

— Ça, c'est ce que tu dis, raillé-je.

Il se lève d'un bond de sa chaise, je sais que j'ai touché à son amour-propre et ça m'amuse de voir sa réaction.

— Puisqu'il te faut des preuves, princesse.

Il commence à déboutonner sa chemise, là en plein milieu de l'open space. Nos collègues ne font même pas attention, trop habitués aux facéties de mon binôme. J'entrevois le début d'une tablette de chocolat, mais ma vue est soudainement obstruée par une pile de dossiers, qui la seconde d'après s'écrase avec fracas sur le bureau de Matt.

— Si vous manquez de boulot tous les deux, je peux rapidement arranger ça, sermonne la voix de Gabriel.

Toute trace d'hilarité a disparu du visage de Matt et du mien. À la place nous échangeons un regard dégoûté. On dirait bien que nous n'allons pas quitter le bureau de sitôt !

***

Matt soupire.

— Pourquoi tu tires une tête pareille ? Ce n'est pas la première fois qu'on travaille tard sur un projet, fais-je remarquer.

— Figure-toi que j'avais un rencard ce soir, je vais devoir annuler.

Il souffle à nouveau.

— La prochaine fois, rappelle-moi de fermer ma grande gueule.

— Plus de strip-tease au bureau, c'est noté. Pour ta grande gueule, malheureusement, j'ai peur que ce soit peine perdue. Tu es incontrôlable.

— Merci princesse, tes compliments me vont droit au cœur.

Je jette un coup d'œil à ma montre. Il est presque vingt et une heures et je suis loin d'avoir terminé. Pourtant je dis à Matt :

— Va à ton rencard, je vais avancer toute seule et on reprendra demain matin.

— Je ne vais pas te laisser bosser à ma place, argue-t-il.

— À charge de revanche, je ne voudrais pas te faire passer à côté du grand amour.

Même si j'ai des doutes sur le fait que son rendez-vous soit si sérieux que ça. Matt m'observe une seconde et demande :

— Tu es certaine ?

— File avant que je change d'avis.

Il ne se fait pas prier. Il attrape son blouson de moto et la seconde qui suit, il a disparu.

Mon téléphone s'allume sur mon bureau, annonçant l'arrivée d'un message.

Salut ma puce. Qu'est-ce que tu fais ?

Je suis tentée de lui répondre un mensonge histoire de le faire marcher un peu. Quelque chose comme quoi je suis dans mon bain, avec seulement un peu de mousse pour me cacher des éventuels regards. Mais j'opte pour la vérité.

Toujours au bureau et toi ?

Il met un moment à répondre. J'essaye de ne rien voir de mal là-dedans. Mon cœur se serre à l'idée qu'il pensait peut-être passer me surprendre chez moi.

Rien de spécial. Tu es chez Carter Corp. ?

Quelle question ! Je n'ai pas d'autre bureau que je sache.

Oui.

J'arrive.

Quoi ? Il vient me voir au travail !

Cette information me fait oublier toute considération pour mon travail. Je fonce aux toilettes me refaire une beauté. Une journée de boulot intense n'a pas fait de bien à mon maquillage et mon chemisier est aussi froissé que le visage d'un résident de maison de retraite. Malheureusement, il faudra faire avec. Lorsque je retourne à mon poste, mon téléphone sonne. Le vigile m'annonce une visite pour moi.

Je descends dans le hall. À cette heure, les visiteurs ne sont pas autorisés à entrer sans surveillance. Tout le long de la descente des quarante-deux étages, mon cœur cogne dans ma poitrine et lorsque les portes de l'ascenseur s'ouvrent, une surprise m'attend.

Adam est là, mais il n'est pas seul. À ses côtés se tient un gars, tout juste plus grand que moi, trapu, brun avec une barbe fournie. Il porte un short et une chemise à carreaux ouverte sur un tee-shirt d'une marque de surf. Les mains dans les poches, il observe les alentours comme un touriste en goguette.

— Salut ma puce. Je te présente Derreck, un pote à moi, dit-il en pointant l'homme à côté de lui.

— C'est toi la fameuse Ruby ! dit-il en me tendant la main pour la serrer. Adam n'arrête pas de parler de toi.

Sa remarque me fait chaud au cœur, même si Adam fait mine qu'il raconte n'importe quoi. J'aime bien son sourire, il a l'air sympa avec son look de nounours débraillé.

— La seule et l'unique, j'espère, réponds-je en le saluant. Qu'est-ce que vous faites là ?

— On était dans le quartier… commence Adam.

— Et lorsqu'il a découvert que toi aussi, on a décidé de faire d'une pierre deux coups, annonce Derreck.

Devant mon air interrogatif, Adam précise.

— Colin m'a demandé d'aller à son bureau récupérer des partitions. J'avoue que le fait que tu sois là est un bonus fort agréable, ma puce.

— Ma puce ? s'amuse Derreck.

Adam le foudroie du regard.

— Vous avez de la chance que je sois là, le vigile ne vous aurait jamais laissés entrer à cette heure-ci sans quelqu'un pour vous escorter. Colin aurait dû vous le dire.

— Ouais, ben il s'en est bien gardé, bougonne Adam avant de s'approcher de moi.

Il glisse sa main sur mon cou, ma nuque, et l'enfouit dans mes cheveux.

— Je suis content de te voir, dit-il en approchant son visage du mien.

— Moi aussi.

Il m'observe tout en me caressant de son pouce. Je sens son souffle sur mon visage, j'ai envie qu'il m'embrasse.

— Euh, les gars. Ce serait cool qu'on récupère ces partitions avant que Colin s'impatiente. Et puis, si vous pouviez éviter de faire des trucs cochons devant moi je préférerais.

Adam recule d'un pas et s'esclaffe :

— Regardez-moi celui-là ! Une vraie prude !

Avant de se retourner vers moi :

— Tu pourrais nous conduire au bureau de Colin ?

— Oui bien entendu, suivez-moi.

Adam pose une main dans le bas de mon dos et nous nous dirigeons vers les ascenseurs. Au fur et à mesure, il devient de plus en plus tactile avec moi et c'est loin de me déplaire. J'appuie sur le bouton de l'étage de la maintenance informatique.

— J'espère que vous avez l'autorisation de Colin car s'il apprend qu'on est entrés dans son bureau sans qu'il soit au courant, je vais passer un sale quart d'heure.

— Vu que c'est lui qui nous envoie, ce serait mal venu de sa part, fait remarquer Derreck.

— Tu as peur de Colin ? s'étonne Adam.

— Peur, non. Mais il est vraiment étrange. On ne sait jamais ce qu'il pense. J'ai du mal à le cerner.

— Ce n'est jamais facile de savoir qui sont vraiment les gens, admet Adam. Surtout le côté d'eux qu'ils ne laissent pas paraître.

— Punaise, mec, tu t'entends parler ? C'est quoi la prochaine étape, tu vas te mettre à écrire des poèmes ?

Adam m'adresse un regard d'excuse.

— Désolé pour lui. Je te présente mon pote lourdaud.

— Je croyais que c'était Owen ?

— Non, lui, c'est le taciturne, fanfaronne Derreck, moi je suis le boute-en-train.

Les portes s'ouvrent, nous sommes arrivés. Les parois vitrées laissent la vue sur les rangées de serveurs informatiques de part et d'autre.

— Waouh ! Y'a du matos, dis donc ! s'exclame Derreck.

Une hésitation me saisit. Nous n'avons pas vraiment le droit d'être là. Mais c'est le moment qu'Adam choisit pour me saisir la main et j'oublie toutes mes inquiétudes.

Nous arrivons devant une porte sur laquelle est inscrit *Colin Spencer*.

— C'est ici, annoncé-je.

Derreck ne s'embarrasse pas de politesses et ouvre la porte.

— Oh punaise, le matos de fou ! s'exclame-t-il.

Il faut dire que le bureau de Colin est assez impressionnant. Certains équipements semblent tout droit venus du futur. Il y a au moins deux écrans, deux claviers, et c'est sans compter ceux qui traînent débranchés dans d'autres coins de la pièce.

— Parfois, j'ai du mal à me rendre compte qu'il bosse ici, admet Adam.

La pièce est immense. On est loin de mon petit bureau dans l'open space. Derreck observe autour de lui avec un air admiratif.

— Je suis super jaloux, lâche-t-il.

— Derreck est un gameur professionnel, explique Adam.

— Le meilleur du continent, ajoute celui-ci.

— Rien que ça ? commenté-je.

— Ouais, je suis même payé pour mes talents.

— Payé pour jouer ? Ça semble plutôt sympa. Même si tu ne dois pas voir souvent la lumière du jour.

Il hausse les épaules comme pour signifier que ça lui est bien égal.

— Y'a un bazar là-dedans, se plaint Adam, on va jamais trouver !

Derreck ricane.

— Venant de toi, c'est un comble. Tu es déjà allée chez lui, Ruby ?

— Je n'ai pas encore eu ce plaisir.

— Crois-moi, ne sois pas pressée.

Adam grommelle quelque chose que je ne comprends pas et continue de fouiller dans les papiers qui jonchent à peu près toutes les surfaces disponibles.

— J'ai envie de pisser, déclare soudainement Derreck avec toute la délicatesse qui semble le caractériser. C'est où les toilettes ?

— Au bout du couloir, si c'est comme aux autres étages, réponds-je.

— OK. Je reviens vite, pas de bêtises en mon absence les amoureux !

Il sort de la pièce et je me retrouve seule avec Adam. Je compte bien ne pas tenir compte de son avertissement. D'ailleurs, mon surfeur blond se rapproche déjà de moi.

— Désolé pour avoir traîné ce boulet avec moi.

— C'est pas grave. Il est marrant.

Adam s'avance encore et je me retrouve les fesses contre le bureau de Colin. Il pose ses mains sur mes hanches et susurre contre mes lèvres :

— Tu m'as manqué, ma puce.

— Toi aussi.

Ma phrase meurt sous l'assaut de sa bouche. Son baiser est enfiévré, possessif. Il me soulève légèrement pour m'asseoir sur le bureau de Colin, ma jupe remonte sur mes cuisses et il se loge entre elles. Je l'attire à moi d'une main, glissant l'autre sur son ventre. Mes doigts se faufilent sous son tee-shirt. J'y découvre un abdomen musclé, à la peau veloutée. Lui-même ne se prive pas d'explorer mon corps. Sa paume caresse mon genou, remonte lentement sur ma cuisse jusqu'à se glisser sous l'étoffe qui la recouvre. Les callosités de ses mains sur mon épiderme provoquent des sensations inédites et fortement agréables. Nous n'en sommes qu'aux prémices de ce qui pourrait se passer entre nous et je suis déjà au bord de la combustion.

Il arrête de m'embrasser et pose son front contre le mien.

— Tu me rends complètement fou, Ruby.

— Toi aussi Adam, j'ai envie de…

— Ce n'est pas une bonne idée, me coupe-t-il.

J'ai bien conscience que nous sommes dans le bureau de Colin et que Derreck va revenir d'une minute à l'autre. Mais j'ai du mal à me raisonner pour autant.

— Je n'ai pas envie que tu t'éloignes.

— Moi non plus, mais il va bien falloir.

Je frôle ses lèvres et je sens qu'il retient son souffle.

— Tu veux ma mort, hein Ruby ? J'ai connu beaucoup de femmes avant toi…

Je me raidis soudainement dans ses bras. Rien de mieux pour casser l'ambiance que de me rappeler ses nombreuses conquêtes.

— Et je manque affreusement de tact, concède-t-il. Désolé de l'avoir formulé comme ça. Ce que je veux dire, c'est que jamais je n'ai ressenti ça. Tu es différente.

Je suis flattée mais j'ai besoin de comprendre ce qu'il entend par là.

— En quoi ?

— Elles ne s'intéressent pas à moi. Juste à ce qu'elles pourraient obtenir de moi.

— Euh… Et c'est quoi exactement ?

Il arque un sourcil, comme pour noter ma naïveté.

— À ton avis ? Du plaisir, des gémissements, une petite mort agréable.

Je détourne les yeux. Il saisit mon visage comme pour me forcer à le regarder.

— Toi tu cherches à me connaître, à me faire plaisir et ça me rend fou de ne pas être à la hauteur.

Cette fois-ci je suis perdue. Pourquoi pense-t-il ça ?

— Je crois avoir été plutôt claire sur le fait que tu me plais comme tu es.

Un voile de tristesse pare son regard.

— Je crois que tu es loin du compte en ce qui me concerne et j'ai peur que lorsque tu le découvriras, tu m'en veuilles et tu fasses tout pour me fuir.

Je reste interdite devant sa dernière déclaration. Je m'apprête à lui poser des questions, mais c'est ce moment que Derreck choisit pour revenir.

— Punaise ! C'est les chiottes grand luxe ici. Tu m'étonnes que Colin adore bosser chez Carter Corp. !

Adam recule, pour ma part je me redresse et lorsque j'adresse un regard au batteur, il l'évite. Il se remet à farfouiller parmi les papiers de Colin. Derreck doit sentir qu'il y a un malaise car son regard va de l'un à l'autre :

— Je peux revenir un peu plus tard, dit-il en montrant la porte derrière lui. Si vous avez des choses à vous dire… ou à faire.

— Ta gueule Derreck, crache Adam.

Je ne suis pas la seule à être surprise de sa réaction disproportionnée, on dirait. Derreck m'adresse une grimace d'excuse et se met à chercher lui aussi les partitions. L'atmosphère dans le bureau est plus glaciale qu'un jour de blizzard. Adam grogne et passe une main dans ses cheveux.

— Ça ne sert à rien qu'on cherche dans ce bordel. Si ça se trouve elles n'y sont même pas.

— Colin ne va pas être content qu'on revienne sans, fait remarquer Derreck.

— Il n'a qu'à venir les chercher lui-même ! aboie l'homme que je pensais connaître et qui me fait soudain voir une facette de sa personnalité totalement inédite.

Et qui ne me plaît guère, pour être honnête.

— Est-ce qu'il y a un problème ?

Son air dur s'adoucit légèrement mais ce n'est pas pour autant que je retrouve l'Adam d'il y a une dizaine de minutes.

— Non, Ruby. On doit juste y aller.

Il se dirige vers la porte, les mains enfoncées dans ses poches. Derreck me fait signe de passer devant lui. Un modeste geste de galanterie pour essayer de contrer l'humeur de chien de son copain, j'ai l'impression. Nous marchons jusqu'aux ascenseurs, Adam devant, Derreck et moi côte à côte. L'attente se fait en silence, tout juste troublée par le petit *ding* de l'appareil lorsqu'il arrive à notre étage. La descente tranche nettement avec l'atmosphère de l'aller. Adam est reclus dans le côté opposé au mien de la cabine. Derreck, au milieu, nous lance des regards en coin. Nous atteignons le hall, les portes s'ouvrent et les deux garçons sortent. Derreck se retourne pour me dire :

— Je suis content d'avoir fait ta connaissance, Ruby. Tu m'as l'air d'être une chic fille.

Je l'entends à peine. Je ne cesse de me repasser l'épisode du baiser dans le bureau de Colin pour comprendre à quel moment tout cela a pu déraper. Je suis frustrée, je ne comprends pas. Derreck a l'air d'attendre une réponse de ma part. Je lui adresse un léger sourire, je n'arrive pas à faire mieux.

— Merci Derreck. C'était sympa de te rencontrer.

Puis je croise le regard émeraude d'Adam. Il déglutit et je sors ces mots sans même y réfléchir :

— Ravie d'avoir fait ta connaissance Adam.

Les portes de métal se referment et ni lui ni moi ne faisons rien pour les arrêter.

15

Ruby

J'ai l'impression de vivre sur des montagnes russes. Un jour, je suis tout sourire au bureau et celui d'après, j'ai le moral dans les chaussettes. La faute à un surfeur blond que j'ai bien du mal à cerner.

— Tu sais, le mieux, c'est peut-être de lui parler, dit Matt alors que je fixe l'écran de mon téléphone portable depuis cinq bonnes minutes.

J'ai hésité à lui envoyer un message mais je n'arrive pas à me décider.

— Hein ? De quoi parles-tu ?

— Adam, je ne sais pas ce qui se passe entre vous, mais tu devrais l'appeler.

— Qui te dit que je pense à Adam ? réponds-je sur la défensive.

Matt se cale au fond de son siège et énumère sur ses doigts :

— Tu n'as pas de problèmes de fric à ma connaissance, ça se passe plutôt bien ici, et que je sache Benji est en forme, il n'y a pas cinquante solutions. Ça pue le problème de cœur. Et comme tu traînes avec Adam en ce moment…

— Je ne sais même pas s'il y a quelque chose à régler.

C'est vrai, après tout, peut-on dire que nous sommes – nous étions – ensemble ? Nous sommes sortis deux fois, nous avons échangé quelques baisers. Ce n'est pas comme s'il m'avait promis quelque chose.

— Vu la tête que tu tires, je suis certain qu'il a déconné. Adam a beau être mon pote, si c'est le cas, tu dois le lui dire.

Je lâche un gros soupir et prends mon visage entre mes mains.

— Voilà pourquoi je préfère rester célibataire, commente Matt.

— Un jour, tu tomberas amoureux et c'en sera fini de toi. Et surtout, je pourrai me moquer à mon tour.

Il pointe un doigt accusateur dans ma direction.

— Fais gaffe Ruby, si ça se trouve, c'est toi qui tomberas amoureuse de moi !

— Ne parle pas de malheur !

Il fait mine d'être offusqué, ce qui a pour conséquence de me faire rire. Comme toujours, Matt a le chic pour me redonner le sourire.

Je décide de suivre son conseil. On dit toujours que la communication est la base de toute relation qu'elle soit amoureuse ou amicale. Seulement, j'hésite sur la teneur de mon message. Dois-je faire comme si les dernières minutes hier n'avaient pas existé ou alors au contraire aller droit au but ? Je tranche pour l'entre-deux.

Salut Adam, j'aimerais te parler.

Les minutes s'égrènent puis il finit par répondre :

Je suis désolé pour mon comportement d'hier.

Mais c'est peut-être préférable.

Je suis confuse. Alors que la première partie de son message est plutôt engageante, je ne comprends pas la seconde.

Je m'apprête à le questionner, mais soudainement, toutes les lumières de l'étage se coupent. Nos ordinateurs s'éteignent. Autour de moi dans l'open space, mes collègues grognent.

— Punaise ! J'avais pas sauvegardé ! râle Matt.

C'est étrange, il n'y a pas de tempête dehors. Qu'est-ce qui peut bien être la cause de cette panne ? Sommes-nous les seuls touchés au quarante-deuxième ? Ou alors est-ce général dans la tour ? Le quartier ?

Les néons se rallument, on entend un concert de bips annonçant le redémarrage de tous les appareils. Mais au moment où nos écrans s'éclairent, ce n'est pas la page d'accueil habituelle avec le logo de l'entreprise qui apparaît, mais un fond noir sur lequel un visage recouvert d'un masque blanc se découpe. On dirait un de ces modèles utilisés au théâtre.

— Qu'est-ce que c'est que ce truc ? demande Matt en appuyant sur différentes touches de son clavier.

C'est alors que simultanément, on entend sur tous les postes :

— Ceci est une cyberattaque. Inutile de toucher à vos ordinateurs. Nous en avons pris le contrôle.

La voix a cet accent métallique qu'on obtient en la passant dans un brouilleur. Elle résonne aux quatre coins de la pièce, ce qui la rend encore plus flippante.

— Vous êtes esclaves du capitalisme qui ruine notre planète, esclaves de votre consumérisme qui détruit nos forêts, nos rivières et nos enfants, dit la voix. Vous croyez que vous travaillez dans une entreprise qui respecte notre monde ? Vous vous trompez !

L'écran diffuse ensuite des images de déforestation, d'enfants victimes de la famine, d'animaux mourants, de rivières asséchées et d'océans pollués. Certaines d'entre elles sont vraiment dures à regarder. Je me sens prise de nausée et pourtant je ne peux détacher mes yeux de cette vidéo. Il règne un silence de mort dans la pièce, je suppose que mes collègues sont tout aussi sous le choc que moi.

Le visage avec le masque blanc refait son apparition. Ses yeux bruns sont durs et ressemblent à deux puits sans fond. Il déclame à nouveau :

— On vous ment, on vous manipule.

Matt s'exclame :

— C'est quoi ce foutoir ?

Je vois de l'agitation vers le bureau de Gabriel, l'instant d'après, il déboule dans l'open space.

— Tout le monde garde son calme ! La situation sera réglée d'ici quelques minutes. Nos informaticiens travaillent dessus, annonce notre responsable.

Matt, qui tapote son stylet contre sa lèvre, dit :

— C'est Colin qui ne doit pas chômer.

— En attendant que tout soit rétabli correctement, vous pouvez prendre une pause, suggère Gabriel.

Il essaye de ne rien laisser transparaître, mais je sens qu'il est tendu. Il y a de quoi.

J'échange un regard avec Matt. Les images continuent de défiler sur nos écrans.

— J'ai du mal à croire que Carter Corp. soit mouillé là-dedans, dit mon binôme avec un air dubitatif.

— Ryan Carter est connu pour être parmi les chefs d'entreprise les plus écoresponsables. Ce serait quand même étrange, renchéris-je.

— Ouais, mais si justement ce n'était qu'une façade ? demande une collègue qui a entendu notre conversation.

C'est vrai qu'on pourrait se tromper. Nous ne voyons que ce qu'on nous laisse bien voir. Mais est-ce que pour autant Carter Corp. aurait des cadavres dans ses placards ?

Les néons clignotent, cet étrange message prend fin sur un dernier avertissement de l'homme masqué :

— Maintenant vous savez, à vous d'agir.

Les lumières se rallument mais nos écrans d'ordinateurs restent noirs. Tout le monde se regarde, un peu interdit. Puis peu à peu nous faisons le même geste : celui de rallumer notre poste. Pourtant, je sais que personne n'a vraiment en tête de se remettre au travail. Si les images en elles-mêmes nous ont choqués, le fait que quelqu'un ait pu prendre le contrôle de nos machines est encore plus flippant. De toute manière, nous nous rendons compte bien vite que le réseau est HS. Nous sommes au chômage technique.

— On va se chercher un café ? propose Matt, faute de mieux.

J'accepte, mais nous ne sommes pas les seuls à avoir eu cette idée. Des employés de tous les services convergent vers les salles de pause. C'est rapidement la cohue. Nous décidons donc d'aller acheter notre boisson à l'extérieur, à l'angle de la rue. Alors que nous traversons le hall, je me dis que Lisa ne serait peut-être pas contre un petit remontant. Nous nous frayons un passage jusqu'à elle.

— Comment ça va ? lui demandé-je.

— C'est le bazar ! s'exclame-t-elle en repoussant une mèche qui s'est échappée de son chignon. Tout le monde me pose des questions mais je ne sais pas grand-chose. Et avec le téléphone qui est hors service, je ne te raconte pas comme c'est compliqué !

— Tu as eu des nouvelles de Colin ? s'enquiert Matt.

— Brièvement par un des gars de l'informatique.

Elle baisse la voix pour poursuivre :

— Ils sont sur les dents. En plus du piratage, des données confidentielles auraient été volées.

— On a une idée de qui aurait pu faire ça ?

— Quelqu'un a parlé des Anonymous, mais je ne suis pas certaine que cela vienne d'eux.

Matt et moi échangeons un regard sceptique.

— Moi je verrais plutôt un groupuscule écolo, avance Matt.

— Il y a un tas d'organisations anticapitalistes, la liste est infinie. Ça pourrait même être l'œuvre d'un concurrent malveillant, à ce stade, je présume que c'est compliqué de trouver le coupable, fais-je remarquer.

Matt hoche la tête et nous interroge :

— Vous pensez que Carter va s'exprimer ?

— Auprès de nous, ça m'étonnerait. Mais je suppose que Gabriel en sera chargé.

Notre conversation est subitement interrompue par les sonneries du téléphone qui retentissent.

— Eh bien ! On dirait que nous sommes de nouveau reliés au monde extérieur ! s'enthousiasme Lisa en décrochant le combiné.

Notre amie va être bien occupée dans les prochaines minutes, voire heures. Il est temps pour nous de la laisser travailler. Mais avant de s'échapper, Matt lui fait signe :

— Starlite ce soir ?

Elle répond affirmativement d'un signe de tête. Quant à moi, la perspective de me changer les idées autour d'un verre n'est pas pour me déplaire.

***

Quand nous nous rejoignons quelques heures plus tard dans notre bar préféré, la conversation s'oriente tout de suite sur les événements de la journée. Lisa semble épuisée. Il faut dire qu'avec cette situation, elle s'est retrouvée en première ligne. Il n'a pas fallu longtemps pour que la rumeur se propage hors des murs de Carter Corp., attirant une foule de curieux. Des journalistes aux clients en passant par quelques fournisseurs, tout le monde voulait en savoir plus sur cette mystérieuse attaque. Et le premier interlocuteur qu'ils ont en appelant pour plus de renseignements, c'est ma meilleure amie.

Si aujourd'hui nous nous sommes plutôt retrouvés désœuvrés, je ne doute pas que dans les prochains jours, Matt et moi allons être pas mal sollicités. Il est certain que l'entreprise va devoir communiquer sur cette affaire. En attendant, Gabriel a passé l'essentiel de sa journée avec la direction. D'ailleurs, quand je l'ai croisé en partant, il avait l'air de très mauvaise humeur. J'ai préféré me faufiler en douce dans l'ascenseur pour être sûre qu'il ne lui prenne pas l'envie de me demander quelque chose.

Nous sommes là depuis presque une heure lorsqu'une silhouette masculine s'approche de notre table, et se laisse tomber sur la banquette à côté de Lisa.

— 'lut, lance-t-il comme à son habitude.

C'est Colin. Je suis plutôt étonnée de le voir là, j'aurais pensé qu'il allait être coincé au bureau une bonne partie de la nuit. Enfin, il n'est pas tôt non plus…

Il fait signe à la serveuse qui rapplique au plus vite pour prendre sa commande. Je me fais la réflexion que moi, je suis systématiquement obligée d'aller chercher mes verres au bar. Il faut croire que lorsqu'on est une rock star, il y a un traitement de faveur…

— Alors, qu'est-ce qu'il s'est passé au juste ? demande Lisa.

On sent qu'elle trépigne d'impatience à l'idée que Colin lui dévoile la vérité. Moi aussi à vrai dire. Colin nous observe tour à tour, comme pour jauger notre degré de fiabilité.

— Allez, crache le morceau ! s'impatiente Matt.

— Avant, il faut promettre de ne rien répéter de ce que je vais vous dire, nous prévient le guitariste aux longs cheveux noirs.

Le regard menaçant qui accompagne cette déclaration convaincrait quiconque de tenir sa langue. Nous acceptons tous les trois, bien évidemment.

— C'est un foutu bazar, quelqu'un a réussi à introduire un virus sur notre système et à prendre le contrôle de celui-ci pour balancer son film. En plus de ça, il a eu accès à des données confidentielles sur l'entreprise et sur nos partenaires.

— Tu crois que c'est du piratage industriel ? demandé-je.

— Aucune idée. La vidéo écolo pourrait être là pour nous envoyer sur une fausse piste. C'est encore trop tôt pour savoir. Pour l'instant on a concentré nos efforts pour remettre le réseau en route et surtout sécuriser nos infrastructures pour éviter une autre attaque. Mais ne vous inquiétez pas, je vais mener ma petite enquête et je finirai bien par trouver qui a fait ça. Qui que ce soit, il a dû laisser des traces.

— Punaise, quand tu parles comme ça, tu me ferais presque flipper, plaisante Matt.

Lisa et moi esquissons un sourire, mais le principal intéressé se contente de le dévisager d'un air blasé. Je raconte :

— Moi, c'est cette vidéo qui m'a mise mal à l'aise. Ce masque avec ses yeux marron perçants, j'avais l'impression qu'ils pouvaient presque voir mon âme !

— C'est fait exprès, commente l'informaticien. Ils veulent te convaincre que tu bosses pour une boîte pourrie.

— Moi je n'y crois pas, annonce Lisa. C'est un peu trop gros comme histoire. Carter Corp. qui serait responsable de la mort de bébés phoques et du fait qu'on rase la forêt amazonienne…

— Tout le monde sait que Ryan Carter s'investit beaucoup dans l'écologie. Ça n'a pas de sens, renchérit Matt.

— Lancez autant de théories que vous voulez entre vous, mais évitez d'en parler trop en public, nous rappelle Colin.

— Tu peux compter sur moi pour tenir ma langue, dis-je.

— Cette remarque était plutôt pour ton voisin un peu trop bavard.

— Moi, bavard ? s'offusque mon binôme.

— À en croire le nombre d'heures que tu passes à poster sur ton profil Facebook ou sur des forums de moto, oui, on peut considérer que tu es une vraie pipelette, commente Colin.

— Je ne suis pas… Eh ! Mais comment tu sais ça d'abord ? s'étonne Matt.

Il ne lui répond pas et se contente de boire une gorgée de son bourbon, un léger rictus aux lèvres.

— Ah ah ! Pris la main dans le sac, le taquiné-je en tapant sur son épaule.

— Oh ! Tu peux parler, toi !

Il tente de me pincer à la taille pour se défendre. Afin d'esquiver son geste, je me penche, mais je me retrouve à moitié allongée sur la banquette. Loin d'abandonner l'affaire, il fond sur moi. Ses bras m'encerclent, je suis prise au piège. C'est à ce moment-là que quelqu'un apparaît à côté de notre table. Avec Matt qui est à moitié affalé sur moi, je n'ai qu'une fraction de seconde pour croiser son regard. Pourtant, je le reconnais sans peine, puisqu'il s'agit d'Adam…

16

Adam

Quand Colin m'a appelé pour me proposer d'aller boire un verre au Starlite, je ne m'attendais pas à y croiser Ruby. Encore moins à la trouver dans les bras de Matt. J'ai beau savoir qu'ils ne sont qu'amis, la voir avec un autre me donne l'impression qu'on vient de me filer une gifle magistrale.

— 'lut, mec, balance Colin comme s'il ne ressentait pas la tension autour de la table.

Je le connais assez pour être conscient que ce n'est pas le cas. Lisa et Matt me saluent à leur tour, mais aussitôt annoncent qu'ils vont se déhancher sur la piste. Ruby reste silencieuse. Elle soutient mon regard, comme pour me mettre au défi de dire quelque chose. À la place, je m'installe à côté de Colin pour avoir tout le loisir de la fixcr moi aussi.

— Comment ça se passe ? demandé-je à Colin.

Il a annulé notre répétition de ce soir à cause du piratage chez Carter Corp.

— C'est la merde, mon pote ! grogne-t-il.

Je me fais la réflexion qu'il n'y a pas que sa journée qui a été merdique. Je songe à notre dernier échange avec Ruby. Je n'ai fait que ça aujourd'hui, penser à elle et essayer de choisir la meilleure solution. Je croyais l'avoir trouvée, mais un seul de ses regards fait vaciller mes convictions.

— Qu'est-ce qui s'est passé au juste ?

— On s'est fait hacker, répond-il laconiquement.

Je sais qu'il n'en dira pas plus, Colin n'est pas connu pour être très volubile.

— Rien que tu ne sois en mesure de réparer ! ajouté-je pour la forme.

Il grommelle quelques paroles inintelligibles, qu'il noie ensuite dans son bourbon. J'avoue que ses explications m'importent peu en ce moment. Toute mon attention est focalisée sur la jolie brune aux yeux noisette de l'autre côté de la table. Et je sens que d'une seconde à l'autre, elle va se lever pour aller rejoindre ses amis. Je passe à l'action avant qu'elle ne fuie :

— J'ai besoin de te parler.

Avant même qu'elle n'ait le temps de dire quoi que ce soit, Colin annonce :

— Je vais aller me chercher un autre verre au bar.

Il ne nous demande pas si nous souhaitons quelque chose, il sait bien que ma seule réponse sera : *de la tranquillité.*

— Je ne vois pas ce que tu as à me raconter, réplique Ruby en faisant tournoyer son doigt sur le haut de son verre. Je croyais que c'était préférable qu'on garde nos distances ?

Je soupire. Elle m'en veut et c'est compréhensible.

— Je ne voulais pas te blesser.

— Mais tu ne m'as pas blessée, voyons ! dit-elle sur un ton narquois. Tu m'embrasses et deux minutes après tu m'ignores, mieux tu m'humilies devant ton pote. Pourquoi voudrais-tu que je sois blessée ?

— Ce n'est pas ce que je voulais. Vois-tu, ma vie est compliquée et…

Elle se lève, ne me donnant pas le temps de poursuivre, et balance :

— La dernière chose que j'aie envie d'être, c'est une *complication*, Adam. Tu as raison, je crois qu'il est préférable qu'on s'évite.

Elle s'empare de son sac et de sa veste et file en direction de la sortie. Je devrais l'écouter, la laisser partir. Mais j'ai découvert ces derniers jours que j'ai du mal à être quelqu'un de raisonnable, surtout en ce qui la concerne. Alors je quitte la table moi aussi.

Ruby fonce à travers les groupes de danseurs, comme si elle partait en mission quelque part. Je ne la lâche pas des yeux, mais je n'arrive à la rattraper que lorsqu'elle atteint le trottoir devant l'établissement. Je ne réfléchis pas, je me saisis de son bras pour la stopper dans sa course. Elle ne sursaute pas, elle sait que c'est moi. Elle se doutait (ou espérait ?) que je la suivrais. Je comprends alors que j'ai pris la bonne décision.

— Ma puce, écoute-moi, s'il te plaît, murmuré-je à son oreille.

— Je ne vois vraiment pas ce qu'il y a à dire de plus.

Je me rapproche un peu plus de son dos. Elle se laisse faire, elle a beau déclarer ne plus vouloir me voir, on dirait que son corps n'est pas tout à fait sur la même longueur d'ondes. Je baisse mon visage vers ses cheveux. Ils sentent la pêche, certainement l'odeur de son shampoing. Ce n'est pas le genre de détail que je remarque chez une fille en temps normal. Mais avec Ruby, chaque petite information collectée à son sujet me semble importante. Comme les pièces d'un puzzle, insignifiantes prises seules à seules, mais qui mises bout à bout forment un ensemble unique et splendide.

— Je n'ai besoin que de deux minutes.

Je la fais pivoter, ne supportant pas de ne pas voir son visage. Je ne lâche pas son bras et nos corps sont toujours aussi proches. Ses yeux lancent des éclairs lorsqu'ils se rivent aux miens.

— Je t'en donne une, répond-elle sèchement.

J'inspire et je commence :

— Je ne voulais pas me comporter comme un goujat avec toi.

Elle ricane comme pour me signifier : *et pourtant, c'est exactement ce que tu as fait*. Je ne me laisse pas arrêter par sa réaction, je poursuis :

— Je n'avais tout simplement pas prévu de m'attacher autant à toi.

— En gros, tu m'as prise pour une groupie stupide. C'est gentil de me l'avouer. Je peux y aller maintenant ?

Elle fait mine de se dégager mais je resserre mon étreinte.

— Je ne t'ai jamais prise pour une groupie stupide ! Et laisse-moi finir, s'il te plaît.

— J'ai du mal à suivre Adam ? Un instant tu m'embrasses, celui d'après tu me dis qu'on devrait garder nos distances. Avoue qu'il y a de quoi être perdue ! Ce petit jeu du chat et de la souris, ça amuse peut-être certaines filles, mais pas moi. J'ai passé l'âge de ce genre de gamineries.

— Crois-moi, la dernière chose que je voulais, c'était te mener en bateau. J'ai juste peur de t'embarquer dans un truc qui te dépasse.

Qui nous dépasse tous les deux, en vérité. Car je suis conscient qu'elle ne sera pas la seule à souffrir quand nous imploserons.

— Tu ne crois pas que c'est à moi de choisir ce que je suis prête à accepter ou non ? Pourquoi tu devrais prendre la décision pour nous deux ?

Elle émet un rire nerveux.

— Punaise ! Je ne sais même pas de quoi il s'agit ! Qu'est-ce qui peut être si horrible à ton sujet pour que tu ne veuilles pas que je le découvre ? Ou alors, c'est que tu estimes que je ne suis pas assez bien pour que tu me confies ton petit secret ? Oui, dans ce cas, on ferait peut-être bien de prendre nos distances.

— Ce n'est pas que je ne te fais pas confiance. Je ne suis pas le seul impliqué…

— C'est quoi le problème à la fin ? me coupe-t-elle. Tu as une copine ? Tu es marié ?

— Non, je ne suis pas marié.

— C'est Fiona, c'est ça ? Tu as peur de froisser ses sentiments.

Je grogne.

— Il n'y a rien entre Fiona et moi, combien de fois vais-je devoir te le répéter ?

Je la serre un peu plus contre moi. Elle lève la tête pour mieux me voir. Ses lèvres sont une tentation, un fruit défendu auquel j'aimerais bien goûter à nouveau. Je dépose mon pouce sur sa joue et la caresse doucement. Si je m'écoutais, je l'embrasserais à lui en faire perdre la raison.

— C'est à cause de tes groupies alors ? demande Ruby.

— C'est le cadet de mes soucis en ce moment.

Et c'est vrai. À partir du moment où j'ai posé mes yeux sur elle, toutes les autres femmes se sont effacées de ma mémoire. Toutes, sauf une peut-être. Celle qui représente ma conscience. Celle qui me crie de ne pas reproduire les erreurs du passé, de ne pas entraîner Ruby dans mes conneries, au risque de le payer au prix fort.

Est-ce que Ruby s'en rend compte ? Elle me dévisage et me pose une question qui me déstabilise :

— Est-ce qu'il y a quelqu'un dans ta vie ?

La seconde de silence qui précède ma réponse lui donne déjà le temps de se faire une idée. Mais comment lui expliquer tout ça ? Ce n'est pas quelque chose dont j'ai l'habitude de parler et le faire là, sur un bout de trottoir, me paraît tellement inapproprié.

— Il y a quelqu'un qui compte pour moi... je commence.

Elle me fait signe de stopper, puis elle se dégage de mon emprise, d'un geste vif.

— Attends, ma puce !

Elle secoue la tête avant de tourner les talons et de prendre la fuite. Je m'élance à sa suite, mais le karma m'en veut, car c'est le moment qu'un groupe de plusieurs personnes choisit pour sortir du Starlite, me barrant la route. Il me faut quelques secondes pour les contourner. Quand c'est chose faite, Ruby semble s'être volatilisée. Je n'abandonne pas pour autant. Je cours dans la direction qu'elle a prise et cherche dans les ruelles alentour un endroit où elle aurait pu se réfugier. Mais aucune trace de la jolie brune. Au loin, la sirène d'une voiture de police retentit. Les taxis défilent à vive allure dans la rue, les fêtards se pressent dans ce quartier populaire, insouciants, de bonne humeur. J'ai presque envie de le leur reprocher. Alors que je m'immobilise sur le trottoir, ne sachant plus où aller, la vérité me percute : j'ai beau être au milieu d'une des villes les plus peuplées de la planète, sans elle, je me sens terriblement seul.

17

Ruby

En d'autres circonstances, j'aurais pu être heureuse de ma performance. Rentrer en courant à mon appartement est une chose que je fais environ trois fois par semaine, à la différence qu'habituellement, c'est avec une paire de baskets. Là, je suis pieds nus, mes talons pendant misérablement au bout de mes doigts. Mais surtout, j'ai la sensation d'étouffer. Non pas à cause de ma course folle, mais plutôt de mes sentiments malmenés. Et pourtant, je ne suis pas au bout de ma peine, car sur mon palier il est là, l'air déterminé.

Adam.

Comme à chaque fois que je l'aperçois, ma réaction est épidermique. On dirait que mon cerveau et mon cœur sont incapables de s'accorder. Un seul de ses regards absinthe dans ma direction et je frissonne. Ma conscience me hurle pourtant de rester loin de lui. Adossé contre ma porte, les bras croisés sur sa poitrine, il m'observe. Je ne devrais pas noter le bombé de son biceps sur lequel court son ange noir, ni même la façon dont la lumière blafarde du couloir met en exergue les lignes viriles de sa mâchoire. Mais c'est plus fort que moi.

Quand je m'approche, il se redresse, ouvre la bouche, mais je ne lui laisse pas le temps de s'exprimer.

— Va-t'en, tu n'as rien à faire ici, dis-je en lui faisant signe de s'écarter.

— Pas avant que tu ne m'aies écouté, réplique-t-il sans bouger d'un iota.

— Je crois que j'en ai assez entendu.

— Au contraire, tu ne sais rien. Tu t'es enfuie avant que j'aie pu t'expliquer quoi que ce soit.

— M'expliquer quoi ? Que tu t'es bien moqué de moi ? Que pendant que tu m'embrassais, une autre fille t'attendait à la maison ? Tu sais quoi ? S'il y a bien une chose sur laquelle je ne suis pas prête à passer l'éponge, c'est ça. On a tous une limite, et moi c'est celle-ci ! Alors maintenant, laisse-moi rentrer chez moi et disparais de ma vue.

— Je ne partirai pas tant que tu ne m'auras pas écouté ! s'énerve-t-il.

— Je t'ai déjà donné l'occasion de tout me raconter et tu m'as avoué qu'il y avait une autre femme dans ta vie !

— Il n'y a personne d'autre que toi ! explose-t-il.

Ses yeux lancent des éclairs, ses narines frémissent. En colère, il est impressionnant.

— Pitié Ruby, laisse-moi t'expliquer, ajoute-t-il plus calmement. Je te demande juste de m'écouter. Si tu n'es pas convaincue ensuite, je promets de partir et de ne plus jamais chercher à te contacter.

L'idée même de ne plus jamais le revoir me fait monter les larmes aux yeux. Pourtant j'hésite encore à lui accorder cette faveur. C'est le moment qu'un de mes voisins choisit pour crier à travers sa porte :

— Vous ne pouvez pas aller vous disputer ailleurs ? Y'en a qui essayent de dormir !

Alors je cède, je lui fais signe de me suivre et il s'écarte du battant en bois. J'enfonce ma clé dans la serrure et nous pénétrons chez moi. Ce n'est pas la première fois qu'il vient ici, pourtant cette fois-ci j'ai l'impression que la pièce est beaucoup trop petite pour lui. À l'image de mon cœur, où il prend de plus en plus de place. Je balance mes talons au sol, pose mon sac et ma veste sur une chaise et me campe face à lui. S'il veut me parler, il le fera en affrontant mon regard.

Sur ce point, il ne me déçoit pas, mais il s'approche. Je sais à quoi il joue. Il est conscient que j'ai du mal à résister à son toucher. Alors je lui fais signe de garder ses distances. J'ai besoin d'avoir les idées claires.

— Comment tu as fait pour être là avant moi ?

— J'ai pris un taxi. En trouvant porte close, j'ai eu peur que tu aies décidé d'aller passer la nuit ailleurs, mais j'ai attendu au cas où tu serais rentrée à pied. Apparemment j'ai bien fait.

— Je n'avais pas d'autre homme sous la main. Je ne cours pas deux lièvres à la fois, *moi.*

Son air se durcit. Je vois qu'il n'apprécie pas ma pique. Il s'exprime ensuite lentement et en articulant presque de façon exagérée.

— Tu es la seule femme avec qui je suis, Ruby.

— Pourtant, tu m'as dit le contraire, il n'y a même pas une heure, répliqué-je, les bras croisés sur ma poitrine comme pour me protéger de lui.

— Je t'ai dit qu'il y avait quelqu'un qui comptait pour moi, c'est tout à fait différent.

— Excuse-moi, mais j'ai du mal à comprendre ce qui est différent ?

Il s'approche un peu plus. Par réflexe je recule. Mon dos heurte le mur de l'appartement.

— Car tu es la seule que je vais emmener faire du surf. La seule avec qui je vais danser. La seule à laquelle je pense, tous les jours, toutes les heures.

Il pose ses mains contre le mur, m'emprisonnant entre ses bras. Il rapproche son visage, je sens son souffle sur le mien. Malgré ma volonté de garder mes distances, je le laisse faire, je suis incapable de le repousser. Pas quand il me parle comme ça, pas quand il me regarde comme si j'étais la chose la plus précieuse qui lui ait été donnée de voir.

— J'ai tout le temps envie de t'embrasser, Ruby. Je mourais d'envie de le faire quand nous sommes allés à Sandy Hook, je l'aurais même fait le soir où je t'ai rencontrée si j'avais pu.

— Qu'est-ce qui t'en a empêché ? demandé-je.

Ses yeux descendent vers ma bouche. Par réflexe, mes lèvres s'entrouvrent toutes seules.

— Je savais déjà que je voulais plus qu'une simple soirée. J'étais conscient qu'une fois que j'aurais goûté à toi, j'aurais besoin de plus. Alors j'ai préféré patienter, même si parfois cela équivalait à de la torture. Mais l'attente valait amplement la peine.

Mon traître de cœur se met à battre à tout rompre. Toutes les barrières que je m'étais promis d'ériger autour de lui sont en train de tomber une à une. Et c'est ce surfeur aux yeux émeraude qui en est la cause. Car lorsqu'il me regarde ainsi, je ne peux douter de sa sincérité.

— Pardonne-moi Ruby. Je t'ai fait souffrir et c'est la dernière chose que je souhaitais.

Je m'apprête à lui répondre, mais avant qu'un seul son ne sorte de ma gorge nouée par l'émotion, une tierce personne s'immisce dans la conversation.

— Je te kiiiffe Adam ! Je te kiffe !

Celui-ci se retourne, étonné, puis éclate de rire en découvrant Benji qui nous fixe depuis le comptoir de la cuisine. Le volatile, trop heureux que quelqu'un se soucie enfin de sa présence, répète :

— Je te kiiiffe Adam !

— Eh bien, on dirait qu'il y en a un au moins qui m'apprécie ici !

Le batteur blond me délaisse pour s'approcher du trouble-fête.

— Ne fais pas attention, il raconte un tas de bêtises. Il ne fait que répéter des mots qu'il entend sans comprendre leur signification.

Adam lève un sourcil étonné.

— Dois-je en conclure que tu dis : *je te kiffe Adam*, lorsque tu es seule avec lui ?

— Ne prends pas tes rêves pour la réalité. Il a dû apprendre ça en regardant la télé.

— Un perroquet regardant la télévision ? Tu veux vraiment que je gobe ça ?

— Je ne plaisante pas ! Il l'allume tout seul. Il doit bien y avoir un Adam dans une de ses séries à l'eau de rose préférées !

C'est probable. En revanche, le fait qu'il choisisse justement de crier ce prénom-là ce soir est une coïncidence un peu trop grosse pour être honnête. Mais je ne me vois pas avouer maintenant à Adam que je parle de lui à mon perroquet.

Heureusement, le batteur est trop occupé à grattouiller la tête de mon ara pour s'étendre sur la question. Pour ma part, j'en serai presque jalouse de Benji qui a réussi à accaparer son attention à mon détriment.

— Quel âge a… commence Adam.

Mais lorsque son regard se tourne vers moi, il stoppe net et fronce les sourcils.

— Mais tu saignes, dit-il en désignant mon pied.

La moquette est effectivement parsemée de taches écarlates. Adam délaisse Benji pour s'approcher de moi. À ma grande surprise, il s'agenouille et se saisit de ma jambe.

— Lève ton pied, ordonne-t-il.

J'obtempère et son air devient encore plus inquiet.

— Tu n'aurais pas dû marcher pieds nus dans la rue. Tu t'es coupée. Pourquoi tu n'as pas gardé tes chaussures ?

— Tu as déjà essayé de marcher plus d'un kilomètre avec ce genre de truc aux pieds ? dis-je en désignant mes escarpins à talons aiguilles abandonnés dans l'entrée.

Alors qu'il se relève, je m'attends à tout sauf à ce qui suit. D'un geste souple il passe un bras dans mon dos, et l'autre sous mes fesses. Je suis tout à coup dans ses bras, à la façon d'une jeune mariée passant le seuil lors de sa nuit de noces.

— Mais qu'est-ce que tu fais ? Ce n'est qu'une petite coupure !

Il ne s'embarrasse pas d'une réponse et se dirige vers la salle de bains. Là-bas, il m'assied sur le rebord de la baignoire.

— Tu as un kit de secours ? demande-t-il l'air contrarié.

— Sous le lavabo, mais ne t'embête pas, je peux le prendre.

J'essaye de me lever mais il me fait signe de ne pas bouger. Il sort la trousse ainsi qu'une serviette, puis s'agenouille devant moi. Il saisit délicatement ma jambe et annonce :

— Je vais commencer par laver ton pied et désinfecter la plaie.

Je ressens de l'embarras. Je n'ose imaginer l'état de mes talons après avoir arpenté le bitume new-yorkais. Adam n'a pas l'air révulsé par ce qu'il voit. Au contraire, il prend un soin infini à s'occuper de moi avec une concentration proche de la révérence. Pour ma part, le simple contact de sa main sur ma cheville me rend toute chose.

Une fois sa tâche effectuée, il me confectionne un bandage pour éviter que la plaie ne continue de saigner.

— On dirait que tu as fait ça toute ta vie, remarqué-je.

— Les blessures sont assez fréquentes au surf. J'ai rapidement appris à manier le sparadrap. Voilà, dit-il en reposant mon pied au sol. Ça devrait faire l'affaire pour cette nuit.

— Merci.

Nous nous redressons et vient ce moment gênant où nous ne savons tous les deux quoi dire. Tout à l'heure, interrompus par Benji, puis par ma blessure, nous avons laissé les choses en plan. C'est Adam qui prend l'initiative :

— Ruby, j'ai eu peu de relations sérieuses dans ma vie, voire pas du tout. Alors je ne sais pas toujours comment je dois me comporter. Je suis conscient que j'ai fait des erreurs, j'en referai probablement, mais s'il te plaît, laisse-moi une chance de te prouver que je peux être celui qu'il te faut.

Mon cœur fait une embardée. Sa requête est si simple et son regard si sincère que je me sens fondre, là, au beau milieu de ma salle de bains. Adam me prend dans ses bras. Sous ma joue, le doux coton de son tee-shirt est une caresse. Il passe ses doigts dans mes cheveux.

— Je ne veux pas que tu me fasses de grandes déclarations, si c'est pour ensuite me rejeter pour je ne sais quel prétexte obscur, annoncé-je.

— Excuse-moi ma puce, je sais que je t'ai blessée, mais ce n'était vraiment pas mon intention. Je voulais juste te protéger.

Je serais bien tentée de lui demander de quoi. Que peut-il me cacher de si important ? Mais j'ai bien compris qu'Adam a du mal à se livrer. Alors peut-être qu'il faut que je lui laisse du temps, si c'est la condition pour être avec lui. J'espère juste qu'il me fera bientôt assez confiance pour me donner quelques réponses à mes questions. Je suis prête à avancer pas à pas, même si parfois cela me donne l'impression de sauter dans le vide.

18

Ruby

Au bureau le lendemain, l'affaire du piratage est sur toutes les lèvres. Pour couronner le tout, Ryan Carter en personne est venu nous parler. Il a tenté de nous rassurer en nous disant que la sécurité de notre réseau informatique avait été renforcée, mais surtout il a bien insisté sur le fait que les allégations de la vidéo sont complètement fausses. Carter Corp. s'investit largement pour l'écologie et n'est en aucun cas responsable des désastres qui ont défilé sur nos écrans.

Au sortir de la réunion, tout le monde y va de sa propre théorie. Il y a ceux qui ont bu les paroles de notre P.-D.G. comme du petit-lait et ceux qui restent sceptiques. Pour ma part, je ne sais pas trop quoi en penser.

— Alors, comment ça s'est fini avec Adam hier ? me demande Matt alors que nous rejoignons nos postes.

— Tu es une véritable commère, toi !

— Allez Ruby, sois sympa. Partage un peu les infos croustillantes avec moi.

Il prend un air de chien battu et je dois me retenir pour ne pas rire.

— Il n'y a rien de croustillant. On a discuté, c'était sympa.

— C'est tout ? Adam me déçoit, je l'ai connu plus…

— Pour ton bien-être, autant que le mien, ne finis pas cette phrase, ordonné-je en le pointant du doigt

Il fait mine d'être vexé et bougonne :

— Je vois, je vois, moi je suis sommé de raconter en détail mes aventures, mais toi…

— Je n'ai jamais rien demandé ! Tu exagères ! C'est toi la pipelette qui ne sait pas tenir sa langue !

Moi aussi je grossis un peu le trait. Même si c'est vrai qu'il me parle de temps à autre de ses conquêtes, il ne rentre jamais dans les détails. Sous ses airs de Don Juan, il reste un gentleman.

Mon téléphone vibre sur mon bureau. Je sursaute et me précipite pour vérifier de quoi il s'agit. Matt ricane.

— Oh, mais regardez-la, tout excitée parce que son Adam lui envoie un message !

— Je ne sais même pas qui c'est, alors je ne vois pas comment tu saurais que c'est Adam.

Je lui tire la langue pour le principe.

Salut ma puce, une virée à Montauk
ce week-end, ça te dit ?

Le simple fait de voir son nom s'afficher me rend déjà toute chose, alors la proposition d'un rendez-vous ? Je souris bêtement à mon écran et j'entends Matt railler :

— Princesse, j'espère que tu fais la même tête quand tu reçois un message de ma part.

— Dans tes rêves, Ortega !

— J'adore quand tu me flattes comme ça.

J'ignore les commentaires de Matt et réfléchis à la réponse que je vais envoyer à Adam. Il est certain que je vais accepter. Mais ne devrais-je pas le laisser un peu mariner ? Jouer la fille hyper occupée ?

Je dois vérifier mon agenda.

Dois-je m'inquiéter que tu aies peut-être d'autres rendez-vous ?

Je serais bien tentée de le faire marcher là-dessus mais je repense à la soirée précédente. L'idée qu'il puisse avoir quelqu'un d'autre dans sa vie m'a vraiment perturbée. Puis-je vraiment lui infliger le même traitement ?

Il semblerait que mon planning soit complètement vide pour ce week-end…

Tant pis pour jouer la fille inaccessible !

Super, je passe te prendre samedi à 8 h alors !

Je me garde bien de lui dire que je vais compter les heures jusque-là !

***

Passer du temps avec Adam le week-end signifie se lever tôt, il semblerait. Mais Montauk se situant tout au bout de Long Island, il y a quand même presque trois heures de route avec le trafic en cette saison.

À huit heures pétantes, il gare son van en bas de mon immeuble. Impatiente, j'ai décidé de l'attendre dans la rue. Je me précipite pour ouvrir la portière avant qu'il n'ait eu le temps de sortir pour le faire.

— Pressée de me voir, ma puce ? s'amuse-t-il avant de déposer un léger baiser sur ma joue.

J'ai tellement espéré ce moment que je suis un peu déçue par ce contact succinct. Je pose une main sur son biceps pour l'attirer vers moi et réclamer d'être embrassée comme il se doit, mais c'est alors que quelqu'un se racle la gorge à l'arrière de la camionnette. Surprise, je sursaute et me tourne vers l'origine du bruit.

— Salut Ruby, lance un Owen à l'expression indéchiffrable.

— Salut.

Adam m'avait prévenue que nous allions à Montauk pour un projet qu'il a en commun avec Owen. Je n'avais cependant pas compris que nous ferions le trajet ensemble. J'inspecte le reste de la camionnette avec angoisse. Owen déclare :

— Il n'y a que moi, Ruby.

Nous savons tous deux ce que ces mots signifient : *Fiona n'est pas là*. Cette information me soulage. Même si je ne suis certainement pas la plus grande fan d'Owen, je préfère mille fois sa présence à celle de la vipère brune.

— T'inquiète pas ma puce, s'il t'embête on le largue sur le bord de la route.

— Ça fait tellement plaisir de se sentir désiré, ironise son meilleur ami.

Adam démarre et nous nous insérons dans le trafic new-yorkais. Par la fenêtre, je regarde défiler les rues de la ville qui ne dort jamais.

Un peu plus tard, Adam baisse sa vitre, le vent s'engouffre dans l'habitacle, jouant avec ses cheveux blonds. Alors que je l'observe, il tourne la tête vers moi et me sourit. Ses doigts battent le rythme sur le volant, faisant écho au morceau de metal que crache la radio. Il a l'air si insouciant comme cela. Je ne peux m'empêcher de jeter un coup d'œil dans le rétroviseur central. Même si j'essaye d'être discrète, mon regard accroche celui d'Owen. Nous nous dévisageons un instant par ce miroir interposé. Il arbore un rictus que j'ai du mal à déchiffrer. Est-il en train de se moquer de moi ? Où accepte-t-il ma présence ? Il est finalement le premier à détourner son attention.

— Punaise Adam, on est obligés de se taper ta musique de sauvages pendant encore deux heures ? râle-t-il.

— Musique de sauvages ? Tu as quel âge Owen ? On dirait une petite vieille qui râle, s'amuse Adam.

— Va te faire… commence-t-il avant que je ne le coupe.

— Tu n'écoutes pas de metal, Owen ?

— Bonne déduction Ruby, dit-il avec une voix dégoulinante de sarcasme.

— Ce blaireau aime la country, tu y crois toi ? se moque Adam.

— De la *country* ?

Je l'aurais plutôt vu écouter des vieux classiques du rock par exemple. Ou éventuellement de la musique mortuaire. Avec son air tout le temps blasé, ça semble logique.

— Oui, de la country, confirme l'intéressé. Et toi Ruby, laisse-moi deviner, tu craques pour Justin Bieber ?

Il commence à chanter les paroles de *Baby* avec une voix de fausset. Adam éclate de rire.

— Tu m'as percée à jour, j'ai un faible pour les blondinets.

Adam me décoche un clin d'œil et Owen grommelle

quelque chose d'inaudible à l'arrière. Je tente une question :

— Comment vous vous êtes rencontrés tous les deux ?

— Au surf, répond Adam sans élucubrer davantage.

Je me tourne vers Owen, histoire de voir si par hasard il souhaite m'en dire davantage. Je suppose que si Adam ne s'épanche pas sur le sujet, c'est qu'il préfère que ce soit son pote qui le fasse. Celui-ci se résout à me donner plus d'explications après un long soupir.

— On était gosses. Je n'avais pas une tune pour me payer un surf, encore moins des cours. Donc je me contentais de regarder les autres en faire depuis la plage.

Il laisse un silence puis continue :

— Ce petit con était le meilleur d'entre eux. Et comme si ça ne suffisait pas, un jour il est venu me voir et m'a dit : viens dans l'eau avec moi, on en fera chacun notre tour.

Adam fait mine d'être concentré sur la route. Je sais qu'il est juste gêné. Cette fenêtre sur leur passé me fait fondre un peu plus pour lui. Je sens qu'Owen n'est pas très à l'aise avec cette révélation non plus. Mais je suis heureuse qu'il ait accepté de me raconter ce petit bout de leur histoire.

— Le problème, c'est qu'il était bidon en surf, plaisante le beau blond pour rendre l'atmosphère plus légère.

Owen sourit et rétorque.

— Au début, c'était vrai, mais je me suis vite rattrapé. Je le laisse juste croire qu'il est meilleur que moi pour ne pas froisser son ego délicat. Et méfie-toi Ruby, ce mec est un énorme aimant à galères. Je ne te raconte pas tout ce qu'il m'a fait subir depuis que je le connais.

Adam réfute cette théorie et ils continuent de se chamailler gentiment pendant un moment.

Notre environnement change au fur et à mesure que nous absorbons les kilomètres. La ville cède la place à un paysage plus sauvage. On sent les embruns de la mer, les goélands nous survolent. Il règne comme un petit parfum de vacances autour de nous. Adam attrape ma main et entrelace ses doigts aux miens. J'ai hâte d'arriver pour profiter davantage de lui. Je m'interroge : vais-je avoir l'occasion de le revoir en maillot de bain ? Ce ne serait pas pour me déplaire…

— À quoi tu penses, ma puce ?

J'ai l'impression qu'on vient de me surprendre la main dans le pot de confiture.

— Ah… euh… rien de spécial. Je me demandais ce qu'on allait faire exactement à Montauk ? Tu ne m'as pas donné beaucoup de détails.

Son sourire s'élargit, je sens une légère fierté dans sa voix quand il explique :

— Owen et moi, on a monté un défilé de vêtements de surf sur la plage.

Je reste muette face à cette révélation pendant une seconde.

— Un défilé de vêtements ?

— Oui, pour une marque qui propose des modèles respectueux de l'environnement.

Dire que je suis surprise est un euphémisme. Je savais qu'en ce qui le concerne, j'étais loin de tout connaître, mais il ne cesse de m'étonner.

Nous dépassons le charmant village de Montauk. On croirait un de ces décors pour le cinéma avec ses petites maisons en bois blanc et ses façades de magasin léchées. La camionnette s'engage sur la route qui mène au phare marquant la fin de la presqu'île. D'ici quelques semaines, ces plages seront assaillies par les touristes. Pour l'instant, les rouleaux déferlent sur celles-ci et quelques surfeurs s'amusent avec. Adam se gare et nous quittons tous trois l'habitacle. J'étire mes membres raidis par le trajet tandis que les garçons s'affairent pour sortir du matériel du coffre.

Dans le sable, une rangée de surfs multicolores dessine une allée. Au bout de celle-ci, une scène a été mise en place. Je ne sais pas à quoi je m'attendais, mais l'ampleur de l'installation me surprend. Il ne s'agit pas d'un petit événement confidentiel, on dirait. Et vu le nombre de personnes déjà à l'œuvre, le show promet d'être d'une belle importance.

— Tu viens, ma puce? m'interpelle Adam. Je vais te présenter à tout le monde.

Owen nous précède. Il se contente de faire de vagues signes de tête aux gens que nous croisons tandis qu'Adam prend son temps pour adresser un mot à chacun. Beaucoup d'entre eux ont l'air d'être surfeurs. Il y a des hommes, des femmes, certaines vêtues de mini bikinis qui dévoilent des anatomies parfaites. Je me sens soudainement mal à l'aise en pensant que je suis loin d'avoir une poitrine aussi généreuse que les leurs, ou même leur assurance. Mais pas une fois Adam ne s'écarte de moi. Alors qu'un technicien l'appelle, je lui dis:

— Vas-y, je peux m'occuper toute seule en attendant ton retour.

Il me scrute comme pour vérifier que je dis vrai.

— Allez ! On t'attend !

Il dépose un baiser sur mon front et promet :

— Je ne serai pas long.

Puis il s'éloigne à petites foulées dans le sable pour rejoindre l'équipe. Je ne peux m'empêcher de le regarder. Il a l'air si investi dans ce projet. Il donne des ordres à droite et à gauche sans négliger non plus de mettre la main à la pâte. L'observer est fascinant.

— Alors, tu en penses quoi ?

C'est Owen, qui vient de se poster à côté de moi, qui me questionne. Son attention est focalisée vers la scène.

— Ça a l'air pas mal. J'ai hâte d'assister au défilé.

Il reste silencieux et c'est moi qui finis par entamer la conversation :

— Tu ne dois pas aller les aider ?

— Je fais une pause.

— Et tu as choisi de la faire juste à côté de moi ?

Ce n'est pas comme si on manquait d'espace sur cette plage. Owen se contente de hausser les épaules, gardant les mains dans ses poches.

— C'est Adam qui t'a demandé de me tenir compagnie ?

Ses prunelles ambrées me fixent, j'ai beaucoup de mal à le déchiffrer. C'en est presque agaçant.

— J'ai l'air d'être le genre de gars qui fait des choses contre sa volonté ?

Il a raison. Je n'ai pas l'impression qu'on puisse lui dicter sa conduite.

— Fais gaffe, avec des réflexions comme ça, je vais presque croire que tu m'apprécies, souligné-je.

Il étouffe un ricanement.

— Si ça peut te rassurer, Adam a laissé sous-entendre que ce serait une bonne idée que tu ne restes pas seule et que je sois sympa avec toi.

— Je me disais aussi…

Peut-être qu'une partie de moi devrait s'offusquer du fait qu'il ne me pense pas capable de m'occuper par moi-même, mais je préfère retenir le fait que c'est plutôt attentionné de sa part.

— D'après Adam, il est possible que tu traînes régulièrement dans les parages. Il va falloir qu'on apprenne à faire avec.

Je tourne la tête pour le dévisager et il fait de même. Avec son air de se foutre de tout, il m'intrigue. Je me demande quelle est son histoire. Mis à part sa rencontre avec Adam qu'il a racontée tout à l'heure, je ne sais presque rien de lui. Et je m'étonne à vouloir en savoir plus. Je serais tentée de dire que c'est parce qu'Adam le considère comme son meilleur ami, et que connaître davantage Owen serait une façon de cerner un peu mieux le surfeur blond qui m'obsède. Mais je dois avouer qu'Owen en lui-même a un côté mystérieux que j'aimerais percer à jour. Et je ne suis pas la seule. Il suffit de voir le nombre de regards qui lui sont lancés par la gent féminine. Owen n'est pas ce qu'on pourrait appeler un beau gosse au sens strict du

terme. Il est bien trop rugueux et sombre pour ça. Et avec sa cicatrice sur la joue et sa barbe de trois jours, il n'a pas le côté policé d'Adam. Malgré tout, je ne peux nier qu'il a un certain charme.

Soudain, mes yeux sont attirés par une autre personne dans la foule. Une brune longiligne avec des cheveux qui cascadent dans son dos s'avance sur le sable comme si la plage lui appartenait. Elle est de dos par rapport à moi, mais je reconnaîtrais sa silhouette entre mille : *Fiona.* Elle s'approche d'Adam qui est en train de discuter avec un homme tout en faisant de grands gestes. Elle se campe juste à côté de lui et pose sa main sur son avant-bras. Adam tourne la tête dans sa direction et lui sourit. Pour ma part, je vois rouge…

19

Adam

Je n'aurais jamais cru qu'il y aurait tant de détails à régler à la dernière minute. Depuis que je suis arrivé à la plage en fin de matinée, je n'ai pas arrêté une seconde. Je veux que tout soit parfait pour ce défilé. C'est un projet que je monte depuis des mois avec Owen et la réussite de celui-ci sera déterminante pour notre futur. Nous avons bataillé pour convaincre cette marque de vêtements de nous faire confiance. Elle n'est pas encore très connue et doit être rigoureuse sur la communication. Alors c'est certain qu'avec notre expérience quasi nulle en tant qu'organisateurs d'événements de ce genre, il y avait de quoi être sceptique. Nous avons dû prouver à l'équipe que malgré tout, notre détermination était sans faille. Que nous ne sommes pas uniquement deux surfeurs un peu rêveurs, mais de futurs entrepreneurs. Et même, plus important, deux futurs entrepreneurs adhérant aux valeurs de la marque. À savoir un profond respect de l'environnement et un engagement pour le zéro déchet. Alors, pas facile de respecter ce cahier des charges en sachant qu'organiser un défilé de mode sur la plage n'est déjà pas une mince affaire. Heureusement, la météo est de notre côté. Une brise légère souffle sur les Hamptons et le soleil est au rendez-vous.

Mon seul regret est que j'ai littéralement abandonné Ruby depuis presque une heure. Mais je garde toujours un œil sur elle. Après avoir discuté avec Owen, elle a contemplé l'océan un moment. Puis, je l'ai retrouvée en train d'aider les équipes qui installent les chaises. Lorsque je lui ai rappelé qu'elle n'avait pas besoin de faire ça, elle a rétorqué que ça lui faisait plaisir de donner un coup de main.

Elle semble s'être très vite intégrée parmi tous les bénévoles. Il y a quelques personnes qu'elle avait déjà rencontrées lors du feu de camp à Sandy Hook, mais Ruby est quelqu'un d'ouvert qui n'a pas peur d'aller au-devant d'étrangers. Sa nature spontanée est une des choses qui me plaît le plus chez elle, avec tout un tas d'autres qualités, c'est certain. Je ne parle même pas du fait qu'un seul de ses sourires provoque en moi une sensation tout à fait unique.

Aujourd'hui, elle porte un jean, avec un tee-shirt à manches longues façon marinière. Elle a relevé ses cheveux bruns en un simple chignon lorsque nous étions dans la voiture. La courbe de sa nuque subitement dévoilée a failli me faire sortir de la route. Je ne croyais pas être le genre de mec capable d'être perturbé par la vision d'un cou gracieux et d'un port de tête altier, mais il faut se rendre à l'évidence : cette fille n'a pas fini de me surprendre.

Avant de me rendre en coulisses pour rejoindre les mannequins qui ne vont pas tarder à monter sur le podium, je cours vers elle. Elle discute avec Derreck, ce qui je l'avoue m'arrange bien. Mon pote est aussi droit que la justice, jamais il n'oserait poser les yeux sur elle de façon inappropriée. Et je suis ravi qu'elle ait l'occasion de parler avec quelqu'un qu'elle a déjà rencontré, et qui fait partie de mes amis.

— Salut beauté, dis-je en glissant mon bras autour de sa taille.

— Salut toi.

— Désolé de t'avoir laissée seule si longtemps, m'excusé-je en coinçant une mèche de ses cheveux échappée de son chignon derrière son oreille.

— Pas de souci, c'était distrayant de te voir courir partout. Et puis, j'avais Derreck pour me tenir compagnie, dit-elle en désignant mon pote du menton.

— Je vais aller voir là-bas s'ils n'ont pas besoin d'aide, dit ce dernier en comprenant que nous avons besoin d'intimité.

Ruby noue ses bras autour de mon cou. J'aime voir cette complicité qui s'installe entre nous. Peu à peu, nous nous découvrons, nous nous apprivoisons. Mes yeux glissent vers ses lèvres, j'ai une furieuse envie de l'embrasser. Si nous n'étions pas sur cette plage, entourés de tout un tas de gens, je ne m'en priverais certainement pas. Ce n'est d'ailleurs pas la seule raison qui me retient de le faire. Depuis l'épisode chez Carter Corp., je marche sur des œufs. J'ai bien conscience que je l'ai fait souffrir, alors je veux avancer doucement. Même si honnêtement, cela me coûte de ne pas succomber à la tentation.

— Tu veux venir avec moi en coulisses pour le défilé ? proposé-je sur un coup de tête.

— Je crois que je ferais mieux de te laisser bosser. Et puis l'idée de me retrouver coincée à côté de mannequins parfaits ne m'emballe pas trop... À moins que j'aie le droit d'aller mater du côté des hommes peut-être ?

Je sais qu'elle fait ça pour me titiller mais je ne peux empêcher mon côté jaloux de répondre :

— Tu as raison, tu seras bien mieux dans le public.

— Tu n'as rien à leur envier tu sais, dit-elle avec un petit sourire en coin.

— Toi non plus, répliqué-je.

— Mmmh, laisse-moi désapprouver cette affirmation. J'ai bien moins d'abdos et de biceps que ces messieurs. Et je ne suis pas certaine que si c'était le cas, tu m'apprécierais. C'est ton truc, les épaules carrées ?

— Je parlais des femmes, ris-je.

— Tu es un vil flatteur, Adam Peterson. Dépêche-toi de retourner bosser !

J'obtempère mais pas sans avoir déposé un baiser sur sa joue.

***

Le défilé est un succès, tout se passe sans accroc et les représentants de la marque viennent nous féliciter à la fin. Ils repartent avec la promesse de nous recontacter bientôt. Pour Owen et moi, c'est une première victoire. Je vais au bar prendre deux bières et je pars à la recherche de Ruby, ce qui me prend peu de temps. Quand elle m'aperçoit, son visage se pare d'un sourire lumineux. Elle me rejoint en courant.

— Adam ! C'était génial ! Tu as vu tout ce monde ?

J'ai envie de lui répondre que le monde m'importe peu, mais la découvrir si fière de moi est la plus belle des récompenses. Pourtant, les mots ont du mal à sortir de ma bouche. Je me contente de lui tendre une bière et nous trinquons tous les deux.

Nous observons la foule un instant, jusqu'à ce que je propose :

— J'aimerais t'emmener voir un truc.

Elle hausse un sourcil en une question silencieuse.

— Suis-moi, il faut qu'on prenne la voiture.

Nous remontons jusqu'au parking. J'ouvre galamment sa portière et elle me remercie d'un sourire. Je grimpe ensuite dans la camionnette et fais démarrer celle-ci en direction du port. Arrivé là-bas, je me gare et à peine Ruby est-elle descendue que je m'empare de sa main.

— Où va-t-on ? s'enquiert-elle.

— Pas bien loin, réponds-je en l'entraînant vers la rangée de boutiques qui longent le quai.

— C'est bien mystérieux tout ça.

Je stoppe face à une devanture recouverte de panneaux en bois.

— Ruby, ce que tu as vu tout à l'heure, c'est une première étape dans la réalisation de mon rêve.

Elle fronce les sourcils en une grimace adorable. Je ne peux me retenir de déposer un baiser sur la ride qui se forme sur son front, puis je cherche le trousseau de clés dans la poche de mon short. Quand j'insère la bonne dans la serrure, l'expression sur son visage est encore plus curieuse. Une fois la porte ouverte, je lui fais signe de me précéder. Elle pénètre avec précaution dans la boutique et son regard parcourt les étagères vides et les murs décrépits.

— Je te présente notre bébé, à Owen et à moi. Notre futur magasin de surf et matériel lié à la glisse.

Elle écarquille les yeux et je précise :

— On vient juste de signer le bail. Le défilé d'aujourd'hui était pour une marque que l'on aimerait avoir à la vente. L'idée, ce n'est pas seulement de vendre des articles pour les surfeurs, mais de proposer une alternative aux produits habituels pour une pratique plus respectueuse de l'environnement. Avec des planches en matériaux recyclés, des wax et des crèmes solaires biodégradables et non dangereuses pour la vie marine. On veut aussi encourager l'achat de matériel d'occasion et le recyclage de celui qui n'est plus utilisé. Bref, on a plein d'idées en tête.

Elle reste silencieuse, j'ai peur de l'avoir perdue avec mon déballage commercial. Quand elle tourne son visage vers moi, je vois qu'elle a les larmes aux yeux.

— Adam, c'est… je suis sans voix. C'est fantastique !

Un sentiment de fierté m'emplit. Elle est la première personne que j'emmène ici et la décision de le faire n'est pas anodine. J'ai envie qu'elle voie une autre facette de moi. Pas que le mec qui joue dans un groupe, surfe et fait la vaisselle dans un restaurant pour arriver à boucler ses fins de mois. Je veux lui montrer que je peux être aussi quelqu'un qui a de l'ambition, des projets. En temps normal, je me moque bien de ce que les gens peuvent penser de moi, mais avec Ruby, c'est différent. J'ai envie lui prouver que je peux être à la hauteur.

— C'est pour ça que je souhaitais t'emmener aujourd'hui. Pour le défilé, mais également pour te faire voir cet endroit. C'est important pour moi.

Elle s'approche.

— Pourquoi ? demande-t-elle.

Ma voix est plus rauque quand je lui réponds :

— Parce qu'à mes yeux, tu es spéciale.

— Ah oui ? Comment ?

Une lueur amusée traverse ses grands yeux mordorés. Je ne résiste pas à la tentation de la toucher et saisis sa main.

— Tu me donnes envie de donner le meilleur de moi-même. Et je souhaite partager mes réussites avec toi.

— Oh ! Adam !

Elle moule son petit corps contre le mien et enlace ma taille. Mes bras viennent se nouer autour d'elle. Son odeur de pêche chatouille mes narines. Son étreinte éveille en moi des sensations inédites et un besoin primaire de la protéger. J'aimerais affirmer que je suis un gentleman et que mes idées s'arrêtent là. Mais le fait de sentir ses formes contre moi embrase également mes sens. Mes pensées dérivent alors sur toutes les choses agréables que je pourrais lui faire. Elle lâche un soupir, et je crois que c'est la goutte d'eau qui fait déborder le vase de ma retenue. Je la saisis par la taille, elle ne pèse rien entre mes mains. Elle émet un petit cri alors que je nous déplace vers le comptoir situé un peu plus loin. Je l'assieds dessus et me glisse entre ses jambes. Ainsi surélevé, son visage est à peu près à la même hauteur que le mien. Je le prends en coupe entre mes paumes et caresse ses joues de mes pouces. Sa peau est parsemée de quelques taches de rousseur, elle est si délicate sous la pulpe rugueuse de mes doigts. Son regard s'embrase et je comprends que je ne suis pas le seul à être troublé par notre proximité.

J'approche mes lèvres jusqu'à n'être plus qu'à quelques millimètres des siennes. Mais avant de m'en saisir, je lui laisse une dernière occasion de faire marche arrière.

— Je vais t'embrasser maintenant, Ruby.

Elle gémit doucement et je considère que c'est la permission qui m'est accordée. Ma bouche s'empare de la sienne avec révérence, comme pour goûter à ce privilège qui m'est offert. Je m'attarde sur sa lèvre supérieure, puis dessine le contour de celle-ci de la pointe de ma langue. Elle laisse échapper un soupir que je ressens jusqu'aux tréfonds de mon être. Cette fois-ci, je suis un peu plus insistant, j'approfondis le baiser et je sens ses mains délicates s'agripper à mon tee-shirt. Je dois faire appel à tout mon self-control pour ne pas m'emparer du sien et le lui arracher. Des visions de sa gorge mise à nu, de sa poitrine dont j'ai eu un léger aperçu il y a quelques jours en maillot de bain dansent devant mes paupières closes. Mais je dois faire redescendre la pression sinon je serais capable de la prendre là, sur ce comptoir poussiéreux. Et si une partie de moi me hurle de profiter de l'occasion, l'autre me dit que Ruby vaut bien mieux que ça. Bien mieux qu'un petit coup rapide sur un chantier, mais surtout, j'ai envie que notre première fois tous les deux soit mémorable. Quelque chose de romantique, elle le mérite. Et s'il est possible qu'elle succombe ici, sous le feu de la passion, je ne souhaite pas qu'elle ait des remords plus tard. Alors, avec toutes les peines du monde, je mets fin à notre baiser et je m'écarte.

— Adam, implore-t-elle.

Je pose mon front contre le sien.

— Tu me rends complètement fou, tu en es consciente ?

Je sens son sourire plus que je ne le vois. Nous passons encore un moment comme cela, l'un contre l'autre à tenter de reprendre notre souffle. Puis, un peu plus tard, je l'aide à descendre du comptoir. Il est temps pour nous de rejoindre la plage et la grande fête qui s'y prépare. Mais ces quelques moments en tête à tête resteront, pour moi, l'acmé de cette journée.

20

Ruby

De retour sur la plage, je suis grisée par le moment que je viens de passer avec Adam. D'autant qu'il s'ouvre peu à peu à moi et me fait part de ses projets. C'est peut-être le signe qu'il estime que nous allons parcourir un bout de chemin ensemble ? Je reste toutefois un peu sur ma faim. Les baisers que nous avons échangés à la boutique étaient torrides et ; prise dans l'euphorie du moment, j'aurais bien été capable de me laisser emporter. Adam a été plus raisonnable, je lui en suis reconnaissante en un sens, même si je ne peux m'empêcher de me dire que je n'aurais pas été contre un corps à corps sensuel avec le beau surfeur. J'espère que ce n'est que partie remise…

La fête bat son plein quand nous débarquons main dans la main. Il ne nous faut pas longtemps pour repérer les potes d'Adam, et comme par magie, des verres atterrissent dans nos mains. Des rythmes électros résonnent et me donnent l'envie de danser. Je me trémousse sur place, le bras d'Adam enroulé autour de ma taille.

— Ma puce, si tu continues à bouger comme ça, je ne réponds plus de rien, chuchote-t-il à mon oreille.

Je tourne la tête pour lui adresser ce que j'espère être un regard sensuel. Cela semble marcher, car je vois un éclair traverser ses iris verts. Il pose son autre main sur mon flanc, se retrouvant face à moi. Je me déhanche de plus belle, l'alcool m'aidant certainement à me désinhiber.

Je suis plutôt bonne danseuse, mais dans les yeux d'Adam j'ai l'impression d'être une véritable déesse.

— J'avais oublié comme tu pouvais m'ensorceler en bougeant tes hanches.

Ses paumes remontent le long de mon dos, je lève les bras pour onduler sur la musique. Je ne me suis pas sentie si vivante depuis un bon bout de temps. Et la chaleur au fond du regard d'Adam y est pour quelque chose. Même si cette fois-ci, nous sommes entourés de la foule, j'ai l'impression qu'il n'y a que lui et moi sur cette plage, comme tout à l'heure à la boutique. Ses doigts se glissent dans mon élastique et libèrent mes cheveux. Je secoue la tête pour faire bouger mes boucles. Adam passe la main à travers elles. Pour quiconque assisterait à la scène, il ne verrait certainement qu'un couple qui danse. Pour nous, il s'agit de plus que ça, c'est quelque chose d'intime et de torride à la fois. Je ne me suis jamais sentie aussi désirée qu'en cet instant.

— Adam !

C'est la voix d'Owen qui résonne à côté de nous. Mon beau surfeur blond grogne et plonge son visage dans mon cou.

— Ignorons-le, propose-t-il.

Je ne peux m'empêcher de jeter un coup d'œil en direction de son colocataire.

— Il fait de grands signes, relevé-je.

— Il a le plus mauvais sens du timing de toute la terre, râle Adam.

— C'est peut-être important ?

— Ou peut-être pas, contre-t-il d'un air dépité.

— Adam !

Cette fois-ci, Owen n'est plus qu'à quelques mètres, nous pouvons difficilement faire comme s'il n'était pas là.

— Adam, l'équipe technique a besoin de toi. Désolé de te déranger dans ton rituel d'accouplement…

Le ton sur lequel Owen s'adresse à lui transpire le sarcasme. Il n'est pas désolé du tout. D'ailleurs, Adam le foudroie du regard avant de déposer un léger baiser sur mes lèvres.

— Je reviens très vite, promet-il avant de s'éloigner.

Je n'ai plus vraiment envie de danser maintenant qu'il n'est plus là et j'ai soif. Je pars en direction du bar et alors que je fais la queue, Fiona m'aborde.

Tiens j'avais oublié sa présence, à celle-là.

— Il te ment, tu sais, annonce-t-elle sans autre préambule.

— Fiona ! Moi aussi ça me fait plaisir de te voir ! m'exclamé-je en arborant un air qui indique tout le contraire.

Elle hausse les épaules.

— Tu ne pourras pas dire que je ne t'avais pas prévenue quand tu découvriras le pot aux roses.

— Et qu'est-ce que je vais découvrir Fiona ? Tu penses que je vais vraiment gober un mot sortant de ta bouche ? Toi qui as essayé de me faire avaler que vous étiez ensemble pour m'écarter d'Adam…

Ses yeux bleus sont froids comme la glace.

— C'est dommage, tu as l'air d'une fille sympa. Mais je ne te croyais pas si naïve.

Exaspérée par son attitude et ses non-dits, je balance :

— Vas-y, crache ton venin. C'est quoi cette fois-ci ?

— Tu ne vois pas le nombre de filles qui tournent autour de lui ? Pourquoi tout à coup, il déciderait de ne plus s'intéresser qu'à une seule d'entre elles ? Tu te crois vraiment si spéciale, Ruby ?

Je repense à sa déclaration précédente dans la boutique, ce qui me permet d'affirmer avec aplomb :

— D'après lui, je le suis, oui.

Elle ricane.

— Oh oui ! Effectivement, toi seule peux lui offrir une certaine chose. Mais quand il aura fini de t'utiliser, il se débarrassera de toi. Et tu n'auras plus que tes yeux pour pleurer.

Elle s'éloigne ensuite sur la plage et je suis presque sûre d'entendre son rire résonner. Je déteste cette fille. En quelques secondes, elle a réussi à anéantir toute l'ivresse que ces dernières heures m'ont apportée. Je commande un cocktail au bar histoire de me changer les idées. Je refuse de céder à la facilité de la croire. Et pourtant, elle est parvenue à m'ébranler. Tel un poison se diffusant insidieusement dans mes veines, ses paroles font leur chemin.

Je m'écarte un peu de la fête et marche sur la plage. Ensuite, je m'assieds dans le sable. Le soleil est en train de se coucher et celui-ci est déjà froid. Je fixe mon regard sur l'océan. Sur ces rouleaux qui déferlent sans discontinuer. Il n'y a plus de surfeurs dans l'eau, et pourtant les vagues poursuivent leur ballet jusqu'à ce que de nouveaux aficionados viennent les conquérir demain. Je repense à cette journée à Sandy Hook, où Adam et moi avons glissé sur elles. L'insouciance de ce moment me paraît bien lointaine.

— Eh ! Ma puce, qu'est-ce que tu fais là toute seule ?

Adam se laisse tomber à mes côtés. Il fronce les sourcils en découvrant mon visage maussade. Il attrape mon menton.

— Regarde-moi. Qu'est-ce qui se passe ?

Je soupire et dis, tout en gardant mes yeux sur la mer :

— Est-ce que tu as parlé à Fiona après la fois où elle a sous-entendu que vous étiez ensemble ?

— Rapidement, oui.

— Je ne suis pas certaine qu'elle ait compris le message.

Il a l'air confus.

— Pourquoi, qu'est-ce qu'elle t'a dit encore ?

— Quelque chose comme quoi tu me mentirais.

Son bras retombe entre nous.

— Et tu ne l'as pas crue, n'est-ce pas ?

Son ton froid me fait sursauter. Je le dévisage, il est tendu. Je note que ses poings sont serrés à en faire blanchir les jointures. Alors je pose délicatement ma main sur la sienne.

— Non, je ne l'ai pas crue. Mais je pense que tu devrais lui parler.

— Elle sait pourtant qu'il n'y aura jamais rien entre nous. Je ne comprends pas pourquoi elle cherche à tout prix à t'éloigner de moi.

— Peut-être que tu devrais le lui dire de façon claire et honnête et lui demander de respecter tes choix.

J'essaye de parler le plus posément possible. Je n'aime pas le voir énervé de la sorte. Adam est plutôt d'un naturel calme et enjoué, alors ce côté dur, cela ne lui ressemble pas.

Il respire et m'attire contre lui.

— Je vais aller lui parler.

— Le plus tôt sera le mieux.

— Tu essayes déjà de te débarrasser de moi, ma puce ?

— Non, si je pouvais je m'enfuirais là, tout de suite, avec toi.

Cette fois-ci son ton est plus léger.

— Et pour faire quoi exactement ?

— Je suis certaine que tu as déjà quelques idées en tête, je n'ai pas besoin d'en ajouter.

— Maintenant que tu en parles, j'ai effectivement une ou deux images de toi sur une plage de sable, à l'abri des regards…

Je grimace.

— Berk ! On ne t'a jamais dit que le sable, ça gratte ? Je croyais qu'en tant que surfeur, tu étais renseigné sur le sujet.

Il fait mine d'être indigné.

— Mais de quoi tu parles ? Je suis choqué, mademoiselle Williams !

— À d'autres ! Ne me fais pas imaginer que tes pensées étaient pures.

En guise de réponse il éclate de rire et presse sa main sur mon épaule.

— Viens, allons rejoindre les autres.

Nous nous levons et revenons vers le lieu de la soirée. Il y a moins de monde que tout à l'heure mais la foule reste quand même compacte. Adam fait signe à Owen, celui-ci nous rejoint.

— Rends-moi service, mon pote, occupe-toi d'elle pendant que je vais régler un truc.

Je le regarde, curieuse. Il se penche vers moi et chuchote à mon oreille :

— Je vais parler maintenant à Fiona. Tu as raison, pas la peine de faire traîner les choses.

Il dépose un baiser sur mon front et part en direction de la surfeuse. Owen constate :

— Ça a l'air d'être une affaire qui roule, votre truc.

— Pardon ?

— Adam et toi. C'est sérieux ?

J'hésite sur la façon de répondre à cette question. Pour moi, c'est sérieux, mais qu'est-ce que lui en pense ? J'ai l'impression qu'il est sur la même longueur d'ondes que moi mais les mots de Fiona sèment toujours une graine de doute dans mon esprit.

— Je l'espère.

Il porte sa bouteille de bière à sa bouche et avale une gorgée. Ses yeux sont rivés sur Adam qui vient de rejoindre Fiona.

— Elle ne te fera pas de cadeaux, tu sais.

— J'ai bien compris.

J'hésite, ayant peur d'être indiscrète, puis je me raisonne en me disant qu'il s'agit d'Owen après tout, et que lui ne se s'embêterait pas à prendre des pincettes.

— Qu'est-ce qui s'est passé entre vous ?

— On est sortis ensemble un temps. Mais ça n'a pas marché.

— Pourquoi ? tenté-je.

Owen me dévisage comme pour juger si ma question est réellement sérieuse.

— On n'était juste pas faits l'un pour l'autre. Et c'est compliqué d'être avec quelqu'un qui a des vues sur ton pote.

— Merci, tu sais me remonter le moral, raillé-je.

— C'est toi qui as demandé, déclare-t-il sur un ton blasé.

Je tourne mon regard dans la direction d'Adam et Fiona. Ils ont disparu. L'angoisse me submerge. Et si jamais… *Non !* J'ai confiance en Adam. Il ne pourrait pas me trahir avec elle après la discussion que nous avons eue. Pourtant, sans même que je m'en aperçoive, je me mets à marcher à la recherche de mon surfeur blond.

Une main se pose sur mon bras

— Ruby, reste ici avec moi.

C'est Owen qui tente de me retenir.

— Je vais aller chercher Adam.

— Il t'a demandé de l'attendrc ici avec moi.

— Je suis encore assez grande pour décider toute seule de ce que je dois faire.

Owen secoue la tête mais n'insiste pas. Il a bien compris que son avis m'importe peu…

21

Adam

En me voyant approcher, le visage de Fiona s'éclaire. J'ai du mal à lui rendre son sourire, je n'apprécie pas les personnes qui se jouent de moi. Pourtant, je me force, car une partie de moi se sent coupable. Celle qui se reproche de ne pas avoir assez clairement établi les limites. Ruby a raison, une conversation avec mon amie semble indispensable, et elle va avoir lieu maintenant.

— Je peux te parler ? demandé-je sans prêter attention aux yeux curieux du petit groupe avec lequel elle discute.

— Je reviens, leur lance-t-elle avant de s'écarter.

Je lui fais signe de me précéder, nous marchons un peu plus loin sur la plage. En ce soir de pleine lune, l'écume des vagues se détache sur les flots noirs aux reflets argentés. Une fois que nous sommes à l'abri des oreilles indiscrètes, je lui dis de s'arrêter.

— Fiona, je voulais…

Elle ne me laisse pas finir et attaque directement :

— C'est elle qui t'envoie, n'est-ce pas ? Elle est venue pleurer dans tes bras ? Se plaindre de la *méchante Fiona*.

Je ne démens pas. Son ton agressif m'irrite. C'est moi qui ai toutes les raisons d'être en colère, pas elle. Je fais un effort car Fiona est mon amie, mais il ne faut pas qu'elle me pousse à bout.

— Je veux que tu cesses ce petit jeu, l'avertis-je.

Elle lève les yeux au ciel, comme pour dire *cause toujours.*

— Il n'y aura jamais rien entre nous, Fiona.

Autant aller droit au but. Si nous sommes dans cette situation, c'est en grande partie car je n'ai pas su imposer les limites. Maintenant, c'est fait. Fiona me dévisage en faisant comme si mes mots ne l'avaient pas touchée. Mais je la connais assez pour m'apercevoir qu'au fond d'elle, elle est ébranlée. Alors, je tente d'adoucir mes paroles. Fiona est importante pour moi, mon but n'est pas de la blesser.

— Je t'apprécie beaucoup, tu le sais. Toi et moi, on a vécu des moments fantastiques, tu comptes pour moi. Tu es mon amie et j'espère que tu le resteras encore longtemps. Mais je n'ai pas de sentiments pour toi, enfin… pas comme tu aimerais que j'en aie. Je suis désolé.

— Pas autant que moi, renâcle-t-elle.

Et pour la première fois, je la vois. Cette lueur dans son regard qui montre à quel point ces mots lui font mal. Comment ai-je fait pour passer à côté si longtemps ? Pour moi, tout a toujours été très clair. Certes, elle est très belle, je ne suis pas aveugle et j'ai peut-être eu à une ou deux occasions des pensées qui n'avaient rien d'amical, mais ça n'est pas allé au-delà. Car pour moi, c'était ma pote, tout comme Owen, Doris ou Colin peuvent l'être.

— Je suis désolé, Fiona. Je tiens à Ruby, alors s'il…

Elle me coupe.

— S'il te plaît, c'est déjà assez humiliant comme ça. Pas besoin d'en rajouter. Surtout si c'est pour me faire avaler que tu es amoureux de cette fille. On sait tous les deux de quoi il retourne. Je suis peut-être naïve à cause de mes sentiments, mais pas au point de gober tes mensonges. J'ai très vite additionné les faits, Adam.

— Ce n'est pas ce que tu penses, grogné-je entre mes dents.

Elle me dévisage, puis lentement un sourire s'imprime sur ses lèvres, se transformant en un rictus sardonique. Elle secoue la tête.

— J'y crois pas !

Elle ricane avant de continuer.

— Tu es vraiment tombé amoureux d'elle !

Ce n'est pas une question. Je me contente de la regarder se marrer toute seule, les mains au fond de mes poches.

— Mon Dieu, Adam ! Tu es dans la merde !

Comme si je ne le savais pas.

— Tu as fini ? demandé-je d'un ton glacial.

Elle essuie une larme sous son œil et rétorque :

— Et je suppose que ta petite copine n'a aucune idée de tes plans ? Elle va être tellement déçue quand elle va découvrir la vérité. Tu y as déjà pensé ?

Je contracte ma mâchoire pour éviter de lui lancer une réplique bien sentie. Fiona s'approche de moi jusqu'à ne laisser que quelques centimètres entre nous. Je peux sentir son souffle sur mon visage. Elle lève sa main et caresse ma joue du bout des doigts. Je ne la repousse pas. Si elle pense que son petit jeu a un quelconque impact sur moi, elle se trompe.

— Tu vois Adam, si tu m'avais choisie, tu n'aurais pas eu à te cacher. Moi je sais qui tu es. Je te connais Adam, et cela ne m'effraie pas.

Elle s'écarte.

— Mais j'ai compris, ta décision est prise. Et je vais devoir te regarder te pavaner avec miss Innocence. La question est, pour combien de temps ? Elle pourrait très bien découvrir le pot aux roses dès ce soir.

À ces mots, je panique. Je saisis son poignet pour la retenir.

— S'il te plaît Fiona, ne lui dis rien.

Ses yeux tombent sur l'endroit où je la touche avant de remonter vers les miens.

— Je sais que je n'aurai pas à le faire. Les langues de vipère, ce n'est pas ce qui manque dans le coin.

— Adam ?

Je sursaute et lâche Fiona. C'est Ruby qui vient d'arriver. Je me tourne dans sa direction, ne sachant pas trop ce qu'elle a entendu.

— Est-ce que tout va bien ? demande-t-elle.

Son regard chemine entre Fiona et moi.

— Adam et moi faisions une petite mise au point, annonce mon amie. Maintenant, je vais vous laisser. Les minutes que vous avez ensemble sont précieuses, je ne souhaite pas que vous les gaspilliez par ma faute.

Elle s'éloigne alors que Ruby se rapproche de moi, non sans avoir jeté un coup d'œil surpris à Fiona.

— Qu'est-ce qu'elle voulait dire ? s'inquiète mon ange aux yeux noisette.

Je l'attire à moi et pose un baiser dans ses cheveux.

— Rien de spécial. Ça te dirait qu'on rentre maintenant ? On a encore de la route.

Je déteste lui mentir. Elle répond par l'affirmative, pourtant je sens une pointe de mélancolie dans sa voix.

Je relève son menton avec mon index.

— Eh ! Ma puce, qu'est-ce qu'il y a ?

— Rien. Je suis juste triste à l'idée que cette journée se termine, avoue-t-elle.

— Elle n'est pas obligée de se finir en bas de chez toi. Si tu es d'accord que je monte quelques instants…

J'ai même envie de lui proposer que nous passions la nuit ensemble mais je ne veux pas qu'elle croie que je lui force la main. Pourtant, au vu des couleurs sur ses joues, je sais qu'elle y a pensé.

— Ça me ferait plaisir effectivement que tu restes.

Je lui souris.

— Alors, c'est décidé. Je vais juste prévenir Owen qu'on s'en va.

— On ne doit pas le ramener ?

— Il rentrera avec quelqu'un d'autre s'il ne trouve pas une demoiselle pour l'héberger ici.

Je ponctue ma phrase d'un clin d'œil. Je ne me fais pas de bile pour mon pote, il saura très bien se débrouiller sans nous.

Une fois arrivé au parking, je ne peux résister à l'envie de plaquer Ruby contre la camionnette. Je pose mes bras de part et d'autre de son corps, l'empêchant ainsi de s'échapper.

— Je croyais que tu étais pressé de rentrer ? s'amuse-t-elle.

La brise nocturne joue avec ses cheveux. Malgré l'obscurité, je vois ses yeux briller comme deux phares dans la nuit. Elle humecte ses lèvres, comme pour les préparer à mon assaut. Et c'est vrai que j'ai une envie furieuse de l'embrasser. Mais avant ça, il faut que je lui avoue la vérité. Cette idée qui a grandi au fond de moi ces derniers jours et que je ne me suis jamais permis d'énoncer à haute voix. Et pourtant, lorsque Fiona l'a dit tout à l'heure, je me suis rendu compte que c'était une évidence.

— Ruby, prononcé-je d'une voix tellement rauque qu'elle en est à peine audible.

Elle frissonne dans mes bras, je me colle contre elle, comme pour la protéger du vent. Mais quelque chose me dit que ce ne sont pas les assauts du climat qui sont responsables de son trouble. Car moi aussi, sa proximité me rend fou, comme jamais auparavant.

— Je suis en train de tomber amoureux de toi, avoué-je sans plus attendre.

Elle halète, sa bouche s'ouvre un peu plus, ses yeux adoptent une expression étonnée, puis elle rougit violemment. Cette habitude si attendrissante est une des dizaines de choses que j'aime chez elle.

— Tu… tu, bégaie-t-elle.

— En vérité, je ne suis pas en train. Je le suis déjà.

— Adam…

— Embrasse-moi.

Ses lèvres s'approchent doucement, trop doucement. Je prends les rênes, je plaque ma bouche contre la sienne, glisse ma langue, cherchant à tout prix le contact. Lui seul pourra étancher ma soif d'elle. Je me perds dans ce baiser, j'y mets toute l'intensité de mon désir pour elle. Mais tout à coup elle s'écarte. Mon cœur a un sursaut. Est-ce que c'est trop ? Est-ce que je me suis précipité alors qu'elle n'était pas sur la même longueur d'ondes ? Une seconde passe et mon pouls s'affole. Mais elle finit par me surprendre en m'ordonnant :

— Redis-le s'il te plaît.

Je prends son visage en coupe entre mes mains. Je m'imprègne de sa beauté, de sa douceur, de son charme et je répète :

— Je suis amoureux de toi, Ruby.

Le sourire qu'elle m'octroie est la plus jolie récompense à ma déclaration. Et pourtant, cerise sur le gâteau, elle ajoute :

— Moi aussi, je suis amoureuse de toi, Adam.

Alors, ne pouvant plus attendre, je l'embrasse à nouveau.

Je ne sais combien de temps nous nous perdons dans nos baisers. De passionnés ils deviennent torrides. Mes paumes se glissent sous son tee-shirt. Sa peau est douce sous mes doigts. Ils courent sur son dos, son abdomen, remontent lentement jusqu'à rencontrer le tissu de son haut de maillot de bain. Si je m'écoutais, je tirerais sur le lien qui le tient en place, libérerais sa poitrine pour mieux m'en saisir. Je lui retirerais son tee-shirt, ferais glisser la pointe de ma langue sur son buste dénudé. Mais il faut croire qu'une partie de mon cerveau est encore rationnelle puisque je lui murmure à l'oreille.

— Ma puce, j'ai terriblement envie de toi. Alors, rentrons chez toi avant que je ne fasse des bêtises.

— Peut-être que je souhaite que tu fasses des bêtises.

J'émets un grognement qui lui indique qu'elle me met au supplice.

— Pas comme ça. Je ne veux pas que notre première fois soit sur un parking.

Avec toute la plus grande difficulté du monde je m'écarte d'elle, j'ouvre sa portière et lui fais signe de monter. Je ne résiste pas à l'envie de lui voler un baiser rapide au passage. Puis, je grimpe dans la camionnette. Je sens que le trajet va être un supplice. Je sais déjà que je ne serai jamais rentré aussi vite à New York.

22

Adam

Ma main glisse sur sa cuisse, son parfum emplit l'habitacle, je dois faire appel à tout mon self-control pour ne pas décider de me garer sur le bas-côté et la dévorer tout entière. Arrivé à New York, je suis une véritable Cocotte-Minute. Je garde mes distances lorsqu'elle fouille son sac pour trouver les clés de l'entrée de l'immeuble. Ce n'est pas le moment d'être arrêté pour attentat à la pudeur.

Lorsqu'enfin elle la déverrouille, je perds patience. Je saisis sa main et la traîne dans l'escalier à ma suite. Pas question d'attendre l'ascenseur !

Sur son palier, je la plaque contre la porte et l'embrasse. Je n'ai pas pu profiter de sa bouche ces dernières heures et je ressens le besoin presque vital de la conquérir à nouveau. Lorsque nous reprenons notre souffle, elle glousse :

— Adam, laisse-moi au moins ouvrir la porte !

Je m'écarte avec déplaisir. Mais une fois à l'intérieur, je l'attaque de plus belle. Mes baisers se font possessifs, je lui exprime mes intentions avec mes lèvres. Le message est reçu avec clarté, ses petites mains s'agrippent au bas de mon tee-shirt et la seconde suivante, je suis torse nu.

— Entreprenante, mademoiselle Williams, je souris contre sa bouche.

— J'ai envie de te toucher, répond-elle comme si c'était la chose la plus évidente du monde.

Je m'apprête à faire de même avec cette maudite marinière qui m'a obstrué la vue toute la journée lorsqu'un piaillement se fait entendre :

— Je te kiiiffe Adam !

Je lève la tête et découvre Benji qui nous observe depuis son perchoir. J'adore les animaux, mais je préférerais m'occuper de sa maîtresse sans devoir affronter son regard. Alors je demande à Ruby :

— Accroche tes jambes autour de ma taille.

Je pose mes mains sous ses fesses – puisque j'ai une bonne excuse pour le faire – et la soulève.

— Où est-ce que tu m'emmènes comme ça ?

— Dans ta chambre. Benji est très mignon mais j'ai envie de t'avoir pour moi tout seul.

— Pas de tendances exhibitionnistes, monsieur Peterson ? s'amuse-t-elle.

— Si j'en avais eu, je n'aurais pas attendu de rentrer ici, grogné-je avant de l'embrasser à nouveau.

Je la dépose délicatement sur son lit. La pièce n'est éclairée que par le faible halo des réverbères venant de la rue. J'ai besoin de plus, je veux la voir, découvrir chaque parcelle de son corps lorsqu'elle va s'abandonner au plaisir dans mes bras. Mais avant même que j'aie eu le temps de réagir, Ruby tend la main vers sa lampe de chevet, puis elle saisit son tee-shirt et le retire.

Mes yeux tombent sur sa poitrine contenue dans un haut de bikini qui laisse peu de place à l'imagination. Rien de comparable avec celui qu'elle portait à Sandy Hook et je suis ravi qu'elle n'ait pas eu l'opportunité de se mettre en maillot tout à l'heure. Songer que quelqu'un d'autre que moi aurait pu profiter de ce spectacle fait naître en moi un instinct de possession dont je ne me pensais pas capable. Il faut croire que Ruby a le don de me pousser à découvrir de nouveaux aspects de ma propre personnalité.

Sa main se glisse dans son dos et s'accroche aux liens du haut de maillot.

— Stop ! ordonné-je. C'est à moi de faire ça !

Elle hausse un sourcil, l'air de dire : « Et alors ? Qu'est-ce que tu attends ? » Elle voudrait certainement que je lui saute dessus, mais je n'ai pas patienté si longtemps pour ne pas savourer chaque seconde de ce corps à corps. Alors, je m'agenouille lentement devant elle, toujours assise sur le lit. Dans cette position, nos visages sont à la même hauteur, ses prunelles noisette m'interrogent : que suis-je en train de faire ? Je dépose un baiser sur son nez, léger comme une plume, histoire de la dérouter un peu après la frénésie d'il y a quelques instants. Puis je fais courir un de mes doigts sur son cou, sa clavicule, l'arrondi de son épaule. Elle frissonne et pourtant ne me quitte pas des yeux. Je prends ensuite le chemin inverse pour aller trouver le nœud sur sa nuque.

D'un coup sec, je tire sur la cordelette pour la délier. Sa bouche s'entrouvre, elle a un petit mouvement en avant, espérant que la mienne vienne à sa rencontre. Je recule et lui souris à la place. Son regard s'embrase, c'est l'effet que je recherchais : qu'elle soit consumée par le même feu que celui qui me ronge depuis des heures.

Ma paume descend ensuite le long de son dos, à la rencontre de la dernière entrave encore existante. Je la fais disparaître, le haut de son bikini tombe, Ruby ne cille pas. Mes yeux observent lentement sa poitrine exposée. Ma main se joint à cette exploration. Du bout des doigts, je parcours le bombé d'un sein, j'en contourne l'aréole, j'en effleure le téton. Sa peau se pare de chair de poule et je ressens une certaine fierté à en être l'instigateur.

— Adam, murmure-t-elle.

— Tu es magnifique, réponds-je avec révérence.

— J'ai envie de te sentir contre moi.

Alors, précautionneusement, je la fais basculer sur le lit et viens me positionner juste au-dessus d'elle, mes bras de part et d'autre de son buste, enfoncés dans le matelas pour soutenir mon poids. Nos hanches se rencontrent et elle ne peut plus douter de l'importance de mon désir.

— Plus près, murmure Ruby.

Je fonds sur elle, ma bouche s'empare de la sienne, nos dents s'entrechoquent, nos langues se mêlent, elle gémit. Ses mains courent dans mon dos. Mon torse contre sa poitrine, je profite de la sensation exquise de sa peau contre la mienne. Nos deux corps se découvrent, aux antipodes l'un de l'autre : là où je ne suis que lignes dures et anguleuses, elle est douceur et rondeurs délicieuses.

Mes lèvres s'égarent sur son cou, elle laisse échapper un soupir. Je continue mon exploration, décidant de mettre le cap au sud. Ses mains se perdent dans mes cheveux, comme pour m'inviter à progresser et me retenir à la fois. Sa poitrine mérite que je concentre mon attention sur elle, ma langue me semble une excellente ressource pour répondre à cette envie. Je m'applique un moment sur ce symbole de sa féminité, et au vu de sa respiration haletante, je dirais qu'elle apprécie mon initiative.

Puis, fébrilement, ses doigts s'accrochent aux boutons de mon jean. Je me redresse, et sans jamais quitter son regard, je me débarrasse de tout superflu. Lorsque je fais valser mon boxer, dévoilant mon érection, ses yeux s'écarquillent et j'aperçois le bout de sa langue humidifier ses lèvres. Je n'ai jamais été pudique ni même soucieux de ce que les femmes pouvaient penser de mon corps. Je ne suis pas stupide, je sais que j'ai de sérieux arguments. Mais en voyant le désir s'imprimer sur le visage de Ruby, je me rends compte que j'étais quand même anxieux de sa réaction.

Elle se redresse sur ses coudes pour mieux m'observer, je suppose, et je ne résiste pas à la tentation d'approcher d'elle pour lui voler un baiser. J'ai soif de la découvrir. Je crochète mes pouces dans la ceinture de son pantalon, attendant un signe de sa part qui m'indiquerait qu'elle m'accorde son autorisation. Elle me sourit et il ne m'en faut pas plus, je tire sur l'étoffe et dévoile ses jambes fines entre lesquelles je meurs d'envie de me perdre. Il ne reste plus que son minuscule bikini entre nous, dernier rempart à mes projets. Je dépose un baiser sur son aine et l'instant d'après, elle est enfin nue dans mes bras.

Je serais bien tenté de passer des heures à la regarder. À répertorier chaque parcelle de sa peau, chaque grain de beauté, cicatrice. Mais je vais devoir ajourner ce projet car Ruby m'attire à elle et me fait comprendre, en plaquant son bassin contre le mien, que le moment de l'action est arrivé. Ce n'est que partie remise. Il n'y a plus de raison de faire marche arrière et je prévois, dans les prochains jours, de nombreuses séances de corps à corps avec ma jolie brune effrontée. Je prendrai mon temps une autre fois. Ce soir, dans ce lit avec elle, j'entame la plus vieille chorégraphie du monde : celle qui fait tourner les têtes, mais surtout valser mon cœur.

***

Le dimanche matin, le soleil est levé depuis longtemps lorsque j'émerge. La joue de Ruby repose sur mon torse et j'aime qu'elle soit suffisamment à l'aise pour m'utiliser comme son oreiller personnel. En attendant qu'elle se réveille à son tour, je joue avec ses cheveux. La pauvre, elle doit être épuisée. Le samedi a été long et la nuit… disons que nous n'avons pas beaucoup dormi.

Je songe à la journée d'hier : le défilé, notre tête-à-tête dans la boutique, la soirée sur la plage… Je ne peux éviter la dérive de mes pensées vers ma discussion avec Fiona. Sa mise en garde tourne dans mon cerveau et pour la première fois depuis un moment, j'ai peur. La crainte que tout vole en éclats oppresse ma poitrine. Alors j'essaye de me concentrer sur cet instant, cette quiétude que je ressens avec Ruby dans mes bras.

— Bonjour, bâille ma puce à la voix encore ensommeillée.

— Bonjour, bien dormi ?

— Désolée, dit-elle en voulant se dégager. Je me suis un peu étalée…

— Reste ici, dis-je en la serrant davantage contre moi.

Elle me sourit et demande :

— Tu n'en as pas eu assez cette nuit ?

— Assez de toi ? Jamais !

Ses yeux traînent sur mon corps nu.

— Il semblerait que je ne sois pas le seul qui ait des pensées de cette nature, ma puce…

— Je ne serais pas contre le fait que tu me dises bonjour d'une façon plus…

— N'en dis pas plus, rétorqué-je en la faisant basculer d'un coup sur le dos.

Elle laisse échapper un petit cri suivi d'un rire que j'étouffe rapidement de mes lèvres. Je m'applique ensuite à lui montrer tout le plaisir que j'éprouve à être dans son lit en ce dimanche matin.

***

Un peu plus tard, alors que nous traînons toujours dans sa chambre, je demande à Ruby :

— Tu as vraiment aimé le défilé sur la plage ?

Elle se redresse pour mieux me faire face.

— J'ai adoré. Tu étais très impressionnant à courir partout.

— Impressionnant ?

— Oui, tu semblais savoir exactement ce que tu faisais et tout le monde écoutait tes conseils. Tu peux être fier de toi.

Je ne suis pas certain de l'être, mais qu'elle le soit pour moi me remplit de joie.

— La boutique est vraiment importante pour moi. J'ai envie que ça marche.

— Et j'aime que tu sois un homme si passionné. La musique, le surf, la boutique, tu fais tout à fond.

— Après la nuit que nous venons de passer, j'aurais pensé que tu allais ajouter un autre élément à cette liste de choses que je fais avec passion, la taquiné-je.

Elle rougit légèrement et je ne peux résister à l'envie de déposer un baiser sur ses lèvres.

— C'est ce que je disais, tu es un homme passionné, confirme-t-elle.

Puis, tout à coup, la discussion dérive sur un sujet différent.

— Je peux te poser une question ?

— Oui bien sûr.

— Qu'est-ce que Fiona t'a dit hier soir ? Tu as pu t'expliquer avec elle ?

La légèreté du moment s'envole et je soupire.

— Ouais, je crois qu'elle a saisi.

— Et elle a pris ça comment ?

Je laisse passer une seconde avant de répondre.

— Je pense que ce n'est pas facile pour elle. Si je me mets à sa place, je comprends, j'aurais dû tirer les choses au clair avant.

Je songe au reste de ma conversation avec elle, et une fois de plus mon humeur s'assombrit. Ruby m'observe et elle a dû déceler ma tension car je vois une lueur d'inquiétude au fond de son regard. L'ombre de Fiona pèse toujours sur nous.

— Tu n'éprouves vraiment rien pour elle ?

Je l'attire à moi et déclare d'une voix rauque :

— Ma puce, je suis amoureux de toi, il n'y a personne d'autre. Je vais te le répéter encore et encore s'il le faut. Et je vais également devoir te le montrer une fois de plus.

Je plaque mon bas-ventre contre le sien, histoire qu'elle ressente tout l'effet qu'elle me fait.

— Mon Dieu ! Mais tu es un véritable obsédé !

— Par toi ? Tu n'as pas idée ma puce…

23

Ruby

Le lundi matin, j'ai à peine posé mon sac sur mon bureau que mon poste sonne, le nom de Colin s'affichant. Je suis surprise, on ne peut pas dire que je sois une habituée de ses appels.

— Colin, qu'est-ce que je peux…

— C'est moi, Ruby.

— Matt ?

— Enfin arrivée ! s'exclame mon binôme. Tu t'es perdue en chemin ce matin ?

— Je ne suis même pas en retard ! protesté-je. Et comment tu sais que je viens d'arriver ?

— Je suis dans le bureau de Colin. Une vraie tour de surveillance, tu n'imagines même pas !

J'entends le développeur grogner quelque chose derrière lui. Matt reprend :

— Tu veux un énorme scoop ?

— Énorme comment ?

Au moment où je prononce cette phrase, je prends conscience de mon erreur. Je parle à Matt, il ne faut pas l'oublier. Bien entendu, mon binôme se précipite sur l'occasion :

— J'ai bien un élément de comparaison…

— Matt, on est lundi matin et je n'ai même pas encore bu mon café, alors s'il te plaît reste au-dessus de la ceinture.

— Tout de suite ! C'est toi qui as l'esprit mal tourné !

— Bon, et tu voulais quoi exactement ? J'ai du boulot et je n'ai pas envie de me faire réprimander par Gabriel parce que je papote avec toi au téléphone.

— Rejoins-moi dans le bureau de Colin. Il faut que tu voies ça de tes propres yeux.

Il raccroche mais il a réussi à piquer suffisamment ma curiosité. J'allume mon ordinateur et installe mes affaires pour montrer que je suis déjà arrivée, au cas où Gabriel viendrait faire un petit tour du côté de notre bureau. Puis je prends l'ascenseur, direction l'étage de la maintenance informatique. Carter Corp. étant spécialisé dans les équipements high-tech, on ne badine pas avec les moyens lorsqu'on touche à la technologie. Je n'y connais pas grand-chose, mais je suis certaine que nous disposons de tous les équipements dernier cri. Arrivée devant le bureau de Colin, je frappe. La porte s'ouvre plus rapidement que ce à quoi je m'attendais.

— Salut princesse, me salue Matt tout sourire, la poignée dans la main.

— 'lut, lance Colin depuis son antre.

Il ne bouge même pas les yeux de son écran, ce qui ne me surprend guère.

— Qu'est-ce que vous faites ici tous les deux si tôt ? demandé-je en pénétrant dans la pièce.

— J'ai passé le week-end ici, réplique Colin.

Je jette un coup d'œil autour de moi. Il fait sombre si on supprime l'éclairage artificiel des dizaines d'écrans et appareils en tout genre. Et on ne peut pas dire que le leader des Nightmareden soit un pro du rangement. Passer le week-end ici ? Très peu pour moi ! Je préfère ma version au grand air sur la plage, ou celle plus cosy dans mon lit avec Adam.

— Je n'ai pas pu venir au défilé d'Adam, même si dans un sens ça m'arrange, continue Colin. Je déteste ces trucs.

Matt et moi échangeons un regard. Je crois que je n'ai jamais entendu Colin être si loquace.

— C'était bien, je suis certaine qu'il comprendra ton absence, ajouté-je.

Il marmonne quelque chose que je ne saisis pas et Matt me désigne un écran.

— Regarde, c'est pour ça que je t'ai fait venir. Colin a remonté la trace des hackers.

— Ces petits cons sont doués, mais pas autant que moi, précise Colin.

Au moment où je m'apprête à leur dire que tout ce que je vois, ce sont des lignes de code qui ont autant de signification pour moi qu'un poème en finnois, le visage masqué fait son apparition. Ses yeux marron sont toujours aussi terrifiants.

— Il s'agit d'activistes de Safeplanet, l'organisation écologiste.

— Safeplanet ? Mais leur truc, c'est pas plutôt les manifs pour le climat ou ce genre de choses ?

Je ne suis pas naïve au point de croire que ce genre de groupement ne transgresse pas la loi de temps à autre, mais de là à hacker le système d'une entreprise comme la nôtre…

— Certainement une branche dure du réseau, commente Colin.

— Mais pourquoi s'en prendre à Carter Corp. ?

— Ils se sont imaginé que Carter est mouillé dans des affaires sordides en Amérique du Sud.

— Et c'est vrai ? demandé-je avec une pointe d'appréhension dans la voix.

J'ai du mal à le croire, mais après tout, ils ne seraient pas les premiers à mentir.

— Non, ce sont des conneries. Le boss est clean, jamais il ne traînerait dans ce genre d'affaires. C'est plutôt tout l'inverse.

Colin affirme cela avec une telle conviction que je suis tentée de le croire. De plus, avec son boulot, il en sait certainement plus que nous tous sur la boîte.

— Mais alors, pourquoi font-ils tout ça ?

— Ce n'est qu'un écran de fumée, déclare Colin sans plus d'explications.

Je me tourne vers Matt et l'interroge du regard.

— Ils ont volé des données sur les clients.

Le visage de Colin se crispe et je peux le comprendre. C'est son boulot de protéger les informations détenues par Carter Corp., et là quelqu'un vient de réussir à le duper.

***

De retour à nos postes, Matt et moi continuons à parler de cette révélation.

— On se croirait vraiment dans un mauvais film d'espionnage, tu ne trouves pas ? demande mon binôme.

— J'ai quand même du mal à me rendre compte que c'est Carter Corp. la cible. Ça semble irréel. Comme tu dis, on se croirait au cinéma.

— En tout cas, Colin m'a dit que Carter est furax. Il ne l'a pas lâché d'une semelle.

Soudain, une silhouette plantureuse se campe juste à côté de Matt. Il s'agit de Cassidy.

— On dirait que le travail ne vous étouffe pas trop par ici, commente-t-elle.

— Nous étions en plein débrief sur un dossier, déclare Matt avec un sourire enjôleur.

J'essaye de garder mon sérieux, mais voir mon collègue essayer d'user de ses charmes sur cette diablesse en tailleur me donne envie de rire. Elle me lance un regard dédaigneux qui n'est pas sans me rappeler une autre garce : Fiona. Peut-être devrions-nous les présenter l'une à l'autre, elles devraient bien s'entendre.

— Dans ce cas, je vais vous laisser *débriefer.* Monsieur Ortega, vous viendrez me voir dans mon bureau cet après-midi. J'ai des documents à vous faire signer.

— Avec plaisir, rétorque-t-il.

Cassidy s'éloigne d'un pas chaloupé et Matt se penche pour mieux admirer le spectacle.

— Avec plaisir, répété-je pour le singer, une fois que la responsable des ressources humaines est hors de portée.

— Quoi ? Il n'y a rien de désagréable à mater une jolie femme pendant un rendez-vous professionnel !

— Fais gaffe, elle serait capable de t'avaler tout cru.

— Elle peut av… Aïe !

Matt se frotte le front à l'endroit où ma gomme a atterri.

— Jalouse ! Et tu oses dire que c'est elle qui est dangereuse ? Si ça continue, je vais aller me réfugier dans son bureau pour échapper à toi.

Je lève les yeux au ciel avant de rétorquer :

— Les mâles mantes religieuses et toi, vous avez beaucoup plus en commun que je ne l'aurais pensé.

Alors qu'il grimace, mon portable vibre sur le bureau. Je m'en saisis et vois qu'il s'agit d'Adam.

— Je n'ai même pas besoin de te demander pour savoir qui vient de t'envoyer un message, se moque mon binôme.

Pour toute réponse, je me contente de lui tirer la langue. Je préfère me concentrer sur mon écran.

Salut ma puce, tu vas bien ?

Super, mis à part que j'ai mal à des muscles dont je ne soupçonnais même pas l'existence !

La prochaine fois qu'on se verra, je te ferai un massage.

— Tu es vraiment trop mignonne quand tu es amoureuse, Ruby, commente Matt.

Je ne prête qu'une mince attention à ses commentaires, préférant me concentrer sur les échanges avec mon beau surfeur. Mais je dois reconnaître que mon collègue m'aide à rendre l'attente du week-end moins pénible. En effet, Adam m'a invitée à son prochain concert le samedi, mais entre-temps, nous n'avons pas la possibilité de nous voir. Entre mon boulot, le sien au restaurant et ses répétitions avec le groupe, c'est compliqué de trouver un créneau. Nous échangeons tous les jours par texto ou par téléphone, mais il me tarde de me retrouver dans ses bras.

***

Quand le samedi arrive enfin, je suis excitée comme une puce. J'enfile une tenue de circonstance : une mini-jupe noire, un haut de la même couleur qui a l'avantage de me faire un superbe décolleté, des boots à talons et un perfecto. Rock'n'roll, mais sexy. Pour compléter, je souligne mes yeux d'un trait de crayon noir et j'applique un rouge vermillon sur mes lèvres. Je laisse mes cheveux détachés car j'ai noté qu'Adam aimait jouer avec. J'ai envie qu'il ne voie que moi lorsqu'il sera sur scène. Quand je grimpe dans mon taxi, je ressens une certaine appréhension. Cette soirée est différente des autres. Ce soir, je suis la petite amie du batteur qui sera sur scène, ça semble tellement officiel tout à coup !

Au bar où se produit le groupe, je retrouve Matt. Quand il me voit arriver, il me reluque de haut en bas avant de siffler.

— Waouh princesse, t'es canon ! Tu as sorti le grand jeu ce soir !

Subitement, je suis prise de panique.

— Tu crois que ça fait trop ?

— Pas du tout, tu es sublime. C'est juste que j'en connais un qui va avoir du mal à se concentrer sur scène.

— Ça, c'est certain, confirme une voix grave derrière moi.

Je me retourne, et il est là : *Adam.*

Je lui saute au cou, manquant de le déstabiliser. Mais il en faut plus pour ébranler mon batteur aux yeux verts. Je dois ressembler à une véritable groupie hystérique, mais je m'en moque. Il m'embrasse et la terre pourrait bien s'écrouler, ça m'est égal.

— Tu m'as manqué cette semaine, avoué-je.

— Toi aussi, ma puce, confirme-t-il avant de reprendre mes lèvres.

— Eh ! Il y a des chambres d'hôtel pour ça ! rouspète Matt dans mon dos.

— Arrête de faire ton jaloux parce que j'ai la plus jolie fille, lui lance Adam.

Je le récompense d'un sourire.

— Mais aussi la plus casse-pieds. N'oublie pas que je bosse avec elle à longueur de journée.

Je constate qu'il n'a pas contredit Adam mais je ne résiste pas à l'envie de le charrier moi aussi.

— Et moi, c'est toi que je supporte, je ne sais pas qui est le plus à plaindre des deux.

— J'ai ma petite idée, susurre Adam à mon oreille.

Matt sait qu'on parle de lui et fait mine d'être vexé. Mais une jolie blonde venant de s'approcher du bar, il oublie très vite notre présence. Adam en profite pour me donner un long baiser.

— Je vais devoir aller rejoindre les autres avant de monter sur scène. Mais je sens que je vais faire mon maximum pour ne pas traîner ici. Promets-moi que tu n'auras d'yeux que pour moi.

— Mince ! Moi qui voulais passer ma soirée à mater Colin !

— Si tu fais ça, je te flanque une fessée, grogne-t-il.

— Ne me tente pas…

Il me vole un baiser puis fend la foule déjà nombreuse. Avant de disparaître dans l'arrière-salle, il se retourne et m'adresse un sourire. Mon cœur, comme à chaque fois que je le vois, sursaute de bonheur. Il n'a pas besoin de me demander de focaliser mon attention sur lui. Je ne vois pas comment il pourrait en être autrement.

Matt et moi nous frayons un passage dans le public. Je veux être au plus près des musiciens. Je sais qu'au moment où le concert commencera, plus rien n'aura d'importance. Je n'en reviens pas de voir à quelle vitesse cet homme est entré dans ma vie, dans mon cœur, au point où je ne pourrais plus m'en passer. Cela m'excite et me terrifie à la fois. Après mon dernier désastre sentimental, je me suis promis de ne plus jamais me laisser emporter dans une histoire passionnelle. Mais le cœur et la raison ont parfois bien du mal à s'accorder. La trahison dont j'ai été victime a jeté un voile sur ma confiance en moi et ternit par moments mes rapports avec Adam. Avec elle sont arrivées un tas d'insécurités que je ne ressentais pas avant. J'ai envie de les battre, de me dire qu'Adam n'a rien à voir avec le petit garçon qui tirait mes couettes et qui est devenu l'homme qui a piétiné mon cœur. Mais il y a toujours une petite voix au fond de moi qui me rappelle qu'en m'abandonnant totalement, je pourrais très bien me brûler les ailes. Et quand des personnes comme Fiona appuient sur certaines de mes faiblesses, les doutes m'emplissent. Est-ce qu'un jour je pourrai en faire fi et vivre ma vie sans me poser de questions ? Seul le futur me le confirmera.

24

Adam

Nous sommes à cinq minutes de monter sur scène. Comme à notre habitude, nous sommes dans la rue derrière le bar. Colin joue avec son téléphone, Doris fume une cigarette. Mes deux amis ne sont pas connus pour leur sens de la conversation très développé.

— Ça va être à vous bientôt, vient nous avertir un employé du bar.

Doris écrase sa clope sur le bitume et Colin lève les yeux dans ma direction.

— Merci d'avoir accepté mec, dis-je à son intention.

Il répond en grognant :

— Arrête d'en parler, je vais finir par changer d'avis.

Je lui souris, sachant pertinemment qu'il fera mine d'être encore plus exaspéré. Je suis ravi que Doris et lui aient accepté mon idée de faire une surprise à Ruby. Ce n'était pas gagné d'avance.

Nous rejoignons la salle, elle est pleine à craquer comme à chacun de nos concerts ces derniers temps. Ça fait chaud au cœur de voir tout ce monde se déplacer pour notre musique. Les mauvaises langues diront que certains, ou plutôt certaines, ne sont là que pour Colin ou moi, mais ça reste une minorité. Nous grimpons sur scène, Colin passe la sangle de sa Fender bleu électrique sur son épaule, Doris s'empare de son instrument et je m'installe derrière ma batterie. Lorsque tout le monde semble à sa place, nous échangerons un regard entre nous et c'est parti ! Je donne le tempo en tapant sur mon tom, Doris entame sa ligne de basse. Les lumières nous aveuglent, une clameur monte de la salle. Deux mesures plus tard, Colin démarre son riff à la guitare et chante les paroles de notre nouvelle chanson. Mes baguettes heurtent les fûts et les cymbales de plus en plus rapidement, mon pied bat le rythme sur la pédale actionnant la grosse caisse. J'adore ces moments où nos trois instruments s'unissent en une sorte de communion musicale et que le public s'anime.

Un projecteur pivote et éclaire un court instant la foule, cela me suffit pour repérer Ruby. Ma jolie brune s'est installée au pied de la scène, pour mon plus grand plaisir. Matt est à ses côtés, je sais qu'il ne la quittera pas d'une semelle, mais j'ai préféré lui rappeler de veiller sur elle, au cas où. Quand je l'ai vue débarquer tout à l'heure avec sa tenue sexy, j'ai dû me retenir de ne pas l'attirer dans un coin sombre pour glisser mes mains sous sa jupe et ruiner son maquillage. Et je suis certain de ne pas être le seul dans cette pièce à avoir eu cette idée. À la différence que je suis celui avec qui elle finira la soirée, et cette image gonfle ma poitrine d'un sentiment puissant.

Je n'ai pas connu ça depuis longtemps. Les filles vont et viennent dans ma vie, mais jamais je ne ressens ce besoin. Ruby fait ressortir l'homme des cavernes qui sommeille en moi.

En concert, je suis normalement focalisé à 100 % sur la musique. Mais là, mes pensées, tout comme mon regard, dérivent constamment vers Ruby. La voir danser, sauter, taper dans les mains alors que nous enchaînons les morceaux est appréciable. Il est impossible de feindre un tel enthousiasme et le fait qu'elle apprécie notre musique me fait chaud au cœur. Ce n'est pas que je recherche à tout prix son approbation, mais savoir qu'elle aime quelque chose qui vient de moi est une sensation aussi kiffante que surfer une déferlante.

Va-t-elle apprécier ma surprise ?

Les chansons s'enchaînent, il fait une chaleur de dingue dans cette salle, entre le monde et les projecteurs braqués sur nous. Colin a fait tomber le haut depuis longtemps, pour le plus grand bonheur de ces dames. Des mèches de mes cheveux me collent au front, alors que j'agite mes baguettes en gestes saccadés. Le rythme est soutenu, rares sont les ballades dans le répertoire de Nightmareden. Les dernières notes d'un morceau se profilent. La foule applaudit et lance des cris enthousiastes. Colin se retourne vers moi, le moment est arrivé. Je saisis la bouteille d'eau à mes pieds, en avale une gorgée. Mon cœur bat à tout rompre, dans un instant je vais le livrer sur un plateau à celle qui dans la fosse ne me quitte pas du regard. Est-ce qu'elle sent que je suis nerveux ?

Je fais un signe de tête à Colin et à Doris pour leur signifier que je suis prêt. Je touche le micro qui me sert en temps normal pour faire les chœurs sur certaines chansons. Pour les trois prochaines minutes, j'échange les rôles avec Colin. Je n'ai jamais voulu de sa place de leader, mais il me semblait impératif que ce soit moi qui prononce les mots qui vont suivre. D'ailleurs mon ami n'a pas insisté. Quand je lui ai fait part de mon idée, il s'est contenté de m'écouter, un petit rictus aux lèvres. Et en guise de validation, il m'a tapoté l'épaule en disant : « T'es dans la merde mon pote. »

Trois, quatre…

Nous entamons la chanson, je suppose que certains des spectateurs doivent être étonnés par la sonorité plus pop que celles de nos compositions habituelles. Mais je n'ai pas le temps de voir leurs réactions car mon attention est rivée sur celle pour qui nous la jouons. Colin commence les chœurs, facilement reconnaissables pour quiconque connaît le morceau. La surprise se lit sur le visage de Ruby. Ses yeux s'écarquillent, sa bouche se forme en un « oh » silencieux. Puis elle porte la main à son cœur et me sourit. Et c'est avec une expression similaire sur mes lèvres que j'entame le premier couplet de *Ruby* de Kaiser Chiefs.

Le ton est léger, mais les mots reflètent bien mon état d'esprit actuel. Je croyais que la romance, ce n'était pas pour moi, et pourtant, ces derniers jours, il n'y a pas grand-chose d'autre qui occupe mes pensées. Le refrain arrive, j'accélère le rythme sur ma batterie, puis je me lance :

Ruby Ruby Ruby Ruby
Do ya do ya do ya do ya
Know what your doing, doing to me
Ruby Ruby Ruby Ruby[1]

Je sais déjà que l'expression sur son visage, à ce moment-là, est une image que je garderai en mémoire pour toujours. Elle est lumineuse et je me rends compte que c'est exactement ça. En quelques semaines, elle est devenue le rayon de soleil de mon existence.

Je continue de chanter, Doris et Colin à mes côtés, mais j'en suis à peine conscient tellement je suis perdu dans mes paroles. Lorsque la dernière note est jouée, le public me surprend presque en nous acclamant. Ruby m'envoie un baiser et je vois Matt lui donner un coup de coude. Le connaissant, il doit être en train de la charrier. Je vais y avoir droit aussi, je suis lucide sur ce point, mais je m'en moque. À vrai dire, la salle entière pourrait nous lancer des tomates que ça me serait bien égal du moment que j'ai l'approbation de *ma* Ruby.

Doris m'adresse un regard signifiant « Bon, c'est fini ces conneries ? On peut reprendre notre concert ? ». Alors je décoche un clin d'œil à ma *petite amie* et me prépare pour la rythmique de la chanson suivante du set.

Je n'ai jamais été aussi impatient de terminer. Lorsque nous finissons la dernière mélodie, je me lève rapidement pour aller rejoindre Colin et Doris sur le devant de la scène. Le concert est un succès, nos nouveaux morceaux

1. « Ruby, est-ce que tu sais ce que tu me fais ? »

ont l'air de plaire au public. J'en suis le premier ravi mais je me rends compte que j'ai hâte d'avoir l'avis de Ruby sur notre performance. Nous saluons la foule et moi qui suis, en temps normal, celui qui fait durer le plaisir, je suis le premier à disparaître.

Je sais que Matt et Ruby doivent nous attendre au bar. Je ne prends pas la peine de repasser par la pièce qui nous sert de loges, je fonce tout droit dans leur direction.

Malheureusement, mon plan de les rejoindre au plus vite échoue. Plusieurs fans en profitent pour me stopper. Certains veulent me parler, me complimentent sur le concert, sur les chansons. Il y en a même qui me félicitent pour ma performance en chant et qui me demandent si cela va devenir récurrent. Je m'en tire par une pirouette, je ne souhaite pas les décevoir car je n'ai pas non plus envie de leur expliquer pourquoi je l'ai fait de façon exceptionnelle ce soir.

Je parcours à peine deux mètres et je suis de nouveau arrêté par deux femmes. Blondes comme les blés et des décolletés si prononcés que la plupart des hommes doivent avoir du mal à les regarder dans les yeux. Il y a encore un mois, j'aurais été flatté de leur attention, mais là… Elles me tendent quelque chose à signer, j'agis en autopilote. Je jette des coups d'œil incessants vers le bar. Ruby est en compagnie d'Owen. Quelque chose me dérange à cette vision. J'ai confiance dans mon meilleur pote, mais j'ai un mauvais pressentiment. Celui-ci est accentué lorsque je vois Ruby froncer les sourcils. Je balbutie des excuses aux deux Barbie et les contourne. Mais comme le karma semble contre moi, cette fois-ci, c'est le patron de l'établissement qui m'arrête.

— Mec ! C'était génial ! commence-t-il.

— Tout à l'heure, le coupé-je sèchement.

Il reste interdit mais le connaissant, il ne s'en offusquera pas. J'ai plus important à faire, Ruby secoue la tête, elle est aussi pâle qu'une morte. Ça ne sent vraiment pas bon. Je bouscule une ou deux personnes sans même m'excuser. L'attention de Ruby se tourne vers moi et au moment où son regard croise le mien, c'est comme si on venait de me balancer un uppercut en pleine poitrine. *Elle sait.*

25

Ruby

Il y a presque un an, quand j'habitais encore chez mes parents, j'ai vécu une soirée similaire à celle-ci. Une soirée où mon monde, tout ce en quoi je croyais, s'est écroulé.

Je m'étais promis que plus jamais je n'aurais à revivre cela. Et pourtant, me voilà exactement dans la même situation.

Il y a dix minutes à peine, si on me l'avait demandé, j'aurais déclaré que je ne pouvais pas être plus heureuse. Dix minutes, c'est ce qui a suffi pour me faire comprendre que je suis la reine des idiotes. Ça, et une conversation avec Owen. Pourquoi n'ai-je pas fait le rapprochement plus tôt ? La réponse était pourtant là, sous mes yeux… ou plutôt dans les siens. Je saisis maintenant pourquoi ses regards me mettaient mal à l'aise. Car ces deux pupilles cerclées de brun, je les avais déjà vues quelque part. Sur mon écran d'ordinateur, pour être plus précise. Seuls éléments visibles derrière ce masque blanc, elles avaient réussi à m'hypnotiser.

Il m'observe avec cet air moqueur qui lui est familier. Et c'est bien ça, depuis tout ce temps, il se tapait ma tête. Lui, et certainement toute sa bande de potes. Je repense à ma dernière conversation avec Fiona, mais cette fois-ci je la vois sous un jour nouveau. Elle m'a prévenue qu'Adam… *Non!* Je secoue la tête. Je ne veux pas l'accepter, j'ai envie de croire encore un instant que l'homme qui vient de chanter pour moi sur cette scène ne peut pas m'avoir menti. Et pourtant, lorsque j'additionne les faits, je ne peux que me rendre à l'évidence: il l'a bien fait.

— Un instant, j'ai cru que j'allais devoir carrément te le dire pour que tu comprennes, déclare Owen avec sournoiserie.

Je n'ai même pas la force de lui répondre. Heureusement que je suis assise sur ce tabouret, sinon je me serais déjà écroulée. J'ai froid, j'ai la nausée, je ferme les yeux une seconde, priant pour que quand je les ouvre on me dise que tout cela n'est qu'une vaste blague, mais non. La seule chose que je détecte, c'est Adam qui se précipite dans notre direction. Il sait que quelque chose ne tourne pas rond. Je vois l'inquiétude sur son visage. Je n'ai aucune idée de ce que reflète le mien, j'ai déjà du mal à mettre des mots sur ce que je ressens. Il bouscule quelqu'un, ne prend même pas la peine de se retourner, la seconde d'après il se plante devant moi.

— Ruby…

Je lui fais signe de ne pas approcher. Je me sens ridicule tout à coup avec ma tenue minutieusement choisie pour lui plaire, mon maquillage, mes talons. Car il n'en avait rien à faire, tout ce qu'il voulait, c'était m'utiliser. Adam tourne la tête en direction d'Owen, puis sans prévenir, le saisit par le col.

— Qu'est-ce que tu es allé lui raconter, Owen ? hurle-t-il.

Owen affiche un rictus machiavélique.

— Ne la sous-estime pas. Je n'ai rien dit, elle a tiré les conclusions toute seule. Tout ce que j'ai fait, c'est peut-être lui donner un ou deux indices.

C'est exactement ça. Il m'a approchée ce soir en me parlant d'Adam. Il a sous-entendu que les apparences pouvaient être trompeuses et lorsqu'il m'a dévisagée avec insistance, j'ai reconnu ses yeux.

— Mais de quel droit, putain ?

Adam secoue Owen comme un prunier et je vois qu'il est à deux doigts de lui en coller une. Ce qui n'a pas l'air d'inquiéter son ami qui renchérit.

— Elle avait le droit de savoir la vérité.

— Pourquoi tu te mêles de ma vie privée ? crie Adam en resserrant sa prise.

Je suis consciente que nous attirons un peu trop l'attention autour de nous. Mais j'ai surtout peur qu'ils se battent. Je suis furieuse contre eux deux, je devrais m'enfuir, mais j'ai aussi besoin de réponses. Alors je m'interpose en posant ma main sur le bras d'Owen :

— Ça suffit !

Les yeux d'Adam glissent sur l'endroit où ma paume touche son ami. Son regard est si dur, si froid. Je relève la tête comme pour le défier. Il relâche sa prise, Owen secoue son visage comme s'il cherchait à remettre de l'ordre dans ses idées.

— Tu m'as menti, je commence.

Adam saisit mon bras, je tente de m'arracher à son emprise mais il murmure entre ses dents.

— Pas ici.

Il me tire vers un coin sombre de l'arrière-salle. Owen ne nous a pas suivis, je crois qu'il vaut mieux pour lui qu'il se tienne à distance. Je ne sais pas lequel de nous deux est le plus en colère contre lui. Dès que nous arrivons, je me dégage et mets une distance de sécurité entre nous.

— Tu m'as utilisée!

Je crache ces mots comme une insulte et à mon grand désespoir, il ne réfute pas. J'avais rêvé, l'espace d'une seconde, qu'il allait se défendre et apporter une explication logique à toute cette histoire. Mais ce n'est pas le cas. Je sens les larmes poindre dans mes yeux.

— Tu t'es servi de moi, répété-je, des sanglots dans la voix. Comment ai-je pu être aussi bête?

— Ruby, ce n'était pas censé se passer comme ça, proteste-t-il.

— Ah oui? Et comment alors? Est-ce que tu avais l'intention au moins de m'avouer un jour la vérité?

Je comprends à son air fermé que la réponse est non. Mon cœur se brise un peu plus dans ma poitrine, combien de temps pensait-il me mentir encore? Je lui demande:

— C'était quoi le plan, quand tu as découvert que je bossais chez Carter Corp.? Me séduire, profiter de moi pour pouvoir t'introduire dans la boîte, puis t'amuser quelques semaines avant de me larguer en douceur pour que je n'y voie que du feu ?

Son visage est dur, sa mâchoire contractée et je m'aperçois qu'il serre les poings tellement fort que ses phalanges sont blanches.

— Vous avez bien dû rigoler dans mon dos pendant ce temps-là. Pauvre imbécile de Ruby ! Elle a craqué pour le beau surfeur ! Mais qu'est-ce qu'elle est co…

— Arrête ! crie-t-il tout en s'approchant de moi.

Ses yeux lancent des éclairs.

— Ce n'est pas la vérité, ajoute-t-il.

— La vérité ? Est-ce que tu connais au moins le sens de ce mot, Adam ?

— Laisse-moi t'expliquer Ruby. Ce n'est pas ce que tu crois !

— C'est ça, explique-moi que je suis encore plus débile que je ne pense l'être.

— Tu m'as plu dès l'instant où j'ai posé les yeux sur toi, se défend-il.

— Épargne-moi la version édulcorée de l'histoire, s'il te plaît, si tu as ne serait-ce qu'un soupçon de respect pour moi.

Je vois qu'il est sur le point d'exploser.

— Ruby, tu me plais, tu m'as toujours plu. Quand j'ai appris que tu travaillais chez Carter Corp., je ne vais pas te mentir, j'ai immédiatement pensé que tu pourrais nous être utile.

Je sens comme un poids plomber mon estomac et une fois de plus, je refoule mes larmes. Adam passe une main dans ses cheveux, il est nerveux.

— Merde, lâche-t-il avant de reprendre. Oui, j'ai tiré profit du fait que tu bosses là-bas, mais mis à part ça, tout ce qui s'est passé entre nous, c'était vrai !

— Tu vas me faire croire que lorsque tu m'as embrassée dans le bureau de Colin, ce n'était pas pour me distraire pendant que Derreck trafiquait je ne sais quoi ?

Il s'avance d'un pas, je me retrouve dos au mur, prisonnière. Celui-ci baisse la tête, des mèches blondes lui tombent devant le visage.

— Je t'ai embrassée car j'en crevais d'envie, dit-il d'une voix sourde. Je devais certes faire diversion pour que Derreck ait le champ libre, mais j'aurais pu choisir des dizaines d'autres solutions. Je *voulais* t'embrasser Ruby.

— Je ne comprends pas, Adam, tu aurais pu rentrer dans le building par un moyen différent : Colin, Matt. Pourquoi moi ?

— Ils auraient vu l'arnaque se profiler à des kilomètres.

— C'est tellement flatteur ! En gros, je suis l'abrutie de service ?

— Je te défends de dire ça, grogne-t-il.

— Tu n'es pas en mesure de me donner des ordres sur quoi dire ou quoi faire ! Tu m'as menti Adam ! Tu ne vaux pas mieux que les autres hommes que j'ai pu croiser dans ma vie. Je pensais que tu étais différent, mais tu es pire ! Car en plus de me raconter des bobards, tu m'as utilisée. Contre mon propre patron ! Je risque de perdre mon job à cause de toi ! Un boulot que j'aime, avec des collègues qui me respectent. Combien d'entre eux vont me tourner le dos lorsqu'ils apprendront ce que j'ai fait ?

Comment je vais pouvoir affronter le regard de Matt ? De Lisa ?

Je lâche un rire sans joie avant d'ajouter :

— Et dire que tu as poussé la mascarade jusqu'à coucher avec moi…

— Punaise Ruby ! Je t'ai menti pour le truc chez Carter, mais tout le reste, c'était la vérité ! s'énerve-t-il. À chaque fois que je t'ai embrassée, que je t'ai prise dans mes bras, que je t'ai fait l'amour, c'était parce que j'en avais envie. Tout à l'heure, quand j'ai chanté pour toi, c'était vrai. Tu as complètement retourné mon monde. Je pense à toi tout le temps, j'ai besoin de passer chaque seconde avec toi.

Je secoue la tête. Je sens une larme perler sur ma joue, les yeux d'Adam la suivent, il lève la main, sans doute pour l'essuyer, mais je détourne mon visage. Je ne peux pas supporter qu'il me touche, qu'il ait un geste tendre. Pas maintenant.

— Je suis désolé, je ne voulais pas te faire souffrir, ma puce.

Je sens qu'il est bouleversé, mais je ne souhaite pas me laisser attendrir.

— Ne m'appelle pas comme ça, répliqué-je.

Mes mots semblent lui faire autant de mal que si je l'avais giflé. Il s'écarte d'un pas et ce geste me secoue, car même si je lui en veux, si je suis en colère contre lui, j'ai l'impression qu'il s'en va avec une partie de moi-même. Il prend une grande inspiration, ses yeux couleur émeraude n'ont jamais été aussi tristes. Puis, il déclare :

— Je t'aime Ruby. Je sais que tu ne me laisseras probablement plus jamais te le dire, mais je t'aime. Ce n'était pas prévu, mais c'est arrivé. Et si je pouvais revenir en arrière et effacer ce que je t'ai fait, je le ferais. Mais en aucun cas je ne voudrais supprimer les moments que j'ai passés avec toi, car ce sont les plus beaux que j'aie vécus. Je donnerais tout ce que j'ai, même si ce n'est pas grand-chose, pour que tu me pardonnes.

Je sens qu'un torrent de larmes dévale mon visage. Ses paroles s'infiltrent au plus profond de mon être, mais je refuse d'y croire. C'est trop dur de se dire que l'histoire se répète inlassablement. Des personnes à qui je tenais, en qui j'avais confiance m'ont eux aussi trahie. Je sais que les mots sont faciles à prononcer pour certains. Un « je t'aime » n'a pas toujours la valeur qu'il devrait avoir. Ce sont les actes qui montrent vraiment qui nous sommes. Sur ce point-là, Adam, même s'il a tenté de le cacher, m'a complètement bernée. Alors je m'éloigne à reculons. Ses yeux se parent d'une lueur blessée, je détourne le regard pour ne pas avoir à les affronter. Puis, je m'enfuis. Il ne me retient pas.

26

Ruby

Je passe le reste de mon week-end dans une espèce de brouillard empli de larmes. Mon téléphone vibre continuellement, mais c'est toujours le même numéro qui s'affiche. Les messages ont eux aussi un expéditeur identique : Adam.

Je n'ai pas la force de les lire, bien que parfois, dans des moments de faiblesse, je serais bien prête à succomber à la tentation. Je ne souhaite pas lire ses excuses ni d'autres mensonges.

Le lundi matin, je me rends à l'évidence : je suis incapable de quitter mon appartement. Encore plus de me concentrer sur mon travail. J'appelle pour annoncer que je suis malade. Une tromperie, certes, mais qui vaut mieux que la vérité qu'ils pourraient déceler sur mon visage. Je n'ai pas la force de faire semblant. Pas encore.

Les messages continuent d'affluer. Aux siens se mêlent quelques-uns de Matt et de Lisa qui s'inquiètent de me voir absente. J'essaye de les rassurer mais prends conscience que je ne pourrais pas les tenir à distance très longtemps.

Il faudra bien qu'à un moment ou un autre j'affronte la réalité, que je reprenne le cours de ma vie.

Le mardi, je dois me faire une raison. Mon état d'esprit n'est pas meilleur mais je ne peux pas m'offrir le luxe d'une seconde journée sans aller travailler. Alors, tant bien que mal, j'enfile un tailleur, un chemisier et je tente de camoufler mes yeux bouffis, mon teint rougi par du maquillage. À mon grand désespoir, il n'existe rien pour cacher les bleus de mon âme.

Je me mêle à la marée humaine qui se presse sur les quais du métro de Manhattan. Au milieu d'eux, je ne suis qu'une anonyme en tailleur gris. Combien parmi eux souffrent autant que moi sans le montrer ?

Plus mes pas me rapprochent de la tour Carter, plus je sens ma poitrine oppressée. Je vais devoir faire face aux questions. Matt s'apercevra rapidement que quelque chose ne tourne pas rond. Mais ce qui m'inquiète le plus, ce n'est pas de leur avouer que tout est fini entre Adam et moi mais bien le poids du secret dont il m'a rendue complice sans que j'aie mon mot à dire là-dessus. Comment vais-je pouvoir croiser le regard de Colin, de Gabriel ou même de Ryan Carter sans songer à l'affreuse vérité : je connais les personnes qui ont infiltré Carter Corp.

Pire, je les ai aidées.

Le plus terrible, c'est que je ne comprends pas les motivations d'Adam ou de ses amis derrière tout cela. Pourquoi pensent-ils que Ryan Carter est impliqué dans un scandale écologique ? Et, plus important encore, pourquoi ont-ils dérobé des informations sur les clients du groupe ? Dans quel but ? Travaillent-ils pour quelqu'un ? Un concurrent ?

Avant de passer les portes vitrées de la tour, je prends une grande inspiration. Qui sait ce qui m'attend à l'intérieur ? Pourtant, malgré les scénarios multiples que j'avais envisagés, celui qui se présente ce matin, je n'y avais pas songé. Car, dos à moi, en pleine conversation avec Lisa qui lui sourit, se trouve la dernière personne que je pensais croiser ici : Adam.

Un frisson glacé me parcourt. L'espace d'une seconde, je suis pétrifiée.

Qu'est-ce qu'il peut bien faire là ?

Lisa rit à quelque chose qu'il lui dit. Elle n'est pas au courant que nous avons rompu. J'envisage les options qui se présentent à moi et décide de foncer rapidement vers les ascenseurs. Avec un peu de chance, ils ne s'apercevront même pas que je suis passée, il y a du monde à cette heure-ci dans l'entrée.

— Eh ! Salut Ruby ! crie-t-on derrière moi. Tu as vu qui est là ?

Je fais mine de n'avoir rien entendu et continue ma course. Mais face aux portes de métal, je constate que je ne vais malheureusement pas pouvoir disparaître aussi vite que prévu.

— Ruby !

Je fais l'erreur de me retourner. Il est ici, face à moi. Ses cheveux sont en bataille, ses yeux cerclés de noir, ses vêtements sont froissés, comme s'il avait dormi avec. Et pourtant, malgré son apparence négligée, il me fait toujours autant d'effet.

— Ruby, j'ai besoin de te parler, demande-t-il en lançant des coups d'œil à droite et à gauche en direction de mes collègues qui patientent sans vraiment faire attention à nous.

— Tu es plutôt gonflé de venir ici, remarqué-je.

— S'il te plaît, je n'en ai que pour quelques minutes, m'implore-t-il en saisissant mon bras.

Son contact provoque une décharge électrique et je me hais pour ça. Je me dégage.

— Je crois que nous nous sommes déjà tout dit, rétorqué-je avec le peu d'assurance qu'il me reste.

Le ding de l'ascenseur m'annonce l'arrivée de la cabine. Je recule d'un pas dans sa direction.

— Ruby… tente-t-il en essayant une nouvelle fois de me retenir.

— Va-t'en avant que j'appelle la sécurité.

Il me relâche. Hoche la tête comme s'il se résignait, mais ne fait pas mine de partir pour autant. Je m'engouffre dans l'ascenseur, me faufilant tout au fond pour créer une barrière humaine entre lui et moi. Je suis reconnaissante envers les gens qui s'arrêtent à différents étages, ce qui me laisse plus de temps pour reprendre mon souffle avant d'arriver au quarante-deuxième. Pourtant, je ne dois pas si bien donner le change que ça puisque je suis à peine installée sur mon siège quand Matt lève les yeux de son écran, fronce les sourcils et déclare :

— Ben dit donc, princesse, tu en tires une tête. Qu'est-ce qui se passe ?

J'aimerais être capable de lui répondre quelque chose de sarcastique ou même de lui dire d'aller se faire voir et de s'occuper de ses oignons. Mais au lieu de cela, je fonds en larmes. L'instant d'après, il se trouve à côté de moi.

— Chhhhut princesse. Ne pleure pas, dit-il en me caressant le dos. Viens avec moi.

Nous nous dirigeons vers la salle de pause, Matt me protégeant des regards curieux. Une fois là-bas, il me prend dans ses bras et je passe un long moment à sangloter, mouillant son tee-shirt. Il accepte la situation sans broncher. Lorsqu'enfin mes larmes se tarissent, je lui explique succinctement qu'Adam et moi avons rompu. Il ne me pousse pas à en dire davantage et je lui en suis reconnaissante. Comment pourrais-je affronter ses questions sans lui révéler ce lourd secret ? Ce fardeau est déjà encombrant à porter pour moi, je n'ai pas envie que Matt se retrouve complice involontaire des actions de son ami. Je ne souhaite pas qu'il soit tiraillé entre son amitié pour Adam et son devoir d'employé de Carter Corp. Mais Matt étant Matt, il arrive à tirer le meilleur de cette situation et réussit même à me faire rire quelques minutes plus tard. Il m'annonce qu'il est hors de question que je passe ma soirée seule à ruminer mon chagrin et qu'il sera avec Lisa chez moi après le travail.

***

J'ai à peine le temps de rentrer et de prendre une douche qu'on sonne à ma porte. Mes deux amis s'installent dans mon salon avec de la nourriture thaïe et des bières. Ensemble nous refaisons le monde, abordons des sujets d'une importance capitale, comme le classement des superhéros les plus sexy. Matt et Lisa semblent avoir une liste de questions inépuisables qui m'évitent de penser à ma rupture. Mais comme toutes les bonnes choses ont une fin, ils finissent par me laisser à la quiétude de mon appartement pour rentrer chez eux. Je pars me brosser les dents, mais la sonnette retentit à nouveau. Lequel des deux a oublié quelque chose ? Je parie sur Matt. Je ne prends pas la peine de regarder par le judas et ouvre le battant. Quelle est ma surprise de trouver sur mon palier non pas mon binôme, mais… Owen ?

Les mains enfoncées dans les poches de son jean noir, il me fait face avec un air indéchiffrable.

— Salut Ruby.

— Euh… qu'est-ce que tu fais là ? dis-je en lançant un coup d'œil nerveux vers la cage d'escalier.

Pourvu que son colocataire ne soit pas venu avec lui.

Il ne me répond pas mais entre dans l'appartement sans que je l'aie invité à le faire.

— Je t'en prie, fais comme chez toi, raillé-je.

Il me prend au pied de la lettre puisqu'il s'installe sur le canapé et saisit une bière laissée par Matt. Je referme la porte et croise les bras sur ma poitrine.

— Tu peux m'expliquer ce que tu fais là, à minuit passé ? J'allais me coucher.

Il ne me répond pas mais m'observe de ce regard intense qui me déstabilise à chaque fois. Je m'approche, mais pas trop tout de même. Owen dégage toujours cette aura dangereuse qui me pousse à garder mes distances. Un rictus énigmatique se dessine sur ses lèvres. Avec son tatouage, que le col de son tee-shirt laisse apercevoir, sa cicatrice sur la joue et sa barbe de deux jours, il a tout du mauvais garçon. Celui dont on aimerait percer le mystère, celui qui nous pousse à flirter avec le danger.

— C'est mignon chez toi, c'est tout à fait à ton image.

Dans sa bouche, je n'ai pas l'impression qu'il s'agisse d'un compliment.

— Tu es venu ici pour parler déco ? m'agacé-je. Dis-moi pourquoi tu es là, que je puisse aller dormir.

Il se laisse retomber contre le dossier du canapé, fixe le plafond un instant et déclare :

— Adam est malheureux sans toi. Ça m'emmerde de le voir comme ça.

— Oh vraiment ? Eh bien, tu pourras dire à ton pote qu'il ne doit cette situation qu'à lui-même. Et que je n'ai pas besoin qu'il t'envoie pour plaider sa cause auprès de moi.

— Il ne sait pas que je suis là. S'il était au courant, il péterait un câble.

— Ah oui ? Tu sais quoi Owen ? Je n'en ai rien à faire. Maintenant ça serait cool que tu partes de chez moi.

Mais il faut croire qu'il se sent à l'aise sur mon canapé car il ne bouge pas d'un iota.

— Tu n'as vraiment pas compris ? demande-t-il.

— Compris quoi ? Que vous vous êtes bien foutus de ma gueule ? m'énervé-je.

— Non, je ne parle pas de ça. Tu n'as pas compris pourquoi j'ai agi comme ça. Pourquoi j'ai fait en sorte que tu découvres la vérité ?

— Honnêtement, je m'en moque.

Il se lève et s'approche de moi. J'ai toujours mes bras croisés sur ma poitrine, comme une barrière pour me protéger. Ses prunelles sombres me scrutent, un frisson parcourt mon échine. Je ne sais pas trop pourquoi.

— Tu me plais, Ruby.

Il me faut une seconde pour que le sens de ces paroles me percute.

— Tu… balbutié-je, incapable de croire ce que je viens d'entendre.

— Tu me plais. C'est pour ça que j'ai grillé le secret d'Adam.

Il faut que je m'assoie. Je n'arrive pas à accorder du crédit à ce qu'il est en train d'essayer de me dire. Je me laisse tomber sur le canapé. Je relève la tête vers Owen. Peut-être s'agit-il d'une blague ? Étrange, certes, mais avec lui, ce ne serait pas impossible. Pourtant, il a l'air le plus sérieux du monde.

— Tu… je te plais ? Attends, je ne comprends pas, ajouté-je en secouant la tête dans une vaine tentative d'éclaircir mes esprits.

Les bières de Matt devaient être plus fortes que je ne le pensais.

— C'est simple, déclare Owen en passant la main dans ses cheveux.

Son geste n'est pas sans me rappeler Adam.

— J'étais jaloux d'Adam. Fiona, puis toi… continue-t-il.

— Qu'est-ce qu'elle vient faire dans l'histoire, celle-là ?

Je vois qu'il serre les poings.

— Je t'ai déjà raconté qu'entre elle et moi, ça n'a pas marché, car c'était Adam qu'elle souhaitait, même si lui n'a jamais voulu d'elle. Et là, il débarque avec toi et tu es tout ce que je recherche chez une femme. Tu es belle, intelligente, tu ne te laisses pas impressionner quand je te balance mes conneries…

Il soupire, je le laisse poursuivre, d'autant que je n'ai absolument rien à répondre.

— Je savais depuis le début qu'il te mentait. Je croyais qu'il t'utilisait juste pour le truc chez Carter, je ne pensais pas…

Sa voix se brise.

— Tu ne pensais pas quoi ?

Il me fixe et déclare :

— Je ne m'étais pas rendu compte qu'il était vraiment amoureux de toi.

Nous restons là, silencieux, à nous observer.

— Pourquoi tu me racontes tout ça, Owen ?

— Parce qu'il souffre, et c'est ma faute.

— Non pas que je cherche à t'absoudre, mais c'est en grande partie la sienne. Il m'a menti.

— Il ne t'a pas menti quand il a dit qu'il t'aimait, contre-t-il.

Je suffoque. Je ne veux pas entendre ces mots. Je détourne le regard.

— L'amour, ça commence par l'honnêteté l'un envers l'autre.

— On peut tous faire des erreurs.

Je lâche un rire sans joie.

— Tu es consciente qu'il va tout faire pour te reconquérir ? demande Owen.

Devant mon silence, il ajoute :

— Je sais qu'au fond de toi, tu l'aimes. Tu es en colère contre lui, mais tu l'aimes. Si ce n'était pas le cas, tu ne serais pas aussi dévastée.

Il a raison, mais je ne suis pas prête à l'avouer.

— Et toi, tu gagnes quoi dans tout ça ? l'interrogé-je à la place.

— Crois-le ou non, mais je n'apprécie pas de voir mon pote comme ça. Et toi non plus d'ailleurs. Mon but, c'était pas de vous faire souffrir. Je sais que tu ne seras jamais amoureuse de moi. Alors, si je peux arranger les choses…

— Tu es un mec vraiment étrange Owen.

Il m'adresse un petit sourire triste et m'annonce :

— Colin m'a appelé juste avant que je vienne. Adam s'est enfermé dans son garage et refuse d'en sortir. D'après lui, il est sacrément attaqué. Et je ne te parle même pas de notre appart.

— Qu'est-ce qu'il a, votre appart ?

— Adam a tout retourné. Il était dans une colère noire, je ne l'avais jamais vu comme ça. Je le connais depuis longtemps Ruby, et il en a vécu, des galères, mais jamais il n'a fini dans cet état.

Pourquoi mon traître de cœur se serre en repensant au désespoir que j'ai lu dans ses yeux ce matin ? Je pose mes coudes sur mes genoux et ma tête entre mes paumes. J'ai l'impression que je vacille.

Owen me tend la main et dit :

— Tu viens ?

— Quoi, où ça ?

— Chez Colin, voir Adam.

— Owen, je ne suis pas prête à…

— Je ne te demande pas de lui pardonner. Juste que tu ailles lui parler. Qu'il ait la chance de s'expliquer.

Devant mon immobilité, il renchérit :

— Je sais que tu es sur le point de craquer. Tu finiras tôt ou tard par le faire. On ne peut pas tirer un trait sur une histoire comme la vôtre, comme ça, brutalement. Il est temps que vous ayez une discussion tous les deux. Que vous puissiez mettre au clair tout ce qui s'est passé. Ce n'est qu'ainsi que vous arriverez à surmonter votre peine.

— Je ne suis pas prête à lui pardonner.

— Alors, viens le lui dire.

J'hésite, je ne suis pas certaine que ce soit une bonne idée. Est-ce que lui parler pourrait rendre les choses encore pires qu'elles ne le sont ? Je ne crois pas. Il me semble impossible d'être plus malheureuse que je ne le suis. Alors, je me lève, évite la main tendue d'Owen, mais je me saisis de ma veste. Il m'adresse un geste d'approbation.

— Je ne comprends vraiment pas pourquoi tu te donnes tant de mal, Owen.

Il enfonce ses mains dans ses poches et évite sciemment mon regard.

— Je ne suis pas bête. Les chances que tu tombes amoureuse de moi sont quasi nulles. Et lui ben… je l'aime, ce con. Si vous êtes heureux tous les deux, peut-être que ce n'est déjà pas si mal.

27

Adam

Je ne sais pas depuis combien de temps je suis là, à taper sur ma batterie, dans le garage de Colin. Les heures, les minutes ne signifient plus rien. Il n'y a plus qu'un seul marqueur temporel qui compte : ce moment où Ruby a compris que je lui mentais. Il y a une période avant, celle dont je n'ai pas assez profité, celle où j'étais heureux. Et il y a celle d'après. Depuis le concert, c'est comme si un voile noir s'était posé sur mon âme. Le vide, le manque sont maintenant mon quotidien.

Je bois une rasade de whisky et réussis presque à renverser la bouteille en la posant à terre. Je deviens un de ces gars pathétiques qui noient leur chagrin dans l'alcool. Je pensais qu'avec la musique, cela m'aiderait à oublier. Mais je n'arrive pas à m'enlever de la tête la vision de Ruby ce matin quand j'ai essayé de lui parler dans le lobby de Carter Corp. Son visage, si radieux d'habitude, était terni par le chagrin et le manque de sommeil. Et surtout, ce moment où elle a préféré disparaître dans l'ascenseur plutôt que d'entendre ce que j'avais à lui dire.

Je ne sais plus quoi penser. Est-ce que je dois lui laisser de l'espace ? Lui donner le temps de digérer ma trahison ? Ou au contraire, est-ce que je dois essayer à tout prix de m'expliquer ? Il y a bien une autre solution : celle de ne plus l'approcher. Mais renoncer à elle, j'en suis incapable. C'est au-dessus de mes forces, et c'est quelque chose que je me suis promis de ne plus jamais revivre. Dire adieu à quelqu'un à qui je tiens, j'ai déjà donné.

Alors je fais la seule chose pour laquelle je suis encore apte, même après avoir bu les trois quarts d'une bouteille de whisky : je joue. J'aurais aimé aller surfer, mais à Manhattan et en pleine nuit, c'est compliqué, surtout à moitié ivre. Je déverse ma fureur en agitant mes baguettes. C'est ce qui me plaît dans la batterie, cette possibilité d'exprimer mon état d'esprit, de retranscrire le rythme de mes pensées, de ma souffrance en tapant sur mes fûts. Je suis en sueur, mais l'effort n'est pas encore assez intense pour que j'arrive à me déconnecter de la réalité. Malgré toute ma volonté de me perdre dans la musique, elle me hante toujours : *Ruby.* Au point que j'ai l'impression de la voir là devant moi, dans le garage de Colin.

Voilà que je mets à avoir des visions… L'alcool fait peut-être enfin son effet. Pour la peine, je lâche une de mes baguettes pour m'emparer à nouveau de la bouteille.

— Adam, dit l'apparition.

Je suis bien plus entamé que je ne l'aurais pensé si je crois entendre en plus le son de sa voix… Mais une petite main se pose sur mon bras, stoppant mon élan. Sa paume est chaude… *Elle est vraiment là ?*

— Ruby ?

Ma voix est tellement éraillée qu'elle me paraît étrangère. Je relève la tête. Ces cheveux bruns, ces yeux noisette, ces quelques taches de rousseur sur son nez, ces lèvres pulpeuses qui m'ont tant fait fantasmer… c'est elle.

— Adam…

Nous nous observons, sans ciller. Mais le jeu n'est pas de savoir lequel de nous deux détournera le plus rapidement le regard. C'est une conversation silencieuse, le poids de la culpabilité, les non-dits qui s'affrontent.

Elle me tend la main.

— Viens, il est temps de rentrer chez toi.

Je secoue la tête. Tout ceci n'a aucun sens.

— Pourquoi tu es là ? demandé-je, craignant toujours qu'elle ne soit que le fruit de mon imagination.

— Je suis là pour te parler mais tu n'es clairement pas en état.

Elle a probablement raison mais le fait qu'elle le souligne m'agace. *Ah, elle voulait discuter maintenant ?* J'ai passé les trois derniers jours à tout faire pour qu'elle m'écoute, et là tout à coup elle est enfin disposée à le faire ? Mais suis-je pour autant prêt à laisser filer ma chance ? La réponse est non. Alors je la fixe tout en empoignant mes baguettes.

— Quand je t'ai vue au bar avec Matt, tu m'as tout de suite plu. Je t'ai parlé et j'ai aimé ton sens de la repartie, ton sourire.

Je tape en alternance sur ma charleston et ma cymbale, le rythme est léger, joyeux.

— Quand je me suis aperçu que tu partais…

Je frappe un coup bref sur le tom basse, elle sursaute.

— Il fallait à tout prix que je te revoie, pas parce que tu travaillais chez Carter Corp. Non, seulement parce que j'en avais envie.

J'actionne la pédale de ma grosse caisse tout en gardant mon tempo sur les cymbales. Ce nouveau son représente les battements de mon cœur au moment où je lui ai demandé son numéro.

— Quand je t'ai emmenée faire du surf…

Je passe sur un rythme rock, des croches sur la charley alors que la main gauche s'occupe de la caisse claire. C'est le moment où j'ai pris conscience que j'avais des sentiments pour elle.

— Quand j'ai dû te mentir…

Les coups violents sur la grosse caisse et les cymbales sont comme un orage qui se déchaîne.

— Quand je t'ai fait l'amour la première fois.

J'adopte un tempo sensuel, celui qu'on utiliserait pour une bossa-nova par exemple, mais peu à peu je le modifie, j'accélère pour qu'il corresponde à toute l'intensité de ce moment-là. Ruby, qui n'a pas une seule fois quitté mon regard, porte une main à son cœur. Je suis certain qu'elle n'est même pas consciente de son geste.

— Et ça, c'est lorsque tu as compris la vérité.

Mes bras s'agitent en désordre, créant le chaos. Ruby mord sa lèvre inférieure et son émotion se lit dans ses yeux. Lorsqu'enfin je cesse mon vacarme, elle ne dit rien. Je me lève pour lui faire face et contourne la batterie. Elle s'écarte. Ce mouvement de défense m'attriste. Je ne veux pas de ça, moi, ce dont j'ai envie, c'est qu'elle vienne se blottir dans mes bras, comme avant.

Elle inspecte les instruments autour de nous. Je sais qu'elle fait tout pour esquiver mon regard, elle n'est pas prête à m'affronter.

Colin garde un sacré bazar ici. Il y a des guitares de tous les styles, toutes les couleurs. Ruby s'approche de l'une d'entre elles, accrochée au mur. Elle ne paye pas de mine, c'est une guitare classique dont le bois est tellement usé que l'on comprend facilement qu'elle a parcouru un bout de chemin avec son propriétaire. Ruby tend ses doigts vers les cordes et les caresse révérencieusement. J'avance et me poste juste derrière elle. Je ne la touche pas, mais il suffirait qu'elle recule à peine pour que nos corps entrent en contact. D'où je suis, je sens la chaleur qu'elle dégage, son parfum de pêche. Lorsque je parle, je jurerais que les vibrations de ma voix la font frémir :

— C'est la première guitare de Colin. Il y tient beaucoup, même si elle ne ressemble plus à grand-chose.

— C'est ce qui se cache à l'intérieur qui est important, l'aspect extérieur, ça ne compte pas, rétorque-t-elle sans arrêter de fixer l'instrument.

Mon cerveau embrumé me dit qu'il y a sans doute un double sens à ses paroles, mais j'ai du mal à me concentrer dessus. Au lieu de ça, je pose ma main sur sa hanche. J'approche ma bouche de sa tempe, je ferme les yeux pour mieux la humer. Elle ne s'écarte pas.

— Ruby, je suis désolé, murmuré-je avant de tenter de déposer un baiser sur sa joue.

Elle tourne la tête et se dégage de mon emprise.

— On ferait mieux de se dépêcher de trouver un taxi. Il est déjà tard.

À contrecœur, je la vois s'éloigner, mais je finis par lui emboîter le pas.

***

Le trajet jusque chez moi se fait dans un silence de mort. Je suis surpris lorsqu'elle descend avec moi, et soulagé également. J'avais peur qu'elle ne m'abandonne sur le trottoir sans un regard.

Alors que je galère à insérer ma clé dans la serrure, elle s'empare du trousseau et s'occupe de la porte. Je pénètre dans l'appartement et m'affale sur le canapé, sans même prendre le temps d'allumer la lumière. Je bascule la tête en arrière et clos mes paupières, la pièce tourne beaucoup trop vite. J'entends la porte du frigo s'ouvrir puis se refermer et l'instant d'après, Ruby m'ordonne :

— Bois ça.

J'ouvre un œil et découvre qu'elle me tend une bouteille d'eau. Je la saisis, nos doigts se frôlent et cette tension toujours présente entre nous me traverse comme un courant électrique. Pendant que j'étanche ma soif, je vois qu'elle observe l'appartement. Les murs sur lesquels sont punaisés des posters de surf, la télévision, la console de jeux. En matière de décoration, ni Owen ni moi n'avons la fibre créative, ni même vraiment l'envie de donner à cet endroit plus qu'un aspect purement fonctionnel. J'ai de la chance, il n'y a pas trop de linge sale qui traîne aujourd'hui.

Quand j'ai fini, elle s'agenouille devant moi et commence à tirer sur mes boots pour me les retirer.

— Tu n'es pas obligée de faire ça, grogné-je.

Elle ne répond rien mais continue en m'enlevant mes chaussettes. Je pose une main sur son bras pour l'arrêter.

— Reste ici, ne t'en va pas. Ce n'est pas prudent de prendre un taxi toute seule à cette heure-ci.

Elle lève ses yeux couleur noisette dans ma direction et m'adresse un petit hochement de tête.

— Tu peux aller dans mon lit, je dormirai sur le canapé.

Elle le regarde avec scepticisme.

— Ce sera beaucoup plus pratique pour toi dans le lit, argue-t-elle. Je peux dormir dans le salon, je suis plus petite.

— Hors de question que tu dormes sur le canapé.

J'essaye de lui signifier par mon regard que ce n'est pas négociable. En vérité, une des raisons, mis à part son confort personnel, pour lesquelles je ne veux pas qu'elle dorme ici, c'est qu'elle pourrait avoir envie de se faire la belle sans que je m'en aperçoive. En prenant la chambre, si elle décide de jouer les filles de l'air au petit matin, elle ne pourra s'éclipser sans me réveiller.

Elle semble réfléchir puis propose, ses joues légèrement teintées de rose :

— Si tu me promets de ne rien tenter, on pourrait…

Je la coupe avant qu'elle ne finisse sa phrase, sachant exactement ce qu'elle allait soumettre comme idée :

— Si je me couche à côté de toi, je serai incapable de fermer l'œil.

Et de garder mes mains pour moi. À la seule pensée qu'elle dorme dans mon lit, je suis déjà fiévreux, alors autant ne pas tenter le diable.

Je pousse sur mes bras pour me relever, elle me regarde, surprise. Je suppose que vu mon état, elle ne m'en croyait plus capable.

— Je vais te donner de quoi dormir.

Elle ne bronche pas et me suit dans ma chambre. J'ouvre le placard pour attraper un tee-shirt. Lorsque je me retourne vers elle, je vois que, comme plus tôt dans le garage, elle observe la pièce. Qu'est-ce qu'elle peut bien en penser ? Il y a encore quelques posters de surf, une planche repose contre le mur. Quelques habits sont empilés de façon négligée sur une chaise. Je suppose que ma chambre pourrait ressembler à celle de n'importe quel autre mec de mon âge qui aime un tant soit peu le surf.

— Tu seras plus à l'aise avec ça, lui dis-je en lui tendant le vêtement.

Elle s'en saisit puis murmure un :

— Merci.

J'approche, Ruby tient toujours ce stupide tee-shirt dans la main, comme si elle ne savait pas trop quoi en faire. Je ne résiste pas à l'envie de remettre une de ses mèches de cheveux derrière son oreille. Au contact de mes doigts, elle frissonne, mais elle ne me repousse pas. C'est déjà ça.

— Bonne nuit, ma puce.

— Bonne nuit, répond-elle d'une voix étranglée.

J'ai beau être à moitié soûl, j'arrive quand même à déceler son trouble. Et cela suffit pour raviver cette petite flamme vacillante au fond de ma poitrine. Mais je suis conscient qu'il ne faut pas que je pousse ma chance trop loin. Je la contourne, lance un dernier regard dans sa direction – elle n'a pas bougé d'un iota – puis je ferme doucement la porte derrière moi.

28

Ruby

Au moment où Adam repousse la porte, je reprends mon souffle. En décidant de le rejoindre chez Colin, je savais qu'il serait délicat de le revoir, mais je n'avais pas mesuré à quel point. Observer la souffrance au fond de ses yeux et écouter ses sentiments retranscrits sur sa batterie, c'était plus que ce à quoi je m'étais préparée. À chaque battement de ses baguettes sur ses fûts, j'ai eu l'impression que c'était mon propre cœur qui se déchirait un peu plus.

C'est déconcertant de venir pour la première fois chez lui dans ces conditions. Je ne sais pas trop à quoi je m'attendais. Je m'imaginais certainement une colocation bordélique, avec une déco un brin douteuse, criant : deux mecs habitent ici ! Mais je n'y avais pas pensé plus que ça. Je suis surprise de constater qu'à la différence du mien, son appartement est singulièrement stérile. Il y a quelques éléments qui permettent de comprendre qu'il est passionné de surf mais je suis frappée par l'absence totale de photos personnelles ou même d'objets qui pourraient m'en apprendre plus sur lui.

C'est comme si là aussi, il ne montrait qu'une partie de lui-même.

Je me rends à l'évidence : Adam est bien plus complexe que ce que son attitude enjouée et solaire veut bien laisser croire.

Après avoir retiré mes vêtements, j'enfile son tee-shirt. À l'effigie d'un groupe de metal, il n'est pas de la première jeunesse et quelque chose me dit qu'il doit s'agir d'un de ses favoris. C'est stupide, mais ce détail me plaît.

Je m'assieds sur le bord du lit pour essayer de remettre mes idées en ordre. Il y a encore quelques heures, je me suis juré de ne plus jamais lui adresser la parole. Et je me retrouve là, dans sa chambre, à me dire qu'il me manque. Nous ne sommes séparés que de quelques mètres et pourtant, c'est déjà trop.

Je me laisse tomber sur l'oreiller. Grossière erreur, son odeur est partout. Ce mélange qui me rappelle le grand air, la mer et nos corps-à-corps enfiévrés. Des images de nos moments heureux m'assaillent : le surf à Sandy Hook, notre après-midi chez Sam Ash, nos danses au Starlite et surtout notre journée à Montauk. Je revois chacun de ses sourires, de ses baisers, chacune de ses caresses. Est-ce possible de jouer à ce point la comédie ? J'ai envie de croire que non. Les larmes pointent dans mes yeux. Je suis envahie d'émotions contradictoires. La douleur de la trahison se mêle à mon besoin de le sentir près de moi. Mes joues se mouillent de gouttelettes salées. Je ne suis même pas consciente que je me mets à sangloter. Ce n'est que lorsque la porte s'entrouvre et qu'Adam s'allonge près de moi que je m'aperçois que je suis en pleine crise de larmes. Il m'attire contre lui, plaquant ma joue baignée de pleurs contre son torse.

— Chuuut, ma puce, murmure-t-il dans mes cheveux.

J'ai besoin de ça : de lui, de ses bras, qu'il me dise que tout va s'arranger. Au fond de mon esprit, je sais qu'il faudrait que nous parlions, que nous mettions les choses à plat. Mais je n'ai pas la force d'avoir cette conversation maintenant. Je veux juste, l'espace d'un instant, me sentir heureuse à nouveau. Alors je me presse un peu plus contre lui. Je sens ses muscles se tendre et il hésite avant d'enlacer ma taille. Il a retiré son jean et son tee-shirt, sa peau nue dégage une sensation de chaleur qui met déjà du baume à mon âme. Je pose mes mains sur son torse, il prend une grande inspiration. On pourrait croire que je le brûle.

— Ma puce, si tu continues à me toucher comme ça…

— Fais-moi oublier, Adam, murmuré-je contre ses lèvres.

Je sais que ma demande n'est pas rationnelle. D'ailleurs, Adam m'observe avec réserve. Mais lorsque je m'approche pour plaquer ma bouche contre la sienne, il rend les armes. Il m'embrasse avec ferveur, comme si j'étais son oasis après une longue traversée du désert. Quelque chose se libère en moi. Je ne pense plus, je ne suis que sensations. Et celles-ci m'ont tellement manqué. Cela ne fait que quelques jours, et pourtant, j'ai l'impression d'avoir été privée de lui depuis une éternité.

Ses mains se faufilent sous mon tee-shirt, cette mince barrière me paraît tout à coup insupportable. Je le retire.

J'ai besoin de sentir sa peau contre la mienne, de m'abandonner à lui. Sa paume s'empare de mon sein, le malaxe, tout en titillant sa pointe. Il ne s'agit pas de l'exploration presque révérencieuse de nos débuts. Il y a un empressement de sa part comme de la mienne, une force qui nous attire l'un vers l'autre et qui nous consume. Il faut être plus proches, aller plus vite, plus fort.

Adam me plaque contre le matelas, son érection se frotte contre le coton de ma culotte.

— Dis-moi de m'arrêter ma puce, sinon…

Je ne prends pas la peine de lui répondre. Je noue mes bras autour de son cou et l'attire vers moi pour l'embrasser et il ne m'oppose aucune résistance. Je peux encore goûter à l'arôme ambré du whisky dans sa bouche. Moi, je suis sobre mais, gagnée par l'ivresse de nos baisers, je plane littéralement.

Je glisse mes mains dans son boxer et le retrousse pour le faire disparaître. Ma main s'enroule autour de son sexe et Adam émet un râle de plaisir. C'est grisant de savoir qu'une seule de mes caresses peut avoir un tel effet sur lui. Lentement, je commence un mouvement de va-et-vient alors que la bouche d'Adam prend l'assaut de mon cou. Nos respirations sont haletantes, notre envie pour l'autre nous dévore. Sa langue parcourt un endroit sensible de ma nuque. Adam apprend rapidement, il sait exactement sur quels boutons appuyer pour me faire devenir complètement folle. Je suis persuadée qu'il utilise cette même qualité dans tout ce qu'il fait dans la vie : le surf, la musique. Je pourrais presque m'en agacer si cela n'était pas à mon avantage. Moi aussi j'ai envie qu'il soit exalté par ce que je pourrais bien lui faire. Alors, je le repousse. Il m'adresse un regard surpris, mais avant qu'il ne puisse me questionner, je lui fais comprendre que je veux changer de position. Je plaque mes deux mains sur ses épaules et le fais basculer sur le dos. Sans perdre une seconde, je m'installe à califourchon sur ses cuisses. Quand mes yeux accrochent les siens, je note que ses iris sont ardents de désir. Il m'observe avec une intensité qui ne fait qu'aviver le feu qui me dévore déjà. Je pose mes paumes sur ses pectoraux. J'apprécie la fermeté de ses muscles, la douceur de sa peau. Adam possède un corps sculpté qui semble tout droit sorti d'un magazine. Pourtant, il est bien réel, là sous mes doigts, et je compte en profiter.

Il relève un sourcil, l'air de demander : *Ce que tu vois te plaît ?* Mais au lieu de lui reprocher son arrogance, je frôle ses lèvres des miennes. Un avant-goût de ce qui l'attend, mon vœu étant de le rendre fou. Il essaye de capturer ma bouche, mais dans cette posture, c'est moi qui ai l'avantage. Alors je préfère commencer un chemin de baisers en commençant par sa mâchoire, son cou. Il plonge ses doigts dans mes cheveux, je continue mon exploration : ses épaules, son torse. Ma bouche rencontre un téton, j'en dessine le contour de la pointe de ma langue. Il grogne, je souris. Je descends encore, je prends plaisir à compter un par un ses abdominaux, d'abord en glissant mon doigt sur chacun d'entre eux, ensuite en y déposant mes lèvres. J'arrive enfin à l'endroit de son corps qui forme un V m'indiquant le chemin à suivre. Je relève les yeux en direction d'Adam.

Les siens sont mi-clos, mais je suis certaine qu'ils ne perdent pas une miette de ma progression. Je pourrais prolonger l'attente, prendre mon temps. Mais à quelques centimètres de mon visage, l'érection d'Adam se tend, prête à subir mon supplice. Alors, doucement, ma langue commence par en parcourir la longueur. De haut en bas, puis dans le sens inverse, et finit par en lécher le gland.

— Ruby… lâche Adam comme une complainte.

Lorsque, la seconde d'après, mes lèvres se mettent au travail, il n'a plus la force de prononcer mon nom. Et moi, je suis ivre de cette sensation. Celle de savoir que je suis capable d'avoir un tel effet sur lui. Cette réaction viscérale, qu'il est impossible de feindre. Là, dans ce lit, nos mensonges sont mis de côté. Il ne reste que la vérité, celle de deux corps qui réagissent l'un à l'autre, mais qui ne peuvent pas le faire avec une telle intensité s'il n'y a l'accord de sentiments sincères.

29

Ruby

Je me réveille désorientée. Puis immédiatement, des images de la soirée m'assaillent : Matt et Lisa, Owen, Adam… Il est là, endormi à mes côtés. Ses cheveux blonds partent dans tous les sens, ses longs cils noirs dessinent des croissants sombres sur ses pommettes. Dans son sommeil, il a l'air apaisé, les tourments qui le hantaient hier derrière sa batterie semblent oubliés. Et pourtant… Rien n'est résolu, et pire encore, les lignes sont maintenant brouillées.

Je quitte le lit en faisant attention à ne pas le réveiller. J'ai besoin de m'éloigner de lui pour réfléchir. Je passe la porte et me rends dans la salle de bains. J'asperge mon visage d'eau et m'observe dans le miroir. Je pensais avoir changé ces derniers mois. Et pourtant, je répète les mêmes erreurs. Je laisse mes sentiments pour un homme brouiller mon jugement. Car sinon, comment expliquer le fait que j'aie couché avec Adam hier soir, alors que je m'étais promis de le tenir à distance ? Il a suffi d'un regard de sa part, d'un geste tendre pour me faire oublier mes convictions.

Mais à la lueur du jour, je suis consciente qu'il s'agit d'une énorme erreur.

Je sors de la salle de bains, ne sachant pas trop quoi faire. Je pourrais m'enfuir, profiter du fait qu'il soit encore endormi, mais ce ne serait que repousser la conversation que nous devons avoir. Alors je me dirige vers le salon, mais quand j'y entre, je sursaute en m'apercevant que je ne suis pas seule. Adossé au comptoir de la cuisine, se trouve Owen qui sirote une tasse de café.

Ses yeux ambrés tombent immédiatement sur mes jambes nues avant de remonter lentement vers mon visage. Même si le tee-shirt d'Adam m'arrive mi-cuisses, je me sens vulnérable sous le poids de son regard. Je me racle la gorge.

— Euh… salut.

Le fait que je parle semble le surprendre et il a soudain une expression gênée.

— Salut… tu veux un café ?

Je hoche la tête et il s'empresse de prendre une tasse dans le placard. J'ai l'impression que son affairement est une façon de m'éviter. Je n'ai aucune idée de la manière dont je pourrais détendre l'atmosphère dans cette cuisine, alors je dis la première chose qui me passe par la tête tout en m'installant sur un tabouret.

— J'ai ramené Adam hier soir.

Owen me tourne toujours le dos lorsqu'il répond.

— Je sais.

Il prend appui sur le plan de travail en posant ses mains de part et d'autre de la cafetière, avant d'ajouter.

— Les murs sont fins ici, Ruby.

Je sens l'embarras colorer mes joues mais j'ai surtout l'envie de me gifler moi-même. Car au-delà de l'erreur de coucher avec Adam, il y a celle que pas une seule seconde je n'ai pensé qu'Owen pouvait être dans la pièce d'à côté. Owen, qui il y a quelques heures m'a avoué être attiré par moi. Même si je ne partage pas ses sentiments, je suis bien consciente de la peine que je viens de lui infliger. Il suffit de voir sa posture pour le comprendre.

Il se retourne et pose avec un peu trop de force le mug devant moi, renversant du café sur le comptoir.

— Owen.

Il ferme les yeux une seconde avant de déclarer :

— Si vous avez parlé et que tout est résolu, je suis heureux pour vous.

Ma culpabilité ne cesse d'augmenter, c'est à moi de fuir son regard. Je voudrais lui dire que je suis désolée mais les mots ne viennent pas. Et comme si la situation ne pouvait pas être pire, Adam choisit exactement ce moment pour débarquer.

— Salut vous deux, dit-il en bâillant. J'ai un de ces maux de crâne, ajoute-t-il en massant son front.

— C'est ce qui arrive lorsqu'on remplace l'eau gazeuse par du whisky, raille Owen.

Adam fait mine de lui lancer un regard noir et son colocataire lui répond par un rictus avant de lui tendre un verre d'eau et un cachet. Ce geste me surprend. Sous son air toujours moqueur et un brin austère, Owen est plus bienveillant qu'il ne laisse paraître.

Adam s'approche de moi et dépose un baiser sur ma tempe.

— Salut ma puce.

— Je vais aller finir mon café dans ma chambre, grogne Owen entre ses dents.

— Attends, le stoppe Adam. Je dois parler à Ruby, mais ça te concerne aussi.

Owen le dévisage, étonné, puis glisse un regard dans ma direction. J'imagine les rouages de son cerveau tourner. Il a compris qu'Adam et moi n'avons pas tout mis à plat la nuit dernière. Mais sans rien dire, il s'installe sur le tabouret vacant à mes côtés. Je n'étais déjà pas emballée par l'idée d'avoir cette conversation, mais le fait qu'elle ait lieu devant Owen m'enchante encore moins.

— OK, je me lance. Quand je t'ai vue la première fois au concert, je t'ai trouvée vraiment mignonne et…

— S'il te plaît, évite-nous les détails sirupeux, le coupe Owen.

— La ferme, lui répond sèchement Adam. Bref, j'ai compris que je ne te laissais pas indifférente et si j'ai voulu te revoir, c'est avant tout parce que tu me plaisais, insiste-t-il.

Ses yeux verts me fixent et je ne peux douter que ce qu'il affirme est la vérité.

— Mais quand j'ai appris que tu bossais chez Carter Corp., je ne vais pas te mentir, je me suis dit que je pouvais faire d'une pierre deux coups.

Ces mots me donnent l'impression d'avoir avalé une enclume. Il continue :

— Je sais que c'est mal. Sur le moment, je n'ai pas réfléchi à ce qu'allait te coûter cette trahison. Nous coûter à tous les deux, en vérité. Je n'ai vu que l'occasion en or qui se présentait pour notre groupe.

— C'est qui *notre groupe* ?

Adam et Owen échangent un regard et ce dernier lui fait un léger signe d'acquiescement.

— Tu connais Safeplanet ?

— Oui, l'organisation écologiste. Mais leurs actions sont plutôt… pacifistes en règle générale, non ?

— C'est ça. Mais il y a plusieurs mouvements, disons. Owen, Derreck, Fiona et moi pensons que défiler avec des pancartes devant des ministères, c'est bien, mais ça ne suffit pas.

Je me doutais que Derreck et Owen étaient dans ce fameux groupe, mais entendre le prénom de Fiona me laisse un goût amer dans la bouche. Encore un aspect de sa vie dans lequel elle est immiscée.

— Mais pourquoi s'en prendre à Carter ? Je ne comprends pas.

— Ils font partie du système, réplique Owen.

— C'est ridicule de balancer ça comme ça, contré-je. Ça ne suffit pas.

Adam précise :

— Carter Corp., comme toutes les multinationales, contamine notre planète. Si on les laisse faire, on court droit à notre perte.

— Vous ne pensez pas que votre argumentaire est basé sur pas grand-chose ? Je bosse là-bas et je peux vous assurer que s'il y a bien une chose à laquelle Ryan Carter est attaché, c'est la préservation de l'environnement. On a une charte et…

Owen me coupe en ricanant :

— Ce n'est pas parce qu'on vous demande de trier vos poubelles dans les bureaux que ton patron est la mère Teresa de l'écologie pour autant. Tu ne sais pas ce qu'il cache derrière ses articles de presse, certainement écrits par des journalistes à sa solde.

— Je ne suis pas si naïve, m'agacé-je. Et je suis bien consciente de la façon dont tout cela fonctionne. Je peux t'assurer que Carter n'est pas le grand méchant que tu voudrais qu'il soit.

— Peut-être pas lui, mais il n'a pas de scrupules à travailler avec certains qui le sont, déclare Adam.

— Comment tu peux être sûr de ça ?

Nouvel échange de regards entre Owen et lui.

— Notre intervention chez Carter n'était pas seulement faite pour lui montrer que nous savons ce qu'il cache, c'était l'occasion de récupérer des informations sur leurs serveurs qui peuvent nous être utiles.

Colin avait eu beau m'en parler, le fait qu'ils me confirment ce point me fait froid dans le dos.

— Vous vous rendez compte de la gravité de ce que vous êtes en train de me dire ? C'est un délit, si quelqu'un vous démasque…

— On a pris la peine de couvrir nos traces, tente de me rassurer Adam.

— Et tu penses que ça suffit ? Il paraît que Ryan Carter est furieux, il va vous traquer sans relâche !

— Là, c'est toi qui nous sous-estimes. On savait très bien dans quoi on s'embarquait, ajoute Owen.

Je les observe tour à tour, mais c'est sur Adam que je fixe mon regard avant de reprendre la parole.

— Et donc moi, je suis un dommage collatéral, si j'ai bien compris ?

Adam passe une main dans ses cheveux, il est mal à l'aise.

— Je suis conscient que j'ai merdé et que je n'aurais pas dû t'impliquer dans tout ça.

— Je pourrais très bien aller vous dénoncer à Carter ou à la police, maintenant que je suis au courant.

Les yeux émeraude d'Adam me sondent. Il se demande si je le pense vraiment. C'est finalement Owen qui intervient :

— Bordel ! Tu ne vois pas que s'il te raconte tout ça, c'est pour faire amende honorable ? Il te donne le pouvoir de le détruire, et même de *nous* détruire tous par la même occasion. Il te faut quoi de plus ? fulmine Owen.

Il se lève et disparaît en direction de sa chambre. C'est mieux ainsi, je préfère continuer cette conversation seule avec Adam.

— Est-ce que si Owen ne m'avait pas mise sur la voie, si je n'avais pas deviné que c'était vous derrière ça, est-ce que tu m'aurais avoué la vérité ?

Adam grimace avant de dire :

— Probablement pas.

Une fois de plus, je sens la déception m'envahir. Adam contourne le comptoir et vient se poster juste à côté de moi. Je pivote sur mon tabouret pour lui faire face. Il prend mes mains dans les siennes.

— Au départ, je t'ai menti pour t'utiliser. Ensuite, je l'ai fait car j'ai compris qu'à cause de mes actions, je te mettais dans une situation délicate. Et l'ignorance me semble la meilleure des protections. Mais je ne suis qu'un idiot, je t'ai sous-estimée. Tôt ou tard, tu aurais fini par découvrir la vérité seule. C'est pourquoi j'ai dit à Owen et aux autres que je voulais te parler de tous les détails de notre opération : le piratage, les informations volées. Je suis prêt à répondre à toutes tes questions, tout ce que tu souhaiteras savoir. Je ne veux plus qu'il y ait de secrets entre nous, Ruby. Je te fais confiance et je veux regagner la tienne. Alors s'il te plaît, demande-moi ce que tu veux.

— Adam…

— Ce que tu veux Ruby, répète-t-il.

Son regard a l'air si implorant que j'en suis bouleversée. Je prends une inspiration et demande :

— Est-ce que tu regrettes d'avoir piraté Carter Corp. ?

Il répond sans détour :

— Non, je regrette de t'avoir embarquée là-dedans, mais pas d'avoir piraté Carter. Ça semble peut-être futile pour certains, mais pour moi, préserver notre environnement est vital. J'ai vu des trucs atroces et je ne veux plus rester impassible. Je suis comme ça, tu es libre d'adhérer ou pas à mes idées, de me garder tel que je suis ou de t'en aller.

Il laisse passer une seconde avant d'ajouter :

— Mais putain, Ruby, j'ai vraiment envie que tu restes avec moi. J'ai besoin de toi, ma puce.

30

Ruby

Je n'ai fait aucune promesse à Adam et il ne m'en a pas demandé. Il a insisté sur le fait que je devais prendre le temps de réfléchir. Nous continuons de communiquer, principalement par messages, mais j'ai besoin de quelque temps encore pour digérer toutes les informations.

Au travail, je ne peux m'empêcher d'être envahie par cette crainte : et si quelqu'un découvrait ce qu'il a fait ? Et ce dont moi, je suis complice ? Est-ce que Matt me regarderait avec le même sourire ? Probablement pas.

— Allez princesse, c'est l'heure d'aller manger ! Dépêche-toi, sinon mon estomac va s'autodigérer et ça ne sera pas beau à voir.

Je prends mon sac et lui emboîte le pas.

— Tacos ? balance mon binôme par-dessus son épaule.

— Tacos.

Nous voilà donc partis en direction de la petite échoppe où nous avons nos habitudes, près de Central Park.

— Qu'est-ce que tu prends ? demande Matt.

— Le végétarien.

Il me dévisage une seconde comme si je venais de proférer une insulte, puis son visage s'éclaire comme si un éclair de lucidité venait de le percuter.

— Toi, tu traînes trop avec Adam.

— Là, tout de suite, je ne vois pas le rapport entre Adam et un taco, excuse-moi.

— Tu traînes avec monsieur « les animaux sont nos amis » et soudainement plus de viande dans tes tacos !

— Adam a beau être végétarien et avoir des convictions fortes en matière d'écologie, il ne m'a jamais rien imposé ni demandé de changer dans mes habitudes.

Il m'a juste demandé de les comprendre. Mais je vais éviter de parler de notre dernière discussion avec Matt.

— 'lut, dit une voix grave derrière moi.

Colin. Je me retourne pour saluer le développeur. Je ne suis déjà pas très à l'aise en sa présence en temps normal, mais ces derniers jours, je fais tout pour l'éviter. Avec son regard dur et mystérieux, j'ai le sentiment qu'il pourrait découvrir tous mes secrets rien qu'en me regardant.

Nous récupérons tous trois nos commandes et nous nous dirigeons vers le parc, à la recherche d'un banc. C'est une des choses que j'ai appris à apprécier depuis que je suis à New York : voir le fil des saisons transformer Central Park. Nous sommes au début de l'été et l'endroit offre une fraîcheur appréciable. La ville ne serait pas la même sans ce poumon central, logé au milieu de kilomètres de béton. Forcément, mes pensées ne peuvent que dériver vers Adam et sa volonté de préserver un maximum d'espaces comme celui-ci.

Colin déniche un emplacement à l'ombre et Matt nous tend nos tacos :

— Le végétarien, raille-t-il en me tendant mon sandwich, juste pour le plaisir de m'agacer.

Pour la peine, je le foudroie du regard. Il me répond :

— Tu sais, Adam n'apprécierait pas pour autant ton choix. Il te dirait que c'est bourré d'huile de palme. Alors, si j'ai un petit conseil, évite d'en manger devant lui, sinon tu ne pourras plus jamais regarder un taco dans les yeux. Il a ruiné mon amour intense pour le beurre de cacahuètes, soupire-t-il comme s'il s'agissait d'une véritable rupture amoureuse.

Un rictus s'imprime sur le visage de Colin.

— Le laisse pas venir chez toi si tu n'es pas prête à réorganiser ton tri des déchets, commente le développeur.

Ça sent le vécu…

— Ne le lance jamais sur le sujet de la déforestation, conseille Matt et je vois Colin opiner du chef. Et ne t'étonne pas s'il te raconte que manger des burgers va tuer ta prostate.

— Pour ça, je pense que je suis tranquille, fais-je remarquer en riant. Et je suis quasiment certaine que, ça, c'est toi qui viens de l'inventer.

Le fait qu'il préfère mordre dans son taco plutôt que me répondre confirme mes soupçons. La conversation dérive sur un autre sujet. Comme à son habitude, Matt entretient la majeure partie de celle-ci. Colin se contente de grognements et de commentaires spartiates ci et là.

C'est mon binôme qui finit par poser la question qui me trotte dans la tête depuis que le développeur nous a rejoints.

— Au fait, ça en est où, ta traque des hackers ?

— Ça avance, répond Colin. Carter ne va rien lâcher.

Un frisson d'angoisse me parcourt. Je bois une gorgée d'eau pour tenter de cacher mes émotions.

— Quand il va mettre la main sur eux, ça va saigner, commente Matt.

Je repense à Adam m'affirmant qu'ils ont couvert leurs traces. Mais jusqu'à quel point ? Est-ce qu'un génie de l'informatique comme Colin ne serait pas capable de les démasquer ? Ou alors est-ce que Colin pourrait être de mèche avec eux ? Après tout, j'en sais peu sur lui. Mais si ce n'est pas le cas, comment va-t-il réagir s'il apprend qu'Adam s'est joué de lui ? C'est son ami, après tout.

***

Alors que je retourne au bureau, je reçois un message d'un numéro inconnu.

Salut

Je fixe mon écran pour voir si quelque chose d'autre va apparaître, me permettant de donner une identité à la personne qui m'écrit, mais rien ne vient.

Salut, c'est qui ?

La réponse ne tarde pas.

D'après toi ?

Je pense une seconde à Adam, mais ce n'est pas son style, ce genre de petits jeux. S'il m'écrivait depuis un autre téléphone que le sien, il me le dirait.

Je ne vois pas, désolée.

Réfléchis un peu…

Ça m'agace, alors je prends le parti de ne pas répondre. Mais quelques secondes plus tard, ce même numéro m'appelle. Je décroche et demande, sans cacher mon irritation :

— C'est qui ?

— Je te croyais plus perspicace que ça, ricane une voix que je reconnais immédiatement.

Owen.

— Excuse-moi, je n'ai pas développé de dons divinatoires. Qu'est-ce que tu veux ?

— Droit au but, j'aime ça.

— Owen… m'impatienté-je.

— Tu viens manger avec moi ce soir ?

Sa question me prend par surprise.

— Hein… euh… pourquoi ?

— Parce que j'ai envie de manger avec toi, pardi.

— Adam sera là ?

— Non.

Je ne réponds pas tout de suite et Owen reste silencieux. Je repense à son aveu l'autre soir.

— Je ne crois pas que ce soit une bonne idée, Owen.

— Je pense que c'est une excellente idée.

Il fait semblant de ne pas comprendre ou quoi ?

— Owen, Adam est au courant que tu veux manger avec moi ?

— Pas encore, mais ce n'est qu'un détail. Je peux l'appeler tout à l'heure pour le lui dire. Si je passe te prendre à dix-neuf heures, ça te va ?

— Je ne vais pas aller au resto avec toi Owen… pas après ce que tu m'as avoué l'autre soir.

— Adam est au courant, balance-t-il abruptement.

— Quoi ? Au courant de quoi ?

— Que tu me plais.

Je suis sans voix, alors qu'il ajoute :

— Alors si c'est ça qui t'emmerde, dis-toi qu'il est informé.

Cette conversation est décidément de plus en plus étrange. Je m'entends lui demander :

— Et, qu'est-ce qu'il a dit ?

Owen émet un petit rire.

— Tu veux savoir s'il a défendu son territoire ?

C'est totalement absurde et je me rends compte que plus je pose de questions, plus je rentre dans son jeu.

— Tu sais quoi ? Je ne veux pas savoir. Et je n'irai pas dîner avec toi. Bonne journée Owen.

Je raccroche et glisse le téléphone dans mon sac en tentant d'oublier cette conversation ubuesque.

***

Si je pensais que mon rejet de cet après-midi suffirait à décourager Owen, je me plantais royalement. Car je suis à peine rentrée du boulot depuis une heure que je le retrouve sur le pas de ma porte.

— J'ai compris que tu ne voulais pas sortir dîner, mais comme je suppose que tu ne vas pas rester sans manger, je t'ai emmené de quoi te nourrir.

Il soulève un sac dont s'échappe une délicieuse odeur d'épices et de coriandre. Je le regarde avec circonspection. Quelle embrouille se cache derrière ce petit manège ?

— Tu sais Ruby, normalement c'est le moment où tu dis : « Oh merci Owen ! » Et où tu m'ouvres ta porte pour que je puisse entrer.

— Je ne me rappelle pas t'avoir invité.

— On n'a qu'à dire que c'est une surprise.

Je le fixe et derrière son air sûr de lui et limite hautain, je crois déceler une petite pointe de vulnérabilité. Alors, sans vraiment y réfléchir, je m'efface pour le laisser entrer. Il se rend directement dans le salon et se met à déballer une multitude de boîtes en provenance de mon restaurant thaï préféré. Une fois qu'il a fini, il lève ses yeux ambrés dans ma direction.

— Approche-toi, je ne vais pas te mordre.

Je ne m'étais même pas rendu compte que je l'observais depuis le coin le plus éloigné de la pièce. J'obtempère. Après tout, il a raison, je ne risque pas grand-chose.

— Adam sait que tu es là ?

L'idée que son pote – qui m'a avoué ses sentiments pour moi – se trouve dans mon salon, sans qu'il en ait connaissance me met mal à l'aise. J'ai l'impression de le trahir, d'une certaine façon.

— Pourquoi ? Dès que tu fais quelque chose tu dois demander à Adam ? se moque Owen.

Bien entendu, c'est ce moment-là que Benji choisit pour intervenir :

— Je te kiffe, Adam !

Le visage d'Owen se durcit.

— Je te kiffe, Adam ! répète le volatile tout en faisant bruisser ses ailes.

Owen plonge la main dans sa poche et en retire son téléphone qu'il me tend.

— OK, tu veux le prévenir, je t'en prie, vas-y.

Je reste interdite devant son geste. Quelque part, il n'a pas tort, je n'ai pas à lui relater mes moindres faits et gestes. Mais si je me fais l'avocat du diable, si les situations étaient inversées, est-ce que je n'aimerais pas être au courant s'il passait la soirée en tête à tête avec une amie ? Le visage de Fiona apparaît dans mon esprit. Oui, définitivement, je crois que je préférerais. C'est vrai qu'on a décidé de se laisser un peu de temps après ses dernières révélations, mais nous n'avons pas pour autant rompu. Du moins… je crois. C'est vrai que la situation n'est pas claire.

Une autre idée me traverse l'esprit également : et si tout cela ne cachait pas une manipulation quelconque ? Owen est-il vraiment attiré par moi ? Ou bien joue-t-il la comédie dans le but d'assouvir je ne sais quel dessein ? Adam est-il de mèche ? J'ai peut-être tort de songer à tout ça, mais après ce qui s'est passé, il n'est pas anormal que je sois un brin perdue.

Alors je m'empare du téléphone d'Owen et appuie sur le bouton pour appeler.

31

Adam

Je suis affalé sur le canapé à mater une série débile. J'ai assuré un gros service ce midi au resto et une soirée de libre n'est pas pour me déplaire. Idéalement, j'aurais préféré aller surfer pour me détendre. Mais quand on vit à New York, une petite virée à la plage après le boulot est un peu compliquée à organiser. C'est peut-être une des rares choses qui me manque de mon enfance sur la côte texane.

Ma bière à la main, je me dis qu'il y a une autre façon de passer la soirée qui m'aurait énormément plu : avec Ruby. J'ai promis de lui laisser de l'espace, le temps qu'elle digère tout ce que je lui ai avoué, alors je refrène mon envie d'attraper mon téléphone pour l'appeler.

D'ailleurs, celui-ci se met à vibrer sur la table basse. J'ai une seconde d'espoir en me disant qu'il s'agit peut-être d'elle, mais lorsque je me saisis de l'appareil, c'est le prénom de mon colocataire qui s'affiche.

— Ouais, réponds-je sans grand enthousiasme.

Il m'appelle certainement pour me demander s'il reste des bières dans le frigo. Il y a une seconde de silence puis je suis surpris d'entendre la voix de Ruby :

— Adam ? C'est moi… Ruby.

Je me redresse sur le canapé.

— Ma puce ? Tu vas bien ? Qu'est-ce que tu fais avec le téléphone d'Owen ?

Le temps qu'elle me réponde, j'élabore des dizaines de scénarios. Il lui est arrivé quelque chose, elle n'a pas réussi à me joindre et a dû appeler Owen, qui est auprès d'elle.

— Oui. Tout va bien. Je suis chez moi et Owen est là.

Qu'est-ce qu'il fout là-bas ?

— Et lui, il va bien ?

— Oui, oui. En fait, je t'appelais pour te prévenir qu'il était là.

Au début, sa réponse ne fait aucun sens dans mon esprit, puis peu à peu les morceaux du puzzle se mettent dans l'ordre. Je repense à la discussion que j'ai eue avec mon meilleur pote il y a deux jours. Nous avions un peu bu tous les deux, je ne sais plus pour quelle raison nous en sommes venus à parler de Ruby et ce con m'a avoué qu'elle lui plaisait. Au début, j'ai cru à une sorte de plaisanterie ou à une bêtise sans grande importance, mais je me suis aperçu ensuite… qu'il ne plaisantait pas. Mon meilleur pote craque littéralement pour ma copine, même si je ne suis pas certain que je puisse l'appeler comme ça. N'importe quel autre mec m'aurait avoué ça, il serait certainement reparti avec un nez pété ou du moins, la gueule sacrément amochée. Mais il s'agit d'Owen. Mon meilleur ami, la personne qui est une constante dans ma vie depuis près de quinze ans et qui ne m'a jamais abandonné. Voire qui n'a jamais hésité à embarquer avec moi dans toutes sortes de plans, même quand ceux-ci étaient scabreux et qu'à l'inverse de moi, il avait reniflé l'embrouille à des kilomètres. Il est venu à New York avec moi, nous montons le projet de magasin de surf ensemble, il n'y a aucune personne plus proche que lui dans ma vie, si ce n'est peut-être la jolie brune au bout du fil.

— Adam ? demande-t-elle comme si j'allais lui donner la marche à suivre pour trouver une solution à cette situation.

— Je suis là. Excuse-moi. Tu disais donc qu'Owen était chez toi ?

— Oui, il a apporté à manger.

Il y a un blanc, j'entends un peu de bruit derrière, comme si elle se déplaçait pour aller se mettre à l'abri des oreilles de mon coloc. Elle reprend en chuchotant.

— Je ne veux pas créer de tensions entre vous. Mais je dois quand même t'avouer qu'il y a quelques jours, il m'a avoué que je lui plaisais.

— Oui, je sais.

— Tu es au courant ? s'étonne-t-elle.

Et à juste titre, je la comprends. Je me lève du canapé et attrape ma veste et mes clés.

— Écoute ma puce, ne bouge pas. J'arrive.

***

Quelques minutes plus tard, je toque à sa porte. Lorsqu'elle m'ouvre, elle semble heureuse de me voir.

— Je peux entrer ?

— Bien entendu, me sourit-elle.

J'ai une furieuse envie de l'embrasser mais je vois le regard perçant d'Owen qui nous observe et quelque chose me retient.

— Tu es rassuré, je n'ai pas dévoré ta copine toute crue, déclare-t-il.

— Ravi que tu te souviennes qu'il s'agit de *ma copine*.

Son expression s'assombrit davantage et je m'en veux un peu. Ils ne faisaient rien de mal, ils étaient apparemment en train de regarder un film. Que mon meilleur ami et celle qui partage ma vie passent un peu de temps ensemble n'a rien de répréhensible en soi.

— Je peux te parler ? demandé-je à Ruby.

— Oui, bien sûr, dit-elle en m'entraînant vers sa chambre.

Je passe une main dans mes cheveux. Ruby m'observe, mais elle est beaucoup trop loin de moi à mon goût. Je n'ai aucun droit de l'attirer dans mes bras, alors je me contente de lui saisir la main. Elle ne la retire pas.

— Ma puce, toi et moi… on n'a pas décidé de ce qu'on allait faire, et… voilà, je sais que je t'ai promis de te laisser du temps, mais si tu sais déjà que tu ne veux plus rien avoir à faire avec moi… s'il te plaît, dis-le-moi tout de suite. Attendre comme ça, sans savoir… c'est dur.

Elle s'apprête à me répondre mais je ne lui en laisse pas le temps. Autant déballer tout de suite tout ce que j'ai sur le cœur. Qu'elle ait toutes les cartes en main avant de prendre sa décision.

— Owen, tu lui plais beaucoup. Alors si tu crois que tu préférerais être avec lui qu'avec moi… c'est pareil, dis-le-moi tout de suite.

Cette fois-ci, elle me regarde comme s'il venait de me pousser une deuxième tête. Elle fait un pas vers moi et déclare.

— Je ne veux pas être avec Owen.

— Et avec moi ?

Elle me sourit et lève ses mains pour les poser de part et d'autre de mon visage. Son contact m'apaise, même si mon pouls reste erratique.

— Adam, je ne veux pas être avec Owen ni avec qui que ce soit d'autre. C'est toi que je veux.

C'est l'instant où je devrais me satisfaire de cette déclaration et l'embrasser sans songer à quoi que ce soit d'autre. Mais j'insiste :

— Malgré tout ce que tu as appris sur moi récemment ?

— *Grâce* en partie à ce que j'ai appris sur toi ces derniers jours. Une partie de moi t'en voudra toujours de m'avoir utilisée, mais j'ai pris conscience que tu es aussi quelqu'un de bien, qui se bat pour ses convictions, quitte à prendre des risques. C'est quelque chose qui a de la valeur à mes yeux, même si je désapprouve certains points. J'aime que tu sois quelqu'un qui ait des rêves, des idéaux et je sais que si je veux être avec toi, il faut que j'accepte cette facette de ta personnalité, car c'est qui tu es. Alors oui, je sais que ça ne va pas être facile. Tu vas devoir me prouver que je peux te faire confiance, j'ai moi-même quelques incidents de parcours qui font que j'ai du mal à l'accorder. Mais si on tient à l'autre, rien ne me semble impossible.

Je glisse mes mains autour de sa taille pour l'attirer un peu plus contre moi.

— Ça veut dire qu'on est ensemble, toi et moi ?

— On dirait bien, sourit-elle.

— Tu es officiellement ma copine ?

— Oui, tu as besoin que je te signe un papier ou un truc du genre ? plaisante-t-elle.

— Un baiser suffira, déclaré-je juste avant de l'embrasser avec ferveur.

Lorsque nous reprenons nos souffles quelques instants plus tard, un bruit se fait entendre dans le salon. Je me rappelle la présence de mon coloc.

— Ça te dérange si on renvoie Owen ? demandé-je contre ses lèvres.

— Pas du tout. Même si j'ai un peu de peine pour lui.

— Il s'en remettra, dis-je en faisant déjà route vers la porte de la chambre.

Avant de l'ouvrir, je me retourne vers elle.

— Ma puce, je sais que c'est peut-être un peu présomptueux de ma part, mais est-ce que tu accepterais que je passe la nuit ici ?

Elle me décoche un clin d'œil.

— J'ai cru que tu n'allais jamais me le demander !

Nous retournons dans le salon, Owen lève les yeux de la télé avant de les poser sur nos mains jointes.

— C'est le moment où vous me faites comprendre de façon subtile que je ferais mieux d'aller passer la soirée ailleurs.

Il plaisante mais je le connais assez pour savoir qu'au fond de lui, il est blessé. Je m'en veux un peu. Il y a eu d'abord Fiona, maintenant Ruby. On pourrait presque se croire dans un mauvais film où les deux meilleurs potes tombent amoureux de la même fille. Mais j'ai beau aimer Owen comme s'il était mon frère, je ne me sens pas en mesure de renoncer à Ruby pour lui. Et heureusement, je sais qu'il ne me le demandera jamais.

Il se lève et s'adresse à Ruby :

— J'espère que tu n'as pas passé une soirée trop pourrie.

— J'ai passé une bonne soirée, Owen, dit-elle sur un ton sincère.

Je ne doute pas qu'avec le temps, ces deux-là pourraient devenir amis. Il faudra juste qu'Owen se remette de sa déception. Quand il passe près de moi en direction de la sortie, un soupçon de gêne m'envahit.

— Owen, je suis…

— Y'a pas de malaise mon pote, déclare-t-il en me tapant sur l'épaule.

Il s'approche et ajoute à voix basse de façon que Ruby ne l'entende pas :

— Prends soin d'elle et n'oublie pas que je t'ai à l'œil.

La seconde d'après, il a disparu.

J'attire Ruby contre moi, plonge mes mains dans ses cheveux soyeux, au parfum de pêche. Ses yeux se rivent aux miens. Je suis conscient de la chance que j'ai. Dire qu'il y a quelques jours, je pensais que plus jamais elle ne me regarderait avec une telle admiration.

— Tu m'as manqué, ma puce.

— Toi aussi tu m'as manqué, Adam.

— Je te kiffe, Adam ! croasse Benji sur son perchoir.

— Toi aussi Benji, tu m'as manqué ! lancé-je en direction du perroquet alors que Ruby rit.

— Ma puce, j'ai envie de te faire des tas de choses mais je préférerais me passer du regard lubrique de ton ara. Alors, accroche-toi.

Je place mes mains sous ses fesses et Ruby noue ses jambes autour de ma taille. Nous nous dirigeons vers sa chambre et d'un geste souple, je la dépose sur le lit, m'installant au-dessus d'elle. Ses cheveux sont étalés sur le drap, formant un halo autour de son visage. Ses yeux pétillent, ses joues sont roses, sa bouche entrouverte. Je ne connais pas un homme qui n'aurait pas envie de l'embrasser à cet instant.

— Tu es tellement belle, murmuré-je.

— Adam, me supplie-t-elle.

Je sais ce qu'elle veut car je ressens le même besoin qu'elle : celui de la toucher, de l'embrasser, de me perdre en elle. Mais avant ça, j'ai une dernière chose à lui avouer. Je lui ai promis d'être sincère, alors je prononce des paroles dont je ne me croyais plus capable. Quatre petits mots qui sont insignifiants les uns séparés des autres, mais qui combinés forment la plus authentique des déclarations :

— Je t'aime, Ruby.

32

Adam

J'ai demandé à Ruby si elle était prête à entrer dans mon monde et elle m'a répondu oui. C'est pourquoi, le samedi suivant, je me gare en bas de chez elle pour lui faire découvrir un nouvel aspect de ma vie, celui que jusqu'ici j'avais gardé secret.

J'ai à peine le temps de stopper la camionnette qu'elle ouvre la portière. Le moins qu'on puisse dire, c'est que ma puce était impatiente de me voir puisqu'elle se jette à mon cou et m'embrasse avec enthousiasme. Sentiment totalement partagé, pour être honnête.

— Alors, où est-ce qu'on va ? demande-t-elle tout en bouclant sa ceinture.

Perdu dans la contemplation de ses jambes dont le haut est à peine masqué par un petit short en jean, j'oublie de répondre.

— Adam ?

Je démarre, lui adresse un faux sourire d'excuse et pointe un panneau sur le bord de la route.

— Washington ? s'étonne-t-elle.

— Exactement.

La surprise fait place à l'excitation sur son visage.

— Génial ! Je n'y suis jamais allée !

— J'ai bien peur qu'on n'ait pas beaucoup de temps pour jouer les touristes. Mais promis, on y retournera.

— Et qu'est-ce qu'on va y faire ?

— Y retrouver des amis et participer à ton baptême du feu.

Devant son air confus, j'ajoute :

— Il est temps que tu découvres une action de Safeplanet.

Elle hoche la tête mais ne dit rien.

— Tu n'as pas de questions ? m'étonné-je.

— Si, beaucoup, je suppose. Mais je sais que tu ne m'embarques pas dans quelque chose d'insensé. Je me trompe ?

— Non ma puce. Tu peux avoir confiance en moi, jamais je ne te ferais courir de risques ni faire de choses que tu ne souhaites pas. J'ai retenu la leçon. En fait, la seule chose qu'on va faire aujourd'hui, c'est brandir des pancartes et crier des slogans.

Je guette du coin de l'œil sa réaction elle n'a pas l'air inquiète et cela me rassure, je l'avoue.

***

Au bout de quatre heures de route, nous voilà dans la capitale. Ruby ne perd pas une miette du spectacle. Le nez collé à la vitre, elle observe les bâtiments néoclassiques qui bordent les grandes avenues. Son excitation est à son comble lorsqu'elle aperçoit le capitole et je me promets d'y revenir ensemble dès que ce sera possible.

Je gare la camionnette dans une rue bordée d'immeubles de bureaux dont la plupart sont en travaux. Je vois à son air dubitatif que Ruby se demande ce qu'on peut bien faire ici. Je prends sa main et me dirige vers Massachusetts Avenue.

— Alors ? C'est quoi le plan ? demande-t-elle.

— C'est assez simple. On participe à la manif. Tu restes près de moi et tout devrait bien se passer.

— Devrait ?

— Si les flics débarquent et que je te dis de courir, tu cours. Tu ne te poses pas de questions.

Je me demande l'espace d'un instant si elle va vouloir faire demi-tour mais elle se contente de répondre :

— OK.

La foule est déjà dense lorsque nous arrivons devant le bâtiment de l'American Petroleum Institute. Plusieurs centaines de personnes se massent devant le building flambant neuf de verre et d'acier. Ruby m'interroge du regard.

— L'API regroupe les plus gros industriels du pétrole et du gaz, soit des entreprises qui sont parmi les plus gros pollueurs de notre continent. Ils font énormément de lobbying ici à Washington et sont prêts à dépenser des milliards pour faire primer leurs intérêts.

— Qui, je suppose, sont complètement à l'opposé des actions pour la préservation de la planète ?

— Tu as tout compris. Je ne te parle même pas des campagnes de désinformation au sujet du réchauffement climatique qu'ils ont financées. Seul le profit compte pour ces types-là.

— Et on est là pour dénoncer tout ça ?

— Le gouvernement actuel veut intensifier l'exploitation du gaz de schiste. Tu en as peut-être entendu parler. Cette manifestation est organisée pour essayer d'attirer l'attention sur ce problème. Ce type d'exploitation a de lourds impacts écologiques à plusieurs niveaux. En premier lieu, les forages dévastent le paysage. Ensuite, pour extraire le gaz, ils utilisent une méthode appelée facturation hydraulique. Il faut injecter de grosses quantités d'eau qui sont pompées dans les alentours, faisant diminuer les réserves. En plus de ça, l'eau une fois polluée risque d'infiltrer les nappes phréatiques. Dans certains États, le nombre de séismes liés à ces activités a augmenté de façon importante. Et comme si ça ne suffisait pas, lors des forages, une partie du méthane s'échappe dans l'air et on considère que ce gaz à effet de serre est 25 % plus puissant que le CO_2. Il y a également beaucoup d'émissions de carbone. Et malgré tous ces arguments, notre gouvernement ferme les yeux car des industriels dépensent sans compter pour les inciter à regarder ailleurs.

Alors que je lui explique les répercussions à plus ou moins grande échelle et que Ruby pose quelques questions, nous parcourons la foule du regard. Je repère Owen et Fiona qui nous font signe. Immédiatement, je sens la main de Ruby se crisper dans la mienne. Je crois qu'il va lui falloir du temps pour apprécier la compagnie de Fiona.

— Salut, vous êtes là depuis longtemps ? demandé-je à mes amis.

— Une petite heure, répond Owen en nous tendant des pancartes.

— Alors, ça y est, elle est au courant ? questionne Fiona en désignant Ruby du menton.

— Je suis là, rétorque ma petite amie avant que j'aie eu le temps de répondre. Donc si tu as des questions, tu peux me les poser directement.

Elles échangent un regard aussi polaire qu'une tempête en Arctique. Je tente de soutenir Ruby en caressant doucement le dos de sa main avec mon pouce.

— Je ne voulais pas te vexer, annonce Fiona en roulant des yeux de façon exagérée.

Avant que l'une ou l'autre n'ait le temps de se sauter à la gorge, je propose :

— Bon, on s'y met ?

Cette manifestation est pacifique, elle n'a rien d'une opération coup de poing comme celles auxquelles je prends part parfois. Nous agitons nos pancartes et crions des slogans. J'en profite pour discuter avec plusieurs membres de Safeplanet que je connais. Ruby se montre très curieuse, elle me pose de nombreuses questions et semble très intéressée par le sujet. À un moment, je croise son regard alors qu'elle m'observe en souriant.

— Qu'est-ce qu'il y a ?

— Rien, tu es chou quand tu parles avec autant de passion de tout ça.

— Chou ? Je ne suis pas certain d'avoir envie d'être *chou*.

— Tu préfères que je dise que je trouve ça super sexy.

Je la récompense d'un sourire charmeur.

— Oui, voilà, super sexy, ça me convient très bien.

Elle s'approche et se hisse sur la pointe de ses pieds avant de déposer un léger baiser sur mes lèvres. Comme ce rapide contact ne me suffit pas, je glisse mon bras autour de sa taille pour la retenir et l'embrasse plus profondément. Je me fous que nous soyons en public, avec des centaines de personnes autour. À cet instant, je ne vois qu'elle.

Elle repousse les mèches de cheveux qui tombent sur mon front et demande :

— Je peux t'avouer un truc ?

— Tout ce que tu veux. Je suis même curieux de découvrir tes secrets les plus inavouables.

Elle rit, puis déclare :

— Quand je t'ai rencontré, je ne pensais pas que tu étais si…

Elle cherche ses mots.

— Passionné, je dirais. Tu vois, tu as cette image de surfeur un peu insouciant qui prend la vie comme elle vient. Alors qu'en vérité, tu es quelqu'un avec des convictions et qui n'hésite pas à se mouiller pour les défendre. Et je dois avouer ça me plaît beaucoup.

Je m'apprête à récompenser sa déclaration d'un baiser mais nous sommes interrompus par Fiona et Owen.

— Alors tu ne t'ennuies pas trop avec nous ? demande Fiona à Ruby d'un ton sirupeux.

— Pas du tout, je trouve ça très intéressant. J'apprends beaucoup de choses. Et je ne suis peut-être pas aussi engagée que vous, mais j'ai toujours été sensible à la préservation de la planète et au sort des animaux, alors je suis contente d'être là.

— Le sort des animaux ? Venant de la part d'une fille qui garde un perroquet en cage dans son appart, je trouve ça précieux, ricane Owen alors que le visage de Ruby se ferme.

— Owen, le menacé-je pour qu'il n'en rajoute pas.

Mais au lieu de s'arrêter là, mon ami renchérit :

— Quoi, y'a que la vérité qui blesse. Tu sais très bien comment c'est, Adam. Les gens te disent qu'ils veulent protéger l'environnement alors qu'en vérité, ce sont tous des hypocrites, Ruby comme les autres. Je ne fais qu'énoncer la vérité.

Je le saisis par le bras et le tire derrière moi pour l'écarter des filles.

— Putain ! C'est quoi ton problème à la fin ? lui demandé-je.

Il se contente de me fusiller du regard.

— C'est quoi ? Une façon de se venger parce qu'elle t'a repoussé ? Je n'ai rien dit quand tu m'as avoué qu'elle te plaisait car j'estimais que c'était à elle de faire son choix. Mais manque-lui de respect une fois de plus et c'est mon poing dans la figure que tu te prendras !

Il a la décence de paraître gêné.

— Pardon mon pote, dit-il. Ce n'était pas mon intention de lui manquer de respect ou quoi que ce soit. Je suis juste peut-être un peu… jaloux ?

— Ce n'est pas auprès de moi que tu devrais t'excuser, mais auprès d'elle.

Il acquiesce et se dirige vers ma copine. Une clameur monte de la foule, je relève la tête en direction de l'entrée du bâtiment. Des hommes en costume sont en train de sortir, je ne peux m'empêcher de les dévisager.

Alors que la plupart sortent rapidement pour rejoindre les voitures avec chauffeurs qui les attendent, il en est un qui observe la foule. Lorsque son regard croise le mien, c'est comme si on me coupait le souffle. Je savais qu'il y avait une possibilité qu'il soit là, mais entre la théorie et la réalité, il y a une différence. Et clairement, je ne m'y étais pas préparé.

33

Ruby

Au moment où Owen s'excuse, un groupe sort du building de l'API. Ils sont en costumes sombres pour la plupart et, à en juger par leur apparence, ils ont l'air d'être importants.

Les huées de la foule font un vacarme assourdissant et la plupart de ces personnes se précipitent vers leurs voitures parquées derrière une barrière de sécurité. Il en est un cependant qui s'attarde et qui observe la foule, comme s'il y cherchait quelqu'un. Grand et large d'épaules, il a une prestance renforcée par ses cheveux grisonnants coiffés en arrière. De là où je suis, je ne distingue pas ses traits dans les détails, mais je peux deviner qu'il est assez bel homme. Mais il a cette posture et cet air fermé qui lui confèrent une certaine froideur.

— Merde, grogne Owen.

— C'est lui, non ? demande Fiona.

Owen ne lui répond pas mais tous deux tournent la tête en direction d'Adam. Je fais de même et découvre que le visage de mon petit ami arbore une expression fermée.

Il a l'air tendu et ses poings sont serrés alors qu'il soutient le regard de l'homme en costume.

Je n'ai pas le temps de poser de questions à qui que ce soit, une déflagration se fait entendre et la seconde suivante, une vitre du bâtiment explose. Des cris retentissent et un mouvement de panique traverse la foule. Dans le chaos, on saisit ma main, je me rends compte rapidement qu'il s'agit d'Adam.

— Tu te rappelles quand je t'ai parlé de courir ? Eh bien, c'est maintenant ! hurle-t-il pour se faire entendre.

Il m'entraîne en direction de la route. Je lâche ma pancarte et manque de peu de me faire percuter par celle de quelqu'un d'autre. Heureusement, Adam veille au grain et la dégage d'un geste de la main.

— Viens ma puce, et surtout ne lâche pas ma main !

Nous traversons et une fois de l'autre côté, nous courons de plus belle. Fort heureusement, le trafic est figé, ce qui nous permet de nous faufiler à travers la circulation sans trop d'encombre. La foulée d'Adam est rapide et je n'ai jamais été aussi heureuse d'être entraînée à courir.

— On va retourner à la camionnette, annonce mon petit ami.

— Tu crois que c'est une bonne idée ?

— La police va ratisser le quartier. Au moins, si on se planque à l'arrière, on sera à l'abri.

Je ne m'oppose pas à sa suggestion, après tout c'est lui *l'expert*. Alors, quand nous rejoignons le van et qu'il ouvre la porte arrière, je grimpe sans me poser de questions. Il me suit et claque la portière derrière lui. Je me laisse tomber sur le matelas qui y est installé tandis qu'il reste assis, adossé à la porte. Adam m'a expliqué qu'il l'utilisait parfois lorsqu'il partait surfer quelques jours.

— Pfff quelle course ! dis-je en reprenant mon souffle.

— Tu t'en es sortie plutôt pas mal, commente-t-il.

— Heureusement, j'ai enfilé mes baskets ce matin.

— Désolé, je ne pensais pas que ça tournerait mal. Ce genre de manif est plutôt pacifiste, normalement.

Il change de position pour me rejoindre sur le matelas.

— Mais tu saignes ! m'exclamé-je en découvrant du sang sur son biceps.

— C'est juste une petite éraflure, dit-il en observant sa blessure. J'ai dû me faire ça en repoussant la pancarte. Il y a une trousse de secours dans la caisse à côté de toi, tu veux bien me la passer ?

J'ouvre la boîte et y trouve effectivement tout ce qu'il faut pour désinfecter et soigner la plaie.

— Tu as été scout ou un truc du genre ? Toujours prêt !

— Le surf, ma puce.

Il est vrai qu'il m'avait raconté s'être plusieurs fois blessé. Il tend la main mais au lieu de lui remettre le matériel, je m'installe à genoux face à lui.

— Tu t'es occupé de mon pied la dernière fois, c'est à mon tour de prendre soin de toi, annoncé-je.

— Qui suis-je pour refuser l'aide d'une si jolie infirmière ?

Je sens le rouge me monter aux joues. Même dans une situation qui n'a rien de glamour, il arrive encore à me faire des compliments.

Je sors le désinfectant et imbibe une compresse.

— Attention, ça risque de piquer.

— Si je suis sage, j'ai droit à une récompense ?

— On verra ça.

J'essaye de répondre avec sérieux mais son sourire charmeur m'en empêche et je sens mes lèvres s'étirer elles aussi.

— Je peux te poser une question ? demandé-je.

— Tu en as posé beaucoup aujourd'hui, mais je suppose que oui.

— L'homme en costume qui est sorti. Tu avais l'air de le connaître.

La posture d'Adam devient rigide et toute trace de gaîté disparaît de son visage.

— J'ai posé la question qu'il ne fallait pas, c'est ça ?

Il secoue la tête.

— Non, je suppose que ton interrogation est légitime.

Sauf que la réponse qu'il m'apporte me surprend :

— Il s'agit de mon père.

Je suis sans voix. L'homme en costume est son père ? Je ne m'attendais vraiment pas à cette réponse.

— Mais…

— Oui, ma puce. Mon père fait partie de l'API. Il est P.-D.G. de Peterson Industries, un groupe pétrolier et gazier implanté au Texas.

Le nom me dit vaguement quelque chose, mais ce n'est pas ce qui m'importe pour l'instant.

— Tu veux dire que ton père exploite du gaz de schiste ?

— Exactement. Quand je te disais que j'avais vu des choses… Ce n'était pas du bluff, Ruby. Mon père et ces types. Ils ne voient que par l'argent, le profit. Et ils se foutent de massacrer la planète pour les générations futures.

Je suis pensive. Je comprends pourquoi Adam en sait autant à propos du gaz de schiste.

— Tu es en froid avec ton père ?

Il lâche un rire sans joie.

— C'est un joli terme pour décrire notre relation. Mais oui, nous ne nous parlons quasiment plus depuis plusieurs années.

— Et pourtant, il te cherchait du regard tout à l'heure, non ?

— Oui, il sait que je suis souvent là dans ce genre de manifestation. Mais crois-moi, ce n'est pas dans une démarche bienveillante. Le fait que le seul héritier de son empire désapprouve ses idées est sa plus grande honte.

Héritier d'un empire ? Adam doit voir les rouages tourner dans ma tête car il s'amuse :

— Ma puce, si tu te dis soudainement que je cache bien mon jeu alors que je suis plein aux as, désolé de te décevoir mais je n'ai pas un rond. Mon père m'a coupé les vivres dès que je me suis opposé à lui.

— Mince alors, moi qui me voyais déjà en train de faire les magasins avec ta carte de crédit ! plaisanté-je.

— Pour acheter un paquet de chips et un pack de bières, ça devrait aller, mais si tu as des envies de luxe…

Je pose ma main sur la sienne.

— Je me fiche vraiment du fait que tu sois riche ou pauvre.

— Je sais.

— Et je dirais même que si je veux quelque chose, je ne compte pas sur l'argent de mon mec pour me l'acheter. Je refuse d'être dépendante d'un homme.

Je garde pour moi que j'ai déjà donné et que je ne souhaite pas revivre ce genre de situation.

— Alors tu comprends facilement que je ne veux pas de celui de mon père. Surtout quand je sais comment il l'a gagné. J'aurais pu ouvrir ma boutique il y a longtemps si j'avais accepté son aide, mais je refuse de me corrompre et de bafouer mes valeurs pour me faciliter la vie.

— Et c'est tout à ton honneur.

Je caresse sa joue, ses yeux verts fixent mes lèvres, je crois qu'il va m'embrasser, mais il me surprend en déclarant.

— Il y a une dernière chose que tu devrais savoir au sujet de mon père. Si j'ai participé au piratage de Carter Corp., c'est en grande partie à cause de lui.

Celle-là, je ne l'avais pas vue venir. Je l'interroge du regard.

— Carter bosse avec Peterson Industries.

Je fronce les sourcils.

— Mais Peterson n'est pas spécialisé dans le pétrole et le gaz ? Quel est le lien avec les nouvelles technologies ?

— Peterson est un gros client de Carter. Alors ton P.-D.G. est bien content d'accepter leur fric, et pour cela de fermer les yeux sur leurs activités.

Cette annonce me fait un choc. Je ne sais plus quoi répondre.

— Je ne te raconte pas tout ça pour te faire peur. Je veux juste que tu connaisses la vérité.

Je hoche la tête.

— En tout cas, je suis vraiment content que tu aies été là. Sans toi, ça n'aurait pas été pareil.

— J'aurais raté une occasion de courir poursuivie par les flics ! Décidément, la vie avec toi, c'est plutôt… rempli d'inattendu !

Il m'attire un peu plus vers lui et dépose un baiser dans mes cheveux.

— Encore désolé pour ça…

Je me love contre son torse.

— Adam, je crois que l'adrénaline me donne encore plus envie de toi qu'en temps normal, chuchoté-je contre sa poitrine.

Il se contente de me répondre en faisant jouer ses lèvres sur les miennes. Ce toucher soyeux me procure des décharges dans tout le corps et j'entrouvre ma bouche avec plaisir pour que sa langue se faufile contre la mienne. Adam plonge ses doigts dans mes cheveux, je grimpe sur ses cuisses. Il grogne. Malgré son jean et mon short, ce contact m'électrise et, à en croire le renflement sous sa braguette, il n'est pas indifférent à mon assaut.

— Ma puce, j'ai une petite idée de la façon dont on pourrait tuer le temps en attendant que les routes se dégagent, murmure-t-il avant d'embrasser mon cou.

Ses mains glissent sous mon haut, ma peau se pare de chair de poule. J'agrippe son tee-shirt dans l'idée de le faire disparaître, quand soudain on frappe trois coups brefs, mais intenses à la porte de la camionnette, et qu'une voix crie à travers la paroi de métal :

— Police ! Ouvrez cette porte immédiatement et sortez du véhicule !

34

Ruby

— Police ! Ouvrez cette porte immédiatement et sortez du véhicule !

Je fais littéralement un bond et manque de me cogner contre le toit du van. Alors que je suis terrifiée, Adam éclate de rire. Je le dévisage, éberluée, ne comprenant pas ce qu'il y a de drôle, la police est là !

— Oh ma puce, tu verrais ta tête !

Je me doute que je dois être pâle à faire peur, mais qui ne le serait pas juste avant de se faire arrêter par les flics ?

Il actionne la poignée de la portière arrière et quelle n'est pas ma surprise de découvrir, non pas des agents, mais… Fiona et Owen ?

Ce dernier nous regarde avec un air entendu.

— J'ai comme l'impression que je viens d'interrompre quelque chose ? demande-t-il en nous regardant tour à tour.

Je m'en veux de ne pas avoir reconnu sa voix mais dans le feu de l'action… Je grommelle :

— Tu te crois drôle ?

Adam me fait signe de monter à l'avant de la camionnette alors que Fiona et Owen prennent place sur la banquette arrière. Mon petit ami s'installe quant à lui au volant :

— Tu as vraiment cru que c'était la police ? me questionne-t-il.

— Ben oui ! Qu'est-ce que j'en sais, moi ? Je n'ai jamais eu affaire à eux !

— Ça, on s'en doutait, miss Sainte Nitouche, commente Owen. C'est pour ça que ça valait le coup d'essayer.

Je ne relève pas sa remarque et demande plutôt à Adam :

— Tu t'es déjà fait arrêter ?

— Oui, quelques fois. Mais ce n'est pas illégal de manifester dans ce pays, alors ils ne peuvent pas faire grand-chose. Le pire qui me soit arrivé, ce sont quelques heures passées au poste pour m'être enchaîné devant le département de l'Énergie avec quelques amis. Mais après nous avoir sermonnés et avoir vérifié nos identités, ils nous ont relâchés.

Adam a l'air plutôt amusé par la situation, mais moi je ne peux m'empêcher de penser aux conséquences s'il se faisait prendre dans l'histoire du piratage chez Carter. Il ne s'en sortirait pas seulement avec quelques heures de garde à vue et une tape sur les doigts. C'est plutôt un séjour en prison fédérale qui lui pend au nez.

Nous prenons la route et le trajet est moins enjoué qu'à l'aller. La présence d'Owen et de Fiona me met quelque peu mal à l'aise. Je me laisse donc glisser vers le sommeil, épuisée par les événements de la journée.

***

La semaine est plutôt calme. À cause de nos emplois du temps respectifs, nous ne pouvons pas nous voir, Adam et moi. Mais il me promet de m'emmener à une soirée le week-end suivant. Le samedi matin, j'embarque Lisa dans une virée shopping sous prétexte de me trouver une nouvelle robe. C'est aussi l'occasion pour nous deux de papoter un peu. D'ailleurs, mon amie me taquine sur le fait que je ne lui consacre pas beaucoup de temps en ce moment.

— J'ai bien compris que tu préférerais la compagnie d'Adam et ses amis, dit-elle en faisant mine d'être vexée.

— Pour être totalement honnête, j'adore passer du temps avec Adam mais je ne suis pas certaine que j'inclurais ses amis à la liste.

— Pourquoi ? Ils sont si terribles que ça ?

— Eh bien, Colin et Doris ne sont pas ce qu'on peut appeler des êtres très sociaux et ensuite, il y a Fiona…

— Celle qui te faisait croire qu'Adam était sa chasse gardée ?

J'acquiesce et ajoute :

— Et sinon, il y a Owen.

— C'est quoi le problème avec lui ?

Je mets un peu de temps avant de lui répondre, ce qui pique davantage sa curiosité.

— C'est compliqué à expliquer… Il agit de façon étrange avec moi. Au départ, je pensais que c'était pour protéger Adam. Puis, je croyais qu'il ne m'appréciait tout simplement pas…

Lisa hausse un sourcil, ne voyant certainement pas où je veux en venir, alors je lui révèle d'une traite :

— Il y a quelques jours, il m'a avoué être attiré par moi.

— Vraiment ?

— Oui, c'était très bizarre. Il a même débarqué chez moi pour qu'on dîne ensemble.

— Et Adam… il est au courant ?

— Oui.

Elle écarquille les yeux.

— Et il en dit quoi ?

— Crois-le ou non, ils en ont parlé et Adam m'a dit que c'était à moi de choisir.

— Eh bien ! Il a un sacré sang-froid ton copain. Meilleur ami ou pas, il y en a qui se sont fait étriper pour moins de ça !

— Je sais et quelque part, je trouve ça beau qu'ils soient capables de discuter comme des adultes de ce genre de chose.

— Et comment Owen a pris ton rejet ? Car je suppose que tu lui as répondu non.

— Il a eu l'air d'accepter. Mais je ne sais pas, une fois ça va et l'instant d'après, il se comporte comme un vrai con. À Washington l'autre jour, il s'est moqué de moi, Adam l'a recadré et deux minutes après, il s'est excusé à plate couture. Il avait vraiment l'air sincèrement désolé de m'avoir fait de la peine, j'ai du mal à suivre.

Lisa réfléchit puis suggère :

— Il est blessé. Parfois, sa colère doit lui faire dire ou faire des choses qu'il ne maîtrise pas vraiment. Après tout, ça ne doit pas être facile de voir la fille qui te plaît sortir avec ton pote.

— Surtout que ce n'est pas la première fois.

— C'est-à-dire ?

— Il était en couple avec Fiona et ils se sont séparés car elle était amoureuse d'Adam.

— Ouch ! Le pauvre gars n'a vraiment pas de chance ! Mais c'est bien ce que je pensais. Laisse-lui un peu de temps, ça ira mieux quand il aura tourné la page.

— Tu as probablement raison.

— Encore mieux, aide-le à rencontrer quelqu'un ! Est-ce qu'il est mignon ?

— Je suppose, dis-je en haussant les épaules.

Elle étrécit les yeux en un regard signifiant : *Tu peux mieux faire.*

— Oui, OK, il est pas mal. Si tu aimes les grands bruns ténébreux à l'allure de mauvais garçons, il est même plutôt craquant. Il dégage quelque chose de mystérieux.

Les yeux de Lisa pétillent.

— Et où est-ce qu'on peut le rencontrer, ce mystérieux beau gosse ?

Je lui assène une petite tape sur le bras.

— Eh ! Je croyais que tu avais rencontré quelqu'un la semaine dernière !

— Oui, mais j'ai toujours eu un faible pour les bad boys ! Est-ce qu'il est tatoué ?

— Oui. Tu es vraiment incorrigible, Lisa !

Ma meilleure amie éclate de rire et nous continuons nos emplettes. Fort heureusement, elle oublie bien vite le sujet Owen et nous passons une excellente journée ensemble.

Le soir, j'enfile la petite robe d'été que je me suis achetée. Adam m'a dit au téléphone que la soirée serait plutôt décontractée, nous allons chez Derreck, mais cela ne m'empêche pas de porter attention à ma tenue. Comme à chaque fois que j'ai rendez-vous avec lui, j'ai envie de le surprendre et qu'il ne puisse pas détacher ses yeux de moi. Et au moment où je lui ouvre, je sais que j'ai réussi mon pari.

35

Adam

— Wahou, tu es ravissante !

Les mots m'échappent. Ruby porte une robe fluide couleur corail qui met en valeur sa peau dorée. Ses yeux noisette sont soulignés de tons bruns qui les rendent magnétiques. Ses boucles ondulent gracieusement sur ses épaules et dans son dos. Je l'attire vers moi.

— J'ai une proposition : au lieu de sortir, tu me laisses entrer chez toi pour que je sois le seul à profiter de cette vision enchanteresse.

— Alors qu'il m'a fallu tout ce temps pour me préparer et que tu vas tout ruiner en cinq minutes ? Hors de question, répond-elle.

Je ne résiste pas à l'envie de passer ma main sous sa jupe évasée et de la faire glisser le long de sa cuisse.

— J'aime beaucoup cette robe, annoncé-je.

Elle me sourit, sachant très bien que c'est surtout l'accès facilité à ce qu'il y a en dessous que j'apprécie.

— J'en suis ravie. Maintenant, laisse-moi prendre mon sac, on va être en retard.

J'ai envie de rétorquer que Derreck se fout bien qu'on soit à l'heure ou pas chez lui. Mais au lieu de ça, je la bloque dans mes bras pour l'embrasser comme il se doit. Je n'ai peut-être pas le droit de faire autre chose pour l'instant, mais il est hors de question que je quitte cet appartement sans au moins un baiser. D'ailleurs, la petite lueur qui brille dans son regard lorsque je termine celui-ci m'indique que si j'insistais un peu, elle pourrait bien changer d'avis. Mais j'ai promis à mon pote d'être là, alors…

***

Avant d'arriver chez Derreck, j'avais prévenu Ruby que le gars est une sorte d'adolescent éternel. Mais quand nous passons la porte de chez lui, je me rends compte qu'elle n'avait pas mesuré à quel point. Mon ami fait partie de ce genre de personnes pour qui le summum du cool est de posséder la plus grosse vitrine de figurines Dragon Ball Z ou la plus impressionnante collection de posters Star Wars. Alors, disons que ça se reflète dans sa déco. Ajoutons à cela que c'est un énorme geek et un gameur. Il vit donc entouré d'ordinateurs, consoles et appareils électroniques en tout genre. On se croirait dans un épisode de *The Big Bang Theory*.

D'ailleurs, alors que son salon est occupé par une dizaine de personnes déjà, lui est installé derrière son écran d'ordinateur. Ou devrais-je dire, ses écrans, car il en a six.

— Qu'est-ce qu'il fait avec tout ce matériel ? demande Ruby, impressionnée.

— Va savoir. Lui te dira que ce n'est qu'une petite installation.

— Il s'entendrait bien avec Colin, fait-elle remarquer.

Je ne relève pas, mais dans ma tête je me dis qu'il y a peu de chances que les deux hommes s'entendent. À la place, je l'entraîne vers le maître des lieux pour aller le saluer.

— Ah ! Vous êtes là ! s'exclame Derreck. J'en ai pour deux minutes, la course est bientôt finie.

Mon ami relève à peine les yeux de son écran pour nous regarder. C'est un joueur compulsif et un parieur, malheureusement.

— Laisse tomber les courses hippiques, tu vas perdre de toute façon, comme à chaque fois, annoncé-je.

Il rouspète :

— Mais pas du tout. Mais tu sais comment est la chance : volatile. Un instant, elle est là, et ensuite elle disparaît. Il faut juste savoir saisir le bon moment.

Je ne renchéris pas, je sais que c'est peine perdue. À la place, je lui demande :

— Tu te souviens de Ruby, ma copine ?

Derreck relève la tête et comme je m'en étais douté, il ne s'était pas rendu compte de la présence de cette dernière. Il fronce le nez.

— Comment oublier que tu fricotes avec l'ennemi ?

Venant de quelqu'un comme Owen, cette remarque ne m'aurait pas étonné. Mais Derreck est un gars plutôt cool en temps normal et il avait eu l'air d'apprécier Ruby quand il l'a croisée chez Carter Corp. ou à Montauk. J'assène une tape sur l'arrière du crâne de Derreck pour montrer ma désapprobation mais ma puce n'a pas besoin de moi pour se défendre.

— Une ennemie qui vous a rendu un grand service, je crois me rappeler, persifle-t-elle.

— Ne le prends pas mal. Tout le monde se fait avoir un jour ou l'autre. Chez Carter Corp., c'était toi.

Ruby semble étonnée qu'il aborde de façon si libre le piratage alors que la pièce est pleine de monde. Elle me lance un regard nerveux.

— T'inquiète pas ma puce. Ce sont des potes de surf, mais qui font partie également de nos autres... activités, dirons-nous.

Je ne suis pas certain que cette information la rassure beaucoup. Mais elle finit par s'amuser de la situation.

— Ce n'est pas dangereux de m'emmener ici ? De me permettre de voir le visage de tous ces dangereux activistes, plaisante-t-elle.

— J'ai confiance en toi.

— Je pourrais très bien réclamer d'être payée en échange de mon silence.

— Ça dépend quelle monnaie d'échange tu demandes, je pourrais me sacrifier pour la cause.

Je resserre mon emprise sur sa taille pour la rapprocher de moi. Je lui glisse à l'oreille.

— Je veux même bien être ton prisonnier si...

— Oh s'il vous plaît ! Allez faire vos cochonneries ailleurs, râle Derreck que je croyais trop occupé avec ses écrans pour faire attention à nous. Mes yeux et mes oreilles sont purs, je n'ai pas besoin d'assister à ça.

— Tu parles, ils sont aussi purs qu'une fosse à purin, raillé-je.

Mais pour éviter que mon ami n'en rajoute, je propose :

— Vous voulez boire quelque chose tous les deux ? Je vais vous chercher un verre.

Ils acceptent et je m'éloigne pour me rendre au bar.

36

Ruby

Alors qu'Adam est parti nous chercher à boire, Derreck s'adresse à moi :

— Tu sais, je ne suis pas certain de vouloir te faire confiance.

— Pardon ?

Il désigne Adam du menton.

— Il a dit qu'il te faisait confiance pour ne pas le trahir, mais moi je ne suis pas sûr que ce soit une bonne idée.

Je croise les bras sur ma poitrine.

— Ah oui, et pourquoi au juste ? Si je me souviens bien, c'est vous qui m'avez utilisée, pas l'inverse. Ce n'est pas moi qui suis venue vous chercher.

— C'est vrai. Mais tu pourrais très bien vouloir te venger. On m'a toujours dit de me méfier d'une femme en colère.

— J'ai dépassé le stade de la colère en ce qui concerne Adam. Mais je ne peux pas en dire autant à ton sujet, argué-je d'un ton cassant.

Derreck m'observe pour essayer de déterminer si ce sont des paroles en l'air. Je n'ai rien contre lui à la base, il a même plutôt l'air sympa. Mais je n'aime pas qu'on me prenne pour une simple d'esprit.

Il soupire.

— Je sais que ce n'est pas cool de ma part de te soupçonner. Mais mets-toi à ma place deux minutes. On t'entube avec le truc chez Carter Corp., et malgré ça tu reviens parmi nous. Tu pourrais très bien avoir été contactée par le FBI pour nous infiltrer.

Cette fois-ci, j'éclate de rire.

— Tu devrais arrêter les films d'espionnage, Derreck. Ça ne se passe pas comme ça dans la vraie vie.

— Dans la vraie vie, la plupart des gens ne s'introduisent pas dans une des boîtes les plus sécurisées du pays. Et pourtant, nous, on l'a fait.

Je sens une certaine fierté dans sa voix, alors je demande :

— C'est toi qui as concocté la petite production cinématographique à laquelle nous avons tous eu droit ?

— Mouais, enfin, pas tout seul. En revanche, c'est moi seul qui ai créé le virus pour le charger sur votre réseau et le programme qui m'a permis de récupérer les données, annonce-t-il sans une once de modestie.

— Si tu es un tel pro de l'informatique, je suppose que tu es tout à fait capable de faire une petite recherche sur moi pour voir si je suis vraiment clean.

— Qui te dit que ce n'est pas déjà fait ? demande-t-il.

J'essaye de sonder son regard pour voir s'il dit vrai et ce que j'y vois ne me plaît pas. J'ai la certitude qu'il a effectivement fait ses devoirs et je ne sais pas quoi en penser. Dans un sens, je comprends. Je fréquente son ami et j'en sais beaucoup trop sur leurs activités, cela fait de moi une menace. Mais savoir qu'il a fouillé dans ma vie privée… Qu'a-t-il découvert ? Et surtout, qu'a-t-il dit à Adam ?

Mais je me rends compte d'une chose. C'est que si Derreck ne me fait pas confiance, c'est qu'il n'a certainement rien trouvé digne d'intérêt. Et ça doit le mettre en rogne. Il n'a rien à se mettre sous la dent. Alors je plaque un sourire sur mes lèvres et balance :

— Je t'en prie, cherche autant que tu voudras.

Je comptais m'éloigner mais Adam choisit justement ce moment-là pour nous rejoindre. Et il semblerait qu'il ait entendu la fin de notre conversation.

— Elle est avec moi, Derreck. Si tu n'as pas confiance en elle, c'est comme si tu n'avais pas confiance en moi, déclare mon petit ami en me tendant un verre.

Derreck hausse les épaules. Il a perdu son air menaçant d'il y a quelques minutes.

— Je fais juste mon boulot. J'essaye de vous protéger. Le prends pas mal Ruby, mis à part ça, je trouve que tu es une fille plutôt chouette.

Je lui adresse un sourire forcé. Il lève son verre dans ma direction et je fais de même. Mais deux secondes plus tard, la déception se lit sur le visage de Derreck alors qu'il fixe son écran.

— Oh non ! J'ai encore perdu !

— Tu vois, qu'est-ce que je disais ? argue Adam. Tu ferais mieux d'arrêter de jouer avec ces trucs.

Devant la grimace de Derreck, nous éclatons de rire. La conversation prend un tournant plus léger et je dois admettre que Derreck n'est pas un mauvais bougre. Il est même plutôt drôle quand il veut.

L'ambiance change peu à peu dans la pièce. Le volume de la musique augmente, quelques filles se mettent à danser. Il y a beaucoup plus de monde que lorsque nous sommes arrivés.

Je m'approche du buffet pour aller grignoter quelque chose. Après deux verres de punch, j'ai déjà la tête qui tourne. Alcool et ventre vide ne font jamais bon ménage chez moi.

— Salut Ruby.

Je suis surprise de croiser Owen. Adam ne m'avait pas dit qu'il serait là. En même temps, vu que les gens présents sont des potes du surf et de Safeplanet, j'aurais pu m'en douter.

— Salut.

Comme à son habitude, il me dévisage de façon intense et en silence. Je fais de même, ne voulant pas montrer qu'il m'intimide. Lisa serait ravie si elle était là. Dans cette position, il est l'archétype du bad boy mystérieux et dangereux. Dans d'autres circonstances, qui sait, j'aurais peut-être pu craquer pour lui. Mais quand je le vois, mon cœur n'accélère pas comme lorsque j'aperçois Adam, je ne frissonne pas au son de sa voix.

— Tu danses avec moi ? demande-t-il.

Danser n'est certainement pas une activité que j'aurais mise sur la liste de celles qu'Owen affectionne. Du coup, je le regarde, interdite.

— Danser, Ruby. Tu sais, ce truc où tu bouges ton corps sur la musique.

Dans un premier temps, j'aurais pu accepter. Mais une fois de plus, Owen gâche tout à cause de sa façon bien à lui de se moquer de moi.

— Non merci, je n'en ai pas envie.

Je m'apprête à partir mais il me retient par le bras. Je le fusille du regard et répète :

— J'ai dit non, Owen.

Il me relâche sans un mot. Pas d'humeur à devoir l'affronter au cas où il reviendrait à la charge, je pars en direction des toilettes. Mais on dirait qu'il n'y a pas que Derreck qui ne soit pas en veine ce soir, car dans le couloir, je rencontre Fiona. C'est comme tomber de Charybde en Scylla, et la vipère brune n'a pas l'intention de me laisser tracer ma route sans me mordre.

— Il te les faut tous, n'est-ce pas ? balance-t-elle avec dédain.

Je pense savoir à quoi elle fait allusion mais je joue les idiotes.

— Je ne vois pas de quoi tu parles.

— Oh, je crois qu'au contraire, tu sais exactement de quoi je parle. Je vois clair dans ton jeu. Tu fais partie de ces filles que ça excite, quand deux mecs se battent pour elle. Ça te plaît de voir Owen baver devant toi alors qu'Adam vénère le sol que tu foules. Tu ne te rends pas compte qu'à cause de ton comportement égoïste, tu es en train de foutre la merde entre deux amis de toujours. Et pire encore, tu menaces notre groupe.

Je prends une grande inspiration et m'exhorte au calme.

— Je ne fais rien pour inciter Owen à me courir après. Mais comme tu le fais si bien remarquer, lui et Adam sont potes, donc il est un peu compliqué à éviter. D'autant que je ne souhaite pas éloigner Adam de ses amis, contrairement à ce que tu crois.

Et comme j'en ai plus qu'assez de me prendre la tête avec elle à chaque fois que je la croise quelque part, j'ajoute :

— Adam n'est pas amoureux de toi, Fiona. Il te l'a dit, maintenant c'est à toi de grandir un peu et de nous laisser tranquilles.

— Comment je peux vous laisser tranquilles alors que tu vas détruire tout ce que l'on essaye de construire depuis des années ? Adam nous met tous en danger en te dévoilant nos activités.

Elle m'adresse un regard dédaigneux.

— Tu parles d'une militante de pacotille. T'es qu'une princesse pourrie gâtée. Je ne comprends même pas qu'Adam t'ait mise au courant.

— Pour ta gouverne, sache que c'est plutôt Owen qui m'a mise sur la voie. Et encore, pas volontairement, j'ai reconnu ses yeux.

Elle ricane et s'approche de moi.

— Ah oui, et comment ça se fait que tu reconnaisses si facilement le regard d'Owen ? Tu crois que je n'ai pas remarqué la façon dont tu l'observes ? Et qu'est-ce qu'Adam penserait de tout ça, si j'allais le lui dire ?

Je serre les poings mais m'abstiens de lui répondre, je suis au bord de la rupture.

— Traînée, murmure-t-elle.

C'est le mot de trop, sans même que j'y réfléchisse, ma main se dresse et je lui assène une claque dont la violence m'étonne moi-même. Fiona porte sa paume à sa joue et me regarde avec des yeux ronds. Mais la surprise est de courte durée car la seconde d'après, elle se jette sur moi en poussant un cri de guerrière. Elle me saisit les cheveux et me fait basculer. Mon dos heurte violemment le sol alors qu'elle se retrouve sur moi. Mais au lieu d'être sonnée, je réagis au quart de tour. Je la fais rouler et grimpe sur elle pour l'immobiliser.

— Répète un peu ce que tu as dit ! hurlé-je à une Fiona loin d'avoir rendu les armes.

Elle se débat et un sourire mauvais ourle ses lèvres.

— Tu n'es qu'une petite conne qui mérite qu'on s'occupe de son cas.

Ma main me fait un mal de chien mais je suis tellement furieuse que la douleur m'importe peu. Fiona me griffe les bras, je m'apprête à lui asséner un autre coup mais quelqu'un glisse ses paumes sous mes bras et me soulève, m'arrachant à ma victime.

37

Adam

Owen relève Fiona alors que je plaque Ruby contre mon torse. Tout son corps est tendu de rage, elle ne se débat pas, mais si je la laissais libre de ses mouvements, je sais qu'elle ressauterait à la gorge de mon amie.

— Ma puce, calme-toi, chuchoté-je contre son visage.

Les invités de la soirée ont stoppé leurs conversations pour nous observer. Personnellement, je m'en moque, mais je ne suis pas certain que Ruby ait conscience que son petit show a attisé leur curiosité. Alors, je l'entraîne à l'abri des regards dans la pièce la plus proche : la salle de bains.

Quand je l'installe à côté du lavabo, elle me foudroie du regard. Je suppose qu'elle m'en veut de l'avoir arrêtée avant qu'elle n'ait eu l'occasion de réduire Fiona en charpie. J'éclate de rire.

— Jc nc vois vraimcnt pas cc qu'il y a dc drôlc, déclare-t-elle.

— Oh ma puce, cette démonstration que tu viens de me faire, c'était quelque chose !

Je m'approche un peu plus et m'installe entre ses jambes.

— Tu sais que tu es ultra séduisante quand tu es déchaînée comme ça, ajouté-je avant de déposer un baiser sur sa joue.

Elle esquisse un léger sourire.

— Pardon pour ça, je n'étais plus capable de me contrôler. Je crois que la dernière fois que je me suis battue, c'était dans la cour de récré et j'avais huit ans.

J'ai envie de tout savoir sur cette bagarre enfantine, mais elle écarte ses doigts en grimaçant, ce qui attire mon attention.

— J'avais oublié que ça faisait aussi mal, déclare-t-elle.

Je saisis sa main, vérifie qu'il n'y a aucune blessure grave et la porte à ma bouche, embrassant chaque jointure. Ruby m'observe faire en mordillant sa lèvre inférieure. Je lui avoue d'une voix rauque :

— C'est la première fois qu'une femme se bat pour moi. Et honnêtement, c'est hyper sexy.

Elle soupire.

— Ça t'amuse, mais moi j'en ai plus qu'assez qu'elle revienne encore et encore avec la même rengaine. Elle n'a toujours pas compris, Adam.

Je lâche sa main pour prendre son visage en coupe. J'ai besoin qu'elle soit concentrée à fond sur ce que je vais lui dire :

— Bébé, je t'aime, je suis tout à toi. Fiona pourra faire ce qu'elle veut, c'est fichu d'avance.

Ses yeux sont encore baignés d'incertitude, donc j'ajoute :

— Il n'y a que toi qui me fais cet effet-là.

Je dépose un baiser dans son cou, elle ferme les yeux. Je poursuis mon exploration de cette zone, qui je sais est si sensible chez elle.

— Je ne peux pas croire qu'aucune femme ne s'est jamais battue pour toi. Même pas parmi tes groupies ?

— Si c'est le cas, je ne suis pas au courant. Et même, cela n'aurait rien changé, car elles n'auraient pas été toi.

Je ponctue ma phrase en saisissant sa bouche de la mienne. Nous échangeons un baiser passionné. Ruby gémit et cela me rend fou.

— J'ai envie de toi, ma puce.

— On est dans une salle de bains, me rappelle-t-elle.

— Et alors ? Où est passé ton goût de l'aventure ?

— Il y a plein de gens juste à côté.

— Tu n'auras qu'à essayer d'être discrète.

La vérité, c'est qu'elle pourrait bien crier tout son soûl, ça ne pourrait que me rendre plus fier. Un instinct primaire me donne l'envie de prouver à tous ici que cette femme merveilleuse est à moi. Cette femme qui n'hésite pas à se battre et qui ne cesse de me surprendre jour après jour.

Alors que je parcours son visage avec mes baisers, ses appréhensions sont vite oubliées. Elle glisse ses mains sous mon tee-shirt, caressant mon ventre, mon torse. Je remonte le bas de sa robe et fais courir mes paumes sur ses jambes graciles, ses cuisses. Mes doigts rencontrent une barrière de dentelle déjà humide, ils en dessinent le contour.

La respiration de Ruby accélère. Je repousse le tissu de sa culotte et faufile un doigt dans ses replis. J'ai la confirmation que je ne suis pas le seul à être excité par le moment. Je trouve son clitoris, le contourne lentement.

— Adam, gémit-elle.

— Ma puce, tu me rends complètement fou.

Et pourtant mes paroles n'ont jamais été plus sensées. Cette femme qui est là, dans mes bras, est capable de me mettre à genoux avec un simple sourire. Je ne me reconnais plus, moi qui m'étais promis de ne plus jamais laisser personne atteindre mon cœur. En construisant des barrières tout autour, je pensais me protéger. Mais Ruby a su les faire tomber les unes après les autres. Par sa douceur, sa bienveillance, des qualités qui s'étaient faites rares autour de moi. Sans même que je ne m'en aperçoive, elle est devenue indispensable à mon équilibre et je veux tout faire pour devenir le sien. Je veux être le responsable de ses joies, repousser ses peines. Lui devenir aussi essentiel que l'air qu'elle respire, car la réciproque est déjà vraie. Alors, quand elle s'abandonne dans mes bras, saisie par l'orgasme, je ne peux m'empêcher de penser que je suis le plus heureux des hommes. Car à cet instant, Ruby est mienne, comme je suis à elle.

***

Nous sommes de retour dans le salon et clairement, quelque chose a changé dans l'ambiance de la soirée. On nous lance quelques regards en coin alors que certains font tout pour nous éviter. Je doute que notre prestation dans la salle de bains soit passée totalement inaperçue.

Ruby a eu beau essayer de sauver son maquillage, il y a d'autres preuves évidentes pour lesquelles elle n'a rien pu faire. Comme ses joues rouges et son teint radieux qui contrastent sérieusement avec son humeur quelques minutes auparavant. Pour ma part, je n'essaye même pas de me cacher. Mes cheveux portent encore la marque des assauts des doigts de ma copine. D'ailleurs, Derreck ne s'y trompe pas :

— Vous avez fait des trucs dans ma salle de bains, dit-il d'un ton accusateur.

Je n'arrive pas à réprimer mon sourire.

— On va dire que ton lavabo a connu de l'action comme il ne doit pas en voir souvent, chuchoté-je pour que Ruby n'entende pas ma fanfaronnade.

Elle en serait mortifiée.

— Tu me fais regretter de ne pas avoir mis de caméras là-bas.

— Pervers ! rétorqué-je.

Je n'avoue pas que si j'ai choisi la salle de bains, c'est justement que je savais que ce devait bien être la seule pièce sans surveillance de l'appartement. Je n'ai pas envie que Derreck ou qui que ce soit d'autre puisse mater Ruby dans cet état.

Je m'apprête à demander à cette dernière si elle veut une bière, mais l'ordinateur de Derreck bipe dans notre dos et attire notre attention à tous.

Des séries de 1 et 0 défilent sur les écrans. Cela ne m'invoque rien, mais mon pote geek s'exclame :

— Punaise ! Quelqu'un s'est infiltré sur mon réseau !

Il se précipite vers sa machine et tape furieusement sur son clavier alors que des lignes de code continuent de défiler.

— Putain ! C'est qui ce connard ? Sors de chez moi !

Un mauvais pressentiment me saisit, je lance un regard en direction de Ruby et je jurerais qu'elle pense à la même chose. Alors qu'elle se rapproche de moi, elle est blanche comme un cachet.

— Qu'est-ce qui se passe, Adam ?

— Aucune idée, réponds-je avant de demander à Derreck : Tu n'arrives pas à le virer ?

— D'après toi, qu'est-ce que j'essaye de faire ? Je ne sais pas qui c'est, mais le mec est sacrément bon.

Il règne un silence de mort dans la pièce, tout le monde a les yeux rivés sur les écrans de Derreck qui se brouillent subitement. La seconde d'après, une voix retentit :

— Je vous ai trouvés, bande de connards… Maintenant, que la fête commence !

Ruby et moi, nous nous tendons, je vois Owen à côté de moi blêmir. Nous avons tous trois reconnu ce timbre très caractéristique. Et au cas où nous aurions un doute, la seconde qui suit le visage de Colin apparaît sur les écrans.

38

Ruby

Les six écrans de Derreck affichent tous la même image : celle d'un homme aux yeux bleu métallique et aux longs cheveux noirs.

Colin.

Le batteur des Nightmareden arbore un petit rictus qui trahit sa satisfaction. Quelqu'un demande :

— Est-ce qu'il peut nous voir ?

— Non, assure Derreck. Et je viens de déconnecter tout le système de vidéosurveillance pour être certain qu'il ne puisse pas l'activer à distance.

Le visage de Colin disparaît, on dirait que Derreck a repris contrôle de son ordinateur, mais pourtant il continue de taper des lignes dans un langage inconnu de moi.

— Tu sais ce qu'il a pu trouver ? demande Owen.

— C'est trop tôt pour savoir à quoi il a eu accès, lui répond Derreck.

— Mais tu crois qu'il en a suffisamment pour nous démasquer ? demande Adam.

— Punaise ! J'en sais rien ! Colin est sacrément bon et, crois-moi, il doit préparer son coup depuis plusieurs jours. Il a dû tout faire pour que je mette des heures à comprendre comment il a fait, et ce qu'il a pu prendre comme infos.

Je regarde Adam, pour quelqu'un qui ne le connaîtrait pas, il affiche un air calme. Mais je suis consciente qu'il est rongé par l'inquiétude. Il passe une main dans ses cheveux et m'adresse un regard nerveux.

— Il faut qu'on découvre ce qu'il a trouvé.

Mes mots me surprennent. Je n'ai jamais cautionné leur action chez Carter Corp. mais je ne souhaite pas qu'Adam se fasse démasquer. C'est certainement très égoïste de ma part, mais je serais capable de tout faire pour protéger mon petit ami.

Plusieurs paires d'yeux se tournent vers moi alors que je continue :

— Derreck peut chercher grâce à l'informatique, mais on connaît Colin. Il y a sûrement un moyen de le faire parler.

Adam déclare :

— Si je lui pose des questions, il risque de vite additionner les faits. Il sait déjà que je fais partie de Safeplanet, mais pour lui je ne participe qu'à des actions pacifistes. Si je me montre trop curieux au sujet de Carter Corp…

— C'est pourquoi il faut que ce soit moi qui l'interroge.

— Non Ruby ! Il est hors de question que tu sois mêlée à nouveau à ça, dit-il sur un ton sans appel.

Mais Owen insiste :

— Elle a raison, elle est beaucoup mieux placée que nous pour faire ça. Il se méfiera beaucoup moins si c'est quelqu'un qui travaille avec lui.

Adam le fusille du regard et Fiona ne peut s'empêcher de renâcler :

— On va vraiment confier notre destin à cette fille ?

Je ne prends pas la peine de lui répondre, l'heure n'est plus à la bagarre, même si elle ne semble pas avoir reçu le mémo. Je note cependant avec satisfaction sa lèvre tuméfiée. On entend Derreck grommeler à nouveau.

— Je pensais que Colin était avant tout un musicien. À quel moment il a le temps d'être en plus un hacker hors norme ? Le mec n'a laissé aucune trace !

Adam lui répond sur un ton qui trahit son admiration pour son ami, même dans ces circonstances :

— Colin n'est jamais à sous-estimer. Ce mec est un génie dans beaucoup de domaines.

— Est-ce que s'il découvre le pot aux roses, il y aurait moyen de négocier avec lui ? demandé-je avec peu d'espoir sur la question.

— Je le connais assez pour savoir qu'il ne se ralliera pas à notre cause. Ce que nous avons fait est un délit et à ses yeux, même si nous sommes ses amis, cela ne comptera pas dans la balance. Sans parler du fait qu'il est d'une grande loyauté envers Ryan Carter. Je ne connais pas tous les détails, mais Colin l'admire pour une raison. Et quand on connaît Colin, on sait qu'ils ne sont pas nombreux à être dans ce cas.

— Bref, on est dans la merde, résume Owen.

Je suis de plus en plus mal à l'aise. J'imagine le FBI débarquer d'un instant à l'autre ici ou même chez moi dans quelques heures. Adam me scrute du regard, je sais qu'il est conscient que je suis au bord de la panique. Mais j'essaye de me forcer à réfléchir. Il y a sûrement un moyen d'éviter au développeur de Carter Corp. de nous retrouver…

— Est-ce qu'il n'y a pas moyen d'écarter ses soupçons en l'incitant à regarder ailleurs ? proposé-je.

— C'est-à-dire ? demande Owen.

— On pourrait… je ne sais pas, je n'y connais pas grand-chose, mais est-ce qu'il n'y a pas moyen d'infiltrer à nouveau le système de Carter Corp. pour les envoyer sur une fausse piste ?

Derreck m'observe sans rien laisser paraître, mais j'ai l'impression que son cerveau est déjà en train de cogiter. Il finit par déclarer :

— Ce n'est pas con comme idée. Par contre, ça sous-entend qu'on risque d'avoir encore une fois besoin de tes services pour entrer chez Carter…

— OK, réponds-je avant qu'Adam ait le temps d'objecter.

— Derreck, je peux te parler en privé ? lui demande mon petit ami.

Ils s'éloignent en direction de la chambre de Derreck. Je ne doute pas qu'il va lui passer un savon en lui demandant de ne pas avoir recours à mes services. Je préfère ne pas m'en mêler, mais j'espère que Derreck saura faire entendre raison à mon amant.

Je suis seule avec Owen qui sirote sa bière.

— Sympa ton petit combat avec Fiona, il ne manquait plus que la boue pour parfaire le tableau, s'amuse-t-il.

— Pour que tu puisses te rincer l'œil ? Non merci.

— Joue pas les prudes, Ruby, vu les bruits dont vous nous avez régalés ensuite, pour la pudeur, on repassera.

Son ton est acerbe et je me rends compte qu'une fois de plus, prise dans l'euphorie du moment, je n'ai pas pensé à ce qu'Owen pourrait ressentir en nous entendant.

— Je suis désolée, Owen.

— Pas autant que moi.

Je pense qu'il va s'en tenir à ça, mais à ma surprise il ajoute :

— Je ne fais pas exprès d'être amoureux de toi, Ruby. Je sais que je n'en ai pas le droit et pourtant c'est bien le cas. Alors chaque jour, je me répète qu'il faut que je t'oublie, mais on dirait que c'est plus compliqué que ça. Car mon putain de cerveau ne fait que penser à toi, tout le temps. Si tu as une recette miracle pour empêcher ça, je suis preneur.

Son visage perd l'expression dure qu'il affiche si souvent. Ses yeux ambrés sont mélancoliques et quelque chose en moi a mal pour lui. J'ai envie de le réconforter, même si je sais que c'est certainement une très mauvaise idée. Je pose ma main sur son bras.

— Le temps, Owen, il n'y a que le temps qui te permettra de passer à autre chose.

Ses pupilles sont rivées sur mes doigts. Je m'apprête à les retirer mais il dépose son autre main sur la mienne.

— Si seulement tu pouvais être une immonde garce…

Il caresse ma main, celle qui a servi à frapper Fiona un peu plus tôt dans la soirée. Je le laisse faire car je crois qu'il a besoin de ce moment. Owen a toujours l'air sur la défensive et à cet instant, il dépose enfin son armure. Je ne connais pas grand-chose de lui, mais j'ai l'intuition que la vie ne lui a pas fait de cadeaux. J'espère juste que le futur lui réservera quelque chose de bien. Qu'une femme saura le comprendre et lui faire oublier ses démons.

Nous sommes près du bar improvisé et quelques invités ont un peu trop forcé sur l'alcool. L'un d'entre eux titube et me bouscule. Je perds l'équilibre, mais alors que je pense m'étaler de tout mon long, deux bras puissants me retiennent. Dans la précipitation, il me plaque contre lui. Mais l'odeur de son eau de Cologne n'est pas celle d'Adam et quand je relève les yeux vers mon sauveur, c'est ceux tourmentés d'Owen que je croise.

— Ruby, prononce-t-il d'une voix rauque.

Je suis assez près pour sentir son souffle sur mon visage. Tétanisée, je n'ai pas le réflexe de me dégager ni de dire quoi que ce soit. Je ne sais si Owen prend ça pour une invitation ou s'il se moque de mon accord, mais sa bouche se pose sur la mienne.

La seule chose que mon cerveau semble être capable de comprendre, c'est que c'est différent. Au-delà de la personne qui m'embrasse, ce baiser volé a un goût d'amertume, de désespoir. Peut-être est-ce la raison pour laquelle je ne le repousse pas ? Mais quand Owen se recule, je me rends compte qu'il ne lui a rien apporté si ce n'est un tourment supplémentaire.

— Je suis désolé, je n'aurais pas dû… je suis désolé, s'excuse-t-il avant de battre en retraite.

La seconde d'après, il disparaît dans le couloir. Je reste hébétée à regarder dans cette direction et à essayer de comprendre ce qui vient de se passer. Puis se met en place une lente prise de conscience : Owen vient de m'embrasser, là, au milieu d'un tas de gens, que j'avais momentanément oubliés. Fort heureusement, les invités de Derreck ont l'air d'avoir d'autres préoccupations que notre petit spectacle. Du moins, je le pense jusqu'à ce que je croise un regard vert et glacial depuis l'autre bout de la pièce : Adam.

Je l'ai déjà vu en colère mais ce que je lis sur son visage va au-delà de ce sentiment. Il a l'air blessé, déçu. Tout son corps est tendu par la rage qui doit le consumer. Sans perdre un instant, je me précipite dans sa direction. Me voyant faire, il tourne les talons, mais je réussis tout de même à le rattraper.

— Adam ! Attends !

J'attrape son bras, qu'il retire directement comme si je venais de le brûler. Il m'adresse un rictus mauvais que je ne lui connais pas.

— Ça t'a plu ? demande-t-il sans cacher le dédain qu'il ressent pour moi.

La mortification que je ressens est si profonde qu'il n'y a pas de mots pour la décrire.

— Je suis désolée, ce n'est pas…

— Ce que je crois ? finit-il pour moi. Je crois que c'est exactement ce que j'ai vu, Ruby.

— Je n'ai pas voulu…

— Ne me dis pas ça. Tu ne l'as même pas repoussé !

J'ouvre la bouche mais aucun son ne sort.

— C'est avec lui que tu veux être, c'est ça ?

— Mais non, tu sais bien que c'est faux !

Sa voix est déformée par la colère et l'émotion :

— Il y a une heure à peine, tu t'es battue avec Fiona car tu ne veux pas qu'elle s'approche de moi, tout ça pour embrasser mon meilleur ami ensuite ?

— Je t'assure, je ne voulais pas qu'il m'embrasse. Je ne m'y attendais même pas. C'est juste que…

Il s'approche de moi, me dominant de toute sa hauteur. Ses yeux lancent des éclairs. J'aimerais le toucher, l'apaiser, faire disparaître sa peine, mais je sais qu'il ne sera réactif à aucune de mes tentatives. Il est trop aveuglé par sa colère.

— C'est juste que *quoi* ? demande-t-il.

Je sais que je ne peux pas esquiver sa question par une pirouette. Les mensonges nous ont déjà trop coûté, alors j'avoue :

— J'ai eu de la peine pour lui. Il souffre et c'est en partie ma faute.

Mais Adam n'est pas en mesure d'être compréhensif. Son expression trahit ce qu'il a envie de me hurler : *et moi, tu crois que tu ne me fais pas de la peine ? Que je ne souffre pas ?* À la place, il choisit de me poser la seule question qui ne peut que me faire culpabiliser davantage :

— Si tu avais été à ma place et que tu m'avais surpris en train d'embrasser Fiona, comment aurais-tu réagi ?

Je ne dis rien car nous avons tous deux la réponse : rien n'aurait pu me faire plus de mal.

— Va chercher tes affaires, je vais te ramener.

J'ai soudainement l'impression d'être une petite fille prise en faute, mais je ne proteste pas. Je mérite sa froideur, même si je partage les torts avec Owen. Je suis consciente que je ne peux pas lui demander non plus de faire la part des choses, il est meurtri.

Le trajet jusque chez moi se fait dans un silence de mort. Plus les kilomètres défilent plus je sens le fossé se creuser entre nous et cela me rend folle de ne rien pouvoir faire pour éviter cela. Je sais qu'il se repasse la scène en boucle dans sa tête et il le fera encore et encore dans les heures qui viennent. En bas de mon immeuble, il se gare mais laisse le moteur allumé, signe qu'une éventuelle discussion n'aura pas lieu. Je me tourne vers lui, il évite mon regard, préférant fixer un point devant lui sur la route. Je m'approche, dépose un baiser sur sa joue, il tressaille.

— Ce n'est pas le moment, Ruby, rentre chez toi.

Et sur ces paroles, je suis congédiée.

39

Ruby

Adam instaure un long silence radio, je n'ai aucune nouvelle de sa part. Les premières quarante-huit heures, je n'ai pas insisté. J'ai compris qu'il avait besoin d'espace. Du moins, Matt, à qui j'ai confié mon malaise et raconté toute l'histoire, m'a conseillé de lui laisser le temps de digérer les événements. Mais au bout du troisième jour, je commence à sérieusement m'inquiéter. Je lui envoie un message qui reste sans réponse.

J'ai l'impression de devenir folle et le pauvre Matt en prend pour son grade. Je suis d'humeur massacrante au bureau et, comme si cela ne suffisait pas, je l'appelle tous les soirs pour qu'il me rappelle de m'en tenir à ma résolution. Sinon, j'aurais bien été capable de débarquer au restaurant où il travaille pour tenter de lui parler. Ce qui m'inquiète, ce n'est pas seulement la situation entre Adam et moi, mais également le sort d'Owen. J'ai détesté le voir si blessé et je ne souhaite pas qu'il perde également son meilleur ami. Parfois, je me dis que toute cette histoire est digne d'un film, pour me rappeler ensuite qu'il s'agit pourtant de ma vie.

Les Nightmareden ont un concert le mercredi dans une salle de Brooklyn. Au départ, Adam m'avait proposé de venir le voir jouer, mais c'était avant les événements du week-end. J'hésite un moment, puis décide d'y aller. Après tout, je ne vais pas me morfondre chez moi pendant des semaines à attendre qu'il me fasse un signe. Si vraiment il ne souhaite plus me voir, il pourra me l'annoncer ce soir. Une petite partie de moi espère quand même que cette soirée sera l'occasion pour lui de se rendre compte que je lui manque.

Je fais part de mon projet à Matt qui n'est pas à 100 % emballé par l'idée. Mais comme mon meilleur ami serait prêt à tout pour me faire plaisir, il propose de m'accompagner. C'est en partie pour ça que je lui en ai parlé, un soutien moral ne sera pas de trop. Et d'ailleurs, celui-ci commence dès notre trajet en taxi lorsque, à quelques minutes de revoir Adam, je suis prise de doutes.

— Allez, princesse, ça va bien se passer. Tu t'excuses, mais je suis certain qu'à l'instant où il va revoir ton joli minois, il sera déjà conquis.

— Dis comme ça, ça a l'air tellement simple. J'ai merdé, Matt, soupiré-je.

Je sais que je ne suis pas totalement en tort mais je ne peux m'empêcher de penser au jour où j'ai été dans la situation inverse. Où mon ex-petit ami a essayé de me supplier de lui pardonner. Et je ne peux que compatir à la douleur que doit ressentir Adam.

Le taxi se gare devant la salle de concert, j'en sors le cœur battant la chamade. Avec toujours cette inquiétude : *Et s'il refusait de me parler ?*

J'entre dans le bâtiment. Adam était tellement excité par cette représentation. D'habitude, ils jouent plutôt dans des bars et même si ce sont régulièrement des endroits qui permettent d'accueillir pas mal de monde, cette fois-ci on est carrément au niveau supérieur. Les gens sont là uniquement pour Nightmareden, payent leur place pour venir les écouter. Il y a même un petit stand qui permet d'acheter des objets à l'effigie du groupe.

— Viens, princesse. Autant y aller maintenant, sinon on n'aura plus de place près de la scène.

Il saisit ma main alors que je suis figée par l'appréhension. Matt joue des coudes, quelques personnes râlent quand nous leur passons devant, mais mon ami n'en a que faire. Et moi non plus à vrai dire. J'ai l'estomac noué, mes paumes sont moites, je suis morte de trouille. Alors que je fixe la batterie d'Adam sur la scène vide pour le moment, je me demande comment il va réagir lorsqu'il me verra.

Le public s'amoncelle dans la salle, nous ne sommes qu'à quelques minutes du début du show. En temps normal, je serais heureuse pour Adam et ses amis. Là, je suis trop anxieuse pour partager l'excitation ambiante.

Les lumières s'éteignent, on distingue l'ombre des trois musiciens qui prennent place. Comme à leur habitude, le concert commencera telle une explosion : lumière, musique, un assaut des sens dès la première seconde. Le seul prélude annonciateur : les quatre coups de baguette de mon batteur préféré.

C'est parti.

Colin entame le premier couplet d'une chanson. Celle-ci parle d'amour et de trahison, des paroles qui prennent un peu trop de sens dans ma tête. Est-ce qu'Adam est à l'origine de la setlist[2] ce soir ? Ou alors est-ce juste mon esprit qui fabule ? Je ne suis même pas censée être là.

Mes yeux sont rivés sur Adam. Il porte un chapeau, type borsalino, qui lui masque une partie du visage, son regard focalisé sur son instrument. C'est comme s'il voulait fuir le public, ne se concentrer que sur sa musique. C'est une attitude étrange de sa part, Adam a une façon de jouer qui n'a rien d'égoïste habituellement. Il prend plaisir à partager son art, il donne encore plus qu'il ne reçoit. Mais lorsque le refrain commence et qu'il relève la tête, je comprends qu'il y a peut-être une autre raison à ça. Car son beau visage, dont je connais les lignes par cœur, affiche un coquard violacé. Son œil est gonflé, sa paupière bouffie et malgré les spots qui m'aveuglent en partie, je note ses traits tirés.

— On dirait qu'il y a eu un règlement de comptes, lance Matt à côté de moi.

Ma gorge est sèche, mon cœur meurtri de savoir que ses blessures ne sont pas que psychologiques. Il ne m'a pas remarquée dans la foule et pourtant moi, je ne vois que lui. Je rêve de monter sur scène et de lui dire de nouveau combien je suis désolée, d'effacer sa peine par mes baisers.

---

2. Une setlist est un document répertoriant les morceaux qui vont être joués par un musicien ou un groupe pendant un concert.

La voix de Colin continue de chanter la souffrance, je suis au bord de l'asphyxie. Adam balaye la salle du regard et ses yeux se posent enfin sur moi. Il n'a aucune réaction. J'avais imaginé plusieurs possibilités : la colère, la déception, espéré le soulagement ou la tendresse. Mais l'indifférence que j'y vois est pire qu'un coup de poignard. Il continue de jouer, mécaniquement, il ferme les yeux quelques secondes. J'ai le mince espoir que cela changera quelque chose, mais quand il les rouvre, c'est toujours ce visage impassible qu'il m'offre. Les chansons défilent, il soutient mon regard. La foule est aveugle à la bataille qui se joue entre nous. Le concert se termine, il salue la foule tel un automate et disparaît dans les coulisses.

— Va le rejoindre, me conseille Matt.

— Je ne suis pas certaine… tu as vu comment il me regardait.

— Comme un homme qui souffre, mais qui est trop fier pour le montrer. Dépêche-toi princesse, ne laisse pas une autre prendre ta place.

Je ne sais pas si Matt pense réellement ça ou s'il le dit juste pour piquer ma jalousie et me faire réagir, mais je pars en direction des coulisses. Avec mon pass VIP, je n'ai heureusement pas à négocier avec le videur. Il acquiesce d'un signe de tête et nous laisse entrer, Matt et moi. Colin et Doris sont les premiers que je vois, ils signent des autographes alors que d'autres fans les prennent en photo. Au fond de la pièce, Adam discute également avec des spectateurs. Une blonde s'approche, pose sa main sur son bras. Il lui sourit. Je sais que ce n'est qu'un sourire de façade, celui-là ne remonte même pas jusqu'à ses yeux, mais j'en suis malade. Je veux être la récipiendaire de chacun de ses sourires, mais surtout je ne veux plus qu'ils soient mêlés à cette mélancolie apparente. La blonde lui chuchote quelque chose à l'oreille, il se penche légèrement pour l'écouter. J'hésite. Est-ce que je dois m'en aller ? Je ne suis pas venue pour ce genre de spectacle. Mais quelque chose au fond de moi se déclenche. La Ruby qui bat en retraite face aux difficultés n'existe plus. J'ai mûri, j'ai changé. Maintenant, je me bats pour mes rêves, pour mon boulot, pour les gens que j'aime. Alors, je relève la tête, je court-circuite la file des groupies qui attendent pour parler au batteur. Quelques-unes râlent, leurs protestations attirent l'attention d'Adam. Il me regarde, ne dit rien, mais j'ai l'impression qu'il me met au défi. Je me plante à quelques centimètres de lui. La blonde à ses côtés me regarde comme un vulgaire insecte qui n'a aucune chance. Je fais fi de ce qu'elle peut penser quand je déclare :

— Tu m'as manqué mon amour.

Et j'embrasse Adam sans aucune pudeur. Mes mains se nouent autour de sa nuque et lorsque mes lèvres touchent les siennes, il y a une seconde où je sens sa réticence. Mais bien vite, celle-ci disparaît. Il entrouvre sa bouche pour que je puisse y glisser ma langue et sa paume vient se loger dans le bas de mon dos pour me rapprocher de lui. Tout autour de nous disparaît. Nous sommes comme deux amants qui se retrouvent après des mois de séparation. C'est intense, c'est précipité, un brin maladroit, mais spontané. Quand je m'écarte pour reprendre mon souffle, je vois qu'Adam est dans le même état que moi. Ses pupilles sont dilatées, sa respiration haletante, mais il en veut plus.

— Toi aussi tu m'as manqué, ma puce.

Mon cœur fait un bond. La joie m'inonde et Adam saisit ma main pour m'entraîner dans les loges, abandonnant sans un regard ses fans stupéfaites. Il claque la porte derrière nous et, l'instant d'après, je me retrouve plaquée contre le mur le plus proche.

C'est alors qu'une frénésie sans pareil s'empare de nous. Nos tee-shirts disparaissent en un clin d'œil ainsi que mon soutien-gorge. La bouche et les mains d'Adam sont partout : mon cou, ma gorge, ma poitrine, mon ventre. Il déboutonne mon jean et me le retire ainsi que ma culotte. En moins d'une minute, je suis nue dans ses bras. Je m'attaque à sa ceinture, défais le bouton de son pantalon, c'est alors qu'il me demande :

— Noue tes jambes autour de ma taille.

Il me soulève et j'obéis à sa commande. Je suis coincée entre le mur et son torse aussi ferme que l'acier. Mais cela ne suffit pas, je veux plus.

— Adam, j'ai besoin de toi.

Il laisse échapper un grognement, vérifie rapidement que je suis prête et m'empale ensuite sur son érection. Notre étreinte est sauvage, rapide, mais libératrice de toute la frustration que nous avons vécue tous les deux ces derniers jours loin l'un de l'autre. Je me moque de savoir qu'il y a des dizaines de personnes de l'autre côté de la porte qui pourraient bien nous entendre. J'ai besoin de ce moment d'union avec lui.

— Je t'aime Adam, je t'aime, répété-je comme une litanie.

— Moi aussi je t'aime, ma puce, répond-il.

Lorsque le plaisir nous conduit à l'extase simultanément, je me dis qu'il n'y a pas un seul endroit sur terre où j'aimerais être davantage. Ses bras sont mon monde, il est mon univers.

Il m'embrasse tendrement, puis se dirige vers le canapé de la loge. Il s'assied, me maintenant à califourchon sur ses cuisses.

— Ma puce, je n'ai jamais rien connu de tel, d'aussi fort, d'aussi puissant, avoue-t-il.

— Moi non plus.

Il fait courir un doigt sur ma joue, m'observe comme si j'étais la chose la plus fantastique qu'il lui ait été donné de voir. Je plonge mes doigts dans ses cheveux.

— On est des idiots, déclare-t-il soudainement.

Je hausse un sourcil, ne comprenant pas où il veut en venir.

— On passe notre temps à se chercher, à se disputer et à se réconcilier alors qu'on s'aime comme des fous !

Je ris et dépose un baiser sur sa joue. Il me retient et se saisit de mes lèvres. Nous restons comme cela, dans les bras l'un de l'autre, pendant un moment. Ma joue posée contre son torse, je me sens bien. Ce n'est que plus tard, lorsque nous nous rhabillons, que j'aborde le sujet tant redouté.

— Je suis désolée pour l'autre soir avec Owen.

Il pose un doigt sous mon menton pour le relever.

— N'en parlons plus, mais je ne veux plus jamais te voir embrasser quelqu'un d'autre, ces lèvres sont à moi, dit-il avant de les embrasser de nouveau.

— C'est à cause de lui que tu as un œil au beurre noir ?

Il acquiesce avant de déclarer devant mon air contrit :

— Ne t'inquiète pas, on a eu une explication tous les deux. Il fallait que ça sorte, mais on a mis les choses à plat, tout va bien.

Devant mon air peu convaincu, il concède :

— Avant ça, on a parlé avec nos poings. Surtout moi en fait, il m'a laissé le mettre minable, il savait qu'il avait merdé. Il m'a juste collé une droite à la fin parce qu'il en avait besoin et je lui ai permis de le faire. Après tout, il souffre.

Je m'apprête à lui faire remarquer qu'ils ont une drôle de façon de régler leurs problèmes, mais son téléphone vibre dans sa poche. Lorsqu'il jette un coup d'œil à l'écran, je le vois froncer les sourcils. Il hésite, puis décroche.

— Qu'est-ce que tu veux ? aboie-t-il.

Je me demande s'il s'agit justement d'Owen.

— Ouais, on verra. Je ne suis pas à ta disposition ! Non, putain… Et je te parle comme je veux !

Je ne l'ai jamais vu s'exprimer comme cela envers quiconque. La conversation dure encore quelques minutes, le ton a l'air de se calmer, mais lorsqu'il raccroche, il lâche un énorme soupir. Puis il me regarde, il doit se douter que je me pose des questions.

— C'était mon père.

Cette information me surprend, je pensais qu'ils avaient coupé les ponts. Mais la suite m'étonne d'autant plus.

— Il aimerait qu'on se voie… et il voudrait te rencontrer.

40

Adam

Le week-end après le concert, j'emmène Ruby faire du surf. Elle commence à prendre un peu d'assurance et à surfer de petites vagues. Jouer les professeurs avec elle est une activité qui me plaît plus que je ne l'aurais imaginé. Il faut dire que l'élève a de sacrés atouts pour que je reste focalisé sur elle !

Après plusieurs heures à tenter de tenir debout sur sa planche, elle rend les armes et, comme la fois précédente, je lui propose de me rejoindre sur la mienne. Nous sommes assis l'un face à l'autre, nous laissant dériver au gré du courant. Le soleil de la fin d'après-midi se reflète dans ses mèches chocolat. Sa peau a pris une teinte encore plus dorée, le grand air lui donne une allure éclatante. Pourtant, je sens que quelque chose la tracasse.

— Tu vas me dire ce qui se passe ? demandé-je.

Elle fronce les sourcils, comme si elle ne comprenait pas pourquoi je lui pose cette question.

— Je ne sais pas à quoi tu penses mais je vois que tu n'es pas totalement détendue, expliqué-je.

— Ah.

Elle détourne le regard vers l'horizon. J'avais raison, et je sens qu'elle hésite à m'en parler. Alors que je m'apprête à insister, elle finit par déclarer :

— Je me demandais si tu avais réfléchi à la proposition de ton père.

Le seul fait qu'elle le mentionne m'irrite.

— Tu veux dire la possibilité de lui rendre visite ?

— Oui.

— Je n'irai pas.

Mon ton sans appel confirmerait à quiconque que je ne souhaite pas m'étendre sur le sujet, mais Ruby est du genre persévérant.

— Pourquoi ?

— Parce que je n'ai pas envie de le voir, c'est aussi simple que cela. Nous n'avons rien en commun tous les deux.

Elle hoche la tête lentement, mais après quelques secondes de silence pose une autre question :

— Pourquoi voulait-il que je vienne ? Tu lui as parlé de moi ?

Je ricane.

— S'il y a bien une personne à qui je ne souhaite pas parler de toi, c'est mon père. Je ne lui parle pas tout court. Il a sûrement dû repérer que nous étions ensemble à la manif, et va savoir ce que lui ont rapporté ses espions.

Elle écarquille les yeux.

— Ses espions ?

— Mon père a des tas de gens qui bossent pour lui ou qui pensent pouvoir obtenir ses faveurs en le renseignant.

Je ne doute pas qu'il ait régulièrement des infos sur ce que je peux faire. Quelqu'un a dû lui dire que je sortais avec toi.

Son regard semble encore plus soucieux que tout à l'heure. Je m'en veux de lui avoir parlé de ça, mais autant qu'elle sache dans quoi elle s'embarque en étant avec moi. Même si je ne souhaite avoir aucun contact avec mon père, il y a des liens qui persistent entre lui et moi, que ça me plaise ou non. Il ne se prive pas de me garder à l'œil, principalement pour le cas où je ferais quelque chose qui pourrait le mettre dans l'embarras. Il doit alléger sa conscience en se persuadant qu'il le fait pour ma mère.

***

Nous passons la soirée chez Ruby. Nous n'en avons pas discuté, mais je pense qu'il est mieux qu'on évite mon appartement pour l'instant… et surtout Owen. Le lendemain matin, je suis dans sa cuisine en train de préparer le café. Ma puce n'est pas du genre lève-tôt, alors j'en profite pour lui préparer un petit déjeuner de compétition.

Sur le comptoir, mon téléphone vibre. L'écran affiche un nom qui a le don de chasser toute ma bonne humeur dès le réveil. Il s'agit de mon père. Je décroche, sachant pertinemment que si je ne le fais pas, il insistera toute la journée.

— Ouais, dis-je nonchalamment.

Je suis conscient que rien que ma façon de répondre va le mettre sur les nerfs. C'est une sorte de jeu entre lui et moi. Je fais tout pour le contrarier.

— Bonjour Adam, dit-il avec cette voix grave teintée de reproches.

— Qu'est-ce que tu veux ?

— Tu sais très bien ce que je souhaite. Nous serons dans le cottage des Hamptons la semaine prochaine et j'aimerais que tu nous rendes visite.

— Ouais, ben tu vois, le problème, c'est que je n'en ai pas envie.

— Adam… menace-t-il.

— Je ne comprends même pas pourquoi tu insistes, tu sais que je ne veux pas te voir.

Il soupire.

— Cela ferait très plaisir à ta mère, Adam. Essaye de penser à ça, elle s'inquiète pour toi et…

— Ne mêle pas maman à ça s'il te plaît, tu l'utilises comme excuse pour me faire culpabiliser. Si elle souhaite me voir, elle peut très bien venir à New York.

Mais mon père ne lâche pas le morceau pour autant.

— Tu pourrais venir avec ta copine. Tu sais qu'on serait heureux de la rencontrer.

Je manque de m'étouffer. Et comme un fait exprès, Ruby apparaît à ce moment-là dans la cuisine. L'idée qu'elle se retrouve dans la même pièce que mon paternel me donne la nausée. Ruby s'approche de moi. Elle a dû deviner avec qui je discutais car elle m'entoure de ses bras comme pour me réconforter. Elle pose sa tête sur mon épaule et son contact m'apaise déjà.

— N'insiste pas, j'ai des trucs à faire le week-end prochain, de toute manière.

Je ne saisis pas vraiment ce que mon père rétorque, car au même moment Ruby murmure :

— On pourrait peut-être…

Je lui fais signe de se taire, mais trop tard, il a entendu.

— J'ai l'impression que ton amie n'est pas tout à fait d'accord avec toi, dit-il d'un ton un peu trop victorieux.

— Jusqu'à preuve du contraire, ce n'est pas elle qui décide pour moi ! réponds-je sans réfléchir.

Je me rends compte que c'est exactement ce qu'il attendait, que je perde mon sang-froid. Ruby s'écarte et je ressens comme un vide. Je déteste qu'il ait le pouvoir de se mettre entre nous.

— Écoute, on est dimanche, je suis occupé là. On en reparlera un autre jour. Au revoir.

Je raccroche et dépose mon téléphone sur le comptoir un peu trop brusquement. Ruby fait mine d'être absorbée par son petit déjeuner. Je masse mon front, il a réussi à me filer la migraine de bon matin, alors que moi, tout ce que je voulais, c'était partager un petit déjeuner en amoureux et profiter de ce dimanche d'été avec ma chérie.

— Je suis désolé Ruby, il n'y avait rien de péjoratif quand j'ai dit que tu ne décidais pas pour moi…

— C'est moi qui suis désolée, je n'aurais pas dû m'en mêler. Ça ne me regarde pas.

Je prends sa main dans la mienne.

— Tu fais partie de ma vie, alors je suppose que tu es concernée aussi.

Elle lève ses grands yeux vers moi, je lui souris. Je ne sais pas pourquoi mon père veut soudainement faire sa connaissance. Est-ce dans une tentative de me manipuler ? Un quelconque jeu machiavélique de sa part ? Mais une chose est certaine, si la relation avec mes parents avait été plus apaisée, normale, j'aurais été fier de la ramener à la maison pour qu'ils la rencontrent. Mais quand je pense à la façon dont tout s'est terminé avec la dernière personne que je leur ai présentée, je ne peux me résoudre à commettre la même erreur deux fois.

41

Ruby

Le souci depuis qu'Adam est entré dans ma vie, c'est que mes week-ends ne sont plus du tout reposants. Les lundis matin sont donc d'autant plus durs à supporter, sachant que je dois patienter quelques jours pour le revoir. Alors, quand Cassidy Sparks se permet de me détailler d'un œil mauvais dans l'ascenseur, je suis à deux doigts de lui jeter mon café à la figure.

Heureusement, à mon poste de travail, l'accueil de Matt est plus engageant.

— Salut beauté !

— Salut beau gosse !

Il me scanne des pieds à la tête en souriant, puis déclare :

— L'amour te va bien. Il y en a un qui a de la chance !

Je lui envoie un baiser.

— Toi aussi tu trouveras chaussure à ton pied, Matt. J'en suis persuadée.

Il prend un air catastrophé.

— Tu vois… le truc, c'est que je ne suis pas pressé.

— Tu as peur de te faire mater et de ne plus pouvoir faire la fête comme tu le souhaites ?

— Une raison parmi d'autres. Mais tu ne peux pas me reprocher de vouloir profiter de la vie. En passant, ton petit ami ne s'en est pas privé non plus avant de te rencontrer.

— Si on pouvait éviter de parler des ex d'Adam, je préférerais, grincé-je.

Il s'esclaffe.

— On a tous un passé. Tu penses qu'Adam n'est pas jaloux, lui ?

— Jaloux de qui ?

— De ton ex, celui que tu ne mentionnes presque jamais. Ce qui me laisse croire qu'il a dû sacrément te faire souffrir.

Je fais mine d'être occupée par l'écran de mon ordinateur. Je ne souhaite pas aborder ce sujet maintenant. D'ailleurs, Matt n'insiste pas.

— Adam est un mec bien. Je suis content que tu te sois trouvé un type à la hauteur de ce que tu mérites.

Je lui souris, mais là non plus je ne commente pas. Comment est-ce que Matt verrait Adam s'il apprenait qu'il était responsable du piratage chez Carter Corp. ? Je ne suis pas certaine qu'il l'apprécierait toujours autant. C'est quelque chose qui me hante. Si Colin arrive à découvrir l'implication d'Adam, beaucoup de personnes de notre entourage pourraient en souffrir.

En fin de journée, j'envoie un message à Adam alors que je suis dans le hall, prête à quitter le bureau.

Tu me manques.

Sa réponse ne tarde pas.

Toi aussi tu me manques. Si je ne bossais pas ce soir, je serais déjà en route pour chez toi.

Focalisée sur mon écran, je ne fais pas attention à l'individu qui arrive dans ma direction et je le percute.

— Oh ! Pardon ! m'excusé-je en relevant les yeux vers lui.

Lorsque je croise son regard, mon cœur sursaute. Ces iris verts… L'homme grisonnant face à moi semble à la fois étranger et familier. Il me sourit, du moins il esquisse une grimace qui est censée ressembler à un sourire.

— Bonjour Ruby.

Cette voix ! Je l'ai déjà entendue à travers le téléphone d'Adam hier matin. Je n'ai aucun doute, il s'agit de son père !

Les deux hommes présentent quelques similitudes : leur carrure solide, bien que celle de monsieur Peterson senior ait l'air moins athlétique sous son costume sur mesure. Des pommettes hautes, mais surtout ces yeux couleur émeraude qui me dévisagent. Mais tandis que ceux d'Adam dégagent une certaine chaleur, ceux de son géniteur sont froids et arrogants.

— Nous n'avons pas été présentés, dit-il alors que je n'ai pas décroché un mot, je suis…

— Je sais qui vous êtes, coupé-je.

Il ne semble pas surpris par ma déclaration ni par mon ton sec.

— Je suis conscient que je débarque à l'improviste sur votre lieu de travail, mais est-ce que je pourrais vous parler ?

Pourquoi ai-je l'impression que ce n'est pas une question. Même si Adam ne m'avait pas prévenue, j'aurais tout de suite compris que monsieur Peterson n'est pas le genre d'homme qui a l'habitude d'entendre *non* pour réponse. Alors, malgré moi, je hoche la tête.

Il me met dans une situation délicate. Adam ne sera pas content d'apprendre que j'ai discuté avec lui. Mais il y a une part de moi qui est curieuse d'entendre ce que son père peut bien avoir à me dire. Il pose une de ses mains dans mon dos et m'accompagne vers les portes du bâtiment.

— J'ai pensé que nous pourrions aller boire un café à l'angle. Nous y serons plus tranquilles pour discuter.

Quand je m'assieds sur la chaise face à lui, je suis mal à l'aise. Le père d'Adam commande un expresso et lorsque la serveuse me demande ce que je souhaite, il me faut une seconde pour comprendre sa question. Je finis par porter mon choix sur un thé car c'est la première chose qui me vient à l'esprit.

— Détendez-vous, je ne vous veux aucun mal. Bien au contraire.

Ces mots ne m'apaisent pas pour autant.

— Je ne suis pas sûre qu'Adam apprécie que je sois ici en votre compagnie.

— Je vois, dit-il avec un petit sourire. Vous n'aurez qu'à lui dire que je vous ai presque kidnappée si ça vous chante. Mais vous ne me donnez pas le sentiment d'être le genre de jeune femme qui se laisse dicter ce qu'elle doit faire par qui que ce soit, pas même son petit ami.

La serveuse revient avec nos commandes et je suis heureuse de l'interruption.

— Que faisons-nous là ? demandé-je alors que le père d'Adam n'a pas l'air pressé de m'apporter des réponses.

— Voyez-vous, Ruby, commence-t-il, je peux vous appeler Ruby ?

Je hoche la tête, déjà agacée par ces simagrées.

— J'ai une requête assez simple. J'aimerais voir mon fils et je pense que vous pouvez m'aider à rendre cela possible.

Je soupire.

— Adam est assez grand pour prendre ses décisions tout seul. Et si vous souhaitez que je le manipule pour vous faire plaisir, j'ai bien peur que ma réponse soit non.

— Je ne cherche à manipuler personne, c'est juste que…

Il hésite, je vois apparaître une lueur de tristesse dans son regard.

— Mon fils me manque, Ruby, et à sa mère aussi. Je voudrais seulement qu'il accepte de venir le week-end prochain. Nous avons nos différends, mais ce n'est pas en refusant de nous parler que nous pourrons arranger la situation.

Je mentirais si je disais que son petit discours ne me touche pas. Mais je ne connais pas assez monsieur Peterson pour savoir s'il est sincère ou excellent comédien.

— Je peux tenter, mais je ne vous promets rien. Adam ne m'a pas tout raconté, mais il a l'air d'avoir de sacrés griefs contre vous.

Son regard se perd en direction de la rue. Il se racle la gorge.

— J'ai ma part de responsabilités, j'en suis conscient, mais s'il vous plaît, Ruby, essayez de le convaincre. Un week-end, ce n'est pas grand-chose.

— D'accord.

En un sens, j'ai l'impression de passer un pacte avec le diable. Mais je ne peux m'empêcher de penser à ma propre situation. Je n'ai pas parlé à mes parents depuis des mois. Et même si j'ai mes raisons de leur en vouloir, je dois avouer qu'ils me manquent. Le ressentiment m'habite depuis longtemps mais est-ce que ce sera toujours le cas ? Viendra-t-il un jour où je serai capable d'accepter une main tendue de leur part ? Et ce moment arrivera-t-il pour Adam ? Est-ce maintenant ?

42

Ruby

Il est tard lorsque je me retrouve devant la porte de l'appartement d'Adam. Je n'avais pas prévu de venir, mais à force de ressasser mon entrevue avec son père, j'ai décidé qu'il fallait que je le voie. J'ai donc attendu la fin de son service, mais maintenant que je suis là, cela ne me semble plus une si bonne idée.

Je tape trois petits coups, ne sachant pas s'il est déjà rentré. Le battant s'ouvre, sauf que dans ma précipitation, il y a un paramètre que je n'avais pas pris en compte : la présence d'Owen.

Stupéfaite, je reste muette. Owen semble tout juste sorti de la douche, ses cheveux sont mouillés et il est torse nu. Devant mon silence, il finit par hausser un sourcil et déclare :

— Si tu es venue voir Adam, il n'est pas encore rentré.

— Ah… OK. C'est possible de l'attendre à l'intérieur ?

Il me fait signe d'entrer mais se décale à peine pour me laisser passer. Je suis obligée de le frôler, je jurerais qu'il le fait exprès.

— Je peux t'offrir quelque chose à boire? propose-t-il en me précédant dans le salon.

— Non, mais tu pourrais peut-être enfiler un truc? Tu ne crois pas?

— Pourquoi? Je suis chez moi. Ne joue pas les prudes, Ruby, s'amuse-t-il.

Pourtant il va dans sa chambre et revient quelques instants plus tard avec un jean et un tee-shirt sur le dos. Entre-temps, je me suis assise sur le canapé, Owen s'installe face à moi sur la table basse, les coudes posés sur ses cuisses. Nos genoux se touchent presque. Son regard est au sol, mais lorsqu'il le relève, le Owen arrogant de tout à l'heure a disparu.

— Ruby, je voulais m'excuser pour l'autre soir. Je n'aurais pas dû…

— Je suis également fautive, je t'ai laissé m'embrasser.

Il secoue la tête.

— Tu étais surprise et je n'avais pas le droit d'agir comme cela. Tu es avec Adam et c'est mon pote. S'il m'avait fait la même chose, je ne sais pas comment j'aurais réagi, mais certainement pas aussi bien.

— Vous vous êtes battus, quand même.

— Il a eu raison, dit-il, résigné. Mais je voulais vraiment te présenter mes excuses, car je t'ai mise dans une situation impossible, j'en suis conscient maintenant. À vouloir ménager mes sentiments, c'est Adam que tu as blessé.

Il lâche un petit rire triste avant de poursuivre.

— Je ne m'étais pas rendu compte que si tu m'avais choisi, le contexte aurait été tout aussi pourri. Ça l'aurait tué de nous voir ensemble, et toi tu n'aurais pas supporté de le voir malheureux non plus.

Nous restons silencieux un moment.

— Je suis certaine que tu rencontreras celle qui sera tout pour toi un jour. Et rien ne me fera plus plaisir que de te savoir heureux.

— Mais pour ça, encore faudrait-il que tu cesses de m'éviter.

— Il fallait qu'on le fasse pendant quelque temps. On en avait tous besoin, toi, moi, Adam. Mais maintenant, on pourrait peut-être apprendre à être amis. Tu ne crois pas ?

— Amis. C'est pas si mal, acquiesce-t-il.

Je lui souris et il fait de même. Son visage s'illumine, quittant cet air sombre qui semble l'accompagner bien trop souvent. Je suis persuadée qu'il faut qu'il trouve celle qui saura lui rendre son sourire.

— Bon, Adam risque d'en avoir encore pour un moment, tu es certaine de ne rien vouloir boire ?

— OK.

Il se lève et prend deux bières dans le frigo qu'il décapsule avant de m'en tendre une.

— Alors, qu'est-ce qui t'amène ici au beau milieu de la nuit ?

Je n'étais pas partie pour lui dévoiler la raison de ma présence, mais après tout, ce n'est peut-être pas une mauvaise idée. Il connaît Adam mieux que personne, et surtout depuis longtemps. Il sera peut-être de bon conseil.

— J'ai eu une visite surprise au bureau ce soir : le père d'Adam est venu me parler.

Il s'étouffe à moitié avec sa bière.

— Ah ouais, rien que ça ! Papa Peterson lui-même ! Qu'est-ce qu'il te voulait ?

— Il cherche à nous inviter le week-end prochain dans leur maison. Il dit qu'Adam lui manque et qu'il aimerait faire ma connaissance.

— Il a raison, faire ta connaissance est un vrai plaisir, plaisante-t-il.

Le fait qu'il arrive à en rire est plutôt encourageant. Il ajoute :

— Cela dit, je ne veux pas te vexer, mais le vieux d'Adam agit rarement sans but. Donc je doute que ce soient tes beaux yeux qui l'intéressent.

Je soupire.

— C'est un peu ce que je craignais. Mais il a insisté sur le fait qu'il comptait sur moi pour parler à Adam. Tu crois que je devrais lui dire que j'ai vu son père aujourd'hui ?

— Tu crois surtout que tu devrais le lui cacher ?

Il marque un point. Nous nous sommes promis de ne plus nous mentir. Et un mensonge, même par omission, en est quand même un.

— Tu as raison, de toute façon, je suis là. Autant lui en parler, sinon ça sera louche.

— Qu'est-ce qui sera louche ? demande une voix dans mon dos qui me fait sursauter.

Adam entre dans la pièce et notre petite réunion cosy autour d'une bière n'a pas l'air de l'enchanter. Owen lève les mains devant lui et déclare :

— Fais pas cette tête-là, je ne l'ai pas touchée.

Il attrape sa bouteille avant d'ajouter :

— Je vous laisse parler. Bon courage Ruby, il a l'air d'excellente humeur.

On entend la porte de la chambre d'Owen claquer et Adam a toujours son visage renfrogné. Je comprends qu'il ne soit pas très heureux de nous voir ensemble, mais qu'il ne me fasse pas confiance m'irrite.

— Tu étais là pour quoi au juste ? demande-t-il.

— Pour te parler, mais vu qu'apparemment tu n'es pas d'humeur, je ferais mieux de m'en aller, rétorqué-je en saisissant mon sac à main.

Mais je n'ai pas le temps de faire un pas qu'il me retient. Et sans crier gare, il plaque sa bouche sur la mienne. Son baiser est possessif, j'aimerais le repousser juste pour lui faire payer sa petite démonstration débile, mais comme à chaque fois qu'il m'embrasse, je suis incapable de lui résister.

— Pardon ma puce, c'était nul de ma part, s'excuse-t-il en posant son front contre le mien.

— Oui, c'était vraiment nul.

— Je suis jaloux. Quand je te vois avec un autre mec, je ne supporte pas. Je n'ai jamais été comme ça.

— Il va falloir apprendre à te contrôler… et à me faire confiance.

— Promis. Pour toi, je le ferai, déclare-t-il avant de reprendre ma bouche.

Ses mains se posent sous mes fesses et il me soulève d'un geste souple. Il prend la direction de sa chambre, mais comme nous nous embrassons en même temps, nous nous cognons contre quelques murs. Cela nous fait rire et toute trace de notre dispute d'il y a quelques instants disparaît.

Une fois la porte fermée, il commence à me déshabiller.

— De quoi tu voulais me parler au juste ? demande-t-il, sa bouche dessinant une ligne de baisers sur mon épaule.

Je le repousse doucement et il me dévisage, étonné. Je lui souris pour le rassurer, mais je ne suis pas prête à lui parler de mon entrevue avec son paternel en plein milieu d'une partie de jambes en l'air. Alors je m'assieds sur le lit et commence à vider mon sac. Je préfère être honnête avec lui tout de suite plutôt que d'attendre.

— Ce n'est pas si grave. J'ai vu ton père ce soir. Il est venu me trouver après mon travail pour qu'on discute.

Son visage se ferme, je vois un muscle tressauter sur sa mâchoire. Je poursuis :

— Il m'a dit souhaiter se rapprocher de toi et nous invite tous les deux le week-end prochain.

Pendant un instant, seul le silence me répond. Les yeux d'Adam sont figés sur les miens, mais c'est bien l'unique connexion que nous avons.

Puis il s'assied à mes côtés et ferme ses paupières.

— Il t'a emmerdée ?

— Il s'est montré tout à fait courtois.

— Mon père sait *parfaitement* emmerder les gens tout en restant poli. Ce n'est pas la question, dit-il en tournant la tête vers moi.

— Disons que j'ai été surprise de sa venue. Je ne m'y attendais pas du tout. Et ton père est assez impressionnant.

— Désolé s'il t'a mise mal à l'aise. Je ne pensais pas qu'il pourrait faire un truc pareil. Je l'appellerai pour le prévenir de ne pas recommencer.

Je m'approche de lui, me blottis contre son torse. Je glisse ma main le long de sa nuque, enfonçant mes doigts dans ses cheveux.

— Adam, je sais que ce ne sont pas mes oignons, mais… on pourrait peut-être y aller ?

Il éclate de rire, mais quelque chose me dit qu'il n'y a rien de drôle.

— Ma puce, si mon père tient vraiment à nous rencontrer, ce n'est pas pour passer un week-end en notre charmante compagnie. Non, c'est qu'il a de bonnes raisons de souhaiter que je sois là, mais pas celles qu'un père aurait normalement pour son fils.

Je fronce les sourcils, ne comprenant pas où il cherche à en venir. Il repousse une mèche de mon visage et m'apporte des éclaircissements.

— Vois-tu, ce n'est pas mon père qui a créé Peterson Industries, il en a hérité. Tout comme j'ai hérité de quelques parts de l'entreprise à mes vingt et un ans. Je ne veux absolument pas siéger au conseil d'administration ni avoir un quelconque rapport avec cette boîte qui représente tout ce que je déteste, mais malheureusement pour mon père, j'ai le pouvoir de bloquer certains de ses projets. Alors, je ne sais pas quelle idée il a en tête cette fois-ci, mais ça ne m'étonnerait pas qu'il ait besoin de mon vote pour faire passer une décision.

Je reste sans voix, Adam m'observe comme s'il cherchait à jauger ma réaction face à cette bombe qu'il vient de lâcher. Mais lorsque j'éclate de rire, ce n'est clairement pas ce à quoi il s'attendait.

— Euh… je peux savoir ce qu'il y a de drôle ?

Hilare, je balbutie :

— Tu… tu ne saisis pas l'ironie ? Toi, le militant écologiste et anticapitaliste de Safeplanet, tu es l'actionnaire d'un grand groupe pétrolier.

Il se laisse tomber sur le lit et passe son bras derrière sa tête. Un léger sourire étire ses lèvres.

— J'ai conscience qu'il y a quelque chose de ridicule là-dedans, oui.

Je secoue la tête, toujours sous l'emprise de mon fou rire.

— Tu sais, on devrait y aller, suggéré-je.

Il grogne.

— Je croyais que tu avais compris que je ne voulais pas…

Maintenant, je suis sérieuse.

— On devrait y aller, parce que la famille, c'est important. Tu ne sais pas de quoi ta vie sera faite et il faut profiter de ses parents tant qu'on en a encore l'occasion. Et puis, ton père a envie de passer un week-end avec toi ? Accepte, donne-lui ça. Car sinon, j'ai le sentiment qu'il continuera de nous harceler pendant un moment.

— Pourquoi tu ne vois plus ta famille, toi, ma puce ? Tu n'en parles jamais.

— C'est pour une raison différente et ce n'est pas très intéressant.

Il m'attire à lui, je me retrouve à moitié allongée sur son torse.

— Je t'ai raconté pour mon père, à toi de m'en dire plus sur tes parents. J'ai envie de te connaître, Ruby.

Je soupire mais obtempère.

— Quand j'étais gamine, il y avait un garçon…

— Pourquoi j'ai l'impression qu'il ne va pas me plaire, celui-là ? râle-t-il.

— On a grandi ensemble, on habitait la même petite ville du Midwest. C'était mon meilleur ami, et à l'adolescence je suis tombée follement amoureuse de lui.

Je sens qu'Adam se tend un peu mais il continue de caresser doucement mon dos, m'encourageant à poursuivre.

— On s'est mis en couple. Pour moi, il était mon prince charmant. Il me couvrait de cadeaux, il me traitait comme une princesse.

Au moment où je prononce ces mots, je me rends compte de mon erreur. Je ne souhaite pas qu'Adam croie que c'est quelque chose à quoi j'attache une quelconque signification. Surtout pas maintenant.

— J'étais jeune et naïve, je pensais que ça voulait dire qu'il m'aimait. Et mes parents étaient ravis, sa famille est très importante dans notre ville. Nos parents ne sont pas vraiment ce qu'on pourrait appeler des amis au sens strict du terme, mais ils entretiennent des relations pour leur business. J'étais au courant de ça, mais pour moi, Luke et moi étions amoureux, c'était ce qui comptait le plus.

Prononcer son nom me fait une drôle de sensation, je me suis refusée à le faire depuis des mois. Mais en parler avec Adam qui me couve de son regard bienveillant est libérateur.

— Un jour, alors que j'ai voulu lui faire une surprise, je l'ai découvert au lit avec une autre femme. Tout mon monde s'est écroulé à partir de là. J'ai compris qu'il n'y avait pas une, mais plusieurs autres femmes qui s'étaient succédé. Mais le pire de tout, c'est que je me suis rendu compte que des tas de gens me mentaient depuis des années. La famille de Luke a certes de l'argent, beaucoup d'argent, mais il leur manquait quelque chose : des terres. Et ça, c'est quelque chose que mon père possède par centaines d'hectares. Alors, si Luke et moi nous étions mariés…

— Attends ? Tu veux dire qu'ils avaient arrangé votre mariage ?

Je hoche la tête.

— Mais ils vivent à quelle époque ? Au XVIIIe siècle ?

— Tu sais, dans les États ruraux, la vie est un peu différente d'à New York. Mais je te rassure, moi aussi j'ai été estomaquée quand je l'ai appris. J'étais en train de terminer mon master, je rêvais de bosser dans une grande entreprise comme Carter Corp. et je découvre que la seule ambition que mes parents avaient pour moi, c'était de finir en épouse entretenue. Le tout auprès d'un homme qui ne m'aimait même pas, mais qui leur aurait permis de passer le reste de leur vie à l'abri.

— Du coup, comment ça s'est passé avec eux ?

— Il ne me restait que quelques mois à la fac avant l'obtention de mon diplôme. J'ai séjourné sur le campus jusqu'à la fin du semestre, puis j'ai fait mes valises et j'ai débarqué à New York sans même prendre la peine de repasser par chez mes parents. Je ne voulais pas les voir, ni qui que ce soit en ville. J'ai pris conscience que si ça se trouvait, j'étais la risée de tout le monde depuis des années. Tu te rends compte, même ma meilleure amie de l'époque était au courant que Luke me trompait et elle ne m'a rien dit…

— Ma puce, je suis désolé…

— Ce n'est pas grave. Ici, je me suis fait des amis, j'aime mon travail et je t'ai, toi. Par moments, mes parents me manquent, mais ce sont eux qui ont laissé faire tout ça. Peut-être qu'un jour je leur pardonnerai, mais là, c'est encore trop frais.

Il me sourit tout en me caressant doucement.

— Ton histoire explique beaucoup de choses.

— Tu comprends pourquoi je ne le vis pas très bien quand d'autres filles te tournent autour ?

Il dépose un baiser sur ma main.

— Tu es le premier homme que je laisse entrer dans ma vie depuis. En fait, pour être honnête, je n'en ai connu que deux : Luke et toi.

— Tu peux arrêter de prononcer le nom de ce connard, s'il te plaît ? Si je l'avais sous la main, je lui aurais déjà mis mon poing dans la figure pour t'avoir fait souffrir. Après, je ne vais pas me plaindre non plus, car grâce au fait que tu sois partie de chez toi, j'ai pu te rencontrer.

Il nous fait rouler sur le lit pour que je me retrouve allongée sous lui. Il frotte son bassin contre le mien et je sens très nettement la bosse qui déforme son pantalon.

— Maintenant, il va falloir que je m'applique pour te prouver que même si je ne suis arrivé que le deuxième, je suis le premier, et de loin, dans ton palmarès.

Cette réaction primaire de virilité me donne envie de rire. Je cale mes paumes de part et d'autre de son visage.

— Tu es le seul et l'unique depuis le premier jour où j'ai posé mes yeux sur toi.

— J'aime quand tu me dis des trucs comme ça, ma puce.

Il m'embrasse légèrement sur les lèvres. J'ai besoin de plus, mais il semblerait qu'il ait encore des choses à dire.

— J'ai un deal à te proposer : on va chez mes parents le week-end prochain et en échange, tu appelles les tiens.

Je m'apprête à lui répondre que je ne suis pas certaine de vouloir le faire, mais il ne m'en laisse pas le temps. Il saisit ma bouche et dans les minutes qui suivent, ce ne sont plus des mots, mais une étreinte passionnée que nous partageons.

43

Adam

La dernière fois que nous sommes allés à Montauk avec Ruby, j'ai omis de lui préciser que je connaissais la ville depuis l'enfance pour y avoir séjourné quasiment à toutes mes vacances d'été. Mes parents font partie de ces *socialites*[3] qui adorent venir passer la saison au milieu de leurs semblables à East Hampton.

Quand je gare la camionnette devant la monstruosité de style géorgien qu'ils aiment sobrement appeler le *cottage*, et que je vois l'expression sur le visage de Ruby, je comprends qu'elle ne s'attendait pas à ça.

— Je ne pensais pas que tes parents…

— Étaient si riches ? complété-je pour elle. Et encore, tu n'as pas vu la piscine et la maison d'invités.

— Pourquoi ? Il n'y a pas déjà assez de place ici pour les recevoir ? Cette maison est immense !

— Comparée à celle du Texas, pas tant que ça.

---

3. Aux États-Unis, désigne une personne qui aime les mondanités et évoluer dans la haute société.

Elle me dévisage maintenant avec des yeux exorbités alors que nous descendons de la voiture.

— Et tu as grandi ici ?

— En partie. Nous venions dans les Hamptons pour l'été seulement. Ma mère ne supporte pas la chaleur de Houston en cette saison.

En parlant de ma mère, la porte de la maison s'ouvre à la volée et je la vois dévaler les marches du perron à toute vitesse dans notre direction. Ses cheveux blonds coupés au carré, d'ordinaire si disciplinés, volent dans tous les sens.

— Adam !

Toute la tension de ces dernières heures disparaît. Je suis si heureux de la voir, je n'avais pas réalisé à quel point elle me manquait. Mais au lieu de me prendre dans ses bras, comme je pensais qu'elle allait le faire, elle se précipite sur Ruby pour lui administrer un gros câlin.

Surprise, ma puce se tient raide comme la justice avant de se laisser aller un peu et de lui donner une étreinte polie. Ma mère recule et s'exclame :

— Je suis si contente de faire votre connaissance ! Quand mon mari m'a dit qu'Adam venait avec son amie… Oh ! Mais il n'avait pas précisé que vous étiez si jolie !

Ruby rougit et je comprends que c'est le moment où je suis censé intervenir.

— Ma puce, je te présente ma mère Katherine. Maman, voici Ruby.

— Ravie de faire votre connaissance, madame Peterson.

— Oh, s'il vous plaît, appelez-moi Kate, répond maman avant de retourner son attention sur moi.

— Et toi mon bébé, comment vas-tu ?

Je lève les yeux au ciel devant cette appellation ridicule et la prends dans mes bras. Son odeur familière me submerge. Quelque chose de sucré et de réconfortant.

— Ce n'est pas parce que tu fais trois fois ma taille maintenant que je n'ai plus le droit de t'appeler mon bébé, prononce-t-elle contre mon torse.

C'est vrai qu'avec son mètre cinquante-cinq, ma mère semble minuscule à côté de moi.

— Venez, dit-elle en me relâchant. On va prendre l'apéritif sur la terrasse.

Elle trotte vers la maison alors que je saisis la main de Ruby.

— Ta maman est très… chaleureuse, dit-elle.

Je prends conscience qu'elle avait dû s'imaginer que ma mère serait tout aussi froide que mon père.

— J'espère que tu considères que j'ai plus pris d'elle que de lui, sur ce point-là.

Elle me répond par un sourire et nous nous dirigeons vers l'intérieur. Dans le hall, une employée de maison vient s'occuper de nos affaires. Ruby semble subjuguée par le décor. Je peux comprendre, même moi qui suis déjà venu, j'avais oublié à quel point le luxe est ostentatoire ici. Sous couvert d'une atmosphère « détendue » que les hyper riches affectionnent dans le coin, il n'y a que matériaux nobles et meubles hors de prix, partout où l'on regarde. Ma mère nous précède en direction de la terrasse et je sens ma compagne se tendre au fur et à mesure de notre progression à travers les pièces du rez-de-chaussée.

— N'oublie pas que nous allons devoir baptiser chacune de ces pièces pendant le week-end, plaisanté-je à son oreille.

Elle me répond par un coup de coude mais un sourire s'esquisse sur ses lèvres.

Sur la terrasse ombragée, rien n'a changé, si ce n'est que la vigne vierge n'en finit plus de s'étendre. Le soleil miroite au loin sur la piscine, le jardin a toujours cet aspect trop parfait, comme tout droit sorti d'un magazine anglais. Mais je n'ai pas le temps de me perdre dans la contemplation de notre environnement car mon père replie le journal qu'il était en train de lire et se lève pour venir à notre rencontre. Il a revêtu sa tenue *décontractée*, ce qui consiste à abandonner son costume pour un pantalon à pinces et un polo. D'ailleurs, lui non plus ne se gêne pas pour me détailler. Avec mon jean troué aux genoux et mon tee-shirt Rage Against The Machine, je crains de ne pas correspondre à l'image de parfait fiston qu'il aurait aimé que je sois. Il serre la main de Ruby.

— Ravie de vous revoir, Ruby.

— Également, répond-elle poliment, même si je doute que ce soit le cas.

— Fils…

Il s'approche de moi, je suis surpris et ne sais pas trop comment réagir. Je croise le regard de ma mère et j'y lis tout l'espoir qu'il peut contenir. Alors j'échange une accolade distante avec mon père. C'est maladroit et ça manque cruellement de chaleur, mais quand je vois le sourire de maman, ça valait le coup.

Nous prenons place autour de la table sur laquelle des flûtes ont été disposées. Dans un seau à glace, une bouteille de champagne français attend d'être servie. Mon père commence à l'ouvrir alors qu'une jeune femme apporte un plateau de canapés.

— Je ne pensais pas que tu viendrais, fait-il remarquer.

Je soupire. Il ne lui a pas fallu plus de trois minutes pour me donner l'envie de repartir.

— Tu t'es trouvé une formidable avocate, rétorqué-je.

Mon père adresse un sourire froid à Ruby, qui semble vouloir disparaître dans sa chaise. Maman intervient :

— Je propose qu'on trinque à la présence de mon fils, que je suis ravie de voir.

L'œillade courroucée qu'elle adresse à mon père ne m'échappe pas.

— Et à la charmante Ruby, que j'ai hâte de mieux connaître, ajoute-t-elle.

Nous levons nos verres, mais à part ma mère, personne n'a vraiment le cœur à célébrer quoi que ce soit.

— Vous avez une maison magnifique, commente Ruby dans une tentative de garder la conversation sur un terrain neutre.

— Oh ! Merci ma chérie. J'ai fait préparer la chambre d'Adam pour vous deux. J'espère qu'elle vous plaira, elle a une jolie vue sur la mer.

Au moins une chose de positive dans cette maison, l'océan est tout proche. Je suis ravi d'apprendre que ma mère n'avait pas imaginé que Ruby et moi allions faire chambre à part. Elle a un petit côté vieux jeu par moments.

Cela ne m'aurait pas empêché d'aller dormir avec elle, mais ne pas devoir me faufiler dans les couloirs à la nuit tombée est quand même un avantage.

— Et alors, racontez-nous, comment vous êtes-vous rencontrés ?

Ruby sourit et je la laisse répondre car je sais que ça lui fait plaisir. Mais avant qu'elle ne prononce un mot, la voix cassante de mon père déclare :

— Certainement à une de ces manifestations débiles.

Mais au lieu d'être impressionnée et de se taire, ma puce explique :

— Pas du tout, nous avons fait connaissance à un de ses concerts, auquel je suis venue avec un ami. J'ai succombé à son charme au moment où j'ai posé mes yeux sur lui.

— Et la réciproque est vraie, ajouté-je.

Ma mère s'exclame :

— Oh ! Alors c'était un coup de foudre ?

— Tout à fait, et au fur et à mesure que j'en ai appris davantage sur Adam, je suis tombée amoureuse.

Je prends sa main dans la mienne sous la table et la caresse de mon pouce.

— Et qu'est-ce qui vous a plu exactement ? Son absence d'ambition, sa vie dissolue ?

Les mots de mon père déchaînent une rage soudaine dans tout mon organisme. Je tape mon poing sur la table, faisant sursauter ma mère. Je me lève et pointe un doigt accusateur vers mon père.

— Alors c'est ça ? Aucune trêve. Tu forces la main de ma copine, tu me fais venir ici et tu n'es pas capable de faire semblant d'être agréable pendant une heure ? Tu sais quoi, va te faire foutre !

Je quitte la terrasse en direction de la maison. Je traverse la salle à manger et j'aimerais sortir pour grimper dans ma camionnette et m'éloigner le plus possible de lui. Mais Ruby est là et je ne peux pas la laisser seule avec ce requin. Alors je bifurque vers le salon, je dois me calmer et reprendre mes esprits. Je pose mes paumes contre la poutre de la cheminée. Je ne sais pas combien de temps je reste à cet endroit, mais je suis dans un état second jusqu'à ce qu'une petite main caresse mon dos.

— Adam ?

Je ferme les yeux. Je souhaite oublier où je suis, ce qui vient de se passer, pour me concentrer juste sur elle.

— Je suis désolé du spectacle.

— Tu n'y es pour rien, c'est lui qui t'a provoqué.

Je sens qu'elle hésite avant de dire :

— Je n'aurais pas dû insister pour qu'on vienne. Si tu préfères, on peut repartir.

Je me redresse et l'attire à moi. J'ai envie, non, besoin de la toucher. Je dépose un baiser sur ses lèvres.

— Non, je ne lui ferai pas ce plaisir. Et puis, on a un deal, toi et moi. Un week-end ici contre un appel à tes parents.

Elle m'observe, puis hoche la tête.

— Ça fait longtemps que tu n'es pas venu ici ?

— Oui, longtemps, mais pas assez il faut croire.

Elle attrape un cadre sur la bibliothèque. Je me rends compte qu'il y en a des dizaines, racontant des pans de ma vie de façon erronée. Des clichés policés d'une famille qui n'en a que le nom. Celui qu'a choisi Ruby est différent. C'est une photo en noir et blanc de ma mère et moi, sur laquelle nous sommes en plein fou rire. Je dois avoir huit ou neuf ans. Je me souviens de cette journée. Elle m'avait emmené à la plage de Galveston Island près de Houston pour mon cours de surf. Je venais de l'éclabousser et au moment de la photo, elle me courait après pour se venger. Je ne sais plus qui a pris le cliché, le chauffeur certainement. Mon père ne nous accompagnait jamais à la plage. Il avait toujours trop de travail pour passer du temps avec moi.

— Tu lui ressembles beaucoup, dit-elle.

Je suis étonné, en règle générale on note mes similitudes physiques avec mon père.

— Vous avez le même sourire et quelque chose me dit que vous êtes semblables niveau personnalité.

— Comment ça ? Tu ne crois pas que je tiens mon formidable sens de l'humour de papa ?

Je l'embrasse et je serais bien capable de faire déraper ce baiser vers d'autres activités mais une petite toux nous interrompt. Maman se trouve sur le seuil de la pièce et nous annonce :

— Le déjeuner est servi.

Ruby me donne un sourire encourageant et se dirige vers elle. Au moment où j'approche de ma mère, elle pose sa main sur mon bras.

— Je suis désolée, mon chéri. Il est très stressé en ce moment à cause du conseil d'administration, c'est pour ça qu'il…

— Je ne veux pas savoir, maman. C'est toujours la même chose. Si ce n'était pas pour toi et Ruby, je serais déjà parti.

Elle baisse les yeux et je sens qu'elle est déçue. Mais Katherine Peterson a appris il y a bien longtemps à garder le sourire en toutes circonstances. Alors que nous rejoignons la table, elle donne le change en assaillant Ruby de questions. Et les deux femmes se découvrent très vite un sujet de discussion commun qui a l'air de les passionner : moi.

Ma mère a toute une série d'anecdotes embarrassantes à raconter et Ruby boit ses paroles. Elle lui parle de ma passion pour le surf et même de mes premières actions militantes :

— Vous savez qu'un jour, il a échappé à la surveillance de sa nourrice et qu'il est allé libérer tous les chevaux de notre haras ? Bien entendu, comme ils sont dressés, ils ne sont pas allés bien loin. Mais le palefrenier était furieux et moi, je me suis fait un sang d'encre, car on ne savait pas où il avait disparu. Quand on lui a demandé pourquoi il avait fait ça, il a répondu qu'il voulait qu'ils soient libres.

Ruby me jette un coup d'œil amusé et c'est reparti pour une série d'histoires, alors que mon père et moi ne desserrons pas les dents.

Finalement, ma mère questionne Ruby :

— Et vous Ruby, d'où venez-vous ? Vous êtes new-yorkaise ?

— Pas du tout, je viens d'une petite ville du Minnesota, mon père est un exploitant agricole et ma mère aide à la ferme. Je crois qu'on peut dire que je suis une fille de la campagne.

— Et vous travaillez chez Carter Corp., m'a dit mon mari ?

— C'est exact, j'ai été embauchée là-bas à la fin de mes études.

— Nous connaissons bien cette entreprise, mon mari a souvent l'occasion de collaborer avec eux. Ryan Carter est un homme formidable.

Ruby reste interdite face à cette révélation. Je pense qu'elle n'avait pas pris conscience du fait que mes parents fréquentent les mêmes sphères que son patron ni qu'ils font du business ensemble. Le piratage chez Carter Corp. ne doit plus lui sembler si anodin maintenant. Elle se ressaisit.

— Oh… eh bien, je ne connais pas Ryan Carter aussi bien que vous, je suppose, mais c'est un bon patron. Et j'aime travailler là-bas, d'autant que j'ai des collègues très sympathiques.

— Elle travaille avec Matt, précisé-je à l'attention de ma mère qui l'a déjà rencontré.

Cette fois encore, Ruby est surprise.

— J'ai rencontré Matt à un concert d'Adam. Un jeune homme à la langue bien pendue, si vous voulez mon avis.

Ruby éclate de rire.

— Ça lui ressemble, c'est vrai. Si vous avez vu Adam en concert, vous avez pu apprécier son talent, alors ?

Ma mère esquisse une fausse moue contrariée.

— Je ne suis pas certaine qu'apprécier soit le mot juste. J'ai du mal à comprendre comment il peut appeler tout ce bruit *musique,* mais il a du talent, c'est indéniable.

Toutes ces années à nous casser les oreilles avec sa batterie n'auront pas été vaines.

Le reste du repas se passe dans une relative bonne humeur. Sûrement grâce au fait que mon père reste silencieux et qu'il s'éclipse à peine celui-ci terminé. Il n'a pas arrêté de m'observer, même s'il tentait de le cacher. Je me demande bien pourquoi. Mais pour l'instant, j'ai d'autres idées en tête, comme mettre rapidement à exécution ma promesse faite à Ruby de baptiser les lieux avec elle.

44

Ruby

Après le déjeuner, Adam me fait découvrir la maison et le jardin. Nous poussons notre promenade jusqu'à la plage devant la propriété. Je n'ai aucun mal à imaginer un Adam plus jeune passant ses journées à jouer dans les vagues. Puis il m'entraîne dans sa chambre d'adolescent pour m'y faire l'amour. Ces quelques heures d'insouciance avant de devoir affronter à nouveau son père ne sont pas du luxe.

Après une douche, nous rejoignons le rez-de-chaussée. J'ai revêtu une petite robe estivale alors qu'Adam porte son classique jean-tee-shirt. Dans ce décor léché à l'extrême, il détonne, mais cela ne m'empêche pas de penser qu'il est l'homme le plus sexy que je connaisse.

— Si tes parents voyaient mon appartement, ils estimeraient que je suis une souillon. Tout est tellement parfait et immaculé ici ! commenté-je alors que nous entrons dans un salon au mobilier crème.

— C'est parce qu'ils ont une armée de domestiques pour laver leurs cochonneries, mais tout ne peut pas se nettoyer.

L'allusion est à peine voilée et je comprends pourquoi lorsque j'entends le père d'Adam se racler la gorge. Il s'approche de nous, un verre de whisky à la main.

— Bonsoir Ruby, j'espère que vous avez passé un bon après-midi.

La réponse lui importe peu, je pense, mais j'acquiesce avec un petit sourire.

— Adam, est-ce que je pourrais te parler seul à seul quelques instants ?

Je fais mine de partir mais Adam me retient. Son père propose :

— Peut-être que Ruby aimerait boire un verre au bord de la piscine ?

Cela s'appelle se faire dégager avec politesse.

— Ruby peut très bien rester ici. Tout ce que tu as à dire, tu peux le faire devant elle.

Je sais qu'il fait cela en partie pour exaspérer son père, mais je comprends aussi qu'il a besoin de moi comme soutien moral. Je me dirige vers le canapé, m'assieds et Adam s'installe près de moi. Monsieur Peterson hésite une seconde mais finit par prendre place face à nous.

— Alors, est-ce que tu comptes enfin m'expliquer pourquoi tu tenais tant à me voir ce week-end ? demande Adam d'une voix tranchante.

— Ta mère…

— Oh s'il te plaît, ne te cache pas derrière l'excuse de maman, le coupe-t-il.

Le regard du P.-D.G. est aussi froid que la glace. Il ne doit pas aimer, ni même avoir l'habitude qu'on lui tienne tête.

— Dis-moi ce que tu veux, insiste Adam.

— Que tu prennes enfin tes responsabilités et que tu sièges au conseil d'administration, à la place qui t'est dévolue.

Adam ricane.

— Je t'ai déjà expliqué cent fois qu'il était hors de question que je m'implique dans cette boîte qui représente tout ce contre quoi je me bats.

— Eh bien, viens proposer tes idées ! s'énerve son père.

— Comme si j'allais être écouté, renâcle mon petit ami.

— Tu sais quel est ton problème, Adam ? Tu es un idéaliste pourri gâté. Tu dis te battre pour une cause, mais tu ne te donnes pas les moyens de faire changer les choses. Tu crois que c'est en allant agiter des pancartes dans la rue que tu sauveras la planète ? Tu es naïf, mon fils !

— Je suis peut-être naïf, en attendant je ne cautionne pas un système corrompu jusqu'à la moelle !

C'en est apparemment trop pour son père qui se lève en grommelant :

— Je ne sais même pas pourquoi je prends la peine de discuter avec toi.

Je me rends compte que, de tout ce qu'il vient de dire, ce sont ces mots qui blessent le plus Adam. Il reste un long moment les yeux perdus dans le vague. Quand il émerge enfin, il s'excuse :

— Pardon ma puce, on n'aurait pas dû venir.

Je lui caresse le dos et demande :

— SI tu ne souhaites rien avoir à faire avec Peterson Industries, pourquoi tu ne revends pas tes parts ?

— Parce que parfois, je pense qu'en les gardant, je peux éventuellement avoir un poids sur quelques décisions que je peux bloquer par exemple. Et puis, je ne veux pas de cet argent sale.

Je me demande s'il n'y a pas quelque chose de sous-jacent. Vendre ses parts, ce serait renoncer définitivement à quelque chose qui lui a été transmis par sa famille. Couper entièrement les ponts avec elle en quelque sorte.

Adam bascule contre moi et enfouit son visage dans mon cou. Je suis triste pour lui, que les tensions avec son père le rendent malheureux, mais je suis heureuse qu'il vienne chercher son réconfort auprès de moi.

— Je suis content que tu sois là. Ça aurait été plus dur de l'affronter sinon. Je ne viens plus, parce que ça se termine de cette façon.

— Tu veux dire que tu termines systématiquement le nez dans le cou d'une conquête ?

— Tu n'es pas une conquête. Tu es ma petite amie. Tu sais ? La femme à qui j'ai fait l'amour passionnément dans ma chambre d'ado tout à l'heure.

Il m'embrasse puis déclare :

— Je t'aime, Ruby.

— Moi aussi je t'aime.

Il dépose de légers baisers sur mon visage, mon cou, mes cheveux, et sur plusieurs parties de mon corps tout en les listant :

— J'aime ton visage. J'aime l'odeur de tes cheveux. J'aime ta voix. J'aime tes seins.

— Adam…

— Quoi ? Je dis la vérité. J'aime tout chez toi, Ruby.

Sa bouche s'empare de la mienne et cette fois-ci il me montre que ces mots ne sont pas juste des paroles en l'air. J'en perds la conscience de l'endroit où nous sommes. Il a le don de me rendre folle, de me faire oublier jusqu'à mon propre nom. Lorsque plus tard, notre baiser prend fin, nous sommes haletants. Son front se pose contre le mien.

— Tu es celle que je ne pensais jamais rencontrer. Je ne peux plus me passer de toi. Je t'aime.

Alors que je m'apprête à lui répondre, nous entendons un petit cri étouffé.

— Oh !

J'ai à peine le temps de voir disparaître sa mère dans le couloir. Je ris légèrement, rougissante, songeant qu'elle s'échappe parce qu'elle vient de nous surprendre et ne veut pas nous déranger, mais une ride d'inquiétude se creuse entre les yeux d'Adam.

— Que se passe-t-il ?

Il ouvre la bouche, la referme puis déclare en se relevant :

— Je devrais aller la voir. Excuse-moi ma puce, ce ne sera pas trop long, j'espère.

Pourquoi ai-je l'impression qu'une fois de plus, je n'ai pas toutes les cartes en main pour comprendre la situation ?

45

Adam

Ma mère s'est enfuie dans la cuisine, comme je m'en doutais. Elle fait semblant de vérifier le travail de la cuisinière mais je vois sur son visage qu'elle cherche juste à donner le change.

— Maman ?

— Oh, Adam ! Qu'est-ce que tu fais ici ? Je suis venue vérifier qu'Anna avait bien pensé à ton plat végétarien. Je ne voudrais pas que…

— Maman, la coupé-je. Je peux te parler ?

Elle relève la tête mais ne croise pas mon regard. Heureusement, Anna, qui est au service de mes parents depuis assez longtemps pour savoir quand se faire discrète, se trouve une mystérieuse occupation hors de la pièce.

— Ruby est charmante, commente maman, et très jolie. On voit que c'est une fille intelligente et…

Je pose mes deux mains sur ses épaules, ce qui stoppe son babillage. Je connais ma mère, c'est sa façon de cacher son embarras.

— Je sais que tu nous as entendus tout à l'heure.

Une larme pointe sur le coin de son œil.

— Je suis désolée, je ne devrais pas réagir comme ça... s'excuse-t-elle en évitant mon regard.

Je l'attire vers moi. C'est étrange d'être celui qui console ma mère, alors que tant de fois c'est elle qui a tenu ce rôle auprès de moi. Plus d'une fois après m'être accroché avec mon père, d'ailleurs. Puis j'ai grandi et j'ai cessé de chercher du réconfort auprès d'elle, je l'ai trouvé ailleurs. Mais je ne peux nier qu'elle m'a manqué.

— Tu as le droit d'être perturbée par ce que tu as entendu, moi-même je n'aurais pas cru que ces mots...

Elle pose son doigt sur mes lèvres.

— Ne dis pas de bêtises, tu mérites d'être heureux Adam.

J'ai presque envie de la croire, mais elle ajoute :

— Tu n'es pas responsable de ce qui s'est passé.

Et c'est là qu'elle fait erreur. Elle n'est pas au courant de tout, si c'était le cas, je suppose qu'elle aussi m'aurait tourné le dos.

Je me contente de rester silencieux alors que la culpabilité m'envahit. Cette sensation bien trop familière, que j'ai eu tendance à oublier depuis l'entrée de Ruby dans ma vie. Pourtant l'amour ne peut effacer mes erreurs du passé, je devrai vivre avec elles, et qui sait si elles ne me coûteront pas encore dans le futur ?

Ma mère, comme si elle pouvait sentir mes interrogations, me questionne :

— Ruby est au courant ?

Je secoue la tête. Elle affiche une petite moue désapprobatrice pendant une seconde avant de la faire disparaître. Elle recule, puis lisse des plis invisibles sur mon tee-shirt.

— Tu devrais lui en parler. C'est une jeune fille intelligente et forte, elle comprendra.

Sa déclaration me surprend, je me demande soudain jusqu'à quel point ma mère est informée au sujet de l'accident.

— Je ne cherche pas à te dire comment mener ta vie de couple, Adam. Mais crois-en l'expérience d'une femme qui vit avec le même homme depuis trente ans, les secrets, c'est juste bon pour les cadeaux d'anniversaire. Pour tout le reste, l'honnêteté de l'un envers l'autre est la base d'un couple solide.

Sur ces mots, elle quitte la cuisine, me laissant avec plus d'interrogations que lorsque j'y suis entré.

***

Nous passons à table et Ruby fait une drôle de tête. Je suppose que pendant que je parlais avec ma mère, elle a eu une conversation avec mon père. J'aurais dû me douter qu'il profiterait de mon absence pour l'attaquer avec je ne sais quelle requête encore pour qu'elle fasse pression auprès de moi. Décidément, ce week-end était une mauvaise idée. La prochaine fois, je me contenterai de proposer à ma mère de venir me voir à New York.

Maman doit sentir également que quelque chose cloche car elle est repartie dans un de ses moments de logorrhée.

Elle parle de je ne sais quelle boutique de Montauk où elle aimerait emmener Ruby demain. Ma petite amie lui sourit poliment, mais je suis certain que même ma mère qui la connaît peu ne se fait pas avoir par cette façade.

Je saisis sa main sous la table, elle ne me repousse pas mais elle semble faire ce geste machinalement. Je sens la colère monter en moi. Je relève la tête vers mon père, qui mange comme s'il était totalement aveugle au malaise ambiant. Cela m'exaspère encore plus.

— Qu'est-ce que tu lui as dit ? l'attaqué-je alors que ma mère est en plein milieu d'un exposé sur la meilleure pâtisserie de la péninsule.

Au lieu d'être surpris par ma question, il finit tranquillement sa bouchée avant de reposer ses couverts sur la table.

— Rien que je ne croyais être un secret, Adam. Tu me reproches souvent mon manque d'honnêteté, mais je m'aperçois que tu n'es pas meilleur que moi sur ce point-là. À croire que les chiens ne font pas des chats.

Ruby se lève et marmonne un « Excusez-moi » avant de s'éclipser. Je m'apprête à la suivre mais ma mère m'en empêche en posant une main sur mon bras.

— Donne-lui une minute.

— Je n'ai rien en commun avec toi ! craché-je en direction de mon père. Je ne suis pas un menteur ! Je ne manipule pas les gens pour arriver à mes fins !

Un petit sourire sarcastique s'étire sur les lèvres de mon père. À croire qu'il sait exactement ce qui se passe dans ma tête en ce moment. Car au fond de moi, je sais que mes paroles sont on ne peut plus erronées. J'ai menti à Ruby, je l'ai manipulée pour entrer chez Carter Corp.

— Un mensonge, même par omission, reste un mensonge Adam, déclare-t-il.

— Ce n'était pas à toi de lui en parler ! explosé-je.

Alors que je crois qu'il va surenchérir et s'énerver à son tour, il me répond avec le plus grand calme.

— Je n'ai rien dit. Je pensais qu'elle était au courant, j'ai glissé une allusion et lorsque j'ai compris que ce n'était pas le cas, j'ai changé de sujet. Mais elle est loin d'être idiote et je suppose que maintenant, tu lui dois des explications.

Je me lève, partagé entre l'envie de rejoindre Ruby et celle de flanquer mon poing dans la figure de mon père. Il ajoute :

— Pour ce que ça vaut, je suis désolé.

Je suis déstabilisé, Michael Peterson ne s'excuse jamais. Certains l'admirent pour ça, mais certainement pas moi. Le pire, c'est qu'il a l'air sincère. Et pourquoi ai-je l'impression que ce n'est pas juste au sujet de ce qui vient d'avoir lieu avec Ruby ? S'excuse-t-il pour ce qui s'est passé il y a des années et qui a fini de creuser le fossé entre nous ?

Maman interrompt mes pensées :

— Va la retrouver.

Alors, sans un regard de plus pour ce paternel avec qui je n'arriverai sans doute jamais à communiquer, je me lance à sa recherche.

Je ne mets pas longtemps à comprendre qu'elle s'est enfermée dans une salle de bains. Je colle mon oreille à la porte, mais n'entends rien.

— Ruby, ouvre-moi s'il te plaît.

Quelques secondes plus tard, qui me paraissent une éternité, le battant s'ouvre sur une Ruby aux yeux rougis par les larmes. Elle me sourit, mais je vois que le cœur n'y est pas.

J'entre dans la pièce et prends son visage entre mes mains. Je l'embrasse ensuite avec toute la délicatesse du monde. Elle soupire. Alors, comme je suis loin d'être le gars le plus mesuré de la terre et qu'elle a le don de me rendre complètement dingue, je l'embrasse à nouveau, mais cette fois-ci avec passion. Elle me laisse faire mais je songe que je ne suis qu'un connard. Je devrais être en train de lui parler, pas d'entreprendre quelque chose qui va se finir en partie de jambes en l'air dans la salle de bains d'invités, chez mes parents. Je romps notre baiser, elle m'interroge du regard. Je prends une inspiration, je savais quelque part que j'allais devoir un jour aborder ce sujet, même si je me refusais à y penser. Il est possible qu'après ma révélation, elle ne me voie plus de la même façon, ou même qu'elle n'ait plus jamais envie de me voir tout court. Comment lui expliquer qu'en vérité, j'ai du sang sur les mains ? Que je lui ai promis de veiller sur elle alors que j'ai lamentablement échoué par le passé ?

Je caresse son visage, repousse ses mèches brunes, m'imprègne de ses yeux noisette qui me dévorent encore comme si j'étais le centre de son monde. Ses doigts courent sur ma mâchoire, mon cou, mes épaules, mes biceps. Ils parcourent l'ange noir qui est tatoué sur l'un d'eux et se figent. C'est à peine perceptible, ce moment où son corps se tend, où je sais que tout vient de basculer. Cette seconde où son esprit fait le lien et où tout change dans sa tête. Elle relève son regard vers moi, les questions l'emplissent. Elle a compris, maintenant elle attend de moi que je comble les blancs.

46

Ruby

Parfois, les choses les plus mystérieuses se trouvent juste sous vos yeux.

Je me souviens avoir demandé à Adam si son tatouage avait une signification particulière. Il m'avait répondu que oui, sans élaborer davantage. Je sais qu'il peut s'agir pour certaines personnes de quelque chose de très intime, donc je n'avais pas insisté, nous nous connaissions à peine. J'avais pensé qu'il me l'expliquerait sûrement un jour. Puis, l'occasion ne s'est jamais présentée de le questionner de nouveau. Pour moi, son tatouage faisait partie de celui qu'il était, au même titre que des dizaines d'autres aspects de sa personnalité. Mais après le sous-entendu de son père, je comprends qu'il est bien plus important que je ne l'aurais cru. Mais comment exactement ? De multiples scénarios se bousculent dans ma tête et Adam n'a pas l'air pressé d'éclairer ma lanterne.

Pendant qu'Adam est allé rejoindre sa mère, j'ai rencontré son père sur la terrasse. Celui-ci, même s'il a tenté de le cacher derrière un sourire furtif, semblait encore contrarié par la discussion lors du déjeuner. Il m'a tout de même remerciée d'avoir convaincu Adam de venir. J'aurais cru qu'après leur dernier échange, il regrettait cette décision. Alors, même s'il a prétendu que c'était parce que cela faisait plaisir à son épouse, j'ai bien compris que lui aussi était heureux de le voir. Apparemment, le moment était aux confidences car il m'a ensuite avoué que la situation entre eux était tendue depuis des années. Je n'ai pas osé lui rétorquer que ce n'était pas en braquant systématiquement Adam qu'il arriverait à améliorer cela. Monsieur Peterson était de toute manière parti dans un monologue sur la fuite d'Adam face à ses responsabilités, auquel je n'ai prêté qu'une oreille distraite. Mais c'est au moment où il a prononcé les mots « Je sais qu'il m'en veut toujours à cause de l'accident » que mon cerveau semble s'être reconnecté. Et la surprise a dû se lire sur mon visage car l'homme d'affaires a changé de sujet, trop subitement pour que ça passe inaperçu. Le doute s'est instillé dans mon esprit. Et quelque chose me dit que l'attitude de sa mère un peu plus tôt est peut-être liée à ça elle aussi.

Alors, quand je passe mon doigt sur l'ange noir qui orne le biceps d'Adam, je ne peux que me demander quel secret il renferme. Adam ferme les yeux et inspire. J'ai subitement peur de ce qui va suivre.

— Adam ? Qu'est-ce que…

Il prend mon visage en coupe.

— Je t'aime, ma puce. Tu es à moi autant que je suis à toi. Tu n'as aucune inquiétude à avoir.

Ces mots qui devraient me rassurer ne font qu'approfondir mon malaise.

— Raconte-moi.

— Je n'ai pas voulu te mentir, Ruby.

Un mensonge. Pourquoi ai-je l'impression qu'on en revient toujours et encore à ça ? Combien de secrets vais-je encore devoir découvrir ? Je recule d'un pas.

— Ne te mets pas en colère, ma puce, requiert-il en s'avançant pour supprimer la distance que je viens d'instaurer.

— Je ne peux pas te promettre ça, sachant que je ne sais pas de quoi il est question.

Il soupire et moi je retiens ma respiration.

— J'étais amoureux avant…

Je ne sais pas à quoi je m'attendais, mais pas à ça. Il poursuit :

— J'ai connu Lucy lorsque j'étais au lycée, j'avais quinze ans.

Il me regarde et pourtant j'ai l'impression qu'il ne me voit pas vraiment. Il est perdu dans ses souvenirs.

— On est tombés amoureux, rapidement, comme on peut l'être à cet âge-là. C'était la fille d'un riche promoteur immobilier de Houston, nos parents fréquentaient les mêmes cercles. Tu te doutes que les miens étaient ravis. Il faut dire que Lucy était belle, intelligente, drôle, elle charmait facilement les gens autour d'elle.

J'ai du mal à l'écouter parler d'une autre fille en des termes si élogieux, mais je comprends que ce n'est pas le moment de montrer de la jalousie mal placée. Je le laisse poursuivre.

— Ma mère l'adorait, mon père aussi, ce qui est assez étonnant, tu en conviendras. D'autant que c'est l'époque où j'ai commencé à affirmer mes opinions divergentes, nos disputes étaient incessantes. Lucy est entrée à la fac et rapidement elle a décroché un poste de stagiaire… chez Peterson Industries. Cela a été source de querelles entre nous, mais je me suis résigné car elle était vraiment douée dans ce qu'elle faisait et j'ai compris que même si ça ne me plaisait pas, c'était une superbe opportunité pour elle, et… pour moi également.

— Pour toi ?

— J'avais déjà intégré Safeplanet à cette époque et même si Lucy ne partageait pas toutes mes convictions, elle adhérait à certaines de mes idées. Ce qui fait que je n'ai pas eu trop de mal à la persuader de m'aider.

Il prononce ces derniers mots avec difficulté, comme s'ils lui coûtaient.

— C'est-à-dire ?

— Mon père aimait vraiment beaucoup Lucy. Tandis que j'étais une source constante de déception, elle était la fille, brillante et impliquée, qu'il n'avait jamais eue. À la fin de son stage, il l'a embauchée. J'ai demandé à Lucy d'utiliser ses bonnes relations avec mon père pour m'aider dans l'une de mes actions. C'était censé être un petit truc sans intérêt, juste pour l'emmerder, sauf que ça a mal tourné.

Je déglutis avec difficulté. Mes yeux se posent à nouveau sur l'ange noir, signifie-t-il ce à quoi je pense ? Adam reprend, des larmes au fond des yeux.

— Lucy devait se rendre sur une des plateformes pétrolières du groupe, dans le golfe du Mexique. Derreck m'avait filé un boîtier supposé balancer des ondes pour détruire leur équipement technologique, histoire de foutre un peu le bordel. Je ne sais pas si ça a un lien ou non… je n'aurai jamais la réponse. L'hélicoptère dans lequel elle était s'est abîmé dans l'océan.

Un lourd silence ponctue cette déclaration. Une larme coule sur la joue d'Adam. Je voudrais le consoler, mais je suis tétanisée par cette révélation.

— Je ne saurai jamais si c'est à cause de ce putain de boîtier qu'elle est morte. Je suis peut-être un meurtrier, son meurtrier.

Je pose une main sur son bras. Celui-ci est raidi par la colère, ses poings sont serrés. J'ai mal pour lui, mais je n'arrive pas à trouver les mots qui l'apaiseraient. Je demande doucement :

— Ce n'est peut-être pas ta faute, qu'en a pensé Derreck ?

— Il ne sait pas ce qui s'est passé. Le boîtier n'était pas programmé pour se déclencher de lui-même, il fallait que ce soit Derreck qui le fasse. J'étais avec lui, il n'a pas appuyé sur la commande. J'ai…

Sa voix se brise.

— J'ai vu l'hélicoptère disparaître des écrans radars, Ruby. C'était horrible. Je l'ai certainement tuée.

Cette fois-ci, je le prends dans mes bras. Il enfouit son visage dans mon cou, je caresse ses cheveux.

— C'était un accident, Adam, tu n'y es pour rien.

— Tu n'as pas entendu ce que je t'ai dit. C'est ma faute si elle est morte.

— Tu n'as jamais souhaité sa mort. Tu n'as pas appuyé sur ce bouton, c'était un accident. Tu n'es pas responsable.

Il relève la tête et ça me fait mal de voir ses beaux yeux verts mouillés de larmes.

— C'est normal que tu t'en veuilles, mais tu pourras porter toute la culpabilité du monde sur tes épaules, cela ne te rendra pas Lucy. Je ne la connaissais pas, mais si elle avait la possibilité de te parler, je suis sûre qu'elle ne souhaiterait pas ça. Là où elle est, elle sait que tu n'as jamais voulu qu'elle disparaisse.

Il ne répond rien, il se contente de me serrer un peu plus contre lui. J'accepte cette étreinte tout en sachant que ce nouveau pan de la vie d'Adam qui m'est dévoilé est quelque chose qui bouleverse pas mal de mes certitudes quant à notre avenir.

***

Plus tard dans la soirée, je me suis éclipsée au bord de la piscine. J'ai dit à Adam que j'avais besoin de temps pour réfléchir et il a accepté. J'ai noté cependant le trouble au fond de son regard. Je sais qu'il pense que je suis en quelque sorte en train de lui échapper, mais je n'arrive pas à trouver les mots pour le rassurer. Lui expliquer que j'ai juste besoin de remettre de l'ordre dans mes pensées, et que je ne peux le faire qu'en étant seule.

Je regarde l'onde troublée par mes jambes. La lune se reflète sur ces mini vaguelettes en des dizaines de fils argentés. Perdue dans ma contemplation, j'entends à peine madame Peterson approcher. Elle s'assied à côté de moi, mais je continue de fixer l'eau.

— Adam m'a dit qu'il vous avait parlé de Lucy.

Je hoche la tête.

— C'est bien qu'il l'ait fait. Et je suis désolée pour tout à l'heure, quand je me suis enfuie de la pièce, c'est juste… je n'avais pas vu Adam si heureux depuis longtemps.

Je me tourne vers elle. Un léger sourire, un peu mélancolique, étire ses lèvres. Elle continue :

— À la mort de Lucy, j'ai vu Adam se détruire peu à peu. Les relations avec son père étaient déjà loin d'être idéales et cela n'a fait qu'empirer les choses, soupire-t-elle. On était tous très tristes de la perte de Lucy et aucun d'entre nous n'a été capable de surmonter sa peine pour faire en sorte que nos liens ne se distendent pas davantage.

— Adam s'en veut beaucoup, dis-je.

— Michael aussi, affirme sa mère. C'est lui qui avait envoyé Lucy en mission là-bas. Mais il ne l'avouera jamais à Adam. J'ai abandonné l'espoir de les voir un jour avoir une conversation qui ne se termine pas par des hurlements. Ils peuvent être si entêtés tous les deux, ils se ressemblent tellement sur ce point, soupire-t-elle.

Je souris, songeant qu'elle n'a pas tort. Je ne suis pas certaine qu'Adam et son père arrivent un jour à accorder leurs opinions sur quoi que ce soit, mais même si c'était le cas, ils continueraient sûrement de se disputer. Contrairement à Adam, je pense que son père tient à lui, il ne sait tout simplement pas le lui montrer.

— Comment était Lucy ? demandé-je à Kate.

— Oh, ma chérie ! Ne vous embarquez pas là-dedans ! Adam ne cherche pas une nouvelle Lucy, jamais il ne vous comparera toutes les deux.

J'ai affronté des rivales bien vivantes comme Fiona, mais apprendre que ma principale concurrente est une morte ? Je ne sais pas comment réagir face à ça.

La mère d'Adam prend ma main et la serre dans la sienne.

— On peut aimer plus d'une fois dans sa vie. Lucy restera son premier amour, mais cela ne veut pas dire qu'il y a moins de place dans son cœur pour vous, Ruby. Grâce à vous, il s'est engagé sur le chemin de la résilience et c'est un grand pas en avant. Et pour tout vous dire, je suis contente que ce soit vous qui l'y conduisiez.

— Merci.

Elle relâche ma main au moment où une ombre s'approche. La silhouette d'Adam se détache dans la pénombre. Sa mère se relève, m'adresse un dernier sourire et s'éclipse.

Je me suis levée également et Adam en profite pour m'enlacer tendrement.

— Je ne veux pas que tu te compares à Lucy, ma puce. Je suis fou de toi. J'ai aimé Lucy, mais c'était il y a longtemps, tout comme tu as aimé avant moi.

— Les circonstances sont différentes…

— Peut-être, mais le résultat est le même. Nous sommes ensemble maintenant, et c'est tout ce qui compte.

Il dépose un baiser sur mes lèvres.

— Après la mort de Lucy, j'ai cru que jamais plus je ne serais capable d'aimer. Et pourtant, me voilà, ici avec toi et tout ce que je ressens n'est en rien comparable à ce que j'ai connu avant. J'ai compris que grâce à toi, je vis, j'ai arrêté de simplement survivre.

— Je suis désolée que tu aies eu à traverser ça.

Il réfléchit un instant avant de déclarer :

— Les épreuves font ce que nous sommes. Et je n'étais pas seul, la musique m'a aidé dans cette période. Et Colin aussi, sur ce point, je lui dois beaucoup.

Je me blottis contre lui. Nous restons là un moment, au bord de cette piscine et dans les bras l'un de l'autre. Puis il m'entraîne dans sa chambre et nous faisons l'amour lentement. Dans chacun de ses baisers, chacune de ses caresses, Adam me montre toute l'intensité de son amour pour moi. Il arrive à effacer mes doutes, à repousser mes peurs, si bien que lorsque je m'endors contre lui, je suis persuadée que cet ange noir ne sera jamais un obstacle entre nous.

CHAPITRE BONUS
PAR CLAIRE ZAMORA

Adam

Un samedi qui aurait pu être comme les autres chez les Senders. Réception guindée dans la salle de bal souterraine de leur immense villa. Ce monstre architectural, qui surplombe fièrement la rivière Chattahoochee, s'impose sur la nature, tout comme son propriétaire sur le marché de l'immobilier.

Sous les arches en pierres de taille, les tables sont recouvertes de petits fours et de mets en tout genre. Des bouteilles de vin hors de prix flirtent avec des coupes en cristal à trois chiffres pièce. Le déballage indécent des nouveaux riches, aujourd'hui sur fond de veillée funèbre.

Écœurant.

Devant moi, des serveurs se déplacent d'un air égal, tenant leurs plateaux avec assurance. À ma droite, dans l'angle, trois violonistes et un violoncelliste, assis devant leur pupitre, jouent le *Requiem* de Mozart. Évidemment. Elle a toujours été sensible à la musique du Maestro. Elle aurait aimé cette interprétation, même si elle en aurait décortiqué tous les aspects. Mais elle aurait aussi détesté tous ces visages mélancoliques. *Elle aurait…* La principale invitée a déserté les lieux. Lucy. Ma douce Lucy.

J'avale mon bourbon d'un trait et serre les dents. Mes yeux balaient la pièce et se posent sur le père de la défunte. Il semble dévasté. Il l'est probablement. Ici, tout le monde l'est. Lucy, sa petite fille chérie, était un astre. Un ange qui commençait à peine à déployer ses ailes dans ce monde de sombres pourris. Une douleur vient de nouveau cogner dans ma poitrine. Et si c'était moi qui avais éteint cette lumière qui nous réconfortait tous ? Et si c'était par ma faute que l'hélicoptère de Lucy avait explosé ? Et si j'étais son meurtrier ?

Ces pensées me hantent, me torturent, m'obsèdent, depuis l'annonce de sa disparition. Derreck m'a certifié qu'il était impossible que le dispositif qui devait brouiller l'équipement technologique de la plateforme ait pu se déclencher par lui-même. Aucun d'entre nous n'a appuyé sur ce foutu bouton. J'étais là. Du début jusqu'à la fin. Les écrans de Derreck bien devant les yeux. Jusqu'à ce que l'on perde le signal…

Putain !

Mes yeux se chargent à nouveau de larmes. Je vais devoir supporter ce doute toute ma vie. La culpabilité. Je me suis servi de Lucy pour la cause, pour combattre un système obsolète et pourri qui détruit notre planète. La diversité s'éteint petit à petit, le monde va mal, les gens crèvent de maladies à cause des saloperies qu'on leur fait manger… Mais, aussi juste que pouvait être ma détermination, il n'y avait rien de plus injuste que de priver le monde de Lucy.

Mon téléphone vibre, un message d'Owen :

On se voit ce soir ? Je t'attends pour

une vague, mon ami. Tu tiens le coup ?

Nous ne nous sommes pas revus depuis que j'ai su… Pour l'instant, sa présence, tout comme celle de Fiona et de Derreck, me renvoie trop à l'insupportable. Et je ne suis pas naïf, si j'ai tout leur soutien dans cette épreuve, comme dans toutes les autres, et ce depuis des années, ils n'auraient toutefois pas apprécié de se trouver ici, dans l'œil du cyclone, entourés de tout ce qu'ils détestent.

Mes amis n'ont jamais compris les agissements de Lucy. Sa façon de mener son combat. Elle avait les mêmes aspirations que nous, cette envie farouche de vivre dans un monde meilleur, mais elle n'utilisait pas les mêmes armes. Elle pensait pouvoir faire changer les choses de l'intérieur, quand nous autres étions convaincus qu'il fallait mettre ces salauds au pied du mur. Bousiller leurs installations, immobiliser leurs équipes et pourrir leur réputation. Elle me répétait que les monstres n'existaient pas. Que tout homme était capable de changer à condition de faire passer les messages de la bonne façon, sans violence. Combien de fois nous sommes-nous déchirés à ce sujet !

Et la seule fois où elle a bien voulu m'aider…

Combien de fois j'ai tenté de lui ouvrir les yeux sur les hommes comme mon père ! Elle pensait qu'en prenant cette place à ses côtés, comme assistante, elle pourrait influencer ses décisions. L'amener habilement à réaliser l'impact de ses actions sur la planète. Mais l'argent aveugle ces mecs-là ! Ils ne vivent que pour la recherche du profit et pour le pouvoir qu'ils détiennent sur le monde ! La bienveillance, le respect de la vie, l'amour… Toutes ces notions leur sont étrangères, ou, au mieux, leur semblent sans intérêt. Mon père n'a jamais écouté personne. Il n'a jamais véritablement aimé personne. Il n'a que sa sacro-sainte entreprise à brandir comme l'étendard de sa toute-puissance ! Il pense à l'héritage qu'il léguera en numéros de comptes en banque, pas à l'avenir d'un monde dévasté par le « toujours plus » qu'il laisse aux jeunes générations.

Alors, si de mon côté j'ai été capable de faire la part des choses en ce qui concerne Lucy, mes amis, eux, ont toujours eu cette méfiance et cette tendance à lui coller l'étiquette de la nantie arriviste sur le dos.

— Adam. Toutes mes condoléances…

Je relève lentement les yeux vers la voix nasillarde qui vient d'interrompre ma cacophonie interne. Je pourrais remercier cette personne de m'arracher à ces pensées douloureuses s'il ne s'agissait pas de Tyler Edwards, ami d'enfance de Lucy et fils d'un riche banquier d'affaires. Un jeune homme déjà enchaîné sur les rails du chemin de fer tracé par son père.

— Je te remercie.

Je repose les yeux sur mon mobile en espérant qu'il se détourne de moi. Il ne m'a jamais porté dans son cœur et ce sentiment est totalement réciproque. Je fais défiler machinalement mes messages et je relis celui que Colin m'a envoyé hier, tard dans la nuit. Il a travaillé les paroles d'une nouvelle chanson en hommage à Lucy. C'est sa façon à lui de me montrer son soutien et son affection pour elle. Doris et lui sont venus à la cérémonie et à l'enterrement. Leur présence m'a fait du bien mais je n'ai pas voulu leur faire subir la suite. Ils auraient été dévisagés et jugés par tous ces gens qui ne comprennent ni notre musique, ni ce que nous sommes.

— C'est terrible ce qui est arrivé à Lucy… J'espère qu'ils retrouveront la boîte noire de l'hélicoptère pour savoir ce qui s'est passé.

« Ils », c'est-à-dire les hommes à la botte de mon père. Les instances et les forces les plus puissantes de ce pays. Les politiques ne dirigent pas le monde. Si c'était le cas, les multinationales ne passeraient pas si facilement au travers des lois. Non, les politiques courbent le dos et ramassent bien sagement les billets verts que les « grands » de ce monde, comme mon père, leur jettent comme des miettes. C'est certain, la tragédie fait de l'ombre à la réputation du paternel. L'affaire a déjà fait le tour des médias et tout le monde y va de son interprétation. Les complotistes en deviennent dingues. Les vidéos pullulent sur le Net. Les *haters* se déchaînent, bien à l'abri derrière leurs écrans. J'ai lu des commentaires, à propos de Lucy et d'un prétendu retour des choses qui m'ont donné envie de défoncer tous ces lâches ignorants ! Il y a un combat à mener, je suis le premier à le dire, mais il ne faut pas pour autant se tromper de cible.

Et, contrairement à ce que tout le monde pense, mon père n'a rien d'infaillible. Il n'est ni omniscient, ni omnipotent. Son fric ne fait pas de lui un dieu. Oh non ! La plus plausible des raisons est qu'il a tout bêtement ordonné à Lucy de se rendre sur l'une de ses plateformes à bord d'un appareil défectueux. Une erreur qui a échappé à sa vigilance. Comment pourrait-il en être autrement lorsque vous gérez un empire comptant des dizaines de milliers de personnes et des centaines de services ?

Il m'arrive d'imaginer que c'était lui et pas Lucy, dans ce monstre de ferraille…

— Tu devrais poser la question à mon père. Son hélicoptère s'est écrasé non loin de sa foutue plateforme pétrolière. Je pense qu'il a les moyens de racler l'océan tout entier pour retrouver une simple boîte noire.

Tyler porte son verre à ses lèvres tandis qu'il glisse une main dans la poche de son costume. Son menton se redresse et il me lance un regard méprisant.

— Toujours dans ton combat, hein ?

Je range mon portable dans la poche arrière de mon jean. J'ajuste ma veste. D'habitude, je sais gérer les types dans son genre. Généralement, je joue la carte de la désinvolture et je me délecte de les observer patauger dans leurs mensonges. Mais aujourd'hui, j'ai juste envie de leur casser les dents. À tous.

— Tu as quelque chose à y redire ?

— Juste que ce n'est pas le moment. Mais les types comme toi ne savent pas s'arrêter, n'est-ce pas ?

Je pose mon verre sur un plateau qui passe à ma hauteur et je me rapproche de Tyler. Il doit faire une bonne tête de plus que moi mais il est fin comme une brindille.

— Les types comme moi ?

Il se penche vers moi pour me parler plus bas.

— Tu sais ce que j'ai toujours pensé de toi, Adam ? Tu es un bourgeois en mal de frissons. Un ingrat qui se cache derrière son look de surfeur et ses potes écolos. Un type qui fait mumuse avec des baguettes pour exciter les midinettes avec une musique de sauvages. Tu n'as toujours pas terminé ta crise d'adolescence et tu as toujours besoin d'attirer l'attention de *pôpa*…

Il m'adresse un rictus condescendant avant de poursuivre :

— Lucy méritait tellement mieux que toi ! Elle méritait tellement mieux qu'un rebelle à deux dollars, qui conchie sur un système dont il a profité pendant des années et qui lui assure un avenir doré…

— T'aurais peut-être préféré que Lucy s'intéresse à toi, Tyler ? T'étais hors course, mon gars. Elle te trouvait insipide et chiant à mourir.

— Ne te méprends pas. Elle aurait fini par comprendre. Elle était trop intelligente pour tomber dans le panneau.

— La liberté et l'amour sont deux notions bien plus attractives que le pognon, mon vieux. Et elle était bien plus intelligente que vous tous pour le comprendre.

— La liberté ? Mais laisse-moi rire ! Tu te sens peut-être libre sur ta planche mais ce n'est qu'un leurre. Personne n'est libre, Adam !

Nos fronts sont à quelques centimètres de se rejoindre. Mes muscles sont tendus, prêts à frapper. Soudain, une main frêle se pose sur mon épaule. Je reconnaîtrais son contact entre mille.

Maman.

— Adam…

Ses yeux humides et clairs, cachés derrière sa voilette noire, me supplient silencieusement de me contenir. Ma mère adorait Lucy comme sa propre fille. Mon cœur se serre en lisant toute l'émotion que l'expression de son visage me renvoie.

— Viens avec moi, tu veux bien ? Allons prendre un peu l'air…

Notre échange houleux a déjà attiré plusieurs regards. En fait, il n'en fallait pas beaucoup car leur milieu ne m'a jamais apposé le sceau « approuvé ». Je suis plutôt le chat noir, la déception de la famille, celui qui fait honte au paternel. Il y en a toujours un. Ici, c'est moi. Je fais tache au milieu de tous ces diplômés de Yale, d'Harvard ou du MIT en costumes trois-pièces. Le batteur, qui fait la plonge pour financer son projet de boutique de matériel de surf et qui joue de la batterie dans un groupe de metal, ça détonne au milieu de tous ces gens « bien comme il faut ».

Je me détourne de Tyler et je regarde tendrement ma mère.

— Ça va aller, maman. Je crois que je vais juste y aller. Je n'ai pas ma place ici.

Ses yeux s'arrondissent et son doux visage, d'habitude si lumineux, s'affaisse plus encore.

— Ne dis pas ça ! Ton père…

Je pose une main sur son bras.

— Ça va, maman. Ne t'inquiète pas. Papa sera plus serein en me sentant loin d'ici.

Je dépose un baiser sur son front et la serre un instant dans mes bras. Je respire son odeur, si familière et apaisante.

S'il y a une personne que j'aime dans cette famille, c'est bien elle. Elle a toujours été un pilier. Elle m'a toujours soutenu et aimé, malgré des choix qu'elle n'a pas toujours approuvés. Je ne lui ferai jamais l'affront de la décevoir en me donnant en spectacle pour ce jeune con qui parle comme un vieux de soixante piges.

— Tu sais qu'il ne va pas être d'accord, Adam ?

— Ça ne sera qu'une raison de plus pour qu'il me fasse la morale.

Je lui adresse un sourire triste et m'éclipse.

Dehors, je prends une grande bouffée d'air frais. Il n'y a personne à part le personnel du traiteur qui se presse à des allers-retours. Le soleil est au zénith. Il pourrait me réchauffer si seulement je n'étais pas si glacé à l'intérieur.

À l'ombre d'une colonne, j'observe la piscine. Gigantesque ! Desservie par deux immenses escaliers, elle ouvre une perspective incroyable sur un parc paysagé de plusieurs hectares. Le souvenir de Lucy, magnifiquement nue sous la lumière de la lune, me revient. Cette nuit-là, je suis tombé amoureux. Ses parents étaient partis et après avoir trompé le personnel de maison censé nous surveiller, nous avions pris un bain de minuit. Mon estomac se tord de douleur. Cette vision ne sera désormais qu'un fantôme.

— Adam !

Je me retourne en sursautant. Cette voix m'a toujours fait cet effet. Avec lui, j'ai toujours été sur le qui-vive. J'enfile mon armure invisible et me prépare à recevoir une nouvelle salve. Même un jour comme celui-ci, mon père ne m'épargnera pas. Il ne s'encombre pas des sentiments des autres.

Et, exactement comme je l'ai prévu, il affiche un air furibond et se précipite vers moi.

— Tu vas revenir tout de suite à l'intérieur ! Tout le monde va te chercher !

Je m'appuie contre la colonne et le dévisage.

— Et tu ne supportes pas que je te fasse honte… C'est ça ?

— Cesse un peu tes enfantillages et comporte-toi en homme, pour une fois !

— Je ne crois pas que Lucy aurait aimé cette mascarade. Ni de me voir pris au piège entre vous tous, comme un animal de cirque.

Il se rapproche un peu plus de moi et brandit un index dans ma direction.

— Tu fais partie de ce monde, Adam ! Mets-toi bien ça dans la tête ! Lucy l'avait bien compris, elle. Bon sang ! Sa mort ne te remet même pas les idées en place ?!

Stupéfait devant son culot, je lève les bras au ciel.

— Tu l'as utilisée pour m'attirer dans ta foutue entreprise. Sans succès. Alors maintenant, quoi ?! Tu utilises sa mort ?!

Mon père brasse l'air devant lui et grimace. J'ai toujours l'impression de lui faire l'effet d'un parasite gênant, un de ces moustiques que l'on chasse de devant son visage pour avoir la paix.

— Tu racontes n'importe quoi !

— Ah oui ? Ne me prends pas pour un imbécile ! Je sais très bien qu'à travers elle, tu tentais de me faire changer d'avis, de me rallier à ta cause !

Je laisse passer un instant de silence. Juste pour reprendre mon souffle. Mon cœur vient d'entreprendre un solo de batterie tandis que ma gorge se resserre dangereusement.

— Tu sais ce qui est le plus triste, papa ?

Il ne cesse de me fixer, le visage fermé et les poings serrés.

— Le plus triste, c'est que nous l'avons utilisée tous les deux. Nous l'avons instrumentalisée dans notre relation merdique. À cause de nous, de toi, et de ton incapacité à accepter ce que je suis… Elle en est morte !

Ma voix se brise. Les yeux de mon père se rétrécissent et me transpercent.

— Si tu ne l'avais pas envoyée sur cette plateforme, Lucy serait encore là !

— Tu vas mettre la faute sur moi, maintenant ?

La silhouette de ma mère se dessine dans l'ombre. Je me ravise.

Dans un ultime mouvement, je me rapproche de mon père et lui souffle à l'oreille :

— Ne t'avise plus jamais de m'ordonner quoi que ce soit. Considère cette conversation comme la fin de notre relation. Et, une dernière chose : ne te crois pas tout-puissant. Je ne suis pas seul dans mon combat. On vous fera tomber, tous, l'un après l'autre.

Et ce qui devait arriver arrive : mon père m'assène une claque monumentale. Si forte que j'en recule d'un pas. Maman pousse un cri et court retenir le bras de son mari.

Je pose une main sur ma joue et essuie une goutte de sang qui perle au coin de ma narine. Je relève des yeux assassins vers mon père. Puis, après avoir lancé un dernier regard à ma mère, je fais volte-face.

Je ne veux plus jamais le revoir !

47

Adam

Le week-end chez mes parents s'est fini sans trop de heurts. Au moment de partir, ma mère m'a fait promettre de revenir bientôt et mon père s'est contenté d'un au revoir plus distant. Après l'esclandre du samedi, il n'a plus évoqué mon siège au conseil d'administration de Peterson Industries.

Je passe la semaine loin de Ruby à cause de nos emplois du temps respectifs. Alors, quand arrive le vendredi, je peste d'avoir eu l'idée de lui proposer une soirée entre potes au Starlite. J'aurais aimé la passer avec elle seule, et si possible dans mon lit ou le sien, ou n'importe quel autre endroit, pourvu qu'on y soit nus.

Je râle contre le trafic du vendredi soir à Manhattan qui me met en retard. Lorsque je débarque sur place, Colin et Ruby sont assis face à face et Matt, debout à côté, est en train de leur annoncer qu'il va danser et qu'il ne compte pas rentrer avec eux.

— On parie combien qu'il revient la queue entre les jambes dans moins d'une heure ? déclare Ruby qui ne s'est pas aperçue de ma présence.

Colin laisse échapper un petit rire mais ne commente pas.

— Ce que tu es vilaine avec tes potes, je vais tout lui répéter, dis-je en posant mes mains sur les épaules de ma copine.

Elle se retourne et me décroche un sourire qui pourrait éclairer la pièce à lui seul. Je dépose un léger baiser sur ses lèvres et fais un signe de tête à Colin qui répond de même.

Je contourne la banquette pour me glisser aux côtés de Ruby qui se rapproche de moi immédiatement.

— Je ne t'ai pas trop manqué, ma puce ?

— Tu connais la réponse à cette question et je n'ai pas besoin de flatter davantage ton ego.

— Quoi ? Qu'est-ce qu'il a mon ego ?

Colin ricane face à nous, je l'ignore et embrasse Ruby. Lorsque je me détache d'elle, elle a les joues rouges, les iris qui pétillent et mon pote nous observe avec ennui.

— Colin, faut vraiment que tu te trouves une meuf, déclaré-je.

— Non merci, répond celui-ci comme si je parlais d'une abomination, ce qui nous fait rire, Ruby et moi.

Je commande une bière et je discute de ma semaine avec Ruby et Colin. Je m'aperçois à un moment que les yeux de ma copine dérivent vers mon tatouage. Je suppose qu'elle repense aux révélations du week-end dernier et je me surprends à me dire qu'un jour, je porterai un tatouage en rapport avec elle. Je ne sais pas encore quel dessin j'adopterai, mais il est certain qu'elle s'est déjà insinuée sous ma peau, ce n'est qu'une question de temps avant qu'elle y apparaisse aussi en surface, à la vue de tous.

Les yeux de Ruby continuent leur inspection et lorsqu'elle passe sa langue sur ses lèvres, je ne résiste pas à l'envie de la taquiner :

— Ce que tu vois te plaît, ma puce ?

— Quoi ? J'ai le droit de te mater, non ?

— Mais oui, je suis tout à toi.

Colin râle :

— Je crois que je vais vomir.

— Tu t'en remettras mon pote. Et ne me dis pas que tu ne parles jamais comme ça aux filles.

— Certainement pas. Je suis incapable de dégobiller des mots d'amour, se défend-il comme si c'était une maladie contagieuse.

— Non, tu les leur chantes, m'amusé-je. Et tu fais ça tellement bien.

Il se renfrogne et grommelle qu'il part chercher une autre tournée au bar. Je le coupe dans son élan, ce qui le surprend, mais il ne proteste pas et se rassied. Ruby m'interroge du regard, j'essaye de lui répondre de la même façon mais je ne suis pas certain qu'elle comprenne. Il faut qu'on fasse parler Colin ce soir. Mon plan pour y parvenir ? Le faire boire. Je connais mon ami, ce n'est pas un causeur, sauf lorsque l'alcool l'a bien entamé. Et ce n'est pas avec deux ou trois bières qu'on va réussir. Il nous faut un truc plus fort.

Je reviens à la table avec des shots de tequila et la bouteille. Au bout de deux tournées, j'attaque les hostilités :

— À notre planète, en espérant que nous arriverons à la sauver !

— Oh non mec ! Tu ne vas pas commencer avec tes théories écolos à la noix ! râle Colin.

— Ce ne sont pas des théories, c'est la stricte vérité, contré-je.

— Laisse-moi boire tranquille sans me servir un énième sermon sur la forêt amazonienne ou la façon dont je trie mes poubelles, s'il te plaît.

— Adam essaye juste d'attirer notre attention sur des problèmes qu'on a trop souvent tendance à oublier, ajoute Ruby.

— Merde ! J'y crois pas, tu as réussi à corrompre ta nana ! peste Colin.

— Je n'ai corrompu personne. Je lui ai seulement ouvert les yeux sur des sujets que tout le monde se complaît à ignorer.

— Je n'ignore pas que notre consumérisme nous conduit à notre perte, mais je n'ai pas envie d'en discuter, là, un vendredi soir alors que je me suis tapé une semaine de merde à faire la chasse à des petits cons d'écolos qui ont cru bon d'infiltrer notre réseau, déclare le guitariste en lançant un regard glacial. Si ça se trouve, ce sont même des potes à toi !

Son insinuation me fait flipper une seconde mais quand je vois qu'il recentre son attention sur son verre, je comprends qu'il a lancé ces paroles en l'air. À côté de moi, Ruby se raidit, je presse sa main pour lui signifier qu'il faut qu'elle se détende pour ne pas éveiller les soupçons de Colin.

— Tu n'as toujours pas trouvé qui c'est ? demandé-je, l'air le plus nonchalant possible.

Les yeux de Colin s'éclairent d'une lueur inquiétante.

— Non, mais je ne suis pas loin. Carter m'a filé des ressources illimitées pour ce boulot. J'ai même eu droit à du nouveau matos. Ton pote Derreck en crèverait de jalousie.

— Pourquoi vous ne laissez pas tomber ? Après tout, ils n'ont rien fait de plus que diffuser leur petite vidéo, non ?

— J'en fais une affaire personnelle. Ces connards se pensent plus intelligents que moi, sans parler du fait que tout ce qu'ils ont raconté est totalement faux.

— Arrête ! Tu ne peux pas croire que Carter est blanc comme neige, il traîne forcément dans des trucs pas très clean, dis-je.

Colin se redresse sur son siège et se penche vers nous. Il nous fixe Ruby et moi, tour à tour.

— Je bosse sur les dossiers les plus sensibles de Carter, et ce, H24. Je ne suis pas certain qu'à part lui, il y ait quelqu'un dans cette boîte qui en sache plus que moi sur ses activités. Et je peux te certifier qu'il n'est pas le connard destructeur de forêts que tu voudrais bien croire.

— Ça n'empêche que vous avez bien des clients et des fournisseurs qui ne sont pas clean. Il accepte bien de bosser avec ces gens-là.

Au moment où je prononce ces mots, je me demande si je n'en ai pas trop dit. Mais Colin soupire et déclare :

— Bon, quoi que je dise de toute façon, tu ne changeras pas d'avis alors je vais pisser et pendant ce temps, fais en sorte de trouver un autre sujet de conversation.

Il s'en va et quand je concentre mon attention sur Ruby, je vois qu'elle est pâle.

— Eh, ma puce, ça va ?

— Tu ne crois pas qu'il se doute de quelque chose ?

Je voudrais être certain de ce que j'affirme mais je le dis essentiellement pour la rassurer :

— Je ne pense pas. Et Derreck a eu une idée pour brouiller les pistes. Ça demande quelques jours pour la mettre en place, mais après ça, on va faire tourner Carter en bourrique.

Ruby fronce les sourcils.

— Tu ne crois pas que c'est déjà assez ? Et si vous vous faisiez prendre ?

— Derreck est fort, ma puce. Il va faire en sorte que ça ne soit pas le cas.

Je vois que ma réponse ne la satisfait pas.

— Adam, est-ce que tu fais vraiment ça pour la planète ou…

Elle hésite.

— Ou quoi ?

— Est-ce que c'est une sorte de vendetta contre ton père ? Je sais qu'il fait partie des clients de Carter et qu'il y a des infos sur Peterson Industries dans ce que vous avez volé.

Mon visage se durcit. Je suis conscient qu'après le week-end dernier, elle s'est mis en tête que mon père n'est pas uniquement ce connard avide de pouvoir et d'argent que je lui ai décrit. Mais elle se trompe sur toute la ligne. Je ne peux pas lui en vouloir, Lucy aussi pensait qu'il y avait moyen de le faire changer d'avis. Mais quand on voit le résultat…

— J'ai l'impression que toute cette histoire, c'est une façon pour toi de l'atteindre…

Je la coupe :

— Cela n'a rien à voir avec mon père. Je fais la guerre à ceux qui saccagent notre planète, quels qu'ils soient.

Je me lève, elle essaye de me retenir mais j'ai besoin d'espace. Alors, sans un regard en arrière, je m'éloigne de la table en direction du bar.

48

Ruby

Colin se laisse tomber sur la banquette face à moi.

— T'es toute seule ? Il est passé où, le surfeur ?

Je hausse les épaules et Colin me fixe avec étonnement.

— Ben ça alors… Vous êtes tout le temps collés l'un à l'autre, je suis plus habitué, raille-t-il.

— C'est une mauvaise chose ?

— Nan, il est moins chiant depuis qu'il est avec toi.

Je relève un sourcil, pensant que Colin va poursuivre, mais il m'adresse un sourire en coin et déclare :

— Je n'en dirai pas plus, Ruby.

Qu'est-ce que je croyais ? Il s'agit de Colin, cette conversation est certainement une des plus longues que nous ayons eues depuis que je le connais.

Il ne faut pas longtemps pour que l'attention du développeur soit attirée par quelqu'un d'autre. À nouveau seule, je décide de partir à la recherche d'Adam. Mais j'ai beau fouiller dans tous les coins du bar, aucune trace du batteur.

Exaspérée, et un peu triste qu'il soit capable de me planter de la sorte, je préviens Colin que je m'en vais et sors du bar.

Sur le trottoir, je hèle un taxi et au moment où celui-ci s'arrête et que j'ouvre la portière, j'entends Adam qui m'interpelle :

— Ruby !

Je suis tentée de faire la sourde oreille et de m'engouffrer dans le taxi sans un regard en arrière mais au dernier moment, je renonce.

— Tu t'en vas ?

Sa question sonne comme un reproche et cela ne fait qu'augmenter ma colère.

— Oui, comme tu peux le constater, je rentre chez moi, réponds-je sèchement.

— Sans me prévenir !

— Pour te prévenir, il aurait fallu que je te trouve ! m'enflammé-je. Tu as disparu depuis presque une heure !

Il pose sa main sur la portière que je tiens toujours ouverte.

— Donc, on se dispute et toi tu te barres ? demande-t-il avec froideur.

— Non ! On se dispute, et *tu te barres* ! explosé-je.

Il détourne le regard. Il ne peut nier que j'ai raison.

— J'avais besoin de prendre l'air, c'est tout. Ce n'est pas une excuse pour prendre le large.

— Tu voulais quoi au juste ? Que je t'attende sagement sur mon fauteuil pendant que tu *prenais l'air* ? Désolée, mais je ne suis pas une potiche, Adam. Maintenant, lâche cette portière, il est tard et je veux rentrer chez moi.

— Non.

— Non ?

— Je ne veux pas que tu rentres chez toi.

— Et pourtant il est hors de question que j'aille ailleurs ou que je retourne dans ce bar.

Il ne bouge pas d'un iota. Dans mon dos, le chauffeur de taxi s'impatiente.

— Adam, laisse-moi partir ou je crie.

J'ai conscience que ma menace est puérile mais il est tard et j'en ai marre. Au lieu d'obtempérer, le surfeur campe sur ses positions. Ses yeux verts me foudroient. Je sais qu'il ne me prend pas au sérieux, et ça m'énerve d'autant plus. Alors j'inspire un grand coup et me mets à hurler.

La seconde d'après, quelque chose de dur se plaque sur mes lèvres. Je comprends qu'il s'agit de la main d'Adam. Il souffle à mon oreille.

— Ruby, arrête !

Je vois que quelques passants nous regardent. Adam relâche son emprise et je reprends mes cris à l'instant même. Cette fois-ci, ce n'est pas sa main qui appuie sur ma bouche mais ses lèvres. Au début, je résiste. S'il croit qu'il peut m'avoir comme ça… Mais il a plus d'un tour dans son sac. Il maintient mon visage entre ses doigts, sa bouche embrasse la mienne comme s'il s'agissait d'une idole, puis son corps vient se coller contre le mien et… je rends les armes. Je réponds à son baiser et j'y mets toute la frustration que j'ai ressentie ces dernières minutes. Nos dents s'entrechoquent, nos langues se disputent. Adam grogne contre ma bouche et murmure :

— Désolé, ma puce.

Je n'ai pas le temps de dire quoi que ce soit car le taxi nous balance à travers la portière toujours ouverte :

— Vous comptez monter ou pas ?

Adam m'interroge du regard et pour toute réponse, je saisis sa main et l'attire avec moi dans l'habitacle. Une fois assis, il fait glisser sa paume sous ma jupe. J'écarquille les yeux, désignant le chauffeur.

— J'ai déjà failli te prendre contre sa portière, s'amuse Adam. Ce n'est pas quelques caresses qui vont changer la donne.

Je repousse ses doigts mais mon petit ami prend un malin plaisir à insister. Cela devient un jeu, tout le temps de notre trajet : Adam m'attaque et je contre ses assauts avec plus ou moins de bonne volonté. À peine la porte de mon appartement passée, Adam me plaque contre celle-ci et fait disparaître ma culotte en un tournemain. Je m'affaire sur les boutons de son jean, qui se retrouve sur ses chevilles. Les préliminaires ayant déjà eu lieu dans le taxi, il ne perd pas une seconde pour plonger en moi. Notre étreinte est empressée, presque violente. L'arrière de ma tête et mon dos tapent contre le panneau de bois, les hanches d'Adam claquent contre mes cuisses. Ses bras puissants me soutiennent et pourtant je m'agrippe à sa taille avec mes jambes comme si ma vie en dépendait. Je ne retiens pas mes cris d'extase, nous sommes certainement en train de fournir un show très spécial à tout le palier, mais je m'en moque totalement. Adam mordille mon cou jusqu'à ce que ses râles de plaisir prennent le relais. Nous explosons simultanément, ses yeux émeraude plongés dans les miens.

Nous sommes à bout de souffle, son front tombe contre le mien. Nous restons un long moment comme cela. L'un contre l'autre, nos respirations calées sur le même tempo erratique. Nous ne prononçons pas un mot, jusqu'à ce qu'une voix se fasse entendre :

— Je te kiffe Adam ! crie Benji.

Nous éclatons de rire à l'unisson, toute la frustration de cette fin de soirée maintenant envolée.

***

Le lendemain, après une nuit emplie de galipettes torrides, mais cette fois-ci à l'abri des yeux indiscrets de Benji, Adam remet le sujet de notre dispute sur le tapis sans même que j'y fasse allusion.

— Tu pensais vraiment partir sans moi, hier soir ?

Je lui tends un mug et lui réponds :

— Tu l'aurais mérité. Tu ne peux pas me planter quelque part toute seule parce que le sujet de conversation te déplaît.

Il se contente de porter son café à ses lèvres. Il est torse nu dans ma cuisine, uniquement vêtu d'un boxer noir, et cela devrait être interdit d'être aussi sexy de bon matin. Avec ses cheveux en bataille et ses abdos saillants, on le croirait tout juste échappé d'un shooting photo pour une marque de sous-vêtements.

— Je déteste me disputer avec toi, Adam.

— Pourtant, on fait ça très bien, ironise-t-il.

— J'aimerais qu'on discute de la question que je t'ai posée hier et qui t'a mis en colère.

— Tu connais déjà la réponse, alors pourquoi on s'embête à en reparler ?

Je soupire.

— Parce que je suis persuadée que tout garder pour toi ne t'aide pas à tourner la page et à pardonner, autant à toi-même qu'à ton père.

Il passe ses doigts dans ses cheveux.

— Tu es dure, tu sais ?

Je m'approche et l'enlace. Je dépose un baiser sur son torse.

— Parle-moi.

Il met ses mains sur ma taille.

— Lucy… elle essayait vraiment de faire changer les choses dans la boîte de mon père en œuvrant de l'intérieur. Elle n'était pas pour les actions de piratage ou ce genre de trucs. Et pourtant, quand je lui ai demandé de prendre le boîtier, elle n'a pas hésité. Certainement pour me faire plaisir, car elle savait que c'était important pour moi.

Il fait une petite pause puis continue.

— Quand elle est morte, j'avais besoin de diriger ma colère contre quelqu'un. Bien entendu, je me suis autodésigné comme coupable, mais mon père était également une cible facile. Il y avait déjà tellement de tensions entre nous… Cette société, ce que ça représente pour lui, c'est devenu pour moi le monstre à abattre.

— Et tu veux utiliser les infos récupérées chez Carter Corp. pour ça ?

Il hoche la tête.

— Tu te rends compte que tu parles de l'entreprise de ton père, de ta famille. Des conséquences que ça peut avoir ? Pour les employés par exemple ?

— Il faut forcément qu'il y ait des sacrifices pour un bénéfice à plus grande échelle. Je ne veux pas que Lucy soit morte pour rien.

— Oui, mais imaginons que tu arrives à ébranler Peterson Industries ? Qu'est-ce que tu fais ensuite ?

— On pourrait utiliser tout cet argent pour tellement de choses plus utiles.

— C'est un peu utopique quand même, remarqué-je.

Il rit doucement.

— Je suis un être utopique, ma puce. Tu ne t'en étais pas déjà aperçue ?

Je souris et pense que même si je trouve ses idées complètement délirantes, j'admire sa pugnacité. Je pose ma joue contre son torse, m'imprégnant de la chaleur de sa peau. Puis, je demande :

— C'est quoi le plan, maintenant ?

Il caresse distraitement mes cheveux en répondant :

— Colin en sait plus qu'il ne veut en dire. Va falloir qu'on intervienne.

— Le plan de Derreck ?

— Oui, pas le choix.

Il soupire et je devine déjà ce qui va suivre.

— On va avoir besoin de ton aide, Ruby.

49

Ruby

Je suis consciente que dans une entreprise comme Carter Corp., nos moindres faits et gestes sont filmés et qu'à tout moment, quelqu'un peut décider de les visionner. Jusqu'à ces derniers jours, je n'y avais jamais vraiment songé, mais ce matin en passant les portes de la tour au cœur de Manhattan, j'ai l'impression de ne voir que ça : les caméras de surveillance.

Respire, Ruby.

Mais je dois avoir une drôle de tête car dès que je m'assieds sur mon siège, Matt demande :

— Eh, ça va toi ? Tu n'as pas l'air dans ton assiette.

— Oui, oui, ça va, éludé-je.

Mais Matt est du genre insistant :

— Tu t'es disputée avec Adam ?

— Non… tout va très bien avec Adam…

Ma seconde d'hésitation n'est pas passée inaperçue.

— Mais ?

Je soupire et décide de discuter avec lui de ce que j'ai sur le cœur depuis quelque temps.

— Adam t'a déjà parlé de Lucy ? Sa copine qui est morte.

— Brièvement. Je crois qu'il n'aime pas trop aborder le sujet. Non qu'on puisse le lui reprocher.

— Je me sens mal par rapport à ça. Et un peu triste aussi, elle était si jeune, et Adam…

— Adam a gardé des séquelles de cette histoire, complète-t-il à ma place.

— Oui. Je ne sais pas trop comment je dois réagir, maintenant que je suis au courant. Et il se sent tellement coupable, j'aimerais l'aider.

— Je comprends, tu t'inquiètes pour lui. Mais laisse le temps faire son œuvre. Rien que le fait qu'il soit avec toi prouve qu'il avance. Il est absolument dingue de toi, ne me dis pas que tu ressens de la jalousie pour une morte ?

— Dis comme ça, ça paraît ridicule… Je suis une horrible personne ! m'exclamé-je en prenant ma tête entre mes mains.

— Non, pas horrible. Tu es jalouse d'une personne qui a compté pour Adam. C'est normal, je crois. Mais pas très utile. Elle sera toujours importante pour lui, ne cherche pas à la remplacer. C'est avec toi qu'il a choisi de faire sa vie et d'avancer. Garde ça en mémoire.

Il me sourit et je me sens déjà mieux.

— Je ne savais pas que tu étais aussi sage, plaisanté-je.

— Qu'est-ce que tu crois ? Les gens se pressent pour les conseils de docteur Matt. Toi, je te fais la consultation gratos car je t'aime bien.

— Merci.

— De rien, même si je pense que je suis un gros crétin. Je devrais te dire de fuir Adam pour te garder rien que pour moi.

Il décoche un clin d'œil et tous mes soucis sont remisés au placard, face à sa bonne humeur.

***

Un peu plus tard dans la matinée, Gabriel m'appelle pour me demander de le rejoindre dans son bureau. Forcément, mon cerveau tourne à toute vitesse. Y aurait-il une chance que Gabriel soit au courant de notre plan, à Adam, Derreck et moi ? Nous sommes censés le mettre en place ce soir. Puis j'essaye de me raisonner. Il est impossible qu'il en ait entendu parler, et si c'était le cas, c'est la sécurité qu'il m'aurait envoyée.

Cependant, quand je passe la porte de son bureau, mes paumes sont moites et mon cœur bat à tout rompre. Gabriel quitte un instant des yeux son écran d'ordinateur et me dit :

— Assieds-toi, Ruby.

Je m'exécute, toujours tremblante. S'il me demande de m'installer, ce n'est pas juste pour me refiler un dossier de plus. Et Gabriel n'a pas son pareil pour faire monter ma tension, sans même s'en rendre compte. Il continue de répondre à son e-mail comme si je n'étais pas là. Au bout d'une minute, qui me paraît durer des heures, il se tourne enfin vers moi. Je me fais la réflexion qu'il a des similitudes physiques avec Adam. Une carrure imposante, des cheveux blonds et même des yeux verts, à la différence que je suis incapable de les lire, contrairement à ceux de mon beau surfeur. Si Adam avait décidé d'embrasser la carrière que son père lui souhaitait, auprès de lui, il ressemblerait certainement à Gabriel. Mais tandis que mon patron est plutôt costume trois-pièces, cheveux disciplinés en arrière et eau de Cologne hors de prix, Adam est jean troué, tignasse ébouriffée comme s'il sortait à peine de l'eau, et une délicieuse odeur de soleil, de sel et de liberté. Gabriel me coupe dans ma contemplation par une question :

— Depuis combien de temps travailles-tu chez Carter Corp., Ruby ?

C'est la voix un peu chevrotante que je lui réponds :

— Un peu plus de neuf mois.

— Et ton travail te plaît ?

Ces questions me déstabilisent, je ne comprends pas où il veut en venir. Mais j'essaye de me ressaisir, je me racle la gorge et déclare :

— Oui, j'aime beaucoup ce que je fais. J'apprends de nouvelles choses tous les jours et je suis ravie de travailler pour une entreprise comme Carter Corp.

Il me répond par un hochement de tête.

— Et quels sont tes plans pour le futur ?

— Eh bien, j'espère avoir l'occasion de progresser au sein de l'entreprise. Avoir plus de responsabilités.

Mon Dieu, si j'avais su que j'allais passer un entretien, je me serais préparée !

Gabriel m'adresse un petit sourire, il doit sentir que je suis tendue car il m'annonce :

— Respire, Ruby, je suis très satisfait de ton travail et j'en ai parlé avec Mark Leviels, le directeur de filiale. On est tous les deux d'accord sur le fait qu'on va pouvoir te confier des cas un peu plus complexes sur lesquels travailler.

Il saisit un dossier vert sur son bureau et le pousse vers moi. Il n'y a pas de nom sur la couverture et je n'ai pas le temps d'ouvrir pour voir de quoi il s'agit car Gabriel continue :

— Il s'agit d'un gros client de Carter Corp. Ils sont en train de mettre en place de nouvelles méthodologies en interne, tout en essayant de maintenir la productivité. Nos équipes ont développé une technologie rien que pour eux, et autant dire que Ryan Carter est très fier du résultat. D'ailleurs, ce dossier est suivi directement par lui. Dans quelques semaines, tout sera prêt et nous allons devoir présenter ces innovations au monde entier. C'est là que tu interviens, Ruby. Il va falloir mettre en place toute la stratégie de communication. Bien entendu, je vais chapeauter ton travail, mais c'est à toi de trouver les idées que nous allons proposer à Ryan Carter et aux clients.

Si je n'étais pas déjà assise, j'en tomberais par terre. Ce que me dit Gabriel est absolument énorme ! Je n'ai jamais eu à travailler sur un dossier d'une telle ampleur. En plus, il est directement suivi par Ryan Carter. Cette information est à la fois extraordinaire – on me confie un projet vraiment important pour la société – et terrifiante – on parle de notre P.-D.G., là !

— Je te laisse te familiariser avec le dossier, dit Gabriel, viens me voir quand tu auras des questions.

Je ressors de son bureau, complètement sonnée. Je m'installe sur la chaise et ouvre la pochette verte. Sur le premier document, le nom de l'entreprise pour laquelle je vais travailler s'inscrit en capitales. Et là, mon cœur a un sursaut.

PETERSON INDUSTRIES.

Il s'agit, ni plus ni moins, de la société du père d'Adam ! Un instant, je crois à une blague. Mais qui pourrait s'amuser à ce propos ? Je parcours les feuilles, cela a l'air pourtant bien réel. Et ce que je lis est d'autant plus étonnant. Le projet du père d'Adam est novateur et engagé et remet en question beaucoup de choses. Soudain, une idée me traverse l'esprit : comment Adam va-t-il prendre le fait que je travaille pour son père ? Dois-je le lui dire ? Après tout, je ne suis pas censée discuter avec lui des dossiers sur lesquels je bosse. La politique de confidentialité chez Carter Corp. est très stricte. Mais comment lui cacher une information si importante ? Peut-être devrais-je refuser le client ? Expliquer à Gabriel qu'à cause de mes liens avec Adam, je ne suis pas la personne qu'il faut. Mais j'ai rêvé qu'on me confie une telle responsabilité, si je dis non, on risque de me mettre au placard pendant des années, sinon pour toujours.

Comme s'il sentait que je pense à lui, je reçois un message de Adam.

Comment ça va ma puce ?

Il sait que je suis stressée à cause du plan de ce soir, c'est pour ça qu'il me pose la question. Mais en ce moment même, j'ai un deuxième souci qui me tourmente bien plus, pour être honnête. Je décide de ne pas l'affoler.

Tout va bien, j'ai hâte d'être
à ce soir et de te voir.

Je me replonge dans mon dossier et Matt, qui était parti, revient dans l'open space et se campe juste à côté de moi.

— Sur quoi tu bosses, princesse ?

— Un nouveau dossier que m'a confié Gabriel, un client qui est directement suivi par Ryan Carter.

— Eh ! Mais c'est génial ! Ça veut dire que Gabriel t'offre plus de responsabilités !

— Ouais.

— Pourquoi j'ai l'impression que cette nouvelle ne t'enthousiasme pas comme elle devrait ? demande-t-il en fronçant les sourcils.

— En fait, il y a un hic. Le client…

— Qu'est-ce qu'il a le client ?

— C'est Peterson Industries.

Matt écarquille les yeux et la bouche.

— C'est pas la boîte du père d'Adam ?

— Exactement. Et tu sais comme Adam et son père…

— Ouais, je suis au courant qu'il y a des tensions. Qu'est-ce que tu vas faire ?

— Eh bien, je ne me vois pas refuser le dossier… Surtout que…

Matt se penche pour lire par-dessus mon épaule, je lis sur son visage qu'il est tout aussi étonné que moi.

— Punaise, c'est du lourd ! Et c'est à toi qu'ils ont confié ça ? Tu dois être hyper flattée, Ruby ! Tu as raison, tu ne peux pas refuser.

— Mais qu'est-ce que je vais dire à Adam ?

Il se gratte le menton tout en tournant autour du bureau pour regagner sa chaise, sur laquelle il se laisse tomber sans grâce.

— Tu ne vas pas pouvoir le cacher éternellement. Je dirais même qu'il vaudrait mieux que tu lui en parles, plutôt qu'il ne l'apprenne par hasard.

— Oui, mais je ne peux pas lui dévoiler le projet.

Matt m'observe avec ce regard intense qu'il utilise pour séduire les filles, sauf qu'en cet instant, il est tout à fait sérieux.

— Tu es dans la merde, princesse.

***

Vers vingt heures, je suis toujours à mon bureau et Matt attrape son casque de moto et sa veste pour partir.

— Toujours là, princesse ? Je sens que Gabriel ne va pas regretter de t'avoir remis ce dossier !

— Je compte me montrer digne de sa confiance.

Il hoche la tête et me donne une accolade avant de partir. Je suis seule maintenant dans l'open space, et la lueur fantomatique des néons rend mon stress encore plus palpable. Mon téléphone vibre.

Salut ma puce, j'ai vraiment envie de te voir.

Il s'agit du signal dont nous avons convenu avec Adam au préalable, et qui me signifie qu'il est au parking de la tour Carter.

Moi aussi, mon cœur.

Je range mes affaires comme tous les soirs. Au cas où quelqu'un observerait, il faut que j'aie l'air naturel. Je prends mon sac à main et me dirige vers les ascenseurs. J'appuie sur le bouton, il ne faut pas longtemps pour qu'une cabine arrive. Les portes de métal s'ouvrent mais alors que j'espérais qu'il n'y aurait personne à cette heure-ci, je me retrouve nez à nez avec Ryan Carter. Stupéfaite par cette rencontre, je reste pétrifiée et c'est ce qui attire certainement son attention. Il relève le nez de son téléphone et m'observe, impassible. La porte commence à se fermer et il met rapidement son bras devant la cellule.

— Vous ne descendez pas, mademoiselle Williams ?

— Euh, si.

Je pénètre dans l'ascenseur et m'installe le plus loin possible de mon P.-D.G., qui consulte sa montre.

— Vous êtes là bien tard, un vendredi soir, fait-il remarquer.

Il n'a pas tort, à part la sécurité, le service de nettoyage et bien entendu lui et moi, le bâtiment doit être désert.

— J'ai travaillé sur un nouveau dossier, je n'ai pas vu le temps passer.

— Ah oui, c'est à vous que Mark et Gabriel ont confié Peterson Industries. Je suppose qu'ils vous ont expliqué combien ce projet est important pour moi.

Je hoche la tête, incapable de prononcer une phrase sensée.

— Peterson Industries a investi des sommes colossales dans ce développement et je tiens à ce qu'il se mette en place de la meilleure des façons.

Je me sens de plus en plus nerveuse. Je suis en train de discuter avec Ryan Carter alors que je suis sur le point de faire entrer Adam et Derreck afin qu'ils piratent son système! Et lui me parle de son projet hyper important, dont il m'a fait l'honneur de me confier une partie.

— Comment avez-vous eu cette idée? demandé-je.

— C'est monsieur Peterson qui m'a contacté personnellement. Il avait envie de changements dans son entreprise et il connaît les valeurs auxquelles je suis attaché.

Cette nouvelle m'étonne, mais je crois que je ne suis pas au bout de mes surprises aujourd'hui. Ryan Carter continue:

— Il faut encourager ceux qui veulent construire, au lieu de détruire.

Je songe qu'il s'entendrait si bien avec Adam. À cet instant, je n'ai plus aucunement la volonté de participer au projet de piratage. Ryan Carter est un homme bien.

Le petit ding de l'ascenseur annonce l'arrivée au rez-de-chaussée.

— Vous descendez? demande mon patron.

— Non, je vais au parking prendre ma voiture.

Pourvu qu'il ne sache pas que je n'en possède même pas.

— Eh bien, passez une bonne soirée, mademoiselle Williams.

Mais avant de sortir, il plonge sa main dans sa poche et en extrait une carte de visite qu'il me tend.

— Voici mon numéro personnel. Si vous avez des questions au sujet du dossier Peterson, n'hésitez pas à m'appeler.

Je me saisis du petit rectangle de carton d'une main tremblante et marmonne un remerciement. Ce n'est que lorsque les portes de l'ascenseur se referment que je m'autorise à respirer à nouveau. Mes yeux sont hypnotisés par le nom de Ryan Carter écrit en caractères élégants. Si seulement il savait…

50

Adam

J'essaye de le cacher autant que possible, mais je n'ai jamais été si anxieux avant une action. La première fois que nous nous sommes introduits chez Carter Corp., Ruby a participé à l'opération, mais à son insu. Là, c'est de son plein gré qu'elle nous aide et même si c'est moi qui le lui ai demandé, cette idée ne me plaît guère.

À mes côtés, Derreck semble aussi calme que s'il se rendait à une session de surf. Il est appuyé contre l'un des murs du parking, son ordinateur portable dans une main et son téléphone, avec lequel il joue, dans l'autre.

— Qu'est-ce qu'elle fait ? marmonné-je entre mes dents.

— Laisse-lui le temps de descendre, tu lui as envoyé le message il n'y a même pas cinq minutes, me répond mon pote sans même me regarder.

La porte s'ouvre enfin et je vois avec soulagement la silhouette gracile de Ruby dans l'embrasure. J'avance et prends son visage entre mes mains, repousse une mèche de ses cheveux et demande :

— Ça va, ma puce ?

Elle me sourit et se glisse sur la pointe des pieds pour déposer un léger baiser sur mes lèvres.

— Bon les amoureux, j'ai désactivé les caméras de surveillance pour une heure. Vu ce qui nous attend, on ferait mieux de ne pas traîner.

Ruby se dirige vers l'escalier et nous lui emboîtons le pas.

— Et c'est parti pour l'escalade ! lance Derreck comme si cette idée l'enthousiasmait.

— Tu feras moins le malin quand tu commenceras à cracher tes poumons, lui rétorqué-je, sachant très bien qu'il ne faudra pas longtemps pour que cela arrive.

Même si Derreck fait du surf, il est capable de rester des semaines entières le cul vissé à son fauteuil de bureau. Heureusement, Ruby est plus sportive. Elle court régulièrement et nous ne manquons jamais une occasion de travailler notre cardio ensemble, de façon plutôt agréable… D'ailleurs, elle retire ses escarpins, attirant mon regard vers ses jambes nues.

— Ma puce, si on avait le temps…

— Comment tu peux penser à ça dans un moment pareil ? s'offusque-t-elle.

— Tel que je le connais, dis-toi qu'il y pense tout le temps, commente Derreck en nous dépassant.

Les joues de Ruby prennent la même teinte que celle de la pierre précieuse homonyme. J'ai envie de rire devant son embarras mais je me retiens. Nous grimpons en silence les premiers étages mais, comme je l'avais prévu, Derreck a du mal à tenir le rythme.

— Pourquoi le bureau de Colin est aussi haut ? peste-t-il.

— Parce que c'est un as et qu'il ne traîne pas en bas avec les ringards, réponds-je.

Quelques volées de marches plus loin, c'est au tour de Ruby de se moquer de mon pote :

— Tu veux que je te pousse ?

— Je crève d'envie que tu poses tes petites mains sur mes fesses, mais si c'est pour que le grand blond costaud me refasse le portrait, non merci.

Je souris en entendant leur échange, voilà au moins un de mes amis qui ne tentera rien pour me piquer ma copine.

Au trentième étage, soit encore dix avant d'atteindre celui auquel nous devons nous rendre, Derreck annonce :

— Je vous abandonne ici. La majeure partie des serveurs est à cet étage.

Il me tend une clé USB et m'indique :

— Tu branches ça sur la bécane de Colin à mon signal et tu laisses le programme charger. Quand c'est fini, tu la retires et vous vous barrez illico presto.

Derreck disparaît alors que Ruby et moi continuons notre ascension. Quand le panneau annonçant l'étage de Colin apparaît, j'avoue que je ressens un certain soulagement, mêlé à de l'appréhension. C'est ici que commencent les choses sérieuses. Nous reprenons notre souffle, Ruby est en sueur, de petits cheveux sont collés sur son visage alors que les autres sont tout ébouriffés. Je prends sa main et la serre dans la mienne.

— C'est parti, ma puce.

Nous pénétrons dans le couloir désert du quarantième étage. Seul un léger vrombissement de machines se fait entendre. Nous poussons la porte du bureau de Colin, pour l'instant le plan marche comme prévu.

Je secoue la souris de l'ordinateur, l'écran s'allume, mais il me faut le signal de Derreck pour commencer.

— Qu'est-ce qu'on attend ? demande Ruby.

— Le feu vert de Derreck.

Je m'appuie contre le bureau de Colin, pensant que mon pote serait bien capable de me tuer, rien que pour ça. J'attire Ruby contre moi. Je me rends compte que la dernière fois que nous nous sommes retrouvés tous les deux dans cette pièce, c'est là que tout a changé pour moi. C'est à cet instant que j'ai compris que j'avais beau me mentir, me dire que je me servais seulement d'elle, en vérité, j'étais déjà tombé amoureux d'elle. Je me rappelle le baiser torride que nous avons échangé et mon attitude ensuite. Car au-delà de prendre conscience du fait que j'avais des sentiments pour la femme que je venais de trahir en la manipulant, je me suis aperçu que ce n'était malheureusement pas la première fois que cela m'arrivait. L'histoire est un éternel recommencement, dit-on. Et dans mon cas, c'est on ne peut plus vrai. Après avoir utilisé Lucy, avec les conséquences dramatiques qu'on connaît, je refaisais la même erreur avec Ruby. Ce n'est d'ailleurs pas bien différent ce soir, j'ai proposé au préalable que Ruby ne nous serve qu'à ouvrir la porte du parking, mais c'est elle qui a insisté pour nous accompagner. Elle a argumenté que si jamais on était surpris, il serait plus facile de faire croire qu'elle avait introduit des amis qui étaient passés la voir à son bureau plutôt que de justifier notre présence seuls dans les couloirs de Carter Corp.

— Je ne sais pas si c'est l'adrénaline ou les quarante étages que nous venons de monter à pied, mais j'ai le cœur qui palpite comme jamais, dit Ruby. C'est toujours comme ça ?

— Non, parfois c'est pire.

— Mon Dieu, Adam ! Je ne sais pas comment tu fais pour rester aussi calme.

— C'est facile, il me suffit de concentrer mon attention sur la plus jolie fille du monde, actuellement dans mes bras.

Elle me donne une petite tape sur l'épaule.

— Tu n'es qu'un vil flatteur, Adam Peterson.

— Oui, mais avoue que pendant une seconde, tu as oublié où tu te trouvais.

— Dans tes bras ? suggère-t-elle alors qu'elle sait très bien que je ne parlais pas de ça.

Je dépose un baiser sur ses lèvres, je sens qu'elle est extrêmement tendue.

— Si Colin savait ce qu'on fait dans son bureau…

— Il nous tuerait certainement, confirmé-je.

— Il ne se doute de rien ? Il est pourtant au courant que tu appartiens à Safeplanet.

— Oui, mais l'organisation est immense, je ne pense pas qu'il me croie capable de faire un truc pareil.

— Et pourtant, tu l'as fait. Et moi, j'ai bien réussi à vous démasquer. Même si Owen m'a mise sur la voie.

— Owen et son fameux sens de l'abnégation, soupiré-je.

— Tu me l'aurais avoué un jour ?

— Pour le piratage ? Pour le fait que je suis un membre de Safeplanet ?

— Tu m'as déjà dit que tu ne m'aurais pas parlé du piratage pour me protéger.

— Pour Safeplanet, j'aurais bien été obligé. Il n'y a rien de honteux là-dedans et ça fait partie de celui que je suis. Sans parler du fait que je n'aurais pas pu inventer un bobard à chaque fois que je me rends à une manif. Imagine, je t'annonce que j'ai un concert et tu croises Colin ou Doris dans la rue ?

— Ça aurait créé quelques problèmes, c'est certain.

Mon téléphone bipe, c'est le message de Derreck que nous attendions. Je m'écarte de Ruby et j'enfonce la clé USB dans la tour de l'ordinateur de Colin. Il ne se passe rien. Ruby et moi retenons notre souffle. Quand, au bout d'une minute, l'écran n'affiche toujours rien, nous échangeons un regard paniqué. Mes espoirs s'évanouissent mais je ne laisse rien paraître pour ne pas affoler Ruby.

— Qu'est-ce que… commence-t-elle.

Mais sa question est interrompue par l'apparition d'une tête de mort, sous laquelle s'affiche une barre de progression. Le chargement débute. Nous lâchons tous deux un soupir.

— Eh bien, il ne reste plus qu'à patienter, constate Ruby. Tu sais pour combien de temps on en a ?

Je me tourne vers elle, reprenant ma position initiale contre le bureau de Colin, et l'enlace.

— Aucune idée, mais je propose qu'on mette à profit notre attente.

Je n'attends pas sa réponse pour glisser mes doigts sous sa jupe. J'en ai rêvé pendant toute l'ascension de tout à l'heure.

— Adam ! Ce n'est vraiment pas le moment !

— Au contraire, je ne vois pas de meilleure occupation.

Elle lance un regard angoissé autour de nous.

— Il n'y a personne, ma puce.

— Même, on est dans le bureau de Colin !

— Et alors ? Tu ne trouves pas ça excitant ?

Le rouge qui monte à ses joues me confirme que sous son air sage, ma puce ne l'est pas tant que ça. Elle mordille sa lèvre inférieure.

— Je suis stressée, mon cerveau me fait faire n'importe quoi, se justifie-t-elle.

Je ris et m'empare de sa bouche. Elle tremble comme une feuille, je me rends compte que même si elle tente de donner le change, elle est morte de peur.

— Chut, ma puce, je ne laisserai rien t'arriver.

Je l'embrasse à nouveau.

— Ne pense qu'à moi, oublie les écrans, ce qu'on est en train de faire. Concentre-toi sur moi.

— Ce n'est pas facile pour moi, admet-elle, c'est la première fois que je fais ça.

— Oh, pour moi c'est le train-train quotidien, plaisanté-je. Rentrer illégalement dans un building, implanter un virus, c'est la routine.

Soudain, tout s'affole dans mon dos, interrompant notre conversation. La barre de progression stoppe, puis disparaît. L'écran se met à clignoter avant de s'éteindre.

— Bordel ! m'écrié-je.

Dans la panique, j'appuie sur le clavier au hasard. Mais l'ordinateur ne répond pas, on dirait que tout le système est coupé. Je presse le bouton de l'alimentation mais rien ne se produit.

— On dirait que tout le système est HS, fait remarquer Ruby.

Je suis complètement perdu, je lâche une litanie de « putain » tout en essayant de comprendre ce qui a pu se passer. J'attrape mon téléphone et compose le numéro de Derreck.

Le visage de Ruby face à moi est blanc comme un linge. Je sens la panique l'envahir au fur et à mesure des secondes qui défilent. Elle lâche d'une voix terrorisée :

— On va finir en prison, on va se faire arrêter !

— Personne ne va finir en prison, réponds-je plus sèchement que je ne l'aurais voulu.

Derreck répond enfin.

— Le téléchargement s'est arrêté !

— Qu'est-ce qui se passe, Derreck ?

— C'est Colin, il devait se douter de quelque chose. Le mec est bon, il est très bon. Mais t'inquiète, j'essaye de contourner le problème.

Je vois Ruby qui se décompose sous mes yeux, elle doit entendre Derreck et ce petit con a l'air plus surexcité par la situation que paniqué. Je pose ma main sur sa joue, la forçant à me regarder.

— Adam, qu'est-ce qu'on va faire si on se fait prendre ?

— On ne va pas se faire prendre, calme-toi.

Juste à ce moment-là, la voix de Derreck retentit dans le téléphone que j'ai laissé sur haut-parleur :

— Putain, c'est la merde, Adam ! Je ne sais pas ce qui se passe, je suis bloqué. Il me faut plus de temps.

— On n'en a pas du temps ! aboyé-je.

Je recentre mon attention sur Ruby.

— Bébé, s'il arrive quoi que ce soit, si les flics débarquent, tu répètes que tu ne sais rien. Tu es juste venue ici avec moi, tu pensais seulement qu'on allait s'amuser, c'est tout. Tu as compris ?

— Ça ne fonctionnera jamais, ce n'est pas crédible une seconde, contre-t-elle.

— Tu n'as pas de casier. Si ça s'était produit la première fois, c'est exactement ce que tu aurais dit et ça aurait été la vérité.

— Mais Adam…

— S'il te plaît, ma puce, on va essayer de s'en sortir, mais si ça doit arriver, fais comme je te dis.

Elle hoche la tête mais je ne suis pas convaincu à 100 % qu'elle obéira. Derreck peste encore par téléphone. Je m'apprête à lui demander où il en est, mais soudain je vois du coin de l'œil que la lumière du couloir s'allume. J'ai à peine une seconde pour me rendre compte que quelqu'un approche, que déjà la porte du bureau s'ouvre, laissant apparaître la silhouette sombre de Colin.

51

Ruby

Colin pénètre dans la pièce, tel un cavalier annonciateur de l'apocalypse. Ses longs cheveux noirs encadrent son visage sévère, dont les yeux pâles lancent des éclairs. Je l'ai toujours trouvé flippant, là il est terrifiant.

— Je vous dérange, sans doute ?

Je détourne mon regard en direction d'Adam, lui soutient celui de son ami, son expression est fermée, une ride se creuse sur son front, mais je n'y lis ni honte, ni culpabilité, ni crainte.

Adam tente un dernier coup de bluff au cas où Colin ne connaîtrait pas la raison réelle de notre présence.

— Un petit peu, en effet.

Un coin de la bouche de Colin se tord en un rictus qu'on pourrait croire réjoui.

— J'ai vu ça. Sur mon bureau, sérieusement ? J'ai envie de vous le faire nettoyer de fond en comble.

— Tu as planqué des caméras, constate Adam qui a presque l'air amusé par la situation.

Moi, je suis morte de trouille. Colin s'approche et comme par magie, ses écrans se rallument.

— Tu peux demander à Derreck d'arrêter de faire mumuse avec mon matos ? demande Colin. Ça ne sert à rien qu'il essaye d'entrer sur le réseau, il n'y arrivera pas.

Adam se penche vers son téléphone, toujours sur le bureau, et ordonne :

— Derreck, tu as entendu, casse-toi !

Avec un peu de chance, celui-ci échappera aux flics, à moins que Colin ne les ait déjà envoyés là-bas.

Les deux amis se font face, en silence, jusqu'à ce qu'Adam le questionne :

— Depuis combien de temps es-tu au courant ?

— Ça fait un bail, mais je dirais que ma petite visite sur le PC de Derreck a été très instructive.

Une grimace parcourt le visage d'Adam tandis que je tremble littéralement contre lui. Colin reste de marbre.

— Pourquoi tu n'as rien dit ? demandé-je alors que la main d'Adam se contracte sur ma hanche, certainement dans le but de me dire de me taire.

— Je voulais m'assurer que rien ne m'échappait et j'avoue que ce petit jeu du chat et de la souris m'a bien amusé. J'avais envie de voir ce que vous aviez dans le ventre. Mais honnêtement les gars, vous vous y êtes pris comme des amateurs. L'idée de la vidéo n'était pas idiote mais j'ai su que c'était toi à la minute où j'ai compris quelles données avaient été volées. Aucun pirate ne s'embête à piquer des informations aussi variées, il se concentre sur l'aspect financier, structurel ou concurrentiel. Mais là, c'était le gros bazar. Et au milieu de tout ça, il y avait un seul dossier qui avait été fouillé un peu trop sérieusement.

Et de qui s'agissait-il ? Peterson Industries ! Si ça, ce n'était pas une coïncidence !

— Donc tu as su que c'était moi, constate Adam.

— Depuis le temps que tu me fais chier avec toutes ces conneries écolos, ce n'était pas trop difficile, admets-le.

Adam ne répond pas mais son silence parle pour lui.

— Mais là où tu es vraiment un abruti, c'est d'embarquer Ruby dans cette histoire.

— Ne la mêle pas à ça, intime Adam, elle n'a pas eu le choix.

J'ai envie de protester que je suis bien assez grande pour décider seule, mais le moment me semble mauvais pour affirmer mon indépendance.

— Est-ce que tu as prévenu les flics ? Le FBI ? demande Adam.

Colin soulève un sourcil moqueur, il croise les bras sur sa poitrine.

— Tu veux que j'envoie un de mes meilleurs potes en prison ? Tu sais, certains ont un sens un peu plus loyal de l'amitié que d'autres.

Colin fait mine de prendre ça à la légère mais il est impossible qu'il ne se sente pas trahi par le fait qu'Adam ait agi dans son dos. S'il n'a réellement pas prévenu les autorités, nous lui devons une fière chandelle.

— Détends-toi, ni les flics ni Carter ne sont au courant. Ce qui me place dans une position des plus délicates, tu en conviendras.

— Et tu comptes faire quoi, maintenant ?

— J'en sais rien ! s'énerve Colin en serrant ses poings. Pour l'instant, je répare le bordel que tu as foutu avec cet abruti de Derreck !

Il appuie ses deux bras sur son bureau, tourne son visage dans notre direction et nous fusille du regard.

— Putain ! De toutes les boîtes, il a fallu que tu viennes pirater la mienne ! Je m'en fous de tes activités, Adam, mais comment tu veux que je laisse passer ça ?

Il me désigne du menton.

— Et tu la mêles à ça en plus ! Tu as perdu la tête ! Tu sais ce qu'elle risque ?

Cette fois-ci, j'interviens :

— C'était mon choix, Colin. J'aurais très bien pu refuser.

— Je te croyais intelligente, Ruby. Mais là, tu t'es fait berner par ses belles paroles de monde meilleur. Et ce n'est même pas pour ça qu'il le fait. Son action est purement et simplement égoïste, il fait tout ça à cause de son putain de père !

Il ajoute ensuite en direction d'Adam :

— Ne me regarde pas comme ça, tu sais très bien que c'est la vérité. Ouvre les yeux, bordel ! Tu es tellement obsédé par ton père et ta revanche que tu ne vois pas dans quelle merde tu viens de foutre ta copine ! Ça ne t'a pas suffi de perdre Lucy ? Tu veux la perdre elle aussi ?

Adam me contourne et saisit Colin par le col. Celui-ci ne cherche même pas à se défendre. Qu'essaye-t-il de faire au juste ? De faire avouer Adam ?

— Ne mêle pas Ruby à ça ! hurle Adam. J'avais juste besoin qu'elle m'ouvre la porte, c'est elle qui a insisté pour monter avec nous.

Au moment où il prononce ces mots, mon esprit vacille. Et si c'était ça ? Est-ce qu'une fois de plus, il m'a uniquement utilisée pour arriver à ses fins, venger la mort de Lucy, la femme qu'il a réellement aimée ? Je lâche un petit hoquet de surprise, Adam tourne la tête vers moi. Son regard vert est empli d'excuses. Mon souffle se coupe, je ne peux pas y croire. Je songe qu'une fois de plus, mes sentiments ont obscurci ma raison. Comment ai-je pu me faire avoir à nouveau ?

J'ai un mouvement de recul, Adam fronce les sourcils. Je suppose qu'il comprend ce qui se trame dans ma tête car il relâche Colin et se précipite vers moi.

— Non, non, ma puce, ce n'est pas ce que tu penses !

— Je ne sais plus ce que je dois croire, Adam.

Mon cœur se serre. Comment puis-je lutter face à une morte ? Je ne doute pas qu'Adam est attaché à moi, mais elle est son grand amour.

Adam prend mon visage en coupe, des larmes pointent dans mes yeux. Il déclare :

— Ruby, écoute-moi bien, et toi aussi Colin, par la même occasion. J'ai aimé Lucy follement et j'ai mis des années à me remettre de sa disparition, en fait jusqu'au moment où tu es entrée dans ma vie, Ruby. Le piratage chez Carter Corp. était déjà prévu, je voulais ces données à cause de mon père et je me suis servi de toi à ce moment-là, tu le sais. Quand tu m'as quitté, j'ai regretté chaque seconde cette décision. Mais je ne regrette pas une seule minute que j'ai passée avec toi, elles m'ont toutes permis de mieux te connaître et de tomber raide amoureux de toi. Si on avait eu le choix de ne pas revenir ce soir, je n'aurais pas hésité. Car te remettre en danger une nouvelle fois, ça me rendait malade. J'ai perdu Lucy, j'ai failli te perdre toi, crois-moi quand je te dis que j'ai retenu la leçon. Je veux aussi que tu saches que tu es tout ce que je désire. J'ai aimé Lucy mais elle appartient à mon passé. Je ne mesure pas l'amour que je vous porte à toutes les deux, Il est différent. Tu es mon présent, mon avenir, je suis incapable d'exprimer tout ce que j'éprouve pour toi.

Une toux interrompt sa déclaration tandis que mes jambes chancellent. Je suis bouleversée par ses mots, submergée par l'émotion.

— C'est bon ? T'as fini ton petit speech ? Parce que là, je suis à deux doigts de gerber, commente Colin.

— Lâche-moi, Colin, grogne Adam.

— Désolé, mon pote, mais tous ces *je t'aime*, ça me donne mal à la tête. Sans parler du fait qu'il va me falloir décider de ce que je fais de vous.

Un frisson glacé me parcourt l'échine. Colin reprend :

— Pour l'instant, personne ne sait que vous êtes là. Grâce à ton ami Derreck, des caméras diffusent en boucle un enregistrement. Les seules qu'il n'ait pas piratées sont celles de mon bureau, qui ne sont pas reliées au réseau.

En repensant à ce qui a failli se passer sur son bureau si j'avais laissé Adam faire, je rougis.

— Vous allez sortir du bâtiment, personne ne vous verra. Pour l'instant, je ne vais rien dire, mais je ne vais pas pouvoir tenir Carter encore longtemps éloigné. Il n'a vraiment pas goûté à votre petite blague et il est constamment sur mon dos. La seule chose que je peux vous promettre, c'est de te mettre, Ruby, hors de cause. Je ne dirai jamais que tu étais là.

— Merci mec, j'apprécie, dit Adam.

— Je ne le fais pas pour toi mais pour elle. Il n'y a pas de raison qu'elle trinque pour tes conneries.

— Tu ne peux rien faire de plus ? demandé-je.

— Je n'ai pas de pouvoirs magiques, Ruby. Ton mec a fait une bêtise, il savait dans quoi il s'embarquait.

— Je suis prêt à assumer les conséquences de mes actes, déclare Adam. J'ai signé pour ça, mais pas toi, Ruby.

— Maintenant, magnez-vous pour sortir d'ici. Prenez les ascenseurs jusqu'au parking, je m'occupe de couvrir vos traces.

— Je te revaudrai ça, mon pote.

— Ouais. On va avoir une discussion en tête à tête, toi et moi.

Pendant un moment, les deux amis se dévisagent et j'ai l'étrange impression que j'assiste à une sorte de conversation silencieuse. Puis Adam reprend ma main et m'entraîne vers les ascenseurs. Je n'ai jamais été aussi heureuse de quitter la tour Carter.

52

Ruby

De retour chez moi, Adam est au téléphone avec Derreck. Il aboie des ordres :

— Essaie d'effacer nos traces au max. Demande de l'aide aux potes de la cellule de Safe si besoin.

En d'autres circonstances, je pourrais trouver ça sexy. Mais là, je suis encore sous le coup de la peur. Colin a promis de tout faire pour m'épargner mais qu'en sera-t-il d'Adam ?

Quand il finit sa conversation, il me demande :

— Je peux prendre une douche ? Je suis en sueur.

Je hoche la tête sans même le regarder. Il s'approche de moi, pose un doigt sous mon menton pour le relever et m'obliger à croiser son regard.

— Que dirais-tu de te joindre à moi ?

Il plaisante ensuite :

— Pour économiser l'eau, bien sûr.

Sa tentative d'humour fait mouche, je souris et réponds :

— Alors, si c'est meilleur pour l'environnement, je ne peux pas refuser.

Il m'entraîne dans la salle de bains et me déshabille, ponctuant son effeuillage de légers baisers. Il se dévêt à son tour et m'attire sous le jet. Doucement, il me savonne, caressant et prenant soin de chaque partie de mon corps. Il lave mes cheveux, masse mon cuir chevelu avec une telle révérence que j'ai envie de ronronner comme un chat. Il fait disparaître peu à peu toute la tension qui m'habitait. Une fois ma toilette et la sienne terminées, il m'enveloppe dans une serviette de bain et me porte jusqu'à ma chambre. Il me dépose sur le lit et vient s'installer à mes côtés.

— J'ai peur, Adam, finis-je par lâcher dans la pénombre tout juste troublée par les lumières de la rue.

— Je sais, ma puce.

— Tu n'as pas peur, toi ?

Il se redresse sur un coude.

— Pas pour l'instant car tu es sortie d'affaire. Je m'en veux de t'avoir mêlée à ça, mais je suis soulagé qu'il ne t'arrive rien. J'espère juste que tu pourras me pardonner de t'avoir entraînée là-dedans.

— Tu es déjà pardonné.

Il m'embrasse et m'attire vers lui. Je me loge au creux de ses bras, pose ma tête contre son torse. Si pour lui la batterie est un moyen d'apaiser ses démons, pour moi ce sont les battements de son cœur. Je me concentre sur son tempo lent et régulier et peu à peu sombre dans le sommeil.

***

Le lendemain matin, je me réveille avant lui et prends mon temps pour l'observer. Même endormi, il a l'air sexy alors que je suis certaine que dans le même cas, je suis aussi sexy qu'une sorte de pachyderme avachi.

Il ouvre un œil et me sourit.

— La vue te plaît, ma puce ?

— Tu ne dormais pas ?

— Plus depuis quelques minutes.

Je grogne et il me rapproche de lui. Il joue avec mes cheveux.

— Tu es magnifique au réveil.

— Menteur.

— C'est vrai, tu n'es pas magnifique qu'au réveil, tu es magnifique tout le temps.

Je lève les yeux au ciel et cela le fait sourire. Il tend la main pour attraper mon téléphone et me le secoue juste sous mon nez.

— Je peux savoir ce que tu fais ? demandé-je.

— Tu dois appeler tes parents.

— Tu penses souvent à mes parents au saut du lit ? râlé-je.

— N'oublie pas, nous avons un deal.

Je relève la tête pour croiser son regard. Je vois ce qu'il ne dit pas. On ne sait pas de quoi demain sera fait, alors…

Je m'empare de mon portable et commence à sortir du lit.

— Attends, ma puce.

Il se redresse et s'adosse contre la tête de lit. Il écarte les jambes et me fait signe de venir m'y installer. J'obtempère et me retrouve dans le cocon de ses bras pour composer le numéro de mes parents.

Une première tonalité résonne, j'ai le cœur qui accélère. Adam dépose un baiser sur ma tempe.

— Ça va aller, n'oublie pas que je suis là.

Le téléphone continue de sonner et au moment où je crois que je vais basculer sur répondeur, une voix familière prononce :

— Allô.

— Maman, c'est moi.

J'ai l'impression d'avoir des barbelés au fond de la gorge.

— Ruby ? C'est toi, ma chérie ?

Je sens une larme couler sur ma joue. L'émotion est palpable au fond de la voix de ma mère.

— C'est moi.

S'ensuit un silence. Je crois qu'aucune de nous ne sait par quoi commencer. Finalement, c'est elle qui se lance :

— Comment vas-tu ?

— Bien. Je vais bien. Et toi ?

— Bien aussi.

Nouveau silence. Puis simultanément, nous rions.

— Je suis désolée, maman. Je crois que j'ai un peu perdu l'habitude. J'appelais pour prendre des nouvelles.

— C'est moi qui suis désolée, ma chérie. J'ai… j'ai essayé de te joindre de nombreuses fois. Je sais que tu ne voulais pas nous parler.

— Tu as arrêté de téléphoner au bout de quelques semaines.

Je me rends compte au moment où je prononce ces mots qu'effectivement, leur soudain silence m'a affectée. Même si je refusais de décrocher, savoir qu'ils continuaient à l'espérer me confirmait qu'ils pensaient à moi. Elle soupire.

— On en a longuement discuté avec ton père et on s'est dit que tu nous contacterais quand tu serais prête. Je suis désolée, Ruby. J'ai mis du temps à comprendre, mais je saisis maintenant ce que tu as pu ressentir.

Les larmes inondent mon visage. Adam me chuchote :

— Ne sois pas triste, ma puce, je t'aime.

Mais on dirait que ma mère a l'ouïe fine.

— Tu es avec quelqu'un ?

Je lance un regard à Adam. Ses yeux verts m'encouragent.

— Oui, je suis à New York et je suis avec quelqu'un. Il… il s'appelle Adam.

— Bonjour madame Williams, dit mon beau surfeur en se rapprochant du téléphone.

— Oh ! Eh bien, je suis ravie que tu ne sois pas seule, ma chérie. J'espère que c'est un gentil garçon.

— Il est adorable, confirmé-je alors que le principal intéressé affiche un sourire digne d'un gagnant à la loterie.

— J'espère avoir l'occasion de le rencontrer un jour.

Nous continuons à discuter, ma mère et moi, pendant quelques minutes. Je lui raconte ma vie à New York, mon boulot chez Carter Corp., elle me parle de mon père, de la ferme. Puis, c'est le téléphone d'Adam qui se met à sonner. Au moment où il l'attrape, je vois le nom d'Owen s'afficher. Adam fronce les sourcils.

— Maman, je vais devoir te laisser, annoncé-je, sentant la voix d'Adam un peu tendue.

Le temps de finir ma conversation avec elle, j'entends juste Adam répondre :

— OK, une heure.

Puis, il raccroche.

— Qu'est-ce que c'était ?

— Rien d'important, dit-il avant de plaquer un sourire sur ses lèvres.

Celui-ci m'a l'air d'être forcé, il n'atteint même pas ses yeux.

— Tu es contente d'avoir pu parler avec ta mère ?

— Oui, merci de m'avoir poussée à le faire.

— De rien, ma puce.

Je dépose un baiser sur sa bouche mais quand je m'apprête à reculer, il me retient. Sa langue s'immisce entre mes lèvres et il n'en faut pas plus pour que le désir toujours sous-jacent lorsque je suis à ses côtés s'avive. Nous basculons sur le lit, sa bouche plonge vers ma nuque et commence à l'explorer minutieusement. Il continue son chemin en direction de ma poitrine, sa barbe de deux jours frottant contre ma peau sensible.

— Adam…

Il relève la tête pour m'adresser un sourire. Cette petite pause pendant laquelle ses lèvres ne sont pas sur moi est une pure torture. Son regard tombe ensuite sur mes seins, il les observe, haletant. Il lèche ses lèvres et part à leur assaut, sa langue jouant avec mes tétons. Les muscles entre mes jambes se contractent, Adam continue ses succions, un côté puis l'autre, mordillant au passage ma peau, ce qui me laissera probablement des marques, mais je pourrai les admirer plus tard en repensant à ce moment. On pourrait croire qu'il souhaite imposer une trace de son passage sur mon corps. Ses cheveux sont comme de la soie sous mes doigts alors que je le maintiens contre moi, comme s'il allait s'échapper d'une minute à l'autre.

Il se redresse et me retire ma culotte. Je plonge ma main dans son boxer et le fais glisser sur ses cuisses. Il ne lâche pas mon regard lorsque, de ma paume, je saisis son sexe dressé. J'entame un lent va-et-vient, sa respiration s'accélère, ses yeux sont chargés d'envie. Une sourde complainte lui échappe, ses doigts se posent sur les miens pour les stopper. Il me redresse et m'attire vers lui. Il m'embrasse dans les cheveux, les humant au passage, puis s'attaque de nouveau à ma bouche. Au bout de quelques secondes, il bascule allongé sur le lit, m'entraînant sur lui. Sa main glisse entre mes cuisses et il commence à me caresser.

— Prends-moi en toi, ordonne-t-il.

Mes jambes autour de sa taille, je saisis son sexe pour le guider vers le mien. Ses pupilles sont rivées sur mes mouvements alors que doucement je m'empale sur lui. Je ferme les yeux, appréciant la sensation d'étirement qui me consume.

— Ruby, regarde-moi, ma puce.

J'obtempère et lorsque mon regard croise le sien, j'y lis tout l'amour qu'il est possible d'y mettre. Je termine ma descente, les hanches d'Adam venant à ma rencontre.

Puis, lentement, nous bougeons en cadence, en un va-et-vient qui enflamme nos sens.

— Adam, je t'aime, murmuré-je.

Il m'attire à lui, embrasse mon cou, mon visage, mes lèvres.

— Je t'aime aussi ma puce, ne l'oublie jamais.

53

Adam

Un coup d'œil au réveil de Ruby me confirme qu'il est l'heure. Je donnerais tout pour avoir le pouvoir d'arrêter le temps. Je voudrais finir ma vie ici, dans ce lit, avec elle qui dort dans mes bras. Le seul fait de devoir me détacher d'elle est déjà une torture. J'essaye d'opérer le plus doucement possible pour ne pas la réveiller. Après nos derniers ébats, elle a replongé dans un sommeil profond, c'est mieux ainsi. Je ne sais pas si je serais capable d'affronter des adieux déchirants. Elle ne comprendrait pas, elle chercherait une solution là où il n'y en a pas.

Je m'en veux de la laisser seule, de l'abandonner. Elle va souffrir, me haïr probablement, mais je suis prêt à l'accepter si cela signifie qu'elle vivra une vie meilleure. Je ne suis plus en mesure de lui offrir tout ce qu'elle mérite : une vie simple, heureuse. Mais je l'aime, alors j'envisage l'idée qu'un jour, ce sera un autre homme qui la lui donnera. C'est quand même mieux qu'une vie de cavale ou une autre où les parloirs deviendraient notre quotidien.

Je récupère mes vêtements sur le sol, j'ai l'impression d'étouffer. Je jette un dernier coup d'œil à ma jolie brune qui dort paisiblement. J'essaye de graver cette image dans ma mémoire, car je sais qu'elle sera tout ce qu'il me restera d'ici quelques instants. Puis lentement, je recule, sors de la chambre et referme la porte. Je demeure un moment le front appuyé sur le battant en bois, mince barrière qui me sépare de l'amour de ma vie, et qui pourtant me semble plus imposante que le plus épais des murs de béton.

Je m'habille rapidement, lançant un dernier regard au reste de son appartement. Je repense forcément à tous les moments heureux que nous avons vécus ici : nos dîners sur la table basse, le café du matin partagé dans la cuisine, Ruby lovée contre moi sur le canapé, et bien entendu toutes les fois où je lui ai fait l'amour en ces lieux.

Un bref coup retentit à la porte, c'est l'heure. J'ouvre, Owen m'attend sur le palier, la mine sombre et les mains enfoncées dans ses poches. Nous n'échangeons pas un mot, je me contente de le suivre. Nous grimpons dans sa voiture et effectuons les premiers kilomètres dans un silence pesant.

— Tout est prêt à la planque, m'indique-t-il au bout d'un moment.

— Merci.

Il se passe encore un moment avant qu'il ose me questionner :

— Tu as pu lui dire au revoir ?

— Oui.

Il n'a pas besoin de savoir de quelle façon. De savoir qu'au lieu de prononcer des mots, j'ai choisi de lui montrer une dernière fois combien je l'aime. Je suis conscient qu'elle a compris que quelque chose se tramait, j'étais incapable de cacher complètement mon désarroi. Je sais également qu'à son réveil, elle me cherchera. Elle est comme ça, Ruby, toujours dans le positif. Elle essaiera de m'appeler et elle s'apercevra très vite que toutes ses tentatives resteront sans réponse. C'est le moment que je redoute le plus, celui où elle se rendra compte que j'ai choisi la fuite. Avec le temps, elle comprendra que je l'ai fait pour elle. Mais je lui aurai déjà brisé le cœur. Et cette idée me rend malade.

— Putain ! hurlé-je en lançant mon poing sur le tableau de bord.

Owen ne bronche pas à côté. Il continue de rouler en silence. Après aujourd'hui, je ne le reverrai certainement pas, lui non plus. Je vais devoir tirer un trait sur ma vie, sur tout ce que j'ai connu. Mais c'est la seule façon de protéger Ruby. Les flics sont sur mes traces, ils se sont déjà pointés chez plusieurs militants de Safeplanet pour les interroger.

Je me tourne vers mon coloc et ami :

— Owen, j'ai un dernier service à te demander.

Il hoche la tête.

— Ruby…

Ma gorge est nouée, je n'arrive même pas à prononcer les mots.

— Je veillerai sur elle, comble-t-il à ma place.

Je ferme les yeux, inspire puis lui dis :

— Veille à ce qu'elle ait une belle vie. Je veux qu'elle soit heureuse et si elle décide de m'attendre, décourage-la. Si elle rencontre un mec bien, je ne sais pas moi… un comptable, qu'elle refasse sa vie.

— Mec, arrête de dire des conneries.

— On est conscients, toi et moi, que je ne reviendrai probablement pas. Ça pourrait être toi, sinon. Je sais que tu l'aimes, alors si elle en vient à avoir des sentiments pour toi, ne la repousse pas, je te donne ma bénédiction.

— Adam, tu dis vraiment n'importe quoi.

— Non, je suis réaliste. Je n'ai plus rien à lui offrir et je ne veux pas qu'elle gâche sa vie à cause de moi.

Owen a l'intelligence de ne pas argumenter davantage. Je prends un téléphone prépayé que mon ami m'a remis et tape un dernier message pour Ruby. Je n'ai jamais été très à l'aise avec les mots, mais écrire un adieu à la femme que j'aime est la chose la plus difficile qu'il m'ait été donné de faire. Je retire ensuite la batterie du téléphone et demande à Owen de s'arrêter quelques secondes pour m'en débarrasser dans une poubelle.

Le reste du trajet me semble durer des heures bien que je sois dans un brouillard profond. Owen gare la voiture devant une maison quelconque d'une banlieue anonyme, dans le New Jersey peut-être ? Nous descendons et un homme un peu plus âgé que nous avec une barbe et une chemise à carreaux vient à notre rencontre.

— Tu es Adam ? demande-t-il.

J'opine du chef, il ne se présente pas mais me dit de le suivre à l'intérieur. Je me tourne vers Owen, il m'observe, les mains dans les poches, comme à son habitude lorsqu'il est gêné.

— Je crois que c'est ici que nos chemins se séparent, dit-il avec un petit rire étranglé alors que tous deux savons qu'il n'y a rien de drôle là-dedans.

— Viens là.

Nous tombons dans les bras l'un de l'autre pour une dernière accolade.

— Tu vas me manquer petit con, dit-il.

— Toi aussi. N'oublie pas ce que je t'ai demandé dans la voiture.

Il recule et m'adresse un signe de tête qui me rassure. Je sais qu'il fera en sorte de veiller sur elle. Alors, je disparais dans la maison avant que le moment ne devienne gênant. Le gars qui nous a accueillis m'explique deux ou trois trucs. Lui aussi fait partie de Safeplanet. Il m'informe que je ne suis ici que pour cette nuit et qu'ensuite, il faudra bouger. Voilà ce qui m'attend, une vie de cavale dans des lieux sans nom, avec des gens que je ne connais pas et pour seules racines, mes souvenirs. J'espère que j'ai fait le bon choix…

54

Ruby

Ruby, mon amour. Au moment où tu liras ce message, tu auras peut-être compris que je suis parti. Je suis désolé ma puce, je ne sais pas quoi faire d'autre pour te protéger. Je refuse de t'entraîner là-dedans. Je me suis comporté comme un idiot, je n'ai pas su prendre soin de toi. J'ai préféré combattre des chimères plutôt que de me rendre compte que j'avais à mes côtés un trésor. Je sais que tu m'en veux et qu'il te faudra du temps, mais peut-être qu'un jour tu me pardonneras. Mais ne m'attends pas, s'il te plaît, refais ta vie, sois heureuse, c'est tout ce que je souhaite. N'oublie jamais que je t'aime plus que tout. Tu es la seule qui compte, celle qui sera toujours dans mon cœur.
Je t'aime. Adam.

Je relis pour ce qui doit être la centième fois ces mots, en espérant qu'à un moment ils feront peut-être moins mal. Mais au lieu de se ternir, la douleur est de plus en plus vive, au fur et à mesure des heures qui passent, cette situation devient davantage tangible. Adam est parti, il ne reviendra pas.

Quand je me suis réveillée ce matin, il avait disparu. Son odeur était pourtant toujours là, dans mes draps, sa présence presque palpable dans l'appartement. J'ai cru un instant qu'il était allé au café du coin me chercher ces muffins que j'aime tant. Mais, ne le voyant pas réapparaître, j'ai voulu lui téléphoner et c'est là que monde s'est écroulé. J'ai essayé de l'appeler des milliers de fois, jusqu'à ce que la batterie de mon portable rende l'âme. Je ne sais pas combien de temps ensuite, je suis restée, en boule, sur le sol de ma chambre, à pleurer plus de larmes que je ne pensais mon corps capable d'en produire.

Il fait déjà nuit lorsque j'entends qu'on tambourine à ma porte. Je n'ai pas la force d'aller voir qui ça peut être.

— Ruby ! Ouvre-moi, c'est Lisa !

Je n'ai aucune idée de ce qu'elle fait ici, mais elle frappe comme si elle essayait de briser le panneau avec ses poings.

— Ruby ! Dis-moi que tu es là et que tout va bien ! hurle-t-elle.

Je comprends qu'il va falloir que je fasse quelque chose, elle serait bien capable de défoncer la porte ou du moins de trouver quelqu'un pour le faire pour elle.

Je tourne le loquet et le visage anxieux de mon amie apparaît.

— Oh ! Mon Dieu, Ruby ! Qu'est-ce qui t'arrive ? J'ai reçu un message d'un numéro inconnu me demandant d'aller te voir. J'ai paniqué. Que s'est-il passé ?

Je n'ai pas la force de répondre, je fonds de nouveau en larmes. Je suppose que le message venait d'Adam. Lisa referme la porte et me tire vers le canapé. Nous nous asseyons et elle me prend dans ses bras. Elle me caresse doucement les cheveux en murmurant des paroles de réconfort.

Entre deux hoquets, je prononce des mots qui me donnent l'impression qu'on m'enfonce des pieux en plein cœur.

— Adam... il... m'a quittée.

— Oh ! Ma chérie !

Bien entendu, Lisa suppose qu'il a juste décidé de mettre un terme à notre relation. Elle ne connaît pas toute l'histoire et je ne peux pas éclairer sa lanterne. Alors, elle commence à faire toute une liste de sévices qu'elle fera endurer à Adam s'il a le malheur de croiser son chemin. Je n'ai pas le courage ni la possibilité de lui avouer que cela ne risque pas d'arriver.

Pendant tout le reste du week-end, Lisa s'occupe de moi comme une vraie mère poule : me nourrissant, m'aidant à m'habiller, essayant de me remonter le moral.

Le lundi matin, lorsque mon réveil sonne, je trouve un petit mot de sa main m'expliquant qu'elle est rentrée chez elle se doucher et qu'elle m'attend au bureau. Je serais tentée de téléphoner pour me faire porter pâle, mais j'ai conscience qu'être seule dans mon appartement, où chaque pièce me rappelle des moments passés avec Adam, n'est certainement pas une bonne idée. Tant bien que mal je m'habille, me coiffe et rejoins la foule anonyme des travailleurs de Manhattan sur le quai du métro.

Arrivée à la tour Carter, je retrouve Lisa qui sourit lorsqu'elle me voit. Elle me tend un café.

— Tiens, je t'ai acheté un petit remontant.

— Tu es une amie en or, dis-je en le pensant sincèrement.

Je pénètre dans l'ascenseur mais au moment d'appuyer sur le bouton de mon étage, je change d'avis. Je sélectionne l'étage de Colin, je vais aller lui rendre une petite visite.

Je tape trois coups à sa porte, on me répond par un grognement, je suppose que j'ai le droit d'entrer. Le développeur a le nez rivé sur son écran où des lignes de code défilent. Avec son casque sur les oreilles, je ne suis pas certaine qu'il m'ait entendue frapper finalement.

— Euh… salut.

— Ouais, lance-t-il sans même se retourner.

Je m'approche et me campe juste à côté de lui.

— Tu peux laisser tomber le masque du parfait connard pendant quelques minutes ? Je crois qu'on doit parler, toi et moi.

— Connard ? Je suis en train de bosser, c'est toi qui viens me déranger. Et tu veux parler de quoi ? Du fait qu'à cause de sa bêtise et de son manque de prudence, Adam est en cavale ? Tu penses vraiment que je peux quelque chose contre le FBI ?

J'ai envie de vomir. Entendre la confirmation de ce que je redoutais, qu'Adam est un fugitif, me rend malade. Colin doit le sentir car il pousse un soupir et passe la main dans ses longs cheveux noirs.

— Je ne peux rien faire, Ruby, et crois-moi, j'en suis le premier désolé. Adam est mon plus vieil ami, mais je suis pieds et poings liés.

— Qu'est-ce que le FBI a contre lui ?

— Le piratage, bien entendu, mais il est dans leur collimateur depuis un moment je suppose. Ils ne devaient cependant pas avoir de preuves jusqu'ici.

— Tu étais au courant ?

Il hausse les épaules.

— Je savais qu'il n'était pas tout blanc, mais j'avais choisi de détourner le regard. Parfois, l'ignorance est meilleure que la vérité. Mais, en s'attaquant à Carter il a pris beaucoup trop de risques. Notre P.-D.G. n'est pas du genre à laisser impuni quiconque touche à son empire. Et qu'on le fasse passer pour un destructeur alors qu'il bosse dur pour la préservation de notre planète, ça ne lui a pas trop plu.

Il s'arrête de parler un instant puis demande :

— Tu as lu le dossier de Peterson Industries ?

— Oui, on m'a justement demandé de bosser dessus.

Il soupire.

— Tu sais que cet abruti de Derreck n'a pas téléchargé la totalité des fichiers concernant l'entreprise du père d'Adam ?

— Comment ça ? Qu'est-ce que tu veux dire ?

— Je veux dire qu'ils ont piraté Carter Corp. pour trouver des infos sur son paternel et qu'ils ont fait les choses à moitié. Ils n'ont rien volé concernant le dernier projet que Peterson Industries nous a confié.

— Non ! Ce n'est pas possible ! Tu sous-entends qu'Adam ignore ce que son père et Carter ont décidé de faire ?

— Ouais, c'est ça. Adam n'a aucune idée du fait que son père n'est pas l'immonde connard qu'il croit être.

Je me laisse tomber sur une chaise à proximité du bureau de Colin et prends ma tête entre mes mains.

— Qu'est-ce qu'on peut faire, Colin ?

— Je ne sais pas, Ruby.

Nous restons silencieux un moment, les yeux perdus dans le vague.

— Tu veux entendre quelque chose d'autre, complètement ironique ? demande Colin.

Il n'attend pas ma réponse pour poursuivre :

— Adam n'est même pas conscient que si la police l'a laissé tranquille jusqu'à maintenant, c'est en grande partie grâce à son père.

— Ça signifie que…

— Que même s'ils étaient en froid, Peterson senior a toujours veillé sur son fils.

Je reste assise un petit moment, le temps que cette information m'imprègne. J'ai l'impression que cette histoire n'est qu'un énorme gâchis. J'ai envie de pleurer et de hurler à la fois. Mais comme je ne vais pas me donner en spectacle, encore moins devant Colin, je décide qu'il faut que je quitte ce bureau. Quand je suis sur le pas de la porte, Colin m'interpelle :

— Je me suis assuré qu'on ne te voyait nulle part, personne ne peut remonter jusqu'à toi.

— Merci.

Ma réponse est automatique, je suppose que c'est ce que je suis censée dire, mais au fond de moi, je ne ressens plus rien. Adam est parti de toute façon, plus grand-chose n'a d'importance.

— Mais ça ne signifie pas que les flics ne t'interrogeront pas. Tu es sa petite amie, ils sont certainement au courant, ils vont te surveiller.

Je hoche la tête et m'en vais. Je reprends l'ascenseur en direction de mon étage, pose machinalement mes affaires sur mon bureau, m'installe sur ma chaise. Face à moi, le dossier vert de Peterson Industries semble me narguer. Si seulement Adam savait ce qu'il contient…

55

Ruby

Matt arrive au bureau et ne lance pas la moindre vanne au sujet de ma mine défaite. J'en conclus :

— Lisa t'a mis au courant ?

— Oui, je suis désolé Ruby. Tu veux en parler ?

Je soupire, ma gorge se serre. Ce ne serait déjà pas évident en temps normal, alors là, savoir que je suis obligée de mentir à mes amis…

— Il n'y a pas grand-chose à raconter, réponds-je d'une voix morne.

— Est-ce qu'il t'a donné des explications au moins ?

Je lui sers le même mensonge qu'à Lisa :

— Il m'a dit qu'il ne se sentait pas prêt pour quelque chose de sérieux. Tu sais, entre le groupe, son boulot au resto, sa boutique, on n'avait déjà pas beaucoup de temps ensemble… Et puis je crois qu'il a du mal à oublier Lucy.

Matt a l'air contrarié. Un instant, je doute qu'il ait gobé mon bobard.

— Il lui a fallu tout ce temps pour se rendre compte *qu'il n'était pas prêt* ? C'est quoi cette excuse à la noix ?

Et les problèmes d'agenda, ce n'est pas une raison valable ! Punaise, il va m'entendre lorsque je vais le croiser !

J'apprécierais sa sollicitude envers moi si tout cela était vrai. Vais-je pouvoir mentir à mon entourage pendant encore des jours et des jours ? Ils vont bien constater qu'Adam a disparu de la circulation. Je me demande comment Colin et Doris vont faire pour le groupe. Vont-ils le remplacer ? Cette idée me rend plus triste que je ne le suis déjà.

— Tu veux qu'on sorte ce soir ? Histoire de ne pas penser à tout ça, suggère Matt.

— Je n'ai pas vraiment envie…

— Ouais, je comprends. Soirée DVD chez toi alors ? Tu ne vas pas rester toute seule.

— Tu n'as pas de rendez-vous avec une jolie fille ?

— Si, toi, répond-il avec un clin d'œil.

— On peut proposer à Lisa de se joindre à nous.

— Un film, des bières, des pizzas et deux jolies filles rien que pour moi ? Pourquoi veux-tu que j'aille passer la soirée ailleurs, princesse ?

Je lui souris, Matt a décidément le chic pour me remonter le moral.

***

Quelques heures plus tard, Matt est installé sur mon canapé, Benji perché sur l'accoudoir à côté de lui.

— C'est moi ou il fait la tête ? demande mon binôme en caressant le plumage de mon ara.

— Il est comme ça depuis le départ d'Adam. Je crois qu'il ressent mon humeur maussade.

Matt gratte la petite tête de Benji et me sort sa sélection de DVD.

— Plutôt comédie ou film de zombies ?

— Les zombies, ça sera parfait. Rien de mieux qu'un peu de gore pour se changer les idées !

— Toi tu es une fille comme je les aime ! Et puis ça sera tellement drôle d'entendre Lisa hurler de peur toutes les cinq minutes.

La sonnette de la porte d'entrée retentit et je pars ouvrir à mon amie. Mais ce n'est pas la réceptionniste blonde que je trouve sur mon palier.

— Owen ?

— Salut Ruby, dit-il les mains enfoncées dans ses poches. Je peux entrer ?

Je jette un coup d'œil par-dessus mon épaule en direction de Matt qui est dans la cuisine en train de faire réchauffer les pizzas.

— Tu as de la compagnie ?

Sa question contient un brin de suspicion qui ne me plaît guère.

— Matt est là.

Il hoche la tête et nous restons sur le palier. Je l'interroge :

— Tu voulais quoi au juste ?

— Juste constater comment tu allais. Mais tu as l'air de surmonter le coup on dirait, dit-il avec un ton narquois.

— Pourquoi tu es obligé de toujours te comporter comme un sale con ?

Ma question le prend par surprise. Il détourne le regard et change radicalement d'attitude :

— Je… je suis désolé, Ruby. Je sais que Matt est ton ami.

Il soupire et frotte sa joue.

— Je voulais que tu saches que si tu as besoin, tu peux compter sur moi.

Comment ce mec se débrouille-t-il pour être exécrable un instant et adorable celui d'après ?

— Merci, c'est gentil. C'est pareil pour toi.

Mon affirmation semble l'étonner, j'ajoute :

— Je suis au courant qu'Adam est ton meilleur ami et que vous vous connaissez depuis toujours. Je me doute qu'il va te manquer.

Il m'adresse un petit sourire triste.

— On y était préparés, on savait que ça pouvait arriver un jour. D'ailleurs, reste sur tes gardes. Les flics ne vont pas mettre longtemps à découvrir que tu étais sa petite amie. Ils vont venir t'interroger.

Son utilisation du passé meurtrit une fois de plus mon pauvre cœur en souffrance.

— Colin m'a déjà prévenue.

— Si on te demande, tu n'es au courant de rien. Adam était un surfeur, il jouait dans un groupe, il était engagé, mais rien de plus.

Je hoche la tête.

— Si seulement tu n'avais pas découvert que c'était nous qui étions à l'origine du piratage chez Carter. C'est ma faute, soupire-t-il.

— Cela aurait été plus facile de dire au FBI que je ne sais rien, mais je préfère autant connaître la vérité. Comment aurais-je compris qu'Adam disparaisse du jour au lendemain, sinon ? Et cela m'a également permis de mieux percer le mystère de sa personnalité, et pour ça je ne pourrai jamais t'en vouloir.

Matt fait du bruit dans la cuisine, je tourne la tête pour voir ce qui se passe.

— Je vais te laisser. On se tient au courant, appelle-moi si besoin.

Il fait un pas en arrière pour s'en aller, je le retiens :

— Owen, attends !

J'avance vers lui et le serre dans mes bras. Il lui faut une seconde, mais il me rend mon accolade.

— Merci d'être passé, Owen, et merci d'être un si bon ami pour Adam. Tu sais que toi aussi, tu peux m'appeler quand tu veux.

Il ne me répond pas mais je sens qu'il a saisi le message.

— Prends soin de toi, dis-je en reculant.

— Toi aussi, Ruby.

Il part ensuite en direction des escaliers et disparaît sans un autre regard.

Je referme la porte derrière moi.

— C'était qui ? demande Matt, une manique à la main.

— Owen… il est passé voir comment ça allait.

Matt arque un sourcil.

— Oh ! C'est gentil de sa part. Je croyais que c'était un petit con prétentieux. Mais attends… il n'est quand même pas là pour essayer de récupérer la place d'Adam ?

J'y ai songé une seconde mais je pense que ses intentions étaient tout à fait sincères.

— Non, il… nous nous sommes rapprochés grâce à Adam. Alors je crois qu'il voulait juste savoir si j'avais besoin d'un ami.

— C'est plutôt cool dans ce cas-là.

La sonnette retentit à nouveau et cette fois-ci il s'agit bien de Lisa.

— Désolée du retard ! Au fait, j'ai croisé un beau brun dans l'escalier, j'en ferais bien mon quatre-heures, ajoute-t-elle avec un air extatique un peu trop surjoué.

Je me contente de rire et me dis qu'un jour, quand tout cela sera tassé, peut-être qu'il faudra que je lui présente Owen. Après tout, on ne pourrait pas faire plus différents, mais il paraît que les opposés s'attirent…

Le reste de la soirée se passe dans la bonne humeur. Comme prévu, Lisa sursaute à chaque attaque zombie et Matt et moi sommes hilares devant ses couinements angoissés. Mais quand mes amis partent et que je retrouve le calme de mon appartement, le poids qui pèse sur mon cœur se fait sentir à nouveau.

— Adam ! Adam ! crie Benji depuis son perchoir.

— Moi aussi il me manque, réponds-je d'une voix étranglée.

Mon téléphone vibre sur la table basse. Ça doit être Lisa qui m'écrit pour me dire qu'elle a oublié quelque chose chez moi. Mais quand je lis le message, je n'en crois pas mes yeux.

56

Adam

Je viens peut-être de faire la chose la plus stupide de mon existence. Si on considère que pirater le réseau de Carter Corp. n'est pas déjà en haut du classement. Je relis le message que j'ai envoyé à Ruby.

Tu me manques ma puce.

Quand le gars qui s'occupe de la planque est arrivé ce matin pour me dire qu'on bougeait, je l'ai suivi sans trop me poser de questions. J'ai grimpé dans son pick-up hors d'âge, ne prêtant qu'une maigre attention au paysage qui défilait. Mais lorsque la skyline caractéristique de la Grosse Pomme est apparue, j'ai cru halluciner.

— Attends, la nouvelle planque se trouve à New York ?

Il s'est contenté de hausser les épaules et de répondre :

— Parfois c'est dans les endroits les plus évidents qu'on est le mieux caché.

Une demi-heure plus tard, il garait son pick-up dans un coin de Brooklyn que je connais bien. Il m'a conduit à un appart miteux, me donnant l'ordre d'y rester jusqu'à ce que quelqu'un vienne me chercher. Et depuis, je tourne en rond.

Ruby n'a pas quitté mes pensées depuis que je l'ai abandonnée samedi matin. Mais savoir qu'elle se trouve juste de l'autre côté de l'East River me rend quasiment fou. Je comprends enfin ce que les accros à la drogue ressentent en période de manque. Je n'ai jamais connu cela. Je me croyais addict au surf, à la batterie, mais là, ça dépasse l'entendement. Je ferme les yeux pour que son visage m'apparaisse : ses iris noisette qui pétillent lorsqu'elle rit, ses cheveux bruns si doux, ses lèvres qu'elle mordille quand elle est embarrassée. Mais à chaque fois que je les rouvre, je n'ai face à moi que le plafond craquelé d'un trou à rats anonyme. Combien vais-je en connaître dans les prochaines semaines, mois, années ? Je me demande pour la centième fois si j'ai pris la bonne décision. Est-ce que je suis taillé pour une vie de cavale ? Une vie peuplée de lieux sans âme, à toujours regarder par-dessus mon épaule ? Aller en prison me semblait inconcevable, me retrouver dans une cage, privé de liberté. Mais suis-je pour autant libre ici ?

Alors, je sors le téléphone qui en théorie ne doit me servir que pour joindre les membres de Safeplanet, et je pianote de mémoire le numéro de Ruby. Sa réponse ne se fait pas attendre.

Moi aussi tu me manques.

Tu n'es pas censé me contacter.

Elle a mille fois raison et je suis certainement en train de lui faire prendre à elle également des risques inutiles.

Je vais me débarrasser du téléphone dans quelques minutes. Je voulais juste te redire à quel point je t'aime. Je suis désolé de t'avoir laissée comme ça…

Moi aussi je t'aime. J'aimerais tellement avoir une dernière occasion de te serrer dans mes bras.

Ses mots sont comme un uppercut en pleine poitrine. Ils me coupent le souffle, je suis incapable de penser de façon rationnelle. Mon envie d'elle est encore plus intense, je serais prêt à tout pour répondre à sa requête. Et malgré la raison, mon esprit s'égare et échafaude déjà un plan. La solution me vient beaucoup trop rapidement, c'en est presque trop facile. Alors je lui renvoie un message :

Retrouve-moi là où tu sais. J'y serai dans dix minutes.

Je suis conscient qu'il lui faudra un peu plus de temps que moi, tout en espérant qu'elle comprenne mon message, mais je me mets en route immédiatement.

La maison de Colin ne se trouve qu'à quelques rues de là où je suis. Je souhaite qu'il n'y soit pas ce soir, mais je connais mon ami. S'il n'y a pas de répète, il n'est pas du genre à traîner chez lui : il est soit au bureau, soit en train de lever les filles dans un bar quelque part. Soirée télé ? Très peu pour lui.

Je constate en effet qu'aucune lumière n'est allumée. Le garage, comme à peu près chaque porte de sa maison, fonctionne grâce à un boîtier à code. Je peux remercier le ciel que mon pote soit un geek qui aime se passer de clés. Et avec un peu de chance, le code n'a pas changé.

Je compose la combinaison et j'entends le petit clic significatif du déverrouillage. J'entre dans la pièce où ma batterie est installée, rutilante sous la lumière des néons.

Elle aussi m'a manqué et voici encore une chose dont je vais devoir apprendre à me passer.

En attendant Ruby, je m'assieds derrière mes fûts et saisis mes baguettes. Ce geste familier me réconforte et apaise en quelque sorte mon cœur qui bat la chamade. Je tape un rythme lent, puis au fur et à mesure des minutes qui s'écoulent et que mon impatience augmente, j'accélère.

Plus le temps passe, plus je m'inquiète. Et si elle n'avait pas compris mon message ? Il n'était pas vraiment explicite mais quand même… Je lui ai raconté plus d'une fois que dans les moments de doute, quand j'ai besoin de remettre mes idées en place, c'est ici que je viens. Alors que je commence à perdre espoir, j'entends la porte, que j'avais laissée entrouverte, grincer. Ruby entre dans la pièce. Elle porte une tenue improbable qu'elle a dû enfiler à la va-vite. Ses cheveux sont en désordre, la moitié de sa queue-de-cheval est défaite, son maquillage a coulé, mais à mes yeux, elle est toujours la plus belle femme du monde.

Elle se précipite vers moi, j'ai à peine le temps de me redresser, j'ai encore mes baguettes en main. Elle me percute mais je n'ai jamais connu placage aussi apprécié. Nous nous serrons dans les bras si fort qu'il n'y a plus un millimètre d'espace entre nos deux corps. C'est comme si nous ne faisions plus qu'un. Si j'en avais la possibilité, je rêve d'ailleurs de me fondre en elle, de ne plus jamais être séparés.

Son corps est agité de soubresauts et je comprends qu'elle pleure.

— Ma puce, s'il te plaît, ne pleure pas, chuchoté-je contre ses cheveux.

Toujours cette odeur de pêche, mais c'est elle qui la rend unique.

— Je… je… ne veux pas que tu repartes, sanglote-t-elle.

Je donnerais tout pour lui promettre que ce ne sera pas le cas. Je recule, relève doucement son visage vers moi. Ses yeux sont rougis par les larmes.

— Pour l'instant, je suis là.

— Mais pour combien de temps ?

Je n'ai pas la réponse à cette question. Une seconde, une minute, une heure ? Le temps ne m'a jamais paru si précieux. Alors je l'embrasse, je profite de ce sursis qui nous est accordé. Je souhaite lui offrir ce réconfort, même minime. Cette dernière occasion de lui prouver mon amour. Elle gémit dans ma bouche, ses mains remontent le long de mon dos, mes épaules se perdent dans ses cheveux. Elle m'attire à elle, s'assure que je ne puisse pas repartir de sitôt. Je caresse ses formes, mémorisant ses courbes, la douceur de son épiderme, je veux emporter avec moi tout cela. Nos vêtements volent, j'ai besoin de sentir sa peau contre la mienne, de m'imprégner de sa chaleur.

Je recule et m'assieds sur le tabouret de ma batterie. Ruby me chevauche, faisant rouler ses hanches et provoquant une friction divine. Je vénère sa poitrine, ces deux globes dorés qui semblent exister juste pour mes paumes. Mais très vite, le temps, le désir nous rattrapent. Alors je plonge en elle une dernière fois, mettant dans chacun de mes va-et-vient une délicatesse particulière.

— Regarde-moi, ma puce, ne lâche pas mon regard, la supplié-je.

Je veux être capable de lire dans ses yeux chacune de ses émotions. Et c'est comme ceci que nous arrivons tous les deux à l'extase, celui-ci ayant une saveur spéciale. Je refuse de le voir comme le mot fin de notre histoire, et pourtant notre amour est une supernova. Un phénomène si rare, sans précédent et qui brille plus fort que n'importe quel autre, mais tout de même une étoile en fin de vie.

Après un long moment de silence, nos corps entrelacés, nous reprenons pied peu à peu dans la réalité. Je récupère les vêtements de Ruby sur le sol et entreprends de les lui mettre.

— Comment ça se fait que je t'aie retiré tes fringues un nombre incalculable de fois et que ce soit la première fois que je t'habille ?

Ma tentative d'humour est couronnée d'un sourire bien trop triste. Je me vêts à mon tour.

— Adam, je…

De grands coups sont frappés à la porte, suivis d'une sommation :

— FBI ! Ouvrez la porte !

Ruby me lance un regard paniqué. Je suis étonnamment calme, je savais qu'il y avait de fortes chances que la soirée finisse de cette façon. J'ai joué, j'ai perdu. Enfin… pas tout à fait. Car passer ce moment avec Ruby en valait la peine.

Je prends une dernière fois ses lèvres, pas aussi longtemps que je le souhaiterais car les coups sur la porte redoublent.

Puis, je vais ouvrir le loquet. Je suis incapable de décrire ce qui arrive. Un homme me parle, des ordres sont hurlés, je n'entends rien mis à part les cris de ma puce :

— Non ! Arrêtez ! Adam !

La morsure froide sur mes poignets me fait comprendre qu'on me menotte. On me tire par le bras, je les suis tête baissée. Mais alors que nous quittons le garage de Colin, je refuse de tourner la tête vers Ruby. Je ne veux pas garder comme dernière image celle-ci. Le cœur lourd, je m'éloigne, je suis prêt à faire face à la justice des hommes sachant qu'il n'y aura pas de plus grande condamnation que d'être séparé d'elle.

57

Ruby

Je suis interrogée plusieurs heures durant. J'ai beau avoir manqué de jugement cette nuit en me précipitant pour retrouver Adam, cette fois-ci je m'en tiens à la version conseillée par Owen : je ne suis au courant d'aucune activité illégale à laquelle mon petit ami aurait pu prendre part. Quand enfin le FBI décide de me relâcher et que je quitte leurs bureaux, je suis surprise de tomber sur Owen dans la rue.

— Qu'est-ce que tu fais ici ?

— Je t'attendais.

Éreintée, je ne lui demande même pas comment il a su que j'étais là.

— Viens, je crois que tu as besoin d'un bon petit déjeuner, dit-il.

Il m'entraîne dans un restaurant à proximité et commande de quoi faire un véritable festin : œufs, bacon, toasts. Je n'ai pas le courage de lui avouer que je ne pourrai rien avaler, j'ai l'estomac noué. La serveuse emplit nos tasses de café, mais même cette odeur, que je trouve si plaisante d'habitude, n'arrive pas à me remonter le moral.

Je ne peux m'empêcher de penser à Adam. Je n'ai aucune idée de l'endroit où ils l'ont emmené. L'ont-ils interrogé dans le même bâtiment que moi ? Ou bien ont-ils déjà assez de preuves pour le placer en détention ? Des visions de mon beau surfeur en combinaison orange me viennent à l'esprit, je sens les larmes me monter aux yeux. Je n'ai pas craqué devant la police, mais là, je suis épuisée physiquement et moralement. Owen doit s'apercevoir que je suis prête à basculer.

— Eh, Ruby, ce n'est pas le moment de flancher, dit-il avec une voix inquiète que je ne lui connais pas.

— C'est ma faute, Owen. Tu m'avais prévenue que les flics me surveilleraient, et moi comme une idiote je me suis précipitée pour aller le retrouver.

Il prend ma main sur la table dans la sienne.

— Ce n'est pas ta faute. Tu as fait exactement ce que quelqu'un dans ta situation aurait fait et Adam le savait.

Je relève la tête, essayant de sonder son regard.

— Tu veux dire qu'il l'aurait fait exprès ?

Il met quelques secondes avant de me répondre.

— Je pense que oui. Il est possible qu'il ait voulu que la police le trouve.

— Hein ? Mais je ne comprends pas. Quel est l'intérêt ? Pourquoi t'a-t-il demandé d'organiser sa cavale pour changer d'avis quelques jours plus tard ?

— Écoute, ça fait un moment qu'on prend des risques, lui et moi, pour Safeplanet et on savait que ça pouvait arriver. Disparaître, c'était le plan initial. C'est pour ça que quand ça a senti le roussi, on a appliqué ce pour quoi on s'était préparés depuis longtemps. Mais là, tout a changé.

— Qu'est-ce qui a changé ? Je ne comprends pas.

— Tu n'as pas une petite idée ? déclare-t-il en me fixant.

— Tu… tu veux dire que c'est à cause de moi qu'il a préféré la prison à la liberté ?

— C'est que tu peux être sacrément perspicace quand tu veux, raille-t-il.

Je lui lance un regard lui signifiant que l'heure n'est pas aux sarcasmes.

— Si tu réfléchis, il n'y a qu'une seule chose qu'Adam aime plus que sa liberté.

Il ne prononce pas les mots mais je n'en ai pas besoin.

— Mais… il va être enfermé, il va aller en prison.

Owen hausse les épaules.

— Dans les deux cas, il était condamné. La cavale, ce n'est pas super fun et de toute façon, à quoi ça lui servait d'être libre, s'il ne t'avait pas, toi ? Là au moins il fera son temps et quand il aura payé sa dette, il a un espoir de pouvoir vivre sa vie. Reste à savoir si tu es prête à l'attendre…

— Tu penses qu'il risque de prendre combien d'années ? Ce n'est pas que la réponse à cette question change quoi que ce soit, mais…

Mais j'ai besoin de me préparer au pire.

— Je ne connais pas l'étendue de ses accusations, donc c'est dur à dire. Mais n'oublie pas un facteur important de l'équation : papa Peterson.

— Son père ? Qu'est-ce qu'il vient faire là-dedans ?

— Je suis prêt à parier qu'il a déjà embauché une armée d'avocats hors de prix, mais très efficaces, pour défendre Adam.

— Tu crois qu'il ferait ça ? Après tout, ce sont des données sur sa propre boîte qu'Adam a essayé de saisir.

Un léger sourire ourle les lèvres d'Owen.

— Je connais Adam depuis longtemps, Ruby. Je connais ses parents aussi. Son père a beau être un dirigeant sans scrupule, il y a une chose qu'Adam est trop aveuglé par sa haine et son ressentiment pour reconnaître, mais dont je suis bien conscient : il aime son fils. À sa manière, un peu distante et froide, mais il déplacerait des montagnes pour lui.

Je repense au dossier Peterson Industries qui traîne sur mon bureau. Je me demande à quel point la décision du père d'Adam de travailler avec Carter Corp. a été influencée par l'envie de se rapprocher de son fils.

— Qu'est-ce qu'on doit faire, maintenant ? l'interrogé-je.

— On relève la tête et on se montre forts pour Adam. Il va avoir besoin de ton soutien. Il y aura certainement un procès, ça va être long et il y aura des moments de découragement. Mais sois forte pour lui.

J'acquiesce et bois une gorgée de café. Dans ma poche, mon téléphone vibre. Je me demande qui peut essayer de me joindre si tôt. Je ne connais pas le numéro qui s'affiche, mais prends la communication, on ne sait jamais, cela a peut-être un lien avec Adam.

— Mademoiselle Williams ?

— Oui.

— Bonjour, Ryan Carter à l'appareil.

Mon cœur fait un bond et je blêmis. Owen face à moi fronce les sourcils. Pourquoi mon P.-D.G. m'appelle-t-il justement ce matin ? Et sa voix dure ne me dit rien qui vaille.

— J'ai besoin de m'entretenir avec vous. Vous pouvez être dans mon bureau dans une heure ?

Quelque chose me dit que répondre *non* à cette question n'est pas une option envisageable.

— Oui.

— Bien. À tout à l'heure.

Il coupe la communication sans un mot de plus. Pour ma part, j'ai l'impression que tout mon sang quitte mon corps.

— Ruby ? Ruby ? Ça va ?

La voix d'Owen me semble un bruit distant dans le brouillard de mes pensées.

— Je ne sais pas, réponds-je d'une voix blanche. Ryan Carter veut me voir.

Le visage d'Owen se durcit, il fait signe à la serveuse de nous apporter l'addition.

— Viens, on passe par chez toi pour que tu puisses te changer et je te dépose.

Tel un pantin inanimé, je me laisse porter par ses décisions. Ma tête n'arrive à se focaliser que sur une seule question : est-ce que cette journée peut être encore pire qu'elle ne l'est déjà ?

58

Adam

La voiture se gare dans un parking souterrain. Un agent m'aide à en sortir, mais lorsque je jette un coup d'œil aux environs, les lieux m'ont l'air étrangement familiers. *La tour Carter ? Qu'est-ce qu'on fait là ?*

Je lance une œillade au pingouin en costard hors de prix, *alias* l'avocat envoyé par mon père. Il hausse les épaules. Je lui ai déjà demandé de partir en lui expliquant que je ne voulais pas d'une marionnette payée par Peterson Industries, il m'a répondu que mon paternel l'avait prévenu que j'allais dire ça et que mes supplications n'y changeraient rien.

Deux agents de sécurité nous rejoignent, on nous emmène vers un ascenseur de service. Je suppose qu'avoir un mec menotté dans le hall principal ferait désordre.

Je vois que le bouton du dernier étage est enfoncé. *Tiens, tiens, on monte chez le grand patron ?* Après un voyage opéré dans un silence de cathédrale, nous arrivons dans un couloir étrangement calme, comme si tous les employés de ce niveau avaient déserté les lieux. *Pas de témoins, pourquoi ?*

Ryan Carter nous attend devant la porte de son bureau. L'archétype même du golden-boy : costume trois-pièces sur mesure, coupe de cheveux impeccable, montre rutilante et main dans la poche pour un faux air décontracté.

— Monsieur Peterson, me salue-t-il, une lueur de victoire au fond des yeux.

— Carter, réponds-je nonchalamment.

Son regard descend sur mes menottes et il s'adresse à l'agent du FBI :

— On devrait pouvoir se passer de ça.

Le flic ne le contredit pas. Il se contente d'obéir à son ordre. Qu'on ne vienne pas me dire ensuite que le fric ne peut pas acheter même le plus intègre d'entre eux.

Carter me fait signe de le suivre dans son bureau mais, avant d'y entrer, se tourne vers mon avocat.

— J'ai besoin d'avoir un mot seul à seul avec votre client. Si vous voulez bien patienter ici, je vais vous faire apporter quelque chose à boire.

Le bonhomme a un moment d'hésitation. Il se demande certainement qui, de Carter ou de mon père, serait capable de lui faire le plus gros chèque. Alors je l'aide dans sa prise de décision.

— Vous pouvez rester là, si j'ai besoin de vous, je crie.

Il râle pour le principe mais n'insiste pas.

Carter pénètre dans le bureau, une pièce aux tons clairs avec une vue magnifique sur Manhattan, mais qui n'est pas aussi opulente que je l'aurais imaginé. Très vite, j'oublie mes considérations pour la décoration, car sur un fauteuil se trouve assise Ruby.

Elle lâche un petit son stupéfait quand elle me voit. Apparemment, Carter aime ménager son effet de surprise. Elle s'apprête à se lever pour venir vers moi mais son patron m'intime d'une voix qui ne laisse pas place à la négociation :

— Installez-vous, monsieur Peterson.

Il me désigne – à dessein, je suppose – le siège à l'opposé de Ruby, qui nous observe tour à tour.

— Vous vous demandez certainement ce que vous faites là, tous les deux ?

Notre silence vaut réponse.

— Comme vous vous en doutez, monsieur Peterson, j'ai été très contrarié par votre petit coup d'éclat de l'autre jour. S'il y a deux choses que je déteste, c'est qu'on vienne fourrer son nez dans mes affaires sans en avoir la permission et qu'on se moque de moi.

Je croise les bras sur ma poitrine. Je sais qu'il est en train de me faire son numéro d'homme de pouvoir et qu'il va essayer de m'acheter d'une façon ou d'une autre. Il poursuit.

— Mais là où vous m'avez le plus déçu, c'est que vous n'avez pas pris le temps de vous renseigner correctement sur moi.

— Je sais tout ce qu'il y a à savoir sur vous.

Il hausse un sourcil dubitatif.

— Ah oui ? Vraiment ? Comme le fait que je soutiens financièrement Safeplanet par exemple ?

Son annonce me fait l'effet d'une bombe. Carter soutient Safeplanet ? Un sourire amusé s'étire sur son visage.

— Je vois que j'ai piqué votre intérêt. Alors je vous rassure, je ne finance pas des actions illégales et mal préparées comme la vôtre. Mais il y a des valeurs pour lesquelles Safeplanet se bat auxquelles je suis très attaché et c'est pourquoi je m'investis depuis de nombreuses années à leurs côtés, tout comme dans d'autres projets pour la préservation de notre planète. Et c'est pour ça que vous êtes dans ce bureau aujourd'hui.

Le moins que je puisse admettre, c'est que le gars a le sens de la mise en scène. Ruby et moi sommes maintenant pendus à ses lèvres et il en est conscient.

— J'ai eu une discussion très intéressante avec votre ami Colin Spencer. Il m'a aidé à combler les blancs. Et votre père également. J'ai compris que votre opération était motivée par une vendetta d'ordre un peu plus personnel, je me trompe ?

— Non, admets-je.

— Bien. Je ne vais pas faire durer le suspense plus longtemps : j'ai retiré ma plainte auprès du FBI. J'ai fait disparaître les preuves contre vous, ils n'ont plus de moyen de vous inculper.

Ruby et moi échangeons un regard. Je lis du soulagement dans le sien mais je ne suis pas certain de ressentir la même chose. Je connais assez bien ce monde pour savoir que tout à un prix. Quel sera celui de Ryan Carter ? D'ailleurs, il ne met pas longtemps à l'annoncer :

— Mais il y a une condition. Je veux que vous veniez travailler pour moi, en particulier sur un projet bien précis, que j'ai en commun avec Peterson Industries.

— Je ne vais pas…

— Monsieur Peterson, me coupe-t-il. En tant que surfeur plus que confirmé, vous foncez tête baissée dans les vagues, sans même prendre le temps d'étudier les courants. Vous savez que ce genre de comportement peut-être très dangereux ?

J'ai envie de l'envoyer balader avec ses comparaisons à deux balles. Mais en regardant Ruby, j'ai l'impression qu'il me manque un élément dans cette équation. Qu'elle sait quelque chose que j'ignore.

— Votre père n'est pas celui que vous croyez, reprend-il, et mademoiselle Williams pourra vous confirmer tout ce que je vais vous dire.

Je vois que ma puce trépigne d'impatience sur son siège. Carter doit s'en apercevoir également car il lui dit :

— Mademoiselle Williams, voulez-vous expliquer à votre compagnon en quoi consiste le projet ?

— Alors, je ne sais pas si je suis la plus apte à t'expliquer tous les détails mais je vais essayer de faire mon possible. Ton père s'est associé à Ryan Carter pour développer une nouvelle technologie permettant de mieux exploiter les gisements de pétrole et de gaz de schiste et ainsi de réduire grandement leur impact écologique.

— Génial, une façon de toujours exploiter davantage notre planète au nom de l'or noir, ricané-je.

— Non, c'est plus compliqué que cela, intervient Carter. Nous ne pouvons pas nous passer de pétrole du jour au lendemain. En revanche, nous pouvons anticiper dès aujourd'hui la transition énergétique. L'idée de votre père est de commencer à limiter les forages en déterminant plus précisément où creuser, mais également de mettre en place rapidement un meilleur traitement de l'eau nécessaire à l'extraction et sa réutilisation. Enfin, il est prêt à investir énormément d'argent dans la recherche pour trouver d'autres sources d'énergie plus propres.

— Vous allez me faire croire que c'est mon père qui veut tout ça ? ironisé-je.

— C'est lui qui est venu me chercher, pas l'inverse.

Ruby ajoute :

— Tout est dans le dossier, tu devrais y jeter un coup d'œil.

Carter me tend une pochette contenant des documents. Je suis sceptique, mais une toute petite partie au fond de moi a envie d'y croire. Alors, autant être fixé.

Je commence à lire. Carter et Ruby ont les yeux braqués sur moi, j'en suis conscient. Mais très vite, je les oublie car ce que j'ai sous le nez est tout simplement ahurissant et remet en cause toutes mes certitudes. Quand je relève la tête, Ruby me regarde avec anxiété et Carter me demande :

— Alors monsieur Peterson, êtes-vous prêt à nous aider à vraiment faire la différence ?

Je me racle la gorge.

— Je sais que je ne suis pas vraiment en mesure d'imposer mes conditions mais avant d'accepter, je souhaiterais faire une requête.

— Allez-y.

— J'ai entraîné Ruby dans toute cette histoire un peu malgré elle et j'aimerais avoir la certitude que mes actions n'auront aucun impact sur son travail ou sur sa vie.

Carter me fixe avec un regard que j'ai du mal à déchiffrer, mais quelque chose me dit qu'aussi étrange qu'elle soit, il apprécie ma demande.

— Je vous le promets, dit-il.

— Bien, alors je crois que nous avons un accord.

Le visage de Ruby s'éclaire et je suis sûr que si son patron n'était pas là avec nous, elle serait déjà pendue à mon cou.

— Pour information, vous serez même amenés à collaborer tous les deux car mademoiselle Williams reste chargée de la partie communication de ce projet. Je suppose que ça ne posera pas de problème ?

Le seul que je vois, c'est que je vais avoir du mal à garder mes mains pour moi alors qu'elle sera à mes côtés.

— Non, aucun.

— Monsieur Spencer va vous briefer sur les autres projets que nous avons chez Carter Corp. Au passage, vous pourrez le remercier, il s'est révélé un fabuleux avocat pour votre cause, dit Ryan Carter en se relevant.

Colin ? Alors qu'il est le premier à me rembarrer quand je lui parle d'écologie ?

— J'ai hâte de lui faire cracher tout ce qu'il sait, confirmé-je en me levant à mon tour.

Carter sourit et me tend la main.

— Eh bien, Adam, bienvenue chez Carter Corp.

Je serre sa main et déclare :

— Je ne pensais pas prononcer ces mots un jour, mais j'ai hâte de commencer notre collaboration.

Je saisis ensuite la main de Ruby, je ne songe plus qu'à sortir de cette pièce pour célébrer avec elle cette nouvelle page de notre histoire qui débute. Mais au moment où je me rends compte qu'il va peut-être falloir que j'attende la fin de sa journée de travail, Carter lance :

— Au fait, mademoiselle Williams, j'ai prévenu Gabriel que vous seriez absente aujourd'hui.

Il ne m'en faut pas plus pour que je la traîne hors de ce bureau à toute vitesse. À peine la porte de l'ascenseur refermée, je fonds sur elle. Ma bouche s'empare de la sienne comme s'il s'agissait d'un besoin vital. Ces derniers jours, j'avais cessé de respirer, je suis de nouveau vivant. Ses petites mains empoignent le tissu de mon tee-shirt, comme pour s'assurer que je ne vais pas m'enfuir. Quand enfin nous nous séparons pour reprendre notre souffle, je vois que des larmes perlent dans ses yeux.

— Pourquoi tu pleures, ma puce ?

— Ce sont des larmes de joie, je… Adam, bégaie-t-elle.

Je sais qu'elle manque de mots pour exprimer tout ce qu'elle a pu ressentir. Nos émotions ont été secouées comme sur un grand huit. Alors je fais ce qui me semble le plus juste. Je la serre contre moi, sa joue pressée contre mon torse. Elle est exactement là où elle doit être, contre mon cœur, cet organe qui ne sait plus battre sans elle.

Il va être très compliqué d'essayer de nous séparer dans les prochaines heures…

ÉPILOGUE

Ruby

Six mois plus tard.

Je ferme les yeux, appréciant la chaleur du soleil sur mon visage. Le bruit des vagues résonne, les bras d'Adam enserrent ma taille alors que nous sommes assis sur son surf. Rien ne pourrait être plus parfait.

— Ma puce, il va falloir revenir sur la plage, dit-il en déposant un baiser dans mon cou.

— Encore un petit moment, c'est trop bon.

Ces vacances à Miami tombent à point nommé. Alors que les New-Yorkais sont coincés sous la neige, nous profitons d'un repos bien mérité après ces mois intenses au travail.

Soleil, farniente, surf rythment notre quotidien pour quelques jours. Ça, et bien entendu de nombreuses parties de jambes en l'air. D'ailleurs je constate que le cerveau d'Adam est déjà en train d'élaborer un plan pour plus tard.

— Il va bien falloir qu'on rentre à l'hôtel pour que je puisse tirer sur les ficelles de ce bikini indécent qui m'a déconcentré tout l'après-midi.

Je tourne la tête et hausse un sourcil.

— Ah oui ? Tu es certain que tu veux patienter jusqu'à l'hôtel ? Où est passé ton sens de l'aventure ?

— Une certaine personne m'a dit un jour que le sable était très inconfortable dans ce genre de situation.

Je prends une fausse mine contrariée.

— Tu as raison, la prochaine fois on partira à la montagne. On verra si tu es aussi à l'aise sur un surf dans la neige.

— En tout cas, pour toi ça ne pourra pas être pire, me taquine-t-il.

J'écarquille les yeux et la bouche :

— Eh ! Tu m'as dit que j'avais fait des progrès !

— Je peux être un sacré bon menteur pour arriver à mes fins, s'exclame-t-il.

Je lui assène une petite tape sur le bras et il resserre son emprise sur ma taille, déposant un baiser sur mon épaule.

— Ma mère m'a appelé tout à l'heure, l'informé-je.

— Elle va bien ?

— Oui, elle me demandait s'ils pouvaient venir nous voir quelques jours après Noël, mais je lui ai dit qu'on avait déjà prévu de passer le week-end avec tes parents à Montauk.

Adam et son père ne sont plus en guerre comme avant. Ils ne sont certes pas non plus inséparables, mais ils apprennent peu à peu à se redécouvrir et à se parler, pour la plus grande joie de la mère d'Adam, et la mienne. Owen ne s'était pas trompé : sous sa froideur apparente, monsieur Peterson aime profondément son fils. Et je suis

heureuse de constater, grâce à mon travail chez Carter Corp., qu'il fait tout pour honorer la promesse faite à Adam de transformer son entreprise pour la rendre plus écoresponsable. Il y a quelques jours, mon petit ami a même assisté à son premier conseil d'administration. Vous auriez dû voir sa tête quand sa mère et moi avons insisté sur le fait qu'il ne pouvait pas s'y pointer en jean et boots ! Mais la vision d'Adam en costume valait bien quelques heures de dure négociation. En revanche, je n'ai jamais réussi à lui faire porter la cravate ! Mais on lui a trouvé un autre usage plus… coquin.

— Dis à tes parents de nous rejoindre dans les Hamptons, propose Adam.

— Tu veux mettre tes parents et mes parents dans la même pièce ?

— Et alors, ils devront bien se rencontrer un jour, non ? Ou alors tu pensais attendre celui de notre mariage pour les présenter ?

Ses allusions à un futur commun empli de projets comme un mariage, des enfants, sont de plus en plus fréquentes. Et je dois avouer que c'est loin de me déplaire.

Qui aurait pu croire lors de mon arrivée à New York que je tomberais raide dingue amoureuse d'un batteur aux multiples talents ? Certainement pas moi. Alors, même si parfois il me donne le tournis avec ses multiples activités, je ne regrette pas une minute de notre histoire. Entre les répétitions pour le groupe, le surf, son boulot chez Carter Corp. et la boutique qui a enfin ouvert, je suis parfois émerveillée qu'il arrive encore à trouver le temps et l'énergie de s'occuper de moi. Mais quand je suis au creux de ses bras et qu'il me susurre qu'il m'aime, je sais que j'ai trouvé mon véritable amour. Celui, si fort et vrai, qu'il est immarcescible.

Remerciements

Écrire l'histoire d'Adam et Ruby a été une formidable aventure, très enrichissante. C'est la première fois que j'ai été amenée à poser les mots d'une histoire dont les protagonistes avaient déjà une existence avant que je vienne y mettre mon grain de sel. Le challenge était de taille, et totalement inédit pour ma part. Heureusement pour moi, j'ai été formidablement bien entourée dans cette aventure !

En premier lieu, j'aimerais adresser un énorme merci à mon éditrice Lea. Merci pour ta confiance sur ce projet, pour tes conseils toujours bienveillants, ta patience, et surtout cette bonne humeur qui ne te quitte jamais (même tard le vendredi).

Merci aux équipes d'Hugo Roman qui œuvrent dans l'ombre pour que vous puissiez tenir ce livre entre les mains, ainsi qu'à celles d'Ubisoft et de Studio 1492 pour leur travail et leur confiance.

Ce livre a été l'occasion d'une très belle rencontre : celle d'Estelle Every, l'autrice de Colin. Écrire est par définition une activité assez solitaire, alors pouvoir échanger avec quelqu'un vivant une expérience similaire sur un projet avec des personnages communs, a été un réel atout. Estelle, merci pour tes encouragements, tes conseils avisés sur les perroquets, et d'avoir volé à ma rescousse à chaque fois que j'avais un doute. Il était écrit qu'on devait se rencontrer, il ne manquait qu'Adam et Colin pour jouer les entremetteurs.

Merci à toutes les personnes de mon entourage : famille, amis, ainsi qu'à la formidable communauté des auteurs et autrices qui me soutiennent, même quand je leur dis travailler sur un livre mystère dont je ne peux dévoiler un mot.

Merci à mes trois puces qui acceptent de partager leur maman pour qu'elle donne vie à ces personnages de papier. Merci à toi, mon chéri, pour ton soutien inconditionnel et ta patience.

Et enfin, merci à vous lecteurs et … joueurs ! Merci pour l'accueil chaleureux que vous avez réservé à ce livre dès l'annonce de sa parution. J'espère que ma vision de l'histoire d'Adam et Ruby vous a conquise. N'hésitez pas à m'envoyer un petit message sur les réseaux, j'adore recevoir vos retours.